Christine Friedl

SAMANTHA VÉRANT
Mein Rezept für die Liebe

DIE AUTORIN

Samantha Vérant ist reiselustig, bekennende Weinliebhaberin und eine entschlossene, wenn auch gelegentlich unkonventionelle Hobbyköchin. Sie lebt im Südwesten Frankreichs, wo sie mit einem Wissenschaftler verheiratet ist, den sie 1989 kennenlernte (aber zwanzig Jahre lang ignorierte). Sie ist Stiefmutter von zwei großartigen Kindern und Adoptivmutter einer bezaubernden Katze. Wenn sie nicht gerade von der Provence in die Pyrenäen wandert oder mit neuen Rezepten experimentiert, gibt Samantha ihr Bestes, um die schwierigen Konjugationen der französischen Sprache aufzupolieren.

Samantha Vérant

Mein Rezept für die Liebe

Roman

Ins Deutsche übertragen
von Antje Althans

blanvalet

Die Originalausgabe erschien unter dem Titel »The Secret French Recipes of Sophie Valroux« bei Berkley, New York, 2020.

MIX
Papier aus verantwortungsvollen Quellen
FSC® C014496
FSC
www.fsc.org

Klimaneutral*
Druckprodukt
ClimatePartner.com/14044-1912-1001

Penguin Random House Verlagsgruppe FSC® N001967

1. Auflage 2022

Redaktion: Margit von Cossart
Umschlaggestaltung und -motiv: © bürosüd
LO · Herstellung: sam
Satz: Vornehm Mediengestaltung GmbH, München
Druck und Einband: GGP Media GmbH, Pößneck
Printed in Germany
ISBN: 978-3-7341-1005-4
www.blanvalet.de

ANMERKUNG DES VERLAGS

Die Rezepte in diesem Buch müssen genau befolgt werden. Der Verleger ist für etwaige allergische Reaktionen auf Zutaten der Gerichte nicht verantwortlich.

Dies ist ein Roman. Alle Namen, Figuren und Ereignisse sind frei erfunden oder haben ausschließlich fiktiven Charakter. Jede Ähnlichkeit mit lebenden oder verstorbenen Personen, Unternehmen, Ereignissen oder Örtlichkeiten ist rein zufällig. Champvert ist ein fiktiver Ort, zu dem mich mein Leben in Südwestfrankreich inspiriert hat.

Dieses Buch ist meiner geliebten Großmutter Dorothy »Dotty« Thomas gewidmet und allen anderen Großmüttern auf der Welt, die uns mit bedingungsloser Liebe und gutem Essen inspirieren.

L'Amuse-Bouche

Jede Frau sollte einen Flambierbrenner besitzen.

SPITZENKÖCHIN MARY BERGIN
ZU JULIA CHILD

I
HERBST

Bei all meinen Gerichten geht es um einen erinnerten Geschmack. Das kann etwas sein, das ich als Kind gegessen habe oder vielleicht später in Mailand, aber ich möchte, dass es besser schmeckt als jemals erwartet.

INA GARTEN

1

Nur Sterne zählen

Eine Zucchini segelte über meinen Kopf, sie verfehlte mich nur um wenige Zentimeter.

Miguel, mein Commis de Cuisine, fing den Gemüsetorpedo geschickt auf, stolzierte zur Musikanlage, um Vivaldis *Vier Jahreszeiten* abzuwürgen und dafür Madonnas *Lucky Star* ertönen zu lassen. Niemand schlug Miguel mit einem Geschirrtuch auf den Po oder knuffte ihn, während er die Zucchini wie ein Mikrofon vor den Mund hielt und zu unserer Kochstation zurücktänzelte. Stattdessen sang die Küchenbrigade – nach übertriebenem Murren und Stöhnen seitens einiger Machos – mit.

Vorübergehende Unzurechnungsfähigkeit breitete sich aus wie eine durch die Luft übertragene Krankheit. Gemüse schoss kreuz und quer durch den Raum, Tomaten schlugen auf dem Boden auf. Freiheit. Chaos. Alle Ordnung war futsch, die Küchenregeln wurden außer Acht gelassen. Ich lächelte so breit, dass mir die Wangen wehtaten.

Miguel legte die Zucchini auf einem Hackblock ab und stieß mich in die Rippen. »Sophie, du bist immer so ernst. Und jetzt siehst du aus wie die Grinsekatze aus Disneys

Alice im Wunderland – mit gebleckten Zähnen und verrücktem Blick.«

»Das hier ist mein Wunderland«, sagte ich und öffnete die Arme.

»Wunderland? Bist du krank?« Er fühlte mit dem Handrücken meine Stirn. »Du bist so dünn und blass.«

»Ich war schon immer dünn und blass«, gab ich lachend zurück.

Als ich fünf Jahre zuvor zum ersten Mal die Küche betreten hatte, hatte sich die gesamte Brigade über meine weißer als weiße Gesichtsfarbe lustig gemacht und mich damit aufgezogen, dass ich zerbrechlich wie ein Porzellanpüppchen sei. Doch ich hatte jedem Einzelnen von ihnen bewiesen, dass ich alles andere als zerbrechlich war, indem ich Schichten bis spät in die Nacht und in aller Herrgottsfrühe durchstand, ganz zu schweigen von den vielen Brand- und Schnittwunden und Blutergüssen. Es dauerte nicht lange, bis sie mich Scary Spice nannten, da die Jungs gelernt hatten, die Hosen lieber nicht vor einer Frau herunterzulassen, die ständig mit einem Austernmesser hantierte.

»*Dios mío,* Sophie, ich hätte mir nie träumen lassen, an so einer großen Sache beteiligt zu sein«, sagte Miguel. »Glaubst du, wir kriegen ihn?«

Ich konnte ihm nicht antworten, weil ich gerade von ganzem Herzen dafür betete.

Gerüchten zufolge sollten wir jeden Moment erfahren, ob wir unseren dritten Stern bekämen, bevor Michelin den roten New Yorker Michelin-Führer fürs nächste Jahr herausbringen würde. Berühmte Chefköche überall in der Stadt waren schon angerufen worden – einige von ihnen hatten Sterne erhalten, andere ihre wieder verloren. Nach der sechsmonatigen Wartezeit zu urteilen, bis man im Cendrillon NY einen Tisch bekam, schoss dieser dritte Stern in all seiner leuchtenden Pracht unaufhaltsam auf uns zu. Ich faltete die Hände und senkte den Kopf, ein Kribbeln lief mir über den Rücken. Das war mein größter Wunsch. Ich wollte mich vom Licht und vom Glanz dieses großartigen Ereignisses blenden lassen.

»*Chica,* du bist ganz woanders«, sagte Miguel und stieß mich mit der Hüfte an. »Glaubst du, wir haben eine Chance?«

»Immerhin bieten wir das ultimative Geschmackserlebnis«, erwiderte ich, während ich aus meinen von Galaxien inspirierten Fantasien zurück zur Erde schwebte. »Der dritte Stern ist unter Dach und Fach. Mit Sicherheit.«

Miguel bekreuzigte sich überschwänglich.

»Bete zu den Göttern der Speisen und des Weines«, sagte ich. Wir prusteten los.

Miguel packte mich an der Taille, und wir tanzten Samba. Beziehungsweise gaben mit zwei linken Füßen unser Bestes. Ja, diese Küche war mein durchgeknalltes Wunderland.

Normalerweise lief bei uns alles mit der Präzision einer gut geölten Maschine ab – wie es in jedem in Manhattan ansässigen Zweisternerestaurant sein sollte. Wäre Auguste Escoffier, der französische Meisterkoch, der im frühen 20. Jahrhundert das Küchenbrigadesystem für die Hierarchie des Küchenpersonals festgeschrieben hatte, noch am Leben, hätte er unsere achtzehnköpfige Crew der Reihe nach flambiert. Aber der heutige Tag war eine Ausnahme, weshalb vielleicht sogar Auguste Nachsicht mit uns hätte walten lassen. Ich bin überzeugt, dass auch er mit aller Kraft seine Träume verfolgt hat. Wenn das Cendrillon von Michelin mit seinem dritten Stern ausgezeichnet würde, stünden mir alle Küchentüren der Welt weit offen, und bei der Vorstellung, eines Tages mein eigenes Restaurant zu führen, liefen mir Schauer über den Rücken. Die Küche war der einzige Ort, an dem mein Leben einen Sinn ergab, wo ich alles im Griff hatte und wo ich mit meiner Kochkunst Menschen glücklich machen konnte. Die Küche war meine Welt.

Von der Türschwelle ertönte ein Hüsteln. Miguel rannte zur Musikanlage und schaltete die Musik aus. Die Küchenbrigade erstarrte, während Chefkoch O'Shea hereingeschlendert kam. Dann blieb er stehen und schwieg eine gefühlte Ewigkeit.

Mit seiner breiten Brust und den breiten Schultern ähnelte O'Shea eher einem rothaarigen Streetboxer aus dem irischen Viertel Bostons als einem Zweisternekoch. Hinter seinem Rücken witzelten wir immer, dass er halb Pitbull, halb Mensch sei. Er hatte riesige Pranken – es war erstaunlich, wie anmutig er mit seinen Messern umging. O'Shea konnte einen Gelbflossenthunfisch in weniger als einer Minute filetieren. Und auch wenn er vielleicht sein Leben in South Boston hinter sich gelassen hatte, als er als Ehrfurcht gebietender Chefkoch nach New York gekommen war, so hatte er doch immer noch das Temperament eines Gassenjungen. Aber dieser Mann war ein kulinarischer Visionär. Und trotz des Regimes aus Angst, mit dem er regierte, wussten wir: Wir arbeiteten mit dem – und für den – Besten.

»Ist das die Küche, die ich führen will?«, zischte O'Shea. »Schluss mit der Alberei. Wir haben heute Abend viel Arbeit vor uns.«

»Ja, Chef«, antworteten wir nervös.

Doch statt mit einer seiner Tiraden loszulegen, bei denen sich sein Gesicht puterrot färbte und er seine großen Nasenlöcher aufblähte, grinste O'Shea breit.

»Ich kann es nicht erwarten, diesen französischen Schlappschwänzen in Paris zu zeigen, was ein amerikanischer Schlägertyp aus den Docks schaffen kann. Ein dritter Stern wird die Eröffnung eines Cendrillon in der Stadt des Lichts besiegeln.«

Wir lärmten begeistert mit Töpfen und Pfannen.

O'Shea machte auf dem Absatz kehrt und steuerte auf sein Büro im hinteren Küchenteil zu. »In zwanzig Minuten gemeinsames Abendessen. Zurück an die Arbeit.«

Ich stellte den für Großküchen bestimmten Zauberstab auf die höchste Stufe und pürierte meine Velouté zu cremiger Perfektion. Als ich eine Zitrone auspresste, um einen Spritzer Säure hinzuzufügen, jagte mir ein heißer Atem im Nacken Angstschauder über den Rücken. Da ich den typischen moschusartigen Geruch wahrnahm, eine Mischung aus Eau de Cologne, Schweiß und Zigaretten, brauchte ich mich nicht umzudrehen, um zu wissen, dass Eric hinter mir stand – und zwar bedrohlich nah.

»Und, hast du über mein Angebot nachgedacht?«, fragte er.

Ich wandte mich ihm in gebührender Entfernung zu. »Hast du O'Shea schon gesagt, dass du weggehst?«

»Nee«, antwortete Eric. »Aber es ist ja nicht so, dass er es mir übel nehmen könnte. Er selbst war siebzehn, als er auf dem Fischmarkt von Jean-Jacques Gaston entdeckt wurde. Und das Le Homard hat er kurz nach der Verleihung seines zweiten Sterns verlassen.«

»Seine ›Vom Tellerwäscher zum Millionär‹-Geschichte kennen wir alle. Und es scheint, als würde er den Stab an dich übergeben«, sagte ich sarkastisch. »Vom Chef de Cuisine zum Küchendirektor mit eigenem Restaurant. Mögen die Sterne mit dir sein.«

Eric legte mir eine Hand auf die Schulter. »Unsere Sterne sind aufeinander ausgerichtet. Verlass das Cendrillon und arbeite für mich. Und danach sehen wir weiter.«

»Das muss ein Witz sein«, spottete ich und schob seine Hand weg.

»Nein«, beharrte Eric. »Jedes Mal, wenn ich in deine wunderschönen grünen Augen sehe, verliere ich mich darin. Tu mir einen Gefallen und denk an die guten Zeiten, die wir hatten.«

Gute Zeiten? War er verrückt geworden? Die hatte er mit anderen Frauen gehabt.

»O Gott, was hast du denn geraucht?« Ich unterdrückte mein Lachen und zog meine Halskette unter meiner Kochjacke hervor. Daran hing ein Verlobungsring samt einem funkelnden fünfkarätigen Kanariendiamant in der Farbe glänzender Butter. »Dir ist schon klar, dass Walter und ich verlobt sind.«

»Ringe trägt man am Finger.«

»Nicht, wenn sie so groß sind wie der. Er soll mir nicht in die Suppe fallen«, erklärte ich und schob meine Halskette wieder zurück unter die Jacke. Ich schnaubte verärgert.

»Du dagegen scheinst jede Woche eine neue Favoritin zu haben.«

»Sie bedeuten mir nichts«, behauptete er. »Gehirnamputierte Food Groupies. Nach Aufmerksamkeit ausgehungert.«

Eric verschränkte die Arme vor der Brust. »Was für eine Beziehung führst du überhaupt mit diesem faden, langweiligen Anwalt? Du siehst ihn nie. Du bist immer hier bei mir in der Küche.« Er zog mich am Zopf. »Wir haben so gut zusammengepasst, Sophie. Und jetzt kann es noch besser mit uns werden. Als echtes Team. Vergiss nicht, dass ich derjenige war, der das Risiko eingegangen ist und O'Shea davon überzeugt hat, dich nach deinem Praktikum einzustellen.«

»Ich hab mich bewährt. Und *er* hat mich eingestellt«, gab ich zurück.

»Klar, Sophie«, erwiderte er und sah mir tief in die Augen. »Was immer du glauben willst.«

Einen kurzen Moment hatte er mich fast, dann fing ich mich wieder. Das mit uns war vorbei. Diesen Schmerz wollte ich nie wieder durchmachen – egal wie verführerisch sein perfektes Lächeln auch war.

Mit seinem Aussehen – er war hoch aufgeschossen und muskulös, trug einen Spitzbart und Tribal Sleeve Tattoos – sprengte Eric den Rahmen, wenn es um sexy Meisterköche ging. Seine Augen waren dunkelbraun, die Wimpern außergewöhnlich lang. Ganz am Anfang, als ich jung, dumm und voller Hoffnung gewesen war, hatten mich sein Charme und sein Charisma unwiderstehlich angezogen. Ich hatte ihm für mein Leben gern dabei zugesehen, wie er mit dem Klemmbrett in der Hand über die Küche geherrscht hatte und selbst in Stresssituationen stets souverän geblieben war.

Aber da aufstrebende Chefköche in New York City quasi als Rockstars galten, war die Flamme unserer privaten Beziehung erloschen. Nachdem das Cendrillon seinen ersten Stern bekommen hatte, wurde in der *Times* und der *Post* fast so oft über Eric geschrieben wie über O'Shea, sodass er Food Groupies auf der Suche nach Frischfleisch anzog. Wenn der Chefkoch auf Reisen war, um neue Restaurants zu eröffnen oder in Kochsendungen aufzutreten, übernahm Eric in seiner Eigenschaft als Chef de Cuisine die Vertretung und schmiss den Laden. Als ein Jahr später der zweite Stern kam, explodierte sein Ego wie ein zu lange gebackenes Soufflé. Frauen rasteten aus, wenn sie Eric sahen.

Eines Abends bekam ich mit, wie eine zu ihrer Freundin sagte: »Diesen scharfen Küchenchef würde ich vor den Augen meines Mannes vernaschen.«

Cendrillon bedeutet Aschenputtel, Erics Fuß passte perfekt in den berühmten gläsernen Schuh. Jammerschade, dass auch Fremdgehen in Serie exakt seine Größe war.

Obwohl Erics zahlreiche Treuebrüche mich bis ins Mark getroffen hatten, waren mir meine kulinarischen Ziele damals wichtiger gewesen als mein Seelenheil. Unter hundert mit Michelin-Sternen ausgezeichneten Restaurants gab es nur eines, in dem eine Frau das Regiment führte, und ihr nachzueifern war mein Lebenstraum. Wenn Eric das Cendrillon verließ, um eigene Wege zu gehen, bot sich mir die Chance, seine Position als Chef de Cuisine zu übernehmen, mir in der Welt der Kochkunst einen Namen zu machen und mir schließlich genau wie die Chefköchinnen, die ich im Laufe der Jahre heiß verehrt hatte, mein eigenes Reich zu erschaffen.

»Ich arbeite seit Jahren hier und glaube, dass ich meine Frau gestanden habe«, versetzte ich mit einem leidgeprüften Seufzer. »Hör zu, Eric, in der Küche klappt es gut mit uns. Aber als Paar hat es zwischen uns nie funktioniert. Apropos – ich versuche hier gerade, meine Arbeit zu machen.«

Nachdem Eric sich gespielt gekränkt ans Herz gefasst und schmollend eine Schnute gezogen hatte, tauchte er einen Löffel in die sämige Suppe, die ich gerade zubereitete: eine Velouté aus geröstetem Hokkaido – einem nach Maronen schmeckenden Gartenkürbis. Sie war eine der herbstlichen Spezialitäten des Hauses, die mit Orangen-Ingwer-Hummer serviert wurde.

Er wischte sich die Lippen mit einem Geschirrtuch ab und sagte: »Das schmeckt schrecklich. Hast du überhaupt schon abgeschmeckt?«

»Natürlich«, erwiderte ich perplex. »Ich hab das Rezept vom Chef wie immer genau befolgt.«

Er hielt mir einen Löffel voll vor den Mund. »Probier selbst«, befahl er, und ich gehorchte, hauptsächlich weil ich keine andere Wahl hatte.

»Schmeckt gut«, sagte ich. »Genau, wie es sein sollte.«

»Gut? Stellst du mein Urteil infrage? Noch bin ich hier der Chef de Cuisine und nicht du«, schimpfte er und fuchtelte mit dem Finger vor meinem Gesicht herum. »*Gut* reicht nicht aus. Wir servieren nur das Beste, und diese

Velouté schmeckt total fade. Hast du deine Geschmacksnerven in den Urlaub geschickt?«

In Eric als Mann hatte ich kein Vertrauen, aber in seinen untrüglichen Geschmack schon. Ich probierte die Suppe noch einmal.

»Du hast vermutlich recht«, lenkte ich ein und würzte mit Zimt, Kreuzkümmel und Paprika nach. Nach kurzem Umrühren hielt ich ihm den Löffel hin. »Besser?«

Er kostete erneut. Wie er sich die Lippen leckte, ließ mich erschaudern.

»Gutes Mädchen, Sophie. Jetzt ist es perfekt«, lobte mich Eric. »Mach die Velouté fertig und bereite das Entree für heute Abend zum Kosten vor.«

»Ja, Chef.«

Eric nickte abwesend und stürmte auf Alex, den Souschef, zu. In der Ecke vor dem Kühlraum flüsterten und kungelten sie wie immer miteinander. Wahrscheinlich lästerten sie über mich, aber das war mir egal. Eric würde schon bald aus meinem Leben und aus dieser Küche verschwinden, und dann wäre mein Lebenstraum in greifbarer Nähe.

Miguel zog die Augenbrauen hoch. »Eure Vorgeschichte ist doch schon seit Jahren gegessen. Warum versteht er den Wink mit dem Zaunpfahl nicht? Was ist sein Problem?«

»Er ist ein Egomane. Und seine Probleme sind zu zahlreich, um sie alle aufzulisten.« Ich rang mir ein Lächeln ab. »Konzentrieren wir uns auf heute Abend. Kannst du noch ein paar Hummer aus dem Becken holen, während ich schnell ins Trockenlager gehe?«

2

Trau nie einem dürren Chefkoch

Das Cendrillon war auf Fisch spezialisiert, weshalb wir vier Kochstationen für Fisch hatten: eine zum Poschieren, eine zum Braten, eine zum Sautieren und eine für Saucen. Ich war Chef de Partie für die zwei letzten und auch für die Zubereitung der Suppenspezialitäten unseres Hauses zuständig.

O'Shea stellte seine Speisekarte nach Jahreszeit zusammen, je nachdem, was auf dem Markt erhältlich war. Es war Herbst, meine liebste Jahreszeit – die Natur brachte eine Fülle schmackhafter Zutaten hervor, nach denen ich als kulinarischer Genussmensch verlangte und die mich inspirierten. Diese vielen Varianten wunderschöner Kürbisse und Wurzelgemüse – diese Farbexplosion, die Ockergelbtöne, das satte Grün, das strahlende Rot und das Kaleidoskop aus Orangetönen – waren nur ein kleiner Teil der Zutaten, die meine Kochfantasien anregten. Im Sommer, an den heißen Tagen und langen Abenden in der Küche, wenn mir der Schweiß von der Stirn rann, stellte ich mir vor, was wir im Herbst kreieren würden, und ersann mit geschlossenen Augen neue Rezepte.

Schon bald würde das Servicepersonal eintrudeln, um

die Gerichte auf der heutigen Abendkarte zu probieren, und im Anschluss fand unser »Familienessen« statt. Ich warf einen Blick auf die Wandtafel und leckte mir die Lippen. Das *amuse-bouche,* der kleine Appetitanreger unseres Hauses, bestand an diesem Abend aus gebratener Gänseleber, die mit karamellisierten Birnen serviert wurde, das Entree war ein Wildschwein-Carpaccio mit Auberginenkaviar, Äpfeln und Ingwer. Die Hauptgerichte waren zum einen angebratene, mit Cognac flambierte Jakobsmuscheln und Garnelen, serviert mit frittiertem Ziegenkäse, garniert mit Fenchelblättern, die mit Lakritz parfümiert waren – sie fielen unter meine Zuständigkeit –, und zum anderen ein Beef Wellington nach dem Rezept unseres Chefkochs, serviert mit Selleriepüree, Babykarotten und grünen Bohnen à la française.

Während ich ein Streichholz anzündete, um die Muscheln zu flambieren, rannten Alex und Eric durch die Küche und überprüften alle Kochstationen. Alex wirkte immer so, als wäre er außer Atem, er schwitzte stark. Von den lüsternen Blicken, die er den Kellnerinnen zuwarf, die vorn im Restaurant bedienten, ganz zu schweigen. Wenn Eric das Cendrillon verließ, konnte O'Shea doch wohl nicht wollen, dass dieser geile Widerling zum Gesicht des Cendrillon würde, oder?

Mein Streichholz erlosch. Ich zündete ein neues an.

Verdammt noch mal. Ich hatte mir meine Position hart erarbeitet. Ich hatte als Gardemanger begonnen und Salate, Hors-d'œuvres, Kanapees und Pasteten zubereitet. Danach wurde ich Entremetier, Assistenzköchin unter dem Chef de Partie, der für das Gemüse verantwortlich war. Ich arbeitete hart und wurde schon bald Assistenzköchin eines der drei Poissonniers, die sich auf Fischgerichte spezialisiert hatten. Nicht viele Menschen schaffen es, siebzehn Stunden lange Schichten zu bewältigen, am nächsten Tag aufzuwachen und wieder von vorn anzufangen. Und was noch wichtiger war, nicht viele Frauen konnten oder wollten auch nur die Beschimpfungen über sich ergehen lassen, besonders unter einem Grobian wie O'Shea. Aber ich hatte gelernt, mich in einer von Testosteron durchdrungenen Küche zurechtzufinden, und mich behauptet. Ich arbeitete doppelt so hart wie die Männer, meine Hände waren rau und schwielig. Regel Nummer eins: In der Küche wird nicht geweint. Ich vergoss nie auch nur eine Träne. Ich tat, was getan werden musste, und erledigte es – unabhängig von den Berufsrisiken, die in meinem Fall auch beinhalteten, nach unserer Trennung Eric und seinen Annäherungsversuchen auszuweichen.

Klar, als Chef de Partie stand ich in der Hierarchie unter Alex. Aber in einer Küche wie dieser waren Schnelligkeit, Präzision und Beständigkeit die wichtigsten Eigenschaften, und in der Beziehung hinkte Alex hinterher, vor allem aufgrund seiner schweren Kokainsucht.

Ich nahm eine Handvoll Estragon aus einem Kräuterkörbchen, schloss die Augen und atmete den süßen Duft ein. Ich konnte beinah meine Großmutter neben mir spüren, die Wohlgerüche wahrnehmen, die ihre mit Mohnblumen bedruckte Schürze verströmte, ihre cremigen Veloutés schmecken. Dank ihr hatte ich meine Fertigkeiten in der Küche schon vom siebten Lebensjahr an entwickeln können. Von ihr hatte ich gelernt, wie man etwas klein hackte, schnitt und würfelte, ohne sich in den Finger zu schneiden, wie man sautierte, briet und grillte, Aromen miteinander verband und sie sich unterwarf.

Genau wie ich es bei den Mahlzeiten mit meiner Großmutter erlebt hatte, sollten die Gäste beim Verzehr meiner Kreationen Liebe spüren, während sie mit allen fünf Sinnen genossen. Für mich war Kochen meine Möglichkeit, mich auszudrücken, jedes Gericht eine Balance aus Aromen und Zutaten, die für meine Gefühle standen: süß, sauer, salzig, rauchig, würzig-scharf und sogar bitter. Meine Inspiration als Köchin bestand darin, Menschen Sinneserfahrungen zu schenken, sie in Zeiten des Glücks zurückzuversetzen, sie ihre Jugend noch einmal erleben zu lassen oder ihre Fantasie zu wecken. Auch wenn ich nur O'Sheas Geschichte erzählte, so hoffte ich doch, eines Tages die Chance zu bekommen, meine eigene kulinarische Erzählung zu verwirklichen.

Wenn dieser dritte Stern käme, wäre meine Großmutter im siebten Himmel und irre stolz auf mich. Gewissensbisse nagten an mir. Ich hatte seit Ewigkeiten nicht mehr mit Grand-mère Odette gesprochen und mich für ihre Anleitung nie richtig bedankt. In meiner Kindheit hatte sie mich inspiriert, das Kochen zu meinem Beruf zu machen, und jetzt war alles, wofür ich so hart gearbeitet hatte, zum Greifen nah.

O'Sheas Stimme riss mich aus meiner geruchsbedingten Trance. Er hielt je drei Flaschen Champagner in seinen Riesenpranken. »Ich finde, wir sollten schon mal vorfeiern.«

Vonseiten der Küchenbrigade ertönten Freudenschreie,

es wurde auf Töpfe und Pfannen gehämmert. Irgendwer machte die erste Flasche auf. Im Nu zischten Korken quer durch die Küche. Ich nahm mir fest vor, Grand-mère anzurufen.

Während die Flaschen herumgereicht wurden, blinkte das Telefon an der Wand. Die sinnliche Stimme unserer Empfangsdame Bernadette unterbrach unsere Feier.

»Verzeihung, Chef, aber Sie haben einen Anruf«, sagte sie.

»Notieren Sie sich, was los ist«, wies O'Shea sie an. »Ich bin in einer Mitarbeiterbesprechung.«

»Ich glaube, Sie sollten lieber rangehen«, erwiderte Bernadette. »Es ist Gabrielle von Michelin.«

Ich wehrte mich gegen mein Herzrasen und betete wieder zu den Küchengöttern: *Bitte macht mich zum jüngsten weiblichen Chef de Cuisine in einem Dreisternerestaurant in New York. Lasst mich Teil der kulinarischen Geschichte werden.*

»Stellen Sie den Anruf durch.« O'Shea riss die Augen weit auf und hielt einen Finger hoch. »Leute, regt euch ab. Keinen Mucks. Ich stelle auf Mithören.« Er drückte die »Anruf annehmen«-Taste. »Dan O'Shea hier.«

»Guten Tag, Dan. Zunächst einmal, wie Sie wissen, ist das ein Höflichkeitsanruf, bevor morgen der aktuelle rote Führer für New York erscheint.«

Um O'Sheas Augen bildeten sich Lachfältchen. »Ja, ja, eine aufregende Zeit.«

»Ich freue mich, Ihnen mitteilen zu können, dass zwei Ihrer Restaurants, das Cendrillon Las Vegas und das Cendrillon London Rising Stars erhalten haben und das Cendrillon Los Angeles seinen zweiten *étoile*.«

O'Shea nickte und gab uns das Daumen-Hoch-Zeichen. »Und das Cendrillon NY?«

»Dan, ich fürchte, ich habe eine nicht ganz so wunderbare Nachricht für Sie.«

Irritierte Blicke huschten hin und her. O'Shea grunzte: »Ja?«

»Uns hier bei Michelin ist Konstanz sehr wichtig, und ich bedaure, dass das Cendrillon NY keinen dritten Stern erhalten hat«, verkündete Gabrielle. »Überdies bin ich tief bestürzt, Ihnen mitteilen zu müssen, dass das Restaurant sogar einen verliert.« Die Zeit blieb stehen. Wir konnten unser überraschtes und enttäuschtes Stöhnen nicht unterdrücken. Für einen Chefkoch gab es nichts Schlimmeres, als einen Stern zu verlieren. Es lädierte sein Ego, schädigte seinen Ruf und zerstörte Existenzen. »Tut mir leid, Dan. Ich wünschte, ich könnte Ihnen bessere Nachrichten überbringen«, sagte Gabrielle.

»Ich danke Ihnen für Ihre Offenheit«, antwortete O'Shea. Er räusperte sich. »Ich glaube, ich muss hier einiges klären.«

»Lassen Sie mich Ihnen zumindest zu Ihren anderen Erfolgen gratulieren.«

»Danke, Gabrielle.«

O'Shea legte den Hörer nicht auf, sondern riss das Telefon aus der Wand und zertrümmerte es. Dann sank er zu Boden und vergrub schluchzend das Gesicht in den Händen.

Ich schluckte.

Es ist quälend, einem starken und mächtigen Mann dabei zuzusehen, wie er zerbricht. Wenn seine Träume sterben, sieht man nur noch den Schatten seines früheren Selbst. Man wünscht sich, dass er wieder aufsteht, die Katastrophe hinter sich lässt, doch man muss erleben, dass er sich unmittelbar vor einem auflöst. Eine tiefe Traurigkeit verlangsamte meinen Herzschlag. Ich wollte etwas sagen, aber welche Worte wären angebracht gewesen? Es ist, wie wenn man vom Tod eines Menschen erfährt und einem nichts anderes einfällt als »Meine Gedanken und Gebete sind mit Ihnen« oder irgendein anderer gekünstelter Mist. Es ist nicht so, als wäre es einem gleichgültig, man weiß nur nicht, was man sagen soll.

Die meisten Mitglieder der Küchenbrigade rieben sich ungläubig die Augen oder senkten betreten den Blick. Eric und Alex nickten sich zu.

Alex trat zu O'Shea. »Chef«, sagte er. »Wir sind ein Team.« Er hielt inne, um sich den Schweiß von der Stirn zu wischen. »Aber ich frage mich, ob hier alle mitgespielt haben.«

»Wovon redest du, Alex?«, fragte O'Shea mit matter Stimme.

»Ich kann es nicht beweisen, aber ich glaube, dass Sophie in letzter Zeit etwas gegen Sie und uns alle hat. Sie hat irgendeinen Komplex.«

Mir klappte die Kinnlade herunter. Mein Herz raste. Meine Worte klangen wie ein kaum hörbares Röcheln.

»Was? Er spinnt, Chef. Ich hab gegen niemanden etwas …«

»Den Eindruck hab ich auch«, mischte sich Eric ein. »Ich glaube, sie würzt Ihre Gerichte nach, nachdem ich sie probiert habe, sie fügt eigene Zutaten hinzu. Letzte Woche verlangte einer unserer Stammgäste mich zu sprechen und sagte mir, wie toll er es findet, dass Zimt an der Hokkaido-Velouté ist.« Er hielt inne. »Und wir, Alex und ich, glauben, dass das mehr als einmal vorgekommen ist. Das wäre eine Erklärung für die mangelnde Konstanz.«

»Eric, *du* hast mich genötigt nachzuwürzen«, verteidigte ich mich. Alle Muskeln in meinem Körper waren angespannt. Es kostete mich große Mühe, meinen Zeigefinger zitternd zu heben und anklagend auf ihn zu deuten. »Du …«

»Sie spricht ständig von den Suppen ihrer Grand-mère Odette und wie viel besser als Ihre die seien. Fade. Das hat sie gesagt. Ihre Rezepte seien fade«, behauptete Eric.

Und dann zuckte der Mistkerl mit den Schultern. Sein verzerrtes Grinsen, das er zu unterdrücken versuchte, verriet ihn. Sein Verrat traf mich. Er hatte mir eine Falle gestellt. Meine Beine drohten unter mir nachzugeben.

»Chef«, sagte ich und riss mich zusammen. »Bitte geben Sie mir die Chance, es Ihnen zu erklären. Eric …«

O'Shea sprang auf und schlug so fest mit der Faust auf den Zubereitungstisch, dass ich fast zu Tode erschrak. »… würde niemals so tief sinken. Er hat jedenfalls nicht seine Beziehungen spielen lassen, nachdem er eine noble Kochschule absolviert hatte. Er *weiß,* was harte Arbeit ist, weil er niemanden bestochen hat«, rief O'Shea. Er schüttelte den Kopf, als wollte er ihn wieder klar bekommen. Dann lief sein Gesicht feuerrot an, und er stürmte an meinen Küchenherd. Er griff nach einem Löffel, probierte und spuckte aus. »Das ist der Beweis. Deine Kochstation. Deine Velouté. Nicht mein Rezept. Du hältst dich für was Besseres als mich.«

Was O'Shea sagte, ergab keinen Sinn. Eric hielt mir immer vor, dass er den Chef davon überzeugt hätte, mich einzustellen. Ich verfügte über keinerlei Beziehungen. »Aber …«

»Kein Wort mehr.«

Ich schnappte nach Luft. Es fühlte sich an, als würde mir mit einem Rasiermesser die Kehle durchgeschnitten.

O'Shea hob den Topf und warf ihn in die Spüle. Die orangefarbene Hokkaido-Velouté spritzte in alle Richtungen und tropfte von den Wänden auf den Boden. Ich stand da wie angewurzelt und sah ungläubig in das Gesicht eines Mannes, der aussah, als wollte er mich bei lebendigem Leibe häuten. O'Sheas Nasenlöcher blähten sich wie die eines Stiers, der auf eine rote Fahne losgehen will. Und die Fahne war ich. Bei jedem Schritt, den der Chefkoch auf mich zuging, trat ich einen zurück. Doch dann hatte er mich in die Enge getrieben.

O'Sheas baseballhandschuhgroße Hände wollten sich gerade um meinen Hals legen, als zwei unserer Hilfsarbeiter ihn wegzogen und in den hinteren Teil der Küche zerrten. In der Tür blieb O'Shea keuchend stehen.

»Schwing deinen Verräterarsch hier raus, bevor ich dich an den Fußknöcheln aufhänge und ausweide, du schmutziges, widerwärtiges und illoyales Schwein.« Damit machte er auf dem Absatz kehrt. Seine letzten Worte an mich, bevor er in seinem Büro verschwand, lauteten: »Deine Karriere in der kulinarischen Welt ist aus und vorbei. Dafür werde ich sorgen.«

Mir blieb der Atem weg.

Alle Blicke waren auf mich gerichtet. Die Kollegen starrten mich feindselig an und schüttelten den Kopf. Ich fuhr zu Eric herum. Alex stand neben ihm. Beide feixten. Ich ballte die Fäuste.

»Ihr zwei habt das geplant, stimmt's? Warum? Warum tut ihr mir das an?«

Alex fiel mir ins Wort. »Miguel, du hast bisher unter Sophie gearbeitet. Heute Abend übernimmst du ihre Station. Und wer weiß, was die Zukunft noch bringt«, sagte er.

Seine Körperhaltung war herausfordernd. Er verschränkte die Arme vor der Brust und stand breitbeinig da.

»Miguel?«, fragte ich ungläubig und wandte mich an ihn. »Du hast doch gehört, dass Eric mir dringend empfohlen hat nachzuwürzen. Du hast neben mir gestanden. Hilf mir bitte.«

Miguel verlor seine Körperspannung und ließ die Schultern hängen. »Tut mir leid, *chica*, ich brauche diesen Job.«

Alex klatschte in die Hände. »Leute, uns steht ein arbeitsreicher Abend bevor, und nach dem Sternedebakel steht unsere Aufgabe fest. Alles muss perfekt sein. Konstant! Miguel, räum die Sauerei weg, und bring die Hokkaido-Velouté auf den Weg.«

»Ja, Chef«, sagte er mit gesenktem Kopf, schlurfte zu seiner Station und fing an, Töpfe und Pfannen aus dem Aluminiumregal zu nehmen und zu ordnen. Miguel brachte es nicht fertig, meinen panischen Blick zu erwidern.

Ich stützte mich mit den Händen auf den Knien ab. Meine Blicke huschten zu jedem einzelnen Mitglied unserer Brigade.

»Will mir wirklich niemand den Rücken stärken? Niemand?«

»An deiner Stelle würde ich mir möglichst schnell meine Messer nehmen und die Fliege machen, bevor O'Shea zurückkommt«, knurrte Eric.

»Kommt schon, Jungs«, flehte ich mit einem Keuchen zwischen jedem Wort.

Keine Menschenseele trat für mich ein. Alle fuhren damit fort zu hacken, zu sautieren oder das zu tun, was sie vorher getan hatten. Inmitten des Klapperns von Messern, die auf Schneidebretter aufschlugen, und des Brutzelns der Pfannen war das Schweigen ohrenbetäubend.

»Ich werde mit ihm reden«, verkündete ich und steuerte zielstrebig auf O'Sheas Büro zu.

»Bist du lebensmüde?«, fragte Eric. »Ich hab dich für schlauer gehalten.«

»Das riskiere ich.«

Alex packte mich am Arm und brachte mich jäh zum Stehen. »Hol deine Sachen und verschwinde aus dieser Küche. Du sprichst nicht mit O'Shea.« Er drehte mir schmerzhaft den Arm um. »Ich meine es ernst.«

Als die restlichen Mitglieder der Küchenbrigade die Arme vor der Brust verschränkten und mich mit Blicken erdolchten, wusste ich, dass ich verloren hatte.

»Die Wahrheit wird ans Licht kommen. Dafür sorge ich«, verkündete ich.

»Ganz wie du willst«, erwiderte Eric lachend. »Hey, das ist der Slogan für eine dieser Hamburger-und-Pizza-Buden. Vielleicht stellen sie dich dort ein.«

Die harte Realität erschütterte mich bis ins Mark. Die Küchenbrigade lastete den Verlust des Sterns mir an, und diese krachende Niederlage brachte eine erhebliche Lohnkürzung mit sich. Ein Teil von mir wollte kämpfen – aber nicht gegen achtzehn Typen. Ich hatte keine Chance. Da mir außer dem sicheren Tod keine Alternative blieb, stürzte ich zu meiner Station und schnappte mir meine Messer so überhastet, dass ich mir dabei in die Hand schnitt. Ich rannte in den Umkleideraum, stopfte meine Straßenklamotten in meine Tasche und schlich mich durch die Hintertür zu den Ratten nach draußen. Während ich durch den strömenden Regen lief und vor mich hin fluchte, brannte jeder Tropfen auf meiner Haut. Ich trug noch meine karierte Kochhose und die Kochmütze, meine Hand blutete stark.

Mein Handy vermeldete summend den Eingang einer SMS. In der Hoffnung, dass sich alles geklärt hatte, fischte ich es aus meiner Tasche. Eric und Alex würden damit nicht davonkommen. Jemand musste gebeichtet haben. Schließlich waren wir keine Straußenvögel, die mit dem Kopf im Sand kochten. In dieser Küche wusste jeder alles über den anderen. Ich öffnete die Nachricht und betete aus tiefstem Herzen, nur um einen weiteren unerwarteten Schlag versetzt zu bekommen.

Das mit der Burger-Bude war ein Scherz. Trotzdem wird dir, wenn sich das rumspricht, niemand, der noch bei klarem Verstand ist, einen Job geben. Und es wird sich rumsprechen. O'Shea betreibt Schadensbegrenzung. Mein Angebot steht noch.

Ein Taxi schoss an mir vorbei, und eine Flutwelle fauligen Wassers spritzte auf, die mich völlig durchnässte. Ich war zu sehr außer mir, um mir etwas daraus zu machen. Eine Riesenwut packte mich, und als ich an der Ecke Sullivan und Prince stand, hob ich die Arme zum Himmel und schrie so laut, dass ich glaubte, meine Lunge würde platzen. In meinen Augen brannten Tränen, doch ich weigerte mich, sie fließen zu lassen. Am Himmel knisterte ein Blitz, der die Gebäude erleuchtete und mich wieder zur Vernunft brachte. Eine eisige Klarheit überkam mich. Eric wollte mich in jeder Hinsicht zurückhaben, er würde dafür sorgen, dass mir außer ihm keine Option blieb.

Ich zwang meine klatschnassen Beine zum Weiterlaufen und beschloss, die sechs Kilometer nach Hause zur Upper East Side zu Fuß zu gehen. Den starken Regen und die Kälte bemerkte ich gar nicht, während ich nach einer Möglichkeit suchte, die Sache richtigzustellen. Bis O'Shea sich wieder beruhigt hatte, war es ausgeschlossen, mit ihm zu reden, wenn er mir überhaupt eine Chance gäbe, ihm zu erklären, was meiner Meinung nach passiert war, was ich instinktiv wusste.

Ich hatte mein Herz in der Küche gefunden. Die einzige richtige Beziehung in meinem Leben hatte ich mit Essen, und ohne meine Träume stand ich vor dem Nichts. Das wusste Eric. Mein Herz war in eine Milliarde verbrannter Teile zerbrochen.

3
Das Spiel ist aus

Ignacio, mein freundlicher Portier aus der Bronx mit dem zahnlückigen Lächeln, runzelte die Stirn, als er den Türsummer betätigte und mich in die Eingangshalle ließ. Die Schnittwunde an meiner Hand hatte inzwischen zu bluten aufgehört, aber meine Kochjacke war rot befleckt, meine Kochmütze saß platt auf meinem Kopf wie ein Ballon, aus dem die Luft abgelassen worden war, und meine schwarzen Crocs verschmutzten den Boden aus glattem Marmor – ich hinterließ eine Wasserspur.

»Meine Güte, Sophie, Sie sehen aus wie eine Kriegsversehrte«, sagte Ignacio und schnalzte mit der Zunge. Seine sonst so fröhliche Stimme klang besorgt. »Ist das Leben in Ihrer Küche so gefährlich?«

»Mehr, als Sie sich vorstellen können«, antwortete ich mit einem langen Seufzer.

»Sind Sie verletzt?«

»Nur eine Fleischwunde«, wiegelte ich ab, obwohl ich mich fühlte, als hätte mir jemand das Herz aus der Brust geschnitten und es knusprig gebraten. »Ein kleiner Schnitt.« Ich wollte nicht unhöflich zu Ignacio sein – er war immer so nett –, aber ich war nicht in der Stimmung für Smalltalk. Das Einzige, was ich wollte, war, hoch in mein Apartment zu gehen, meine blutbesudelten nassen Klamotten auszuziehen und Rachepläne gegen Eric zu schmieden. Schnell drückte ich auf den Aufzugknopf. »Ich sollte besser nach oben fahren und mich säubern«, erklärte ich und schaukelte verlegen hin und her, sodass das Wasser in meinen Crocs ein Schmatzgeräusch machte. »Sonst saue ich noch die ganze Eingangshalle ein.«

»Keine Sorge. Wasser trocknet von selbst«, beruhigte mich Ignacio mit einem mitfühlenden Lächeln. »Einen schönen Abend. Morgen ist auch noch ein Tag.«

Ich bedankte mich bei ihm, betrat den Fahrstuhl und musste an den alten Sinnspruch *Der frühe Vogel fängt den Wurm* denken. Meine Assoziation dazu war eine Flasche Mezcal, der rauchige große Bruder des Tequila. Hätten die Hersteller dieses starken Trunks den Wurm nicht ertränkt, den man auf den Böden einiger Flaschen fand, hätte er sich in einen Schmetterling verwandelt. Mein Magen krampfte sich so schmerzhaft zusammen, dass mir die Luft wegblieb. Ich schüttelte den Kopf, um die Szene aus dem Cendrillon loszuwerden, die vor mir aufblitzte wie eine albtraumhafte Halluzination, so schwindelerregend, dass ich fast gestürzt wäre. Die Küchengötter haben meine Gebete nicht erhört, es sei denn, es war ihre Absicht, mich in ein geschlachtetes und ausgeweidetes Opferlamm zu verwandeln, dachte ich. Alles, wofür ich so hart gearbeitet hatte, hatte sich in weniger als fünf Minuten in Luft aufgelöst. Ich glitschte aus dem Fahrstuhl auf meine Etage und versuchte, mein gebrochenes Herz nicht völlig zerbrechen zu lassen.

Aus der Wohnung drangen Frank Sinatras schmachtende Stimme und Gelächter, Walter war zu Hause. Ich musste unbedingt mit ihm sprechen, nur hatte er wahrscheinlich gerade einen seiner hochgestochenen Klienten zu Gast, weil ihm Besprechungen außerhalb der Beengtheit seines stickigen Büros lieber waren. Glücklicherweise gab es auf jeder Etage nur eine Wohnung, und vom Fahrstuhl aus betrat man mithilfe eines Schlüssels einen privaten Vorraum, sodass ich nicht Gefahr lief, mich vor irgendjemandem zu entblößen, es sei denn, Walter oder sein Klient öffneten die Eingangstür. Das Lachen drinnen wurde lauter. Ich nahm an, dass ich sicher war.

Vor Kälte zitternd schleuderte ich meine Clogs von mir, schälte mir die klitschnassen Socken von den Füßen und schlüpfte in meine Straßenklamotten: Jeans, Sneakers und ein zartblauer Kaschmirpullover. Dann zog ich eine Bürste hervor und flocht meine Haare neu, so fest, dass meine Schläfen pochten. Ich hatte mich schon hübscher zurechtgemacht, aber zumindest sah ich nicht mehr so aus, als wäre ich im hinteren Teil einer dunklen Gasse in eine Messerstecherei geraten. Ich knüllte meine durchnässten und blutigen Klamotten zusammen, stopfte sie in meine Tasche und betrat das Apartment. Auf dem Couchtisch im Wohnzimmer standen zwei Gläser Champagner. Von Walter oder seinem Gast war nichts zu sehen.

»Walter?«

Plötzlich schnellte er von der Couch hoch wie ein überraschter Präriehund und sah sich suchend um. Er trug nichts als eine seidene Boxershorts mit Walen drauf.

»Sophie? Was machst du da?«

»Ich wohne hier, weißt du noch?«, gab ich zurück und ließ meine Tasche auf den Marmorboden im Eingangsbereich fallen.

»Schon, aber du ... du kommst sonst nie so früh nach Hause«, stammelte er.

»Und du bist sonst um sieben Uhr abends nie so nackt«, gab ich zurück und warf einen Blick auf die Uhr in der offenen Küche. Ich stellte fest, dass ich fast zwei Stunden durch den strömenden Regen gelaufen war.

Ein Mann mit muskatfarbenen Sommersprossen spähte über die Couchlehne und winkte. »Meine Schuld«, sagte er und rümpfte die Nase.

Es war Robert, Walters langjähriger Kommilitone von der juristischen Fakultät in Stanford und außerdem Walters Freund. Auch er war von Calvin Kleins abgesehen nackt. Nach einer langen Beziehungspause waren die zwei vor ein paar Monaten wieder zusammengekommen. Jetzt krabbelten sie durchs Wohnzimmer, schlüpften in ihre Hosen und knöpften ihre zueinander passenden – jawohl, zueinander passenden – blau-weiß karierten Markenhemden mit steifen weißen Krägen zu.

Während sie sich anzogen, ging ich zur Küchenzeile und ließ Wasser laufen, um meine Schnittwunde zu reinigen. Gott sei Dank war sie nicht allzu tief. Ich wickelte mir ein Stück Verbandmull – der zur Grundausstattung in unseren Küchenschränken gehörte – um die Hand.

»Hast du dir wehgetan?«, fragte Walter.

»Wieder eine meiner Ungeschicklichkeiten.«

»Mit einem Messer?«, fragte er, worauf ich mit den Achseln zuckte. »Lass mal sehen.«

»Mir geht's gut«, wiegelte ich ab. »Du bist kein Arzt, sondern Anwalt.«

»Gleich geht's dir noch besser als gut«, verkündete Walter und grinste. »Robert und ich haben aufregende Neuigkeiten.«

»Ich fürchte, es wird länger dauern, bis es mir wieder gut geht.«

Robert klatschte in die Hände und lächelte mit kindlicher Freude. »Das Affentheater ist vorbei! Du musst nicht mehr Walters Alibifreundin sein. Heute Abend hat er sich endlich vor seiner Mutter geoutet.«

»Vor Nicole? Wow. Wie hat sie es aufgenommen?«, fragte ich völlig baff.

»So gut, wie zu erwarten war«, meinte Walter. »Sie ist ziemlich enttäuscht, dass ich nun doch keine wunderschöne, in Frankreich geborene Meisterköchin heirate und demnach nicht in der Lage sein werde, ihre Freundinnen beim Lunch zu bewirten. Du weißt ja, wie Nicole ist, bei ihr geht nichts über den äußeren Schein.« Er riss die Hände hoch. »Machen wir uns nichts vor. Tief in ihrem Innern wusste sie doch schon immer, dass ich schwul bin, sie wollte sich nur nicht damit abfinden. Zum Glück ist es heutzutage ein absolutes Muss, einen schwulen Sohn zu haben. Sie wird sich von dem Schock erholen. Ich bin mir ziemlich sicher, dass sie schon unsere Hochzeit plant. Das wird ein Großereignis.«

»Großartig«, sagte ich, während sich mir die Kehle zuschnürte. Seine wunderschöne, in Frankreich geborene Meisterköchin war total geliefert. Walter brauchte mich nicht mehr. Meine Karriere als Köchin war vorbei. Ich war meinen Job los. Ich hatte keinen falschen Verlobten mehr. Ich stand vor dem Nichts. Sie schmierten mir wahrscheinlich noch schnell Honig ums Maul, bevor sie mich rauswarfen. »Einfach großartig.«

Walter lächelte, was meine Aufmerksamkeit auf die bezaubernden Grübchen in seinen Wangen lenkte. Sein dichtes schwarzes Haar hob die Helligkeit seiner blauen Augen hervor.

»Auf mein Sonntagsmädchen«, sagte Walter.

Er und Robert hoben ihre Champagnergläser. Meine Schnittwunde pulsierte plötzlich, begleitet von einem stechenden Schmerz. Statt nach einem Glas zu greifen, nahm ich den Dom Pérignon und trank direkt aus der Flasche. Robert beäugte mich leicht angewidert, sagte aber nichts.

»Auf Sonntag«, sagte ich.

»Erinnerst du dich noch an den Tag, als wir uns kennengelernt haben? Robert und ich haben vorhin darüber gesprochen.«

»Klar«, sagte ich.

»Nimm dir eins von den fantastischen Kristallgläsern, die du mir letztes Jahr zu Weihnachten geschenkt hast, Sophie«, bat Walter. »Hat deine Großmutter dir nicht beigebracht, dass Champagner nur darin serviert werden sollte?«

Robert grinste und zeigte auf die Anrichte. »Direkt aus der Flasche trinkt man Dom jedenfalls bestimmt nicht.«

»Ja, ja, ja«, sagte ich. »Wie unfein von mir.«

Ich schlenderte hinüber, um mir ein Glas zu holen – ein *coupe de champagne*, im ältesten Design überhaupt, noch vor Flöte und Tulpe. Der Legende nach wurde die Form des Glases nach Marie Antoinettes Brust modelliert. Ich machte es mir auf der Couch bequem, während Walter mir einschenkte.

»Prost, Sophie!«, rief er. »Ich weiß nicht, was ich ohne dich getan hätte.«

Zwei Jahre zuvor waren Walter und ich allein im Kino gewesen und bei einem französischen Film – *Manons Rache* – ins Gespräch gekommen. An jenem Abend landeten wir schließlich in seinem Drei-Millionen-Dollar-Loft, wo wir Wein tranken und Edith Piaf und Nina Simone hörten. Er war liebenswürdig, einfühlsam und mochte die gleichen Dinge wie ich. Als Köchin mit vielen Überstunden hatte ich keine Zeit, jemanden kennenzulernen, ganz zu schweigen davon, eine Beziehung zu führen. Und mit Ausnahme einiger Köche vom CIA – keine Geheimagenten für die Regierung, sondern Absolventen des Culinary Institute of America, die überall im Land verstreut waren – hatte ich keine Freunde. Mit der Küchenbrigade auf einen Absacker in die Blue Ribbon Brasserie zu gehen, ein bis vier Uhr morgens geöffnetes Stammlokal für Köche, hatte ich aufgegeben. Eric schlich ständig um mich herum und versuchte, mich davon zu überzeugen, dass er ein »anderer Mensch« geworden sei. Seine Bitten, wieder mit ihm ins Bett zu gehen, wurden schnell langweilig. Manchmal bedrängte er mich und begrabschte mich sogar, es grenzte an schwere sexuelle Belästigung. Ich dachte, ich könnte damit umgehen, indem ich schwieg, was wahrscheinlich ein Riesenfehler war. Ich dachte, ich hätte ein dickes Fell, und wenn ich hart arbeitete, wäre alles gut. Wie dem auch sei, ich hatte geglaubt, ich hätte mich behauptet, den anderen Respekt abverlangt. Aber das war nicht der Fall. Eric respektierte mich nie.

Mit Walter verlief alles ruhig, anders. Wir freundeten uns an. Einen Monat lang verbrachten wir unsere Sonntage miteinander, unterhielten uns und lachten zusammen. Ich wusste von Anfang an, dass er schwul war und wir uns nicht in ein heißes Liebesabenteuer stürzen würden, aber ich brauchte einen Freund, mit dem ich offen reden konnte. Walter brauchte das Gleiche von mir.

Es dauerte nicht lange, bis er mir ein sehr verlockendes Angebot machte. Als reicher, mit einem Treuhandfonds ausgestatteter Junge aus Greenwich, Connecticut, graute ihm davor, sich vor seiner Familie aus altem Geldadel zu outen, vor allem vor seiner Mutter, die sich nichts mehr von ihm wünschte als Enkelkinder, die sie betüdeln konnte. Er spürte den Druck – zu viel Druck –, ihre Erwartungen zu erfüllen. Bis er genügend Mut aufbringen würde, sagte er, wolle er eine kleine Lüge leben. Ich bekäme ein fantastisches Apartment zur Verfügung gestellt und würde mich als seine Verlobte ausgeben. Für mich war Walter ein Geschenk des Himmels. Ich hatte mich erst kurz zuvor von Eric getrennt und wohnte in einem preisgünstigen Hotel, während ich nach einer eigenen Wohnung suchte. Da ich Walter sehr mochte und ihm vertraute, war ich mit seinem Plan einverstanden. Außerdem verschaffte er mir als falsche Verlobte eine Ausrede, die ich nutzen konnte, um Erics Avancen abzuwehren.

Aber jetzt war das Spiel aus. Ich sank auf die Couch und fragte mich, was ich tun sollte. Wohin sollte ich gehen?

Warum sollte Walter mich weiter um sich haben wollen? Was hatte ich ihm denn noch zu bieten?

»Und ich weiß nicht, was ich ohne dich tun soll, Walter«, erwiderte ich.

Ich hoffte, dass er »Ich brauche dich immer noch« oder »Du hast mich doch noch« sagen würde. Stattdessen fuhr er fort: »Also bin ich über meinen Schatten gesprungen und hab es getan.« Er nahm Roberts Hand. »Wir haben es wirklich getan. Ich habe Robert abgeholt, und wir haben meine Mutter besucht. Du hättest ihr Gesicht sehen sollen, als ich ihr sagte, dass Robert mein Liebhaber ist.«

»Mit all dem Botox fand ich sie ein bisschen ausdruckslos«, lästerte Robert. »Aber ihre Kinnlade ist doch leicht heruntergeklappt.«

»Du ahnst nicht, wie fantastisch ich mich fühle«, schwärmte Walter lachend. »Es ist, als wäre ich endlich frei. Frei, ich selbst zu sein.«

Während Robert sich seine Krawatte um den Hals band, stieß ich ein boshaftes Lachen aus und sprang von der Couch auf. »Ich denke, wir sollten unsere Verlobung lösen«, sagte ich und betastete den fünfkarätigen Diamantring, der an meiner Kette hing. Er stammte nicht von Walter, sondern aus dem Erbe meiner Mutter, und wir fanden, dass er ein tolles Requisit für unsere Geschichte sein konnte. Ich vermutete, dass der Diamant ein Imitat war, er erfüllte jedoch seinen Zweck. Jetzt war er nutzlos – so wie ich. Hastig setzte ich mein Glas an die Lippen und verschluckte mich prompt an den perlenden Bläschen.

»Sophie, was ist los?«, fragte Walter. »Du solltest dich darüber freuen, sogar begeistert sein. Du bist meine beste

Freundin. Du brauchst bei dieser Farce nicht mehr mitzuspielen. Ist das nicht toll? Wir können das Leben führen, das wir leben wollen. Nichts mehr verbergen …«

»Kein Versteckspiel mehr«, pflichtete Robert ihm bei.

Ich hob einen Finger. »Schon verstanden, und ich freue mich für euch zwei. Aber ich hatte einen echt schlimmen Tag – einen folgenschweren, existenzzerstörenden Tag.«

»Was ist geschehen?«, hakte Walter nach, in dessen Augen nun tiefe Besorgnis aufleuchtete. »Setz dich, Sophie. Lauf nicht ständig auf und ab. Sag mir, was passiert ist.«

»Ach, es ist echt schlimm. Schlimmer als schlimm. Gewaltig«, sagte ich mit Grabesstimme.

Ich griff nach der Champagnerflasche, ließ mich auf die Couch plumpsen und starrte an die Zimmerdecke, während die Verheerung dessen, was geschehen war, wie drei Meter hohe Wellen auf mich zurollte und mich nach unten zog. Mit zitternder Stimme schilderte ich die Ereignisse im Cendrillon.

Walter schwieg nachdenklich und trommelte mit den Fingern auf seinen Oberschenkeln. »Vielleicht solltest du Urlaub machen. Wann hast du das letzte Mal Urlaub genommen?«

»Noch nie«, antwortete ich.

»Fahr irgendwo hin. Du arbeitest immer so hart. Jeder braucht mal eine Pause«, meinte Walter. »Was ist mit Monica? Diese befreundete Köchin in Los Angeles? Ruf sie an. Vielleicht brauchst du einen Tapetenwechsel. Bis sich die Wogen wieder glätten.«

Er hatte genau das gesagt, was ich befürchtet hatte: Er wollte mich nicht mehr in seiner Nähe haben. »Jetzt, wo ich als deine falsche Verlobte nicht mehr gebraucht werde, schmeißt du mich auch noch raus?«, fragte ich enttäuscht.

»Nein, niemals, nicht in einer Million Jahren. Du kannst bei uns wohnen, solange du willst. Sogar für immer. Wir verdanken dir alles …«

»Und ob«, bekräftigte Robert. »Heute Abend trinken wir Cocktails im Boom Boom Room und nehmen ein Festmahl im Le Coucou ein.« Er hielt inne und musterte mich kurz. »Du kannst dich frisch machen und mitkommen.«

»Danke«, sagte ich. »Aber ich bin weder in der Verfassung noch in der Stimmung, irgendwo hinzugehen. Ich werde mir etwas zu essen machen, mir einen Film reinziehen und ins Bett gehen. Viel Spaß. Ich komme schon klar.«

Aber ich kam nicht damit klar. Ich wollte einfach nur alles vergessen.

4
Schaler Champagner und zerbrochene Träume

Nachdem sich die Tür hinter Walter und Robert geschlossen hatte, leerte ich die Flasche Champagner, schlurfte zum Gefrierschrank und holte die halbe Packung Zigaretten heraus, die ich dort für alle Fälle aufbewahrt hatte. Da ich kein geselliger Typ war, hatte ich das gemeinschaftsstiftende Rauchen zwei Jahre zuvor leicht aufgeben können. Aber ich fand, da mein Leben sowieso schon im Eimer war, würden mir zwei, drei Zigaretten nicht schaden.

Es handelte sich um die langen Zigaretten der englischen Marke Sobranie Cocktails mit pastellfarbenen Hülsen und goldenen Filterbändern, die meine Mutter immer geraucht hatte. Während ich mir eine anzündete, musste ich an sie denken. Sie benutzte manchmal eine lange schwarze Zigarettenspitze, deren Anblick Bilder von glamourösen Filmstars aus der Glanzzeit des Kinos heraufbeschwor. Dann spitzte sie die himbeerroten Lippen, rauchte auf Lunge und blies den Rauch in einer Wolke in die Luft. Ihre Haltung war stets kerzengerade. Wenn sie rauchte, war sie anmutig, elegant sogar, im Gegensatz zu mir, die bei jedem Inhalieren hustete. Ich drückte den Stummel in einem Aschenbecher aus.

Das einzige Foto, das ich von ihr hatte, bewahrte ich in der obersten Schublade einer Kommode unter meinen Socken versteckt auf. Ich tastete mich vorsichtig zu meinem Zimmer vor, holte es heraus und begab mich zurück zur Couch. Mir war schon öfter gesagt worden, dass ich wie sie aussähe. Mit ihren großen grünen, mandelförmigen Augen, den hohen Wangenknochen, der definierten Kieferpartie, den vollen Lippen und den langen schwarzen Haaren ähnelte sie mir, aber ich sah angeblich weniger kultiviert aus. Vielleicht lag das daran, dass ich mich selten schminkte, mein Haar gewöhnlich zu einem zotteligen Zopf gebunden trug und meist in Kochkleidung herumlief. Nicht gerade der Inbegriff von Glamour. Ich starrte auf das Foto, hielt es mit Daumen und Zeigefinger an einer Ecke fest.

Wir hielten uns an den Händen und hüpften auf einem Weg im Central Park entlang. Im Hintergrund waren ein paar Enten in einem Teich zu sehen. Sie war damals Anfang zwanzig und trug ein schwarzes Neckholder-Kleid mit Blumenmuster. Ich war vier und trug ein Trägerkleid und dazu eine weiße Bluse und schwarze Spangenschuhe mit weißen Spitzensöckchen. Sie sah lächelnd auf mich herunter, ich blickte ehrfürchtig zu ihr auf. Selbst auf diesem Foto hielt sich Céleste, so war ihr Vorname, mit einer Grazie, die nur Französinnen zuwege bringen.

Als ich sechs Monate alt war, waren wir aus Frankreich nach New York gezogen. Ich habe nicht viele Erinnerungen an die ganz frühen Jahre, dafür war ich damals natürlich zu klein, jedoch an die Zeit, als ich älter war wie – auf diesem

Foto. Meine Mutter hatte gerade eine Nebenrolle in einem Film ergattert, sie sollte ein klischeehaftes verführerisches französisches Dienstmädchen spielen. Indem sie die Küche schrubbte, bereitete sie sich auf die Rolle vor, denn sie hatte nach der Strasberg-Methode gelernt, bei der man versucht, sich in die emotionale Lage einer Person hineinzuversetzen, während man sich an eigene Erlebnisse erinnert.

Nach einer Weile stellte sie den Schrubber beiseite, setzte sich zu mir und fragte mich: »Weißt du, was Träume sind, *ma petite*?«

»Ein großer Eisbecher«, lautete meine Antwort.

Sie schüttelte ihre langen schwarzen Haare und lachte. »Mein Liebling, Träume sind viel größer als das. Ich werde ein Star.«

Ich war hingerissen und machte große Augen. »Ein Star?«

»Ich werde eines Tages berühmt sein. Merk dir meine Worte.« Sie zwinkerte mir zu. »*Ma petite*, wir sind von edlem Blut. Dein Urur-Grand-père war ein *comte*, die Welt liegt deiner Grand-mère zu Füßen. Jetzt bin ich an der Reihe zu glänzen.«

»Meiner Grand-mère?«, hatte ich gefragt. »Wo ist sie?«

»Ach, zerbrich dir wegen ihr nicht den Kopf. Du würdest sie nicht mögen. Sie hat uns verstoßen. Wie streunende Katzen, die sich auf der Straße herumtreiben.« Sie hob ihre manikürten Fingernägel und machte eine Kratzbewegung. »Sie ist wie diese gemeine Hexe in dem Film, den du so toll findest.«

»*Der Zauberer von Oz?*«

»Genau der.« Sie sah summend aus dem Fenster.

Mit meinen damals fünf Jahren dachte ich nicht viel an diese Großmutter, die ich nie kennengelernt hatte. Dank meiner Mutter, die sie mit der Bösen Hexe des Westens verglich, stellte ich sie mir als alt und klapprig vor, mit grünem Gesicht und knochigen Händen. Ich wollte ihr lieber nicht begegnen. Damals bestanden meine Träume aus süßen Leckereien und daraus, auf dem Spielplatz zu schaukeln.

Ich versuchte, mich an das Lächeln meiner Mutter zu erinnern, an die Tage, an denen sie glücklich war, aber das fiel mir schwer. Ich knallte das Foto mit der Vorderseite nach unten auf den Couchtisch.

Das Foto war eine Lüge. Ihre Träume hatten sich nie verwirklicht, und mein Leben war voller gebrochener Versprechen. Wenn meine Mutter guter Dinge war, erhellte sie jeden Raum. Aber wenn sie niedergeschlagen war, langsam in die Depression glitt, waren die Tage und Nächte schwer. Ich dachte immer, es sei meine Schuld und dass ich etwas falsch gemacht hätte. Aber jetzt wusste ich, dass dem nicht so war. Meine Mutter war niemals glücklich. Sie war gut darin, Dinge vorzutäuschen, sich zu verstellen. An ihrem schmallippigen Lächeln konnte ich aber sehen, dass ihre Augen tot waren.

Ich wollte die Erinnerungen an sie abschütteln, die sich mir aufdrängten. Deshalb stand ich auf, begab mich in mein Zimmer, stopfte das Foto zurück in die Schublade und sprang unter die Dusche. Ich musste aktiv werden, statt nur zu reagieren. Ich ließ das Wasser eiskalt laufen, um das Feuer zu kompensieren, das mir die Brust verbrannte.

Sauber, aber wenig erfrischt, warf ich mich in einen Flanellschlafanzug, drehte den Gaskamin im Wohnzimmer auf »Feuersbrunst« und nahm das Smartphone, um Monica anzurufen, meine engste Freundin vom CIA. Sie war in der Küche der reinste Dynamo, hob die mexikanische Küche auf ein ganz neues gastronomisches Niveau an. Ihr Restaurant El Colibrí hatte sie erst zwei Jahre zuvor eröffnet. Anfangs hielten die Leute sie für verrückt – bis sie ihre Gerichte kosteten. Sie pries ihre Kochkunst mit »Nicht die Tacos deiner Mutter« an und führte ganz Los Angeles in mexikanisches Gourmetessen ein. Ihre Kreationen – wie den Hummerschwanz, der mit einer Granatapfel-Mango-Salsa auf blauen Mais-Tortillas serviert wurde – aß man nicht mit der Hand, schon gar nicht die mit ihrer Chimichurri-Sauce nach Geheimrezept. Ein Tipp von ihr: Trüffelöl mit Olivenöl mischen. Dieses weibliche Genie war in der Küche eine Alchimistin. Sie kreierte Elixiere und kombinierte Zutaten wie eine durchgeknallte kulinarische Wissenschaftlerin.

»*Hola,* Süße«, meldete sie sich. »Hier ist es wie im Irrenhaus. Ich hab nur ein paar Minuten.«

»Suchst du vielleicht einen Souschef?«, fiel ich mit der Tür ins Haus.

Ein kurzes Schweigen. »Himmelherrgott. Es tut mir so leid, Sophie. Ich hab es gerade gehört.«

Mir schnürte sich die Kehle zu. »Jetzt schon?«

»Was kann ich sagen? In kulinarischen Kreisen verbreiten sich Neuigkeiten schnell. Jeder weiß über jeden Bescheid.«

»Eric steckt dahinter.« Einmal mehr wiederholte ich meine traurige, mitleiderregende Geschichte.

»Ich hab diesen dürren, teuflischen Scheißkerl schon immer gehasst. Ich hab nie verstanden, was du an ihm gefunden hast.«

»Ich auch nicht«, erwiderte ich trocken. »Also, zurück zu meiner Frage. Ich finde, ein Tapetenwechsel und ein neuer Job würden für meine Psyche Wunder bewirken …«

»Schatz, du weißt, dass ich dich liebhabe. Aber ich kann momentan das Risiko nicht eingehen. Was hast du dir bloß dabei gedacht?«

»Gar nichts. Es war Eric«, rief ich aus. »Ich sitze tief in der Tinte.«

»Die Situation ist nicht gerade ideal.« Monica seufzte. »An einem Tag wie heute sag ich es dir nur ungern, aber du erfährst es ja sowieso. El Colibrí steht auf der Rising-Star-Liste.«

»Ach ja?« Ich umklammerte den Hörer fest. Meine Stimme zitterte. »Glückwunsch. Du musst überglücklich sein. Du gehörst zu dem einen Prozent.«

»Tut mir leid. Ich weiß, dass es auch dein Traum war. Ein Traum, der Wirklichkeit geworden wäre, hätte Eric, das dürre Rattenwiesel, nicht …«

»Entschuldige dich nicht. Ich freu mich für dich.« Ich schluckte. Neid stieg in mir auf. Sie hatte es geschafft, ich nicht. Ich war am Ende. »Ich freue mich wahnsinnig. Wirklich. Du hast es verdient.«

»Ich war überglücklich, bis ich erfahren habe, was dir passiert ist. Jetzt schmeckt der Champagner leicht schal, wenn du weißt, was ich meine.« Monica hielt inne. »Wenn es dir mit dem Tapetenwechsel ernst ist, bist du herzlich eingeladen, Esteban und mich so lange zu besuchen, wie du willst. Ich kann für dich Kontakt zu ein paar Köchen aus meinem Bekanntenkreis herstellen, die aufregende Sachen machen.«

»Niemand wird mich auch nur mit der Kneifzange anfassen. Eric hat mich zu einer Belastung gemacht, zu einer Ausgestoßenen. Ich bin echt angeschissen.«

»Die Lage wird sich bald wieder beruhigen. Die Zeit heilt alle Wunden, wie es so schön heißt. Glaub mir, die Wahrheit kommt immer ans Licht. Es tut mir nur so leid, dass ich dir hier keine Stelle anbieten kann.« Es folgte ein Schweigen, das sich in die Länge zog. Im Hintergrund hörte ich eine Männerstimme, die unser Gespräch unterbrach. Monica brummte etwas und sprach wieder mit mir. »Süße, tut mir total leid, aber ich muss Schluss machen. Uns steht ein großer Abend bevor, wie du dir vorstellen kannst.«

»Ich versteh schon«, murmelte ich.

»Ich ruf dich morgen früh an, wenn weniger los ist, okay? Und überleg dir, ob du uns nicht ein paar Wochen besuchen willst. Oder ein paar Monate. Wie es dir passt. Du bist immer willkommen.«

»Danke«, sagte ich.

»*Adiós,* Schatz. Wir reden morgen weiter.«

Weg war sie. Ich saß auf der Couch und war deprimierter als vorher.

Meine Karriere als Köchin war beendet.

Meine Träume waren geplatzt.

Und ich wollte Eric tot sehen.

Bevor ich wegen Mordes an dem Scheißkerl im Knast landete, musste ich mir meine nächsten Schritte überlegen.

Ich könnte von einem anonymen Account aus eine Mail an eine mir bekannte Gastronomiekritikerin bei der *Times* schreiben und ihr stecken, was im Cendrillon wirklich passiert war. Ich könnte Erics Angebot, für ihn zu arbeiten, zum Schein annehmen und ihn dann mit Arsen vergiften, und natürlich könnte ich ihm die Eier abschneiden und sie an die Straßenhunde in der Hintergasse verfüttern. Die letzte Möglichkeit zauberte mir ein schiefes Lächeln ins Gesicht. Ich war versucht, ihm ein paar SMS zu schreiben und ihn fertigzumachen, und tippte sogar welche ein. Danach fühlte ich mich besser.

Du bist das größte Arschloch auf dem Planeten.

Ich verfluche dich.

Dein Restaurant wird bankrottgehen.

Ich löschte alle bis auf eine:

Du hast mein Leben zerstört.

Nachdem ich sie abgeschickt hatte, dachte ich, immer noch vom Champagner beschwipst: Welches Leben? Sah man einmal von dem Wunsch ab, der mich in all den Jahren angetrieben hatte, nämlich als Frau ein Restaurant zu führen, obwohl der Frauenanteil nur ein Prozent betrug, hatte ich kein Leben. Ich war die Alibifreundin eines Schwulen gewesen. Außer Walter, Robert und Monica hatte ich keine Freunde. Ich brauchte ganz eindeutig eine große Veränderung. Vielleicht muss sogar *ich* mich verändern, überlegte ich. Wann war ich das letzte Mal glücklich gewesen, wie verrückt und wunderbar glücklich? Wann hatte ich das letzte Mal gelacht? Mich frei gefühlt? Die Antwort traf mich wie ein Blitz: in jenen Sommern in Südwestfrankreich beim Kochen mit Grand-mère Odette. Ich war sieben, als ich sie endlich kennenlernte. Zu meiner großen Freude war sie weder grün im Gesicht, noch hatte sie lange gichtige Finger mit krallenartigen Nägeln.

Mein Leben in der Küche begann bei meiner Großmutter in einem Dorf namens Champvert im Département Tarn-et-Garonne im Südwesten Frankreichs. Es war so klein, dass man eine Lupe gebraucht hätte, um es auf der Landkarte zu finden. Dort saß ich staunend auf einem hohen Holzhocker und beobachtete Grand-mère mit ihrem marineblauen Kleid, den schwarzen Ballerinas und der Mohnblumenschürze, fasziniert von der Anmut, mit der sie durch ihre Küche tanzte, hypnotisiert von den vielen wunderbaren Düften – wie den Aromen der frisch in ihrem Garten gepflückten Kräuter, die beim Zerkleinern freigesetzt wurden und sich verstärkten, wenn sie sie mit Olivenöl und Butter in eine Pfanne gab. Sie tauchte einen Löffel in einen Topf oder schnitt in zwei Sekunden eine Zwiebel in Scheiben, was babyleicht aussah, und für sie war es das auch. Aber am besten gefiel mir, wenn ich jene Köstlichkeiten, die sie neu erfand, ob süß oder herzhaft, probieren durfte. Dann schloss ich die Augen, leckte mir die Lippen und seufzte vor Glück.

Manchmal verband mir Grand-mère Odette die Augen, und es dauerte nicht lange, bis ich alle Zutaten am Geruch erkannte. Auch meine anderen Sinne entwickelten sich: das Sehen (das wunderbare Anrichten), das Schmecken (die Freude am Unbekannten), das Fühlen (das Gefühl einer Kirsche in meiner Hand) und das Hören (wie Knoblauch in der Pfanne brutzelte).

»Du bist eine Köchin«, sagte sie dann zu mir.

»Eines Tages will ich so sein wie du«, antwortete ich immer darauf.

Ihre blassgrünen Augen, die mich an die Frische des Frühlings erinnerten, bekamen Fältchen, wenn sie lächelte und mir die Haare zerzauste. »*Sophie, quand tu es en France, il faut que tu parles français.*« Wenn du in Frankreich bist, musst du Französisch sprechen. Und dann murmelte sie etwas in der Art, dass Céleste, diese Zigeunerin, diese den Sternen nachjagende Mutter, meine Erziehung vermasselt habe und dass ich zum Glück die Sommer bei ihr verbrächte, sodass sie retten würde, was noch zu retten sei, und mich mit meinen Wurzeln in Kontakt bringen könne. Immerhin war ich in Frankreich geboren worden, weshalb ich in Grand-mère Odettes Augen Französin war und keine Amerikanerin und, Gott bewahre, schon gar keine New Yorkerin. Doch sehr zu Grand-mères Leidwesen war an den Fakten nicht zu rütteln, und ich war alles drei.

Diese prägenden Jahre, all die Sommer, die ich mit meiner Großmutter in ihrer Küche in Südwestfrankreich verbrachte, hatten meinem Traum Nahrung gegeben, Köchin zu werden, und die Liebe zum Kochen floss wie der süßeste Kirschsaft durch meine Adern. Dank der Kenntnisse, die ich mir angeeignet hatte, als ich jedes von Grand-mère Odettes Worten in mich aufsog wie der gierigste Biskuitkuchen Flüssigkeit, schloss ich meine Ausbildung am Culinary Institute of America als Beste meines Jahrgangs ab.

Je mehr ich an Champvert dachte, desto mehr ließ mein Ärger nach. Leider war es in Frankreich drei Uhr morgens und damit zu spät, um Grand-mère Odette anzurufen, und ich war mir nicht ganz sicher, ob sie sich freuen würde, von mir zu hören. Wir hatten gut sechs Monate nicht viel miteinander gesprochen, weil ich zu sehr mit der Arbeit und dem Nachjagen einer Beförderung beschäftigt gewesen war, die ich nie bekommen würde. Wenn sie anrief, wimmelte ich sie mit den Worten ab: »Ich ruf dich morgen zurück. Ich hab viel um die Ohren.« Leider passte ihr Tagesrhythmus nicht zu meinem, nicht bei dem sechsstündigen Zeitunterschied. In einem missglückten Versuch, meinen Kummer zu ertränken, öffnete ich eine Flasche Wein, schenkte mir ein, starrte dann ins Leere und versuchte, an glücklichere Zeiten zu denken.

Plötzlich überkam es mich. Zuerst dachte ich, die Zimmerdecke sei undicht, weil mir nasse Tropfen aufs Gesicht fielen. Doch dann war es, als hätte sich eine Schleuse geöffnet. Mein Körper erbebte vor Schluchzern, die aus tiefstem Herzen kamen. Ich weinte um meine Karriere. Ich weinte, weil ich Grand-mère Odette keine bessere Enkelin gewesen war, dem einzigen Menschen in meinem Leben, der meinen Träumen Nahrung gegeben und sie gefördert hatte. Ich hatte meine Großmutter zum letzten Mal gesehen, als sie fünf Jahre zuvor extra für meinen Abschluss am CIA in die Staaten geflogen war. Obwohl sie nicht gern flog, hatte sie den langen Weg über den Atlantik auf sich genommen. Sie war wahnsinnig stolz auf meine Leistung. Und trotzdem hatte ich meine Großmutter einfach beiseitegeschoben und geglaubt, dass sie immer mein Fels in der Brandung wäre. Da ich zu besessen von meiner kulinarischen Karriere war, hatte ich meine Reise nach Champvert immer wieder verschoben, weil ich glaubte, dass Grand-mère immer da wäre. Aber die Zeit verging, und sie würde eben nicht immer da sein.

Als die Flasche Wein leer war, hatten meine Schuldgefühle und teuflischen Pläne, es Eric heimzuzahlen, die schönen Erinnerungen verdrängt, und ich hatte nur noch Rache im Kopf. Erschöpft schleppte ich mich in mein Zimmer. Zum Glück schlief ich bald ein.

5
Wenn guten Menschen Schlimmes widerfährt

Es war morgens um kurz nach sieben, als ich wieder zu mir kam. Mein Mund war trocken, statt Euphorie oder einem Rausch verspürte ich nur den pulsierenden Druck heftiger Kopfschmerzen und Übelkeit. Ich brauchte dringend Kaffee, auch um den säuerlichen Geschmack loszuwerden. Als ich zur Küche schlurfte, kam ich am Wohnzimmer vorbei.

Auf dem Couchtisch stand ein Aschenbecher, der vor nur halb gerauchten Zigaretten überquoll, daneben die leere Flasche Wein. Damit hatte ich es eindeutig übertrieben. Die letzten zehn Stunden blitzten vor mir auf, und eine diffuse Verzweiflung überkam mich in Wellen. Der vorherige Tag war leider kein Albtraum gewesen, sondern real. Als ich auf den Bildschirm meines Handys schaute, stöhnte ich auf. Warum um alles in der Welt hatte ich Eric gesimst? Natürlich hatte er geantwortet.

Ich hab dein Leben nicht zerstört. Ich hab dir eine Möglichkeit geboten. Sie anzunehmen liegt an dir.

Ich schleuderte mein Smartphone quer durchs Zimmer und schlug mit den Fäusten auf die Kissen der Couch ein, während ich meine Schreie irgendwie zu dämpfen versuchte. Walter kam in seinem Schlafanzug ins Wohnzimmer getapst. Er rieb sich den Schlaf aus den Augenwinkeln und hustete.

»Sophie, was hat das Sofa dir getan?«

Das sollte ein Witz sein, aber ich lachte nicht. Ich schluchzte nur auf und sank auf die Couch. »Entschuldige, hab ich euch geweckt?«

»Du kennst mich doch, ich bin immer in aller Herrgottsfrühe auf.«

»Hattet ihr gestern Abend Spaß?«

»Ja, aber bei unserer Feier hat etwas gefehlt«, meinte er mit einem süßen Lächeln. »Du.«

»Tut mir leid«, antwortete ich mit einem matten Schulterzucken. »Ich war nicht in bester Verfassung.«

»Du brauchst dich nicht zu entschuldigen. Ich verstehe das.« Walter setzte sich neben mich, legte den Arm um meine Schultern und zog mich an seine Brust. Er duftete immer nach frischen Zitronen und Orangen, was ich beruhigend fand. Am liebsten wäre ich für alle Ewigkeit so an ihn geschmiegt sitzen geblieben, um mich meinem beschissenen Leben nicht stellen zu müssen. Während er mir über die Haare streichelte, sagte er: »Ich weiß, dass dir im Moment alles schrecklich vorkommt, aber heute ist ein neuer Tag.«

»Ein noch schlimmerer Tag.« Ich setzte mich kerzengerade auf. »Die ganze kulinarische Welt weiß jetzt über das Cendrillon und mich, die angebliche Saboteurin, Bescheid. Denen ist nur nicht klar, dass die Schuld der falschen Person in die Schuhe geschoben wird.« Ich schluckte. »Du bist doch Anwalt. Kann ich ihn verklagen? Kann ich Eric verklagen?«

»Ich praktiziere Familienrecht, Sophie.«

»Ich weiß. Aber vielleicht kennt sich jemand in deiner Kanzlei aus mit … Wie nennt man das? Rufmord?«

Walter stieß ein besorgtes Schnauben aus. »Betrachten wir mal die Fakten. Hast du einen Beweis dafür, dass Eric dich genötigt hat, die Gerichte nachzuwürzen?«

»Nein, nicht direkt.«

»Gibt es jemanden, der deine Geschichte bestätigen würde?«

»Vielleicht Miguel«, sagte ich, doch dann fiel mir sein bisheriges Verhalten ein. Er hatte mich nicht einmal ansehen können. Nein, in einer Küche wie im Cendrillon NY war Loyalität nur einer Person geschuldet, dem Chefkoch. Und wenn Eric fortging, würde das höchstwahrscheinlich Alex. »Nein, wohl eher nicht.«

»Würdest du diesen Weg wirklich gehen wollen? Das viele Geld, das du berappen müsstest? Die schlechte Publicity? Ein Prozess, der sich über Jahre hinziehen könnte? Dein Wort würde gegen das von Eric stehen. Auch wenn ich weiß, dass du nicht schuldig bist, die Presse würde deinen Namen durch den Dreck ziehen. Willst du das alles wirklich durchmachen?«

Ich dachte kurz nach.

»Warum nicht? Ich bin auch so schon ruiniert. Ich hab noch Geld vom Verkauf des Apartments meiner Mutter übrig. Und dank dir, meinem sparsamen Haushalten und weil ich meist im Restaurant gegessen habe, habe ich fast den gesamten Lohn der letzten zwei Jahre gespart. Ich muss doch was tun«, stieß ich mit Mühe hervor. »Egal, was.«

Walter zog eine Augenbraue hoch. »Sophie, an deiner Stelle würde ich noch einmal drüber nachdenken, wenn sich die Aufregung etwas gelegt hat. Kleine Mädchen sinnen auf Rache. Kluge Frauen lehnen sich zurück und lassen das Schicksal seine Arbeit erledigen.«

»Ich hoffe nur, dass das Schicksal ein blutrünstiges Miststück ist«, murmelte ich mit zusammengebissenen Zähnen.

»Ich auch«, sagte Walter lachend. Doch seine Heiterkeit war von kurzer Dauer. Als er mich zusammengekauert und schwer atmend dasitzen sah, wurde er wieder ernst. »Tu nur im Eifer des Gefechts nichts Unüberlegtes. Damit gießt du Öl ins Feuer. Warte, bis der Rauch sich legt.«

»Wahrscheinlich hast du recht«, lenkte ich mit dröhnendem Kopf ein. »Ich kann jetzt sowieso nichts machen. Es steht Aussage gegen Aussage, und O'Shea hört im Moment auf diesen Macho-Scheißkerl.«

»Denk an den Silberstreif am Horizont«, sagte er.

»Gibt es denn einen?«

»Wir müssen nicht heiraten.«

»Für dich hätte ich das getan«, beteuerte ich und wischte mir mit dem Schlafanzugärmel die Nase ab.

»Das weiß ich, und deshalb hab ich dich auch so lieb«, erwiderte er. »Starten wir mit etwas Gutem in den Tag. Kaffee?«

Ich nickte, weil ich wirklich wieder einen klaren Kopf bekommen wollte. »Ich mache welchen.«

»Nein, entspann dich. Du siehst erschöpft aus. Hey, ich

mag der schlimmste Koch auf der Welt sein, aber eine Tasse Kaffee krieg ich noch hin.«

Robert, dessen Schlafanzug zu dem von Walter passte, kam ins Wohnzimmer getapst. Er gähnte laut. »Kaffee, Gott sei Dank! Wir sind erst heute Morgen um drei nach Hause gekommen. Mach ihn extra stark, Walter«, bat er und küsste mich auf die Wange.

Wir setzten uns an die Küchentheke und sahen zu, wie Walter sich an den Kaffeebohnen und der Cafetière zu schaffen machte. Es dauerte eine gute halbe Stunde, bis unsere tägliche Koffeindosis vor uns stand. »Ach, du verwöhnst mich, mein Geliebter«, sagte Robert. »Ist die *Times* schon da?«

Walter zuckte mit den Achseln.

Robert schlurfte zur Wohnungstür, griff nach der Zeitung und kam zu uns zurück. Während er darin blätterte, verbarg er hastig einen Teil hinter seinem Rücken. Mir rutschte das Herz in die Hose. Ich sprang auf.

»Was ist los?«, fragte ich. »Ist heute Mittwoch?«

Walter stöhnte. Ich spürte, wie mir die Farbe aus dem Gesicht wich. Es *war* Mittwoch – der Tag, an dem die *Times* die englischsprachige Welt mit der Gastronomierubrik beglückte.

»Gib her.«

Robert hielt den Teil der Zeitung, in dem der Artikel stand, hoch über meinen Kopf. Ich sprang in die Luft und entwand ihm die Seiten, wobei sie zerrissen. »Lies das lieber nicht«, bat er. »Nicht heute.« Er nahm mir den Zeitungsteil wieder ab.

»Robert?«, knurrte ich und verschränkte die Arme vor

der Brust. »Wenn du sie nicht rausrückst, spreche ich nie wieder mit dir.«

Er wollte den Artikel gerade zerreißen, als ich ihn mir schnappte. Ich kniete mich auf den Boden und setzte die Schnipsel wie ein Puzzle zusammen. Auf Seite eins traf mich mein schlimmster Albtraum so heftig, dass ich mich fühlte, als hätte man mir mit einem Vorschlaghammer einen unerwarteten Hieb versetzt.

Die Überschrift: *SABOTEURIN SOPHIE VALROUX KOSTET CENDRILLON NY EINEN STERN.*

Neben dem Text war ein Foto abgedruckt, auf dem ich mich lächelnd bei Eric und O'Shea unterhake. Der Fotograf hatte die Aufnahme gemacht, kurz nachdem das Cendrillon seinen zweiten Stern bekommen hatte. Ich las:

Heute erscheint der rote Michelin-Führer für New York, und ein paar der angesehensten Restaurants in New York City sind in heller Aufregung. Einige wie das M. D. M. haben einen Stern erhalten, während andere wie das Blink 214 nun ohne Stern dastehen. Doch vor allem ein Restaurant elektrisiert die kulinarische Welt: das Cendrillon NY.

Das Cendrillon NY sah seinem dritten Michelin-Stern entgegen, doch statt einen hinzuzugewinnen, musste es einen abgeben. In seiner Presseerklärung lässt Meisterkoch Dan O'Shea keinen Zweifel daran, wer für die verhängnisvollen Gerichte verantwortlich war: eine Saboteurin namens Sophie Valroux, Chef de Partie (Bildmitte).

Laut Chefkoch O'Shea würzte sie seine Rezepte nach ihrem Geschmack. »Damit hat sie die Regeln gebrochen. Sie hat sich schon immer beweisen wollen und ständig versucht, die Männer zu überbieten. Selbstgefällige Köche mit Min-

derwertigkeitskomplexen geraten manchmal außer Kontrolle, doch ich kann der Öffentlichkeit und der kulinarischen Welt versichern, dass das nie wieder vorkommen wird. Ich habe Valroux entlassen und übernehme von jetzt an in all meinen Restaurants, vor allem im Cendrillon NY, eine aktivere Rolle. Wir werden unseren zweiten Stern zurückerhalten und eines Tages auch den dritten bekommen.«

Miss Valroux war bis Redaktionsschluss nicht zu erreichen.

Was? Ich kroch auf dem Boden herum wie ein Eichhörnchen auf der Suche nach einer versteckten Nuss, bis ich mein Handy fand. Während ich geschlafen hatte, waren acht Anrufe eingegangen. Ich war wegen Erics SMS ausgeflippt und hatte meine Mailboxnachrichten nicht abgehört, da ich zu sehr damit beschäftigt gewesen war herauszufinden, wie ich seine Nummer blockieren konnte. Außerdem rief mich sowieso nie jemand an.

»Hallo, hier ist Trevor Smith von der *Times*. Wir hätten gern eine Stellungnahme von Ihnen zu den Vorfällen im Cendrillon …«

Löschen.

»Miss Valroux, Trevor Smith hier, ich rufe von der *Times* an. Wir stehen kurz davor, den Beitrag über den verlorenen Stern des Cendrillon NY zu veröffentlichen. Könnten Sie mich bitte zurückrufen, sobald Sie können?«

Löschen.

Übelkeit erfasste mich. Mein Gesicht wurde heiß. Mein Nacken und mein Rücken waren schweißfeucht. Ich starrte ins Leere.

Walter rieb meine Schultern. »Alles okay? Du siehst aus, als müsstest du dich gleich übergeben.«

Ich konnte nur noch ein Ja herauspressen, bevor ich ins Bad rannte und meinen Magen entleerte. Das war um so vieles schlimmer als alles, was ich mir je vorgestellt hatte. Eric und O'Shea hatten mein Leben bedeutungslos gemacht. Die ganze kulinarische Welt würde mich für eine Saboteurin halten. Eine Ausgestoßene.

Walter klopfte an die Tür. »Alles okay, Sophie?«

Ich riss die Tür auf, Walter sprang zurück. »Mir geht's gut«, behauptete ich.

»Du siehst aber nicht so aus«, widersprach er. Seine rauchblauen Augen waren vor Besorgnis groß.

Ich konnte mir nur vorstellen, wie ich aussah – völlig außer mir und durchgeknallt.

»Mir geht's gleich wieder gut.«

Die Leute in meinem Wohnviertel, die ich jeden Tag grüßte, würden nichts davon erfahren. Wenigstens nicht die, denen die *Times* nicht nach Hause geliefert wurde. Ich rannte zum Eingangsbereich, zog ein Paar Stiefel und meinen Mantel an und griff nach meiner Handtasche.

»Wo willst du hin?«, fragte Walter alarmiert. »Du bist im Schlafanzug. Du kannst so nicht raus.«

»Ich weiß«, entgegnete ich. »Aber ich geh trotzdem. Ich muss was Wichtiges erledigen.«

Vor mir verschwamm alles. Ich rannte an unserem Tagesportier Frank vorbei, stürzte aus der Tür nach draußen und sah mich hektisch um. Ich hüpfte durch den Verkehr wie ein durchgeknallter Frosch, drängelte mich zum Zeitungskiosk unseres Viertels und kaufte alle Exemplare der *Times* auf. Aus den Augenwinkeln sah ich ihn über den Gehsteig stolzieren. Diesen Gang hätte ich überall erkannt.

Eric. Was machte er auf der Upper East Side? Das war nicht sein Viertel. Der teuflische Idiot wohnte in Hells Kitchen. Als er mich sah, machte er große Augen. Ich erstarrte. Bevor ich entkommen konnte, rannte er auf mich zu und packte meinen Arm. Ich riss mich von ihm los.

»Fass mich nicht an. Sprich nie mehr mit mir. Sieh mich nicht mal an.«

»Wir müssen reden«, sagte Eric überrascht, als hätte er tatsächlich geglaubt, dass ich nach allem, was er getan hatte, zurück in seine Arme rennen würde.

»Was machst du hier? Woher hast du meine Adresse?«

»Im Restaurant gibt es Unterlagen«, sagte er selbstgefällig. Sein Atem stank nach Whiskey. Es war klar, dass er die ganze Nacht unterwegs gewesen war. Er registrierte den Stapel Zeitungen. »Da du nicht auf meine SMS geantwortet hast, wollte ich dir eine Nachricht einwerfen und mein Angebot, für mich zu arbeiten, erneuern. Deine Möglichkeiten sind begrenzt, Sophie. Äußerst begrenzt.« Wir standen einander gegenüber, und ich hätte ihm am liebsten die Augen ausgekratzt. »Sieh mich nicht so an«, meinte er unschuldig. »Was ich getan hab, hab ich für uns getan.«

»Nachdem du meine Karriere zerstört hast? Ich rede nie wieder mit dir«, fauchte ich. Wieder packte er meinen Arm und zog mich näher an sich heran. Er roch nach billigem Parfüm und Zigaretten. Ich jaulte vor Schmerz auf. »Lass mich los, Eric.«

»Sophie, ich muss dir sagen …«

»Spar dir deine wenig überzeugenden Worte für jemanden, der sie hören will«, zischte ich und riss mich von ihm los. »Du bist eindeutig verrückt.«

»*Ich* bin nicht der Verrückte hier, Sophie, du bist es. Das muss erblich bedingt sein.«

Seine Worte trafen mich wie ein Faustschlag und betäubten mich.

Er fuhr sich mit den Händen durchs Haar. »Ohne mich wärst du nichts. Eine totale Null. Ich habe dir alles beigebracht, was du weißt. Machen wir uns nichts vor, du bist ein talentloser Lakai. Es würde mich überraschen, wenn du es auf eigene Faust in die Kochschule geschafft hättest.«

»Klar hab ich das«, protestierte ich, vor allem, um mich selbst zu überzeugen. Ich hatte mir ein Bein ausgerissen, um ins Culinary Institute of America zu kommen. Für mich hatte niemand seine Beziehungen spielen lassen, weil ich niemanden hatte. Ich hatte alles allein geschafft. »Ich hab mir den Arsch abgearbeitet und den Abschluss als Jahrgangsbeste gemacht. Du bist doch an mich herangetreten.«

»Bist du dir da sicher?«

Ich kochte vor Wut. Ich hatte noch nie einen solchen Zorn verspürt. Mit meiner freien Hand ohrfeigte ich Eric, so fest ich konnte.

Ich machte kehrt, um zurück ins Wohngebäude zu stürzen, rannte über die Straße und wäre fast von einem Taxi überfahren worden. Als ich die schützende Empfangshalle erreicht hatte, warf ich einen Blick zurück über die Schulter. Eric stand noch auf dem Gehsteig. Eine selbstgefällige Grimasse verzerrte sein Gesicht. Als ich zurück ins Loft kam, betrachteten Robert und Walter den Zeitungsstapel in meinen zitternden Armen.

»Wollen wir ein Lagerfeuer machen, bevor wir zur Arbeit gehen?«, fragte Walter.

»Ja«, wimmerte ich, »und ich werde die Wohnung nie wieder verlassen.«

6

Flambiert mit großem F

Wochenlang verkroch ich mich in meinem Zimmer, das mit halb leeren Takeaway-Behältern vollgemüllt war. Ich war dankbar dafür, in New York zu leben und mir alles ins Haus liefern lassen zu können: chinesisches Essen, Tampons und Chunky Monkey Eiscreme. Meinen Schlafanzug legte ich gar nicht erst ab, denn wenn ich nicht gerade das Internet durchstöberte, um nachzulesen, was für ein abscheulicher Mensch ich war, schlief ich. Ich versuchte mehrmals, O'Shea anzurufen, doch sobald er meine panische Stimme sagen hörte: »Chef, Chef, lassen Sie es mich erklären«, beendete er das Gespräch. Schließlich gab ich auf. Mein Frühstück, das ich gewöhnlich gegen Mittag einnahm, bestand aus irgendwas, das ich mir ebenfalls kommen ließ, zum Beispiel aus einem pochierten Ei und dazu Wodka mit Orangensaft. Ich wollte ewig schlafen und alles vergessen.

Walter und Robert kamen mit schöner Regelmäßigkeit zu mir ins Zimmer und versuchten mich aufzuheitern. Doch was sie auch taten, ob sie mir nun Blumen oder Pralinen schenkten oder mir Witze erzählten, es funktionierte nicht. Dann seufzte Walter, und Robert sagte: »Lass sie trauern.«

»Wie lange?«, fragte Walter daraufhin.

Und ich antwortete: »So lange, wie es dauert.«

»Gib ihr Zeit«, sagte Robert dann. »Sie kommt schon wieder zu Sinnen.«

Nein, dachte ich, nicht, wenn ich von Sinnen bin. Danach traten sie den Rückzug an und beäugten mich mitleidig. Sie kapierten es nicht. Sie verstanden es einfach nicht. Alles, wofür ich so hart gearbeitet hatte – mein Wunderland, meine Träume –, hatte sich vor meinen Augen in Luft aufgelöst. Und ich konnte mein Leben nicht wieder in den Griff bekommen, wenn ich mich nicht einmal selbst in den Griff bekam. Selbstzweifel strömten durch meine Adern und ließen mich alles infrage stellen. Dafür hatte Eric gesorgt. Vielleicht war ich tatsächlich ein talentloser Lakai. Ein Sozialfall, der ihm leidtat. Andererseits, wenn ich wirklich so dämlich war, reine Platzverschwendung in der Küche, warum wollte er dann unbedingt, dass ich für ihn arbeitete? Die Erkenntnis traf mich hart. Eric wollte mich zerbrechen, weil er gewinnen wollte, er wollte dafür sorgen, dass ich verstummte. Tja, das war ihm gelungen. Er hatte gewonnen. Und zerbrochen war ich auch. Während ich in dem Glauben, dass niemand meine Geschichte glauben würde, in einen Schacht aus geplatzten Träumen fiel, stellte ich mich tot. Und das machte ich gut.

Ich war allein in der Wohnung, als meine erste Panikattacke mich wie mit einem Schraubstock aus Angst packte. Mein Herz raste derart, dass ich fürchtete, es würde aus meinem Brustkorb springen. Meine Fingerspitzen kribbelten. Ich konnte nicht mehr durchatmen, und gute zehn Minuten lang glaubte ich, ich hätte einen Herzinfarkt. Ich sank auf meinem Bett zusammen und kniff die Augen zu. Ich war mir sicher, dass ich sterben müsste. Während ich mich auf meine Atmung konzentrierte und mein Herz zwang, sich zu beruhigen, fiel mir ein, dass meine Mutter solche Anfälle durchlitten hatte. Dann hatte sie in eine Papiertüte geatmet, was sie davor bewahrte, zu hyperventilieren und ohnmächtig zu werden. Dank der vielen Takeaways lagen auf meinem Fußboden viele Papiertüten herum. Als der Anfall abklang, wurde mir klar, dass ich in einen unguten Gemütszustand verfiel, aus dem ich dringend wieder herausmusste.

Das war nicht ich. Ich musste etwas unternehmen. Ich war nicht meine Mutter. Ich erinnerte mich daran, dass ich den besten Abschluss meines Jahrgangs gemacht hatte.

Ich lief in die Küche, bereit, mich in die Arbeit zu stürzen und mich selbst davon zu überzeugen, dass mein Leben und alles, wofür ich so hart gearbeitet hatte, etwas wert war. Einen Moment stand ich wie betäubt da und betrachtete die glänzenden Kupfertöpfe und -pfannen, die Walter für mich gekauft hatte, den wunderschönen Herd aus rostfreiem Stahl, und stellte meine Fähigkeiten infrage, was keine Kunst war, weil mir Erics und O'Sheas Worte durch den Kopf schwirrten wie ein Schwarm Bienen.

»… talentloser Lakai …«

»Er hat jedenfalls nicht seine Beziehungen spielen lassen …«

»Es würde mich überraschen, wenn du es aus eigener Kraft auf die Kochschule geschafft hättest.«

»Ohne mich wärst du nichts.«

Ich musste ihnen das Gegenteil beweisen. Mir selbst beweisen, dass ich keine Null war. Mir selbst beweisen, dass ich etwas war, dass ich alles war.

Ich legte mir meine Messer und ein Schneidebrett zurecht und öffnete den Kühlschrank, um die Vorräte zu sichten. Wie es schien, hatten Walter und Robert bei einem Lebensmittelservice bestellt, der alle frischen Zutaten für vorgegebene Rezepte lieferte. Als ich feststellte, dass die Menge nur für zwei Personen bestimmt war, runzelte ich die Stirn und fühlte mich ausgeschlossen. Andererseits hatte ich ja nicht mal mein Zimmer verlassen. Statt mich in eine wütende Eremitin zu verwandeln, hätte ich auf dem Markt einkaufen gehen und für sie kochen sollen.

In der Schachtel, die ich konfiszierte, waren Hähnchenfleisch, Zucchini, Ras-el-Hanout-Sauce, Knoblauch, Safran, Kapern, Rosinen, Couscous und Laban. Ich machte mir nicht die Mühe, mir das Rezept anzuschauen, ich wollte diesem Gericht meinen eigenen Stempel aufdrücken, wollte diese Zutaten in etwas wahrhaft Köstliches verwandeln.

War ich nicht die Frau, die jeden Schnitt mit geschlossenen Augen vollführen konnte? Würfeln, hacken, stifteln, in feine Streifen schneiden? Ich packte die Schachtel aus und reihte alles auf der Theke vor mir auf. Rasch inspizierte ich die Zutaten – eine Art Angstgegner. Früher hatte ich kochen und Neues kreieren geliebt. Jetzt war mir fast, als würde ich es hassen.

Zeig, dass du es kannst, Sophie.

Ich nahm die Zucchini und begann, sie in Scheiben zu schneiden. Dabei schnitt ich mir prompt in die Daumenkuppe. Ich ließ das Messer fallen und sank zu Boden, wo ich mich wie ein Häufchen Elend zusammenkauerte. Die Verletzung war nicht tief, aber von der Sorte, die ewig und drei Tage blutete und nässte, wenn man die Wunde nicht versorgte. Das Einzige, was ich mir bewiesen hatte, war, dass ich eine Versagerin war. Ich konnte mich nicht einmal zum Aufstehen durchringen. Mir strömten die Tränen übers Gesicht. Es ärgerte mich, dass ich mich in eine Heulsuse verwandelt hatte. Das war ich früher nicht gewesen.

Als meine besten Freunde nach Hause kamen, fanden sie mich blutend und weinend auf dem Boden vor. Walter half mir hoch und ließ kaltes Wasser über meinen Finger laufen, während ich mir schniefend mit der anderen Hand die Nase wischte. Er umwickelte meinen Finger mit Verbandmull und gab sich alle Mühe, mich zu trösten, doch eine Untröstliche zu trösten ist schwer.

»Dusch dich. Geh mal vor die Tür. Hör auf, dich selbst zu bemitleiden. All das wird vorübergehen«, riet mir Walter stirnrunzelnd. Doch selbst er kannte die Wahrheit. Diese Situation würde sich so schnell nicht beruhigen.

»Das geht nie vorüber! Sieh mich doch an. Ich kann nichts richtig machen.«

Walter schlug mit der Hand auf den Tisch. Dann packte er mich an den Armen und schüttelte mich. »Sophie, ich hab dich gern, aber es muss sich was ändern. Ich kann so nicht weiterleben. Robert kann so nicht weiterleben. Und du kannst es auch nicht.«

Ich hatte ihn noch nie wirklich aufgebracht erlebt, jedenfalls nicht *so.* Er war sonst immer so ausgeglichen. Ich biss auf meine Unterlippe, um nicht zu weinen. Dennoch kullerten heiße Tränen über meine Wangen.

»Schmeißt ihr mich raus? Ich würde es euch nicht verübeln«, sagte ich, und meine Stimme klang wie ein klägliches Wimmern. »Bringt es ein für alle Mal hinter euch.«

»Die Sophie, die ich liebhabe, würde ich nie rausschmeißen, aber dieses neue Du, diese starrköpfige, wehleidige Kreatur, zu der du geworden bist, muss sich ändern, und zwar schnell.«

»Es tut mir leid, Walter«, sagte ich kleinlaut. »Das weißt du. Ich bin nicht ich selbst. Eric hat mich umgebracht.«

»Eric hat dich nicht umgebracht«, widersprach Walter. »Du stehst direkt vor mir – gesund und munter und total unausstehlich. Reiß dich zusammen! Wenn du das nicht tust, wirst du wie sie enden.«

Ich wusste, dass er von meiner Mutter sprach. Abgesehen von Eric war er der einzige Mensch, mit dem ich über ihren Tod gesprochen hatte.

»Das ist ein Schlag unter die Gürtellinie, Walter«, konterte ich, obwohl ich genau dasselbe gedacht hatte.

Walter umarmte mich fest. »Komm schon, du handelst nicht wie die Sophie, die wir kennen und lieben.«

»Und wir lieben dich wirklich«, sagte Robert und legte mir eine Hand auf den Rücken. »Willst du dich nicht präsentabel machen und mit uns essen gehen? Du solltest wirklich mal das Haus verlassen und frische Luft schnappen.«

»Vielleicht morgen«, wehrte ich ab.

»Wir lassen dich nicht gern allein«, meinte Walter.

»Keine Sorge«, erwiderte ich. »Ich bin nicht wie sie.«

»Ich hab dir die Nummer einer Therapeutin auf die Theke gelegt«, sagte Walter. »Vielleicht rufst du sie mal an und besprichst mit ihr, was du gerade durchmachst. Du weißt schon, jemand, der dir unvoreingenommen zuhört und dir einen Rat geben kann.« Er küsste mich auf die

Wange. »In ein paar Stunden sind wir wieder da. Wenn du irgendwas brauchst, melde dich einfach.«

Ich nickte.

Als sich die Tür hinter ihnen geschlossen hatte, hockte ich mich wieder auf den Boden und umklammerte meine Knie. Ich war auf schlimmste Art und Weise auf meine einzigen Freunde losgegangen. Und was meine Situation noch beschissener machte: Ich konnte mich nicht dazu durchringen, den Menschen anzurufen, den ich am meisten brauchte, und das war keine Therapeutin, sondern meine Großmutter. Sie würde bloß sagen: »Hab ich dir doch gleich gesagt« und mir das Gefühl geben, unfähig zum Fällen von Entscheidungen zu sein. Vielleicht würde sie mich trösten. Aber ich war noch nicht bereit, getröstet zu werden. Ich wollte mich in meinem Elend suhlen und wütend auf mich selbst und alle anderen auf der Welt sein, sie eingeschlossen. Es regte mich auf, dass sie mich nicht angerufen hatte, die Nachricht war doch bis in den letzten Winkel der Welt vorgedrungen, selbst in das abgelegene französische Örtchen Champvert.

Trotzdem, sie fehlte mir. Ich brauchte sie.

Meine Sommer mit Grand-mère Odette in Frankreich hatten ein Ende gefunden, als ich dreizehn gewesen war, ein Alter, in dem jede Kleinigkeit eine ungeheure Bedeutung annimmt: der Pickel am Kinn, die Unbeholfenheit und, noch schlimmer, die Einsamkeit. In den folgenden Jahren, wenn meine Mutter ohnmächtig in ihrem Schlafzimmer gelegen oder in anderen Sphären geschwebt hatte, weil sie mit Medikamenten vollgepumpt gewesen war, war meine Zuflucht die Küche gewesen. Da ich mich wegen meines Zuhauses schämte, wurde ich zur Einzelgängerin, das stille Mädchen, das den Kopf einzog und mit keinem redete. Das Kochen bedeutete mir alles.

Ich war achtzehn, als ich die Leiche meiner Mutter in der Badewanne fand, blau und aufgedunsen, Pillen waren überall auf dem Boden verstreut. Sie hinterließ keinen Abschiedsbrief, nur das Wort »Entschuldigung«, das sie mit ihrem roten Lippenstift – Rouge Allure von Chanel – auf den Badspiegel geschmiert hatte. Mit mir musste etwas nicht gestimmt haben, denn ich hatte keine Träne vergossen. Ich hatte nur mit Toilettenpapier den Spiegel abgewischt und, nachdem ich den Notdienst angerufen hatte, Grand-mère Odette informiert.

Obwohl wir seit meiner letzten Reise nach Champvert nicht mehr miteinander gesprochen hatten, war meine Großmutter nach Amerika geflogen, um mir bei den Vorkehrungen für die Bestattung zu helfen.

Unser Gespräch war nur kurz. Als ich sie am Flughafen abholte, lauteten die ersten Worte, die Grand-mère Odette zu mir sagte: »Dein Anruf hat mich überrascht. Ich dachte, du wolltest mich nicht mehr in deinem Leben.«

»Wer hat *das* denn gesagt?«

»Céleste. Sie sagte, du wolltest nichts mehr mit mir zu tun haben. Ich habe sie angebettelt und angefleht, dich nach Frankreich kommen zu lassen.«

»Mir hat sie erzählt, dass du *mich* nicht sehen wolltest«, antwortete ich. »Und dass ich, wenn ich eine gute Tochter wäre, zu Hause bleiben und mich um sie kümmern würde.«

»Ich verstehe«, sagte Grand-mère. »Nun, sie war eine sehr kranke Frau. *Évidemment.* Jetzt, wo sie tot ist, möchte ich, dass du für immer nach Frankreich kommst. In deine Heimat. Du bist die einzige Angehörige, die ich noch habe. Seit deine Mutter sich abgesetzt hat und dein Grand-père gestorben ist, fühle ich mich sehr allein.« Das war das erste Mal, dass sie meinen Großvater erwähnte. Ich hatte keine Erinnerungen an ihn. Nichts. Null. Er war ein unbeschriebenes Blatt für mich. Sie schürzte die Lippen. »Falls du dich das fragst«, fuhr sie fort, »er ist an gebrochenem Herzen gestorben. Dass Céleste mit dir fortgegangen ist, war vernichtend für ihn. Bedeutet dir deine Familie nichts?«

Ich hatte schuldbewusst den Kopf gesenkt. Ich hatte Pläne. Große Pläne. Ein Teil von mir wollte zurück nach Frankreich, doch ein größerer Teil von mir wollte meinen Träumen folgen. Und wir waren auch nie eine Bilderbuchfamilie gewesen. Ganz und gar nicht. Ich hatte mich von meiner Mutter entfremdet und wusste kaum etwas über ihr Leben in Frankreich vor meiner Geburt. Dafür hatte sie gesorgt. Abgesehen von den Besuchen bei meiner Großmutter in jenen Sommern kannte ich Grand-mère eigentlich nicht besonders gut. Und sie hatte auch nicht eingegriffen, als ich sie wirklich gebraucht hatte. Ich fragte mich, ob mir etwas entgehen würde, aber ich war damals voller Tatendrang und Abenteuerlust gewesen und wusste alles besser. »Mein Leben ist hier, in New York«, entgegnete ich.

»Ein tolles Leben.«

»Grand-mère, ich habe mich an einer der besten Kochschulen des Landes, sogar auf der Welt, beworben – beim Culinary Institute of America. Ich hoffe, dass sie mich nehmen. Aus tiefstem Herzen. Ich habe nichts von dem vergessen, was du mir beigebracht hast.«

Sie richtete sich auf und reckte das Kinn. »Frankreich hat die besten Kochschulen. Du solltest auf die Cordon Bleu gehen.«

»Aber ich will ins CIA«, beharrte ich.

»Ich verstehe«, sagte sie. »Wenn das dein Wunsch ist, wird er bestimmt in Erfüllung gehen.«

Als wir den Nachlass meiner Mutter ordneten, schnitt sie das Thema Umzug nach Frankreich nicht mehr an, ließ jedoch gelegentlich eine Andeutung fallen. »Champvert ist so viel sauberer als deine dreckige Stadt hier.« Oder: »In Frankreich wird gesünder gegessen. Sieh dir nur diese Erdbeeren an. So groß wie Orangen. Das ist nicht normal. Und es ist auch nicht Saison.«

Keine von uns weinte um meine Mutter. Das einzige Mal, dass der Name meiner Mutter erwähnt wurde, war, als ich fragte, ob wir eine Beerdigung organisieren sollten. Grandmères Gesicht lief knallrot an. Sie umklammerte fest ihren Rosenkranz. »Was Céleste getan hat, war eine Sünde. Keine Beerdigung«, bestimmte sie. Und damit hatte es sich.

Zwei Wochen später kehrte meine Großmutter nach Frankreich zurück, und ich holte die Asche meiner Mutter beim Krematorium ab. Als ich den schwarzen Plastikbehälter in den Händen hielt, wollten die Tränen immer noch nicht fließen. Ich war böse auf meine Mutter – nein, ich hasste sie. Sie hatte nie Mutter werden wollen, so viel wusste ich. Als ich ein Kind war, hatte sie mir befohlen, sie in der Öffentlichkeit Céleste und nicht Mom oder Maman zu nennen. Sie glaubte, wenn ich sie so nannte, würde sie das »alt« machen. Ich glaube, sie hat allen erzählt, dass ich ein herumstreunendes Kätzchen sei, das sie auf der

Straße gefunden habe. Und dann lachte sie ihr glockenhelles Lachen. Ich verstreute ihre Asche im Central Park und warf den Behälter weg.

Meine eigene Mutter hat mein Leben sabotiert. Und jetzt auch Eric.

In der Welt der Gourmetköche grassierte Sabotage natürlich. Einmal hat ein konkurrierender Meisterkoch Dutzende Reservierungen fingiert und damit den Erfolg des Eröffnungsabends eines gewissen anderen Meisterkochs zunichtegemacht. Wütende Meisterköche haben schon Öfen auf zweihundertsechzig Grad hochgedreht, in denen Kuchen backten. Salz oder Pfeffer in Gerichte zu geben war auch sehr beliebt.

Obwohl ich zornig auf Eric war und so einige ungelöste Konflikte mit meiner Mutter hatte, war ich noch zorniger auf mich selbst. Vielleicht hatte ich dieses Schicksal verdient. Ein guter Koch achtet jederzeit auf alle Details. Kochen ist eine Wissenschaft, und es obliegt dem Koch, stets alle Zutaten und alle Gerichte zu kennen und oft zu kosten, und ich hatte die Velouté nicht mehr abgeschmeckt, nachdem Eric mir dringend geraten hatte, sie nachzuwürzen. Ich hatte auf seine Instinkte vertraut, obwohl ich ihm nicht hätte trauen sollen.

Aber Fakten waren Fakten. Eric *hatte* mich sabotiert. Ich hatte auf ihn vertraut, auf seinen Gaumen, darauf, dass er Chef de Cuisine war. Stattdessen hätte ich auf meinen Bauch hören sollen, und das hatte ich nicht getan. Ich hatte auf überhaupt nichts geachtet. In dem Moment wurde mir klar, dass ich, Sophie Valroux, mich gemeinsam mit Eric selbst sabotiert hatte.

7
Gebranntes Kind scheut das Feuer

Walter und Robert hatten recht. So konnte ich nicht weitermachen. Ich wollte nicht wie meine Mutter enden. Ich dachte an meine Großmutter. Ich dachte daran, wie stark sie war und wie enttäuscht sie wäre, wenn sie mich so sähe. Ich hatte versucht, Monica telefonisch oder per SMS zu erreichen, aber es sprang immer nur der Anrufbeantworter an, und sie antwortete nie. Nicht zu fassen – am CIA hatte sie sich in ständiger Konkurrenz mit mir befunden. Jetzt stellte ich keine Bedrohung mehr für sie dar. Schon kapiert. Sie brauchte mich nicht mehr im Auge zu behalten. Meine Schwäche widerte mich so sehr an, dass ich jeden Tag meinen Mageninhalt erbrach.

Eines Tages, als ich mich mal wieder über den Porzellanaltar beugte, hatte ich jedoch eine Offenbarung. Ein Aha-Erlebnis. Das war nicht ich. Nur weil meine Karriere vorbei war, hieß das nicht, dass ich auch alles andere zerstören musste, wie zum Beispiel meine engsten Freundschaften, meine einzigen Freundschaften.

Ich brauchte gut zwei Stunden, um mein Zimmer sauber zu machen und die leeren Tüten und Behälter mit verrottendem chinesischem Essen und schlammartigem Speiseeis zu entsorgen. Ich duschte. Ich zog mir einen frischen Schlafanzug an. Obwohl ich jetzt etwas präsentabler war, zögerte ich immer noch, die Wohnung zu verlassen – nicht mit den verquollenen Augen, nicht mit der schrecklichen Angst, erkannt zu werden.

Nachdem ich alle Zutaten für ein Superfrühstück geordert hatte, stellte ich mir den Wecker auf sechs Uhr morgens, weil ich plante, Walter und Robert gegenüber Wiedergutmachung zu leisten. Wenn es ums Entschuldigen ging, war ich vielleicht nicht die Redseligste oder die Poetischste, aber für jemanden zu kochen war meine Art zu kommunizieren, meine Art, meine Liebe zu zeigen. Auf der Speisekarte standen Œufs cocotte mit Schnittlauch, Speck und Rosmarinkartoffeln in Trüffelöl gebraten, meine Gourmetversion. Gegen sieben lief der Kaffee durch und erfüllte die Küche mit seinem erdigen Aroma. Während ich mein Versöhnungsessen vorbereitete, kam Walter, setzte sich an die Theke und beäugte mich neugierig.

»Du bist auf?«, fragte er.

Ich lächelte ihn zaghaft an und schenkte ihm eine Tasse Kaffee ein.

»Du hast geduscht? Und du machst Frühstück? Für mich?«, fragte er, und ich zuckte mit den Achseln. »Es gibt doch noch einen Gott! Rieche ich da etwa Speck?«

»Jap«, sagte ich. »Mit Œufs cocotte. Das ist meine Entschuldigung…«

»Entschuldige dich nie. Habe ich meine Sophie wieder?«, unterbrach er mich. »Denn ich will sie unbedingt zurück.«

»Langsam, aber sicher, immer schön Schritt für Schritt

und Dusche für Dusche. Aber mir ist mein Herz abhandengekommen …«

»Dir ist doch nicht dein Herz abhandengekommen!«

»Ohne Küche schon.«

»Und wo stehst du in diesem Moment?«

»In einer Küche«, räumte ich schmollend ein. »Aber das ist nicht dasselbe. Hör zu, jetzt, wo du und Robert frei seid, euer Leben zu leben, braucht ihr mich nicht mehr.«

»Und ob wir das tun«, widersprach er.

»Ich bin mir sicher, jeder wünscht sich in seinem Leben einen wandelnden Albtraum«, gab ich leicht schnippisch zurück.

Vielleicht wollte ich Walters Freundschaft auf den Prüfstand stellen. Wenn er mich nicht liebhatte, würde er mich wegschicken. Und ich würde ihm keinen Vorwurf machen.

»Du hast mir in letzter Zeit ganz schön Angst gemacht, aber du bist immer noch meine beste Freundin.«

Eine Träne lief mir über die Wange. »Eine schöne Freundin war ich dir.« Plötzlich nebelte Qualm die Küche ein, und der Rauchmelder schlug Alarm. Die Kartoffeln waren angebrannt, und die Eier hatte ich zu lange im Ofen gelassen. Ich schnappte mir ein Geschirrtuch und wedelte damit über meinem Kopf. »Himmel, ich kann nicht mal mehr kochen. Ich hab meine Kochmagie verloren.«

Walter nahm einen Teller, stellte eines der Auflaufförmchen mit den verkochten Eiern darauf und drapierte einen Löffel voll verbrannter Kartoffeln daneben.

»Das ist bestimmt noch genießbar.« Er spießte ein paar Kartoffelscheiben auf seine Gabel und verzog beim Kauen das Gesicht. »Etwas zu lange im Ofen, aber köstlich.«

Robert stolperte in die Küche. »Was stinkt hier so?«

»Mein Leben«, antwortete ich und hob resigniert die Hände. »Es ist in Rauch aufgegangen.«

»Du hast immer noch vieles, wofür du dankbar sein kannst.«

»Zum Beispiel?«

»Mich und Walter«, sagte Robert.

An ihrer Stelle hätte ich mich durch die Haustür nach draußen geschubst, sie zugeknallt und sie nie wieder geöffnet. Aber das taten sie nicht. Sie lächelten erst sich und dann mich nur freundlich und liebevoll an. Walter zwinkerte Robert zu. Irgendwas war im Busch.

Ich stemmte eine Hand in die Hüfte und lief auf und ab, während ich mir mit der anderen Hand die Haare raufte. »Nur damit ich das richtig verstehe. Ihr wollt mich nicht rausschmeißen? Selbst nach diesem Katastrophenfrühstück?«

»Nicht in einer Million Jahren, Sophie. Du bist wie die gestörte Schwester, die ich niemals hatte«, sagte Robert. »Uns wirst du so schnell nicht los.«

Ich presste die Lippen zusammen. Da ich ihre erwartungsvollen Blicke nicht erwidern konnte, drehte ich ihnen den Rücken zu, nahm die Pfanne mit den verbrannten Kartoffeln und warf sie in den Müll. Ich verdiente ihre Unterstützung nicht. Während das Katastrophenessen in den Abfall glitt, ließ ich beschämt den Kopf hängen.

»In wenigen Tagen ist Thanksgiving«, verkündete Walter. »Da wollen wir hier eine Party schmeißen. Das wird ein riesiger Festschmaus.«

Ich fuhr zu Walter herum. »Warte. Moment mal«, sagte

ich. »Ihr zwei könnt gerade mal Wasser kochen. Ich nehme an, ihr wollt, dass ich koche?«

Das war verrückt. Ich bekam nicht mal ein einfaches Frühstück auf die Reihe. Und Walters und Roberts Freunde waren superkritisch, vor allem, wenn es ums Essen ging. Noch einen Rückschlag konnte ich nicht ertragen. Jetzt nicht. Eigentlich nie mehr. Ich biss die Zähne so fest zusammen, dass mir der Kiefer wehtat.

»Ich glaube nicht, dass unser Lieferservice Thanksgiving-Gerichte im Angebot hat, und selbst wenn, wären sie wahrscheinlich grässlich«, sagte Robert und fächelte sich dramatisch Luft zu. »Wir wollen das volle Programm – mit allen Beilagen.«

»Du bist doch hier die Meisterköchin, Sophie«, sagte Walter und legte mir die Hand auf die Schulter. »Und dazu noch die beste, die ich kenne.«

Mein Blick huschte zum Herd, über dem immer noch übelriechender Rauch von der Pfanne mit den verbrannten Kartoffeln in der Luft hing – der Geruch der Niederlage. Ich wollte die beiden nicht enttäuschen, aber mein Selbstvertrauen war hinüber.

»Ich weiß nicht mehr, was ich bin«, murmelte ich. »Ich bin mir nicht sicher, ob ich je wieder werde kochen können.«

»Du bist Meisterköchin und dazu noch meine beste Freundin.« Walter lächelte. »Und außerdem gehörst du zur Familie.«

Familie, dachte ich traurig. Meine Mutter war tot. Meinen Vater kannte ich nicht. Alles, was ich hatte, war Grandmère Odette, und ich hatte Angst, sie anzurufen. Wenigstens spielten Walter und Robert im Team Sophie.

»Und, Thanksgiving?«, hakte Walter nach und schob die Unterlippe vor. »Bitte!«

Robert folgte seinem Beispiel und fiepte wie ein kleiner Welpe.

Sie hatten mich. Ich stöhnte. »Na schön. Aber wenn es ungenießbar ist, gebt nicht der Meisterköchin die Schuld. Sie ist momentan nicht sie selbst. Plan B: Wir bestellen was beim Chinesen.«

»Plan A wird schon klappen«, sagte Walter.

Als Robert und Walter zur Arbeit aufbrachen, dachte ich an meine Familie und googelte das Château meiner Großmutter. Was ich fand, musste ein anderes Haus sein. Selbst auf dem kleinen Bildschirm war es um so vieles größer als in meiner Erinnerung. Dieses Château hatte zwei Restaurants, Les Libellules (Die Libellen) und Le Papillon Sauvage (Der wilde Schmetterling), und war als Mitglied der Société des Châteaux et Belles Demeures gelistet. Ich war verwirrt. Offenbar hatte ich Wahnvorstellungen. Mein letzter Besuch bei meiner Großmutter war zu lange her. So dramatisch hatte sich das alles nicht verändern können. Ich musste ihre Stimme hören, um mich kurz zu erden, auch wenn ich wusste, dass bei ihr Enttäuschung mitschwingen würde, wenn ich ihr erzählte, was passiert war.

In Frankreich war es jetzt halb drei nachmittags. Wie ich mich aus meiner Kindheit erinnerte, hätte sie schon ihre morgendlichen Arbeiten im Garten verrichtet, zu Mittag gegessen und trank wahrscheinlich gerade in der Küche einen *café crème*.

Nachdem ich ein paar Minuten auf ihren Namen gestarrt hatte, fasste ich endlich den Mut, sie anzurufen.

Meine Finger zitterten, als ich die Nummer eintippte und dem endlosen Klingeln des Telefons, diesem merkwürdigen europäischen Brummen, zuhörte. Ich wollte schon aufgeben, als das Gespräch angenommen wurde.

»*Allô?*«, meldete sich jemand am anderen Ende. Es war nicht die raue, heisere Stimme meiner Großmutter.

»*Oui, bonjour*«, nuschelte ich. Dann richtete ich mich auf und fuhr nach einem Räuspern fort: »*C'est* Sophie, *la petite-fille d'Odette.* Clothilde? *C'est toi?*«

Solange ich denken konnte, war Clothilde an der Seite meiner Großmutter gewesen. Obwohl ich seit Jahren nicht mehr mit ihr gesprochen hatte, glaubte ich, ihre Stimme zu erkennen.

»*Oui, oui, oui, c'est moi*«, antwortete sie. »Du musst hellsehen können. Ich ... ich wollte dich sowieso anrufen«, fuhr sie mit stockender Stimme fort. »Es geht um deine Grand-mère.«

Clothilde atmete schwer, und ich brauchte ein paar Sekunden, bis ich ihre Worte verstand. Abgesehen von Kochterminologie und den seltenen Gelegenheiten, zu denen ich mit meiner Großmutter kommuniziert hatte, hatte ich seit dreizehn Jahren kein Französisch mehr gesprochen oder gehört. Ich musste ihre Worte eins nach dem anderen im Kopf übersetzen. In mir stieg Panik auf. Ich rutschte von der Couch auf die Knie.

»Was meinst du? Ist alles in Ordnung? Geht es ihr gut?«

»Nein, ich fürchte, gar nichts ist in Ordnung«, erwiderte sie mit zittriger Stimme. »Deine Grand-mère hatte vor ein paar Tagen einen Schlaganfall.« Clothilde schniefte. »Heute Morgen wurde sie in ein größeres Krankenhaus in

Toulouse verlegt, damit sie die Behandlung bekommt, die sie braucht.«

War es möglich, dass einem das Herz aus der Brust gerissen wurde? Ich spürte meins nicht mehr. Grand-mère hatte sicher gehört, dass ich meinen Vorgesetzten sabotiert hatte und aufgrund dieser erschütternden Nachricht einen Schlaganfall erlitten.

»Nein, nein, nein«, rief ich. »Das darf nicht sein. Nicht jetzt.«

»Ich fürchte aber, es ist so, Liebes«, sagte sie. Clothilde holte tief Luft und versuchte offensichtlich, wieder zu Atem zu kommen. Keuchend und schluchzend sagte sie: »Dr. Simone tut alles, was sie kann. Aufgrund der geringen Größe und der Lage des Aneurysmas kann sie es zum Glück mit einem minimalinvasiven Verfahren innerhalb der Blutgefäße behandeln. Sie hofft, so die Blutung stoppen zu können.«

»Warum ... warum hat mich keiner benachrichtigt?«, stammelte ich.

»*Ma puce*, wir wollten dich nicht beunruhigen, bevor wir alle Fakten kannten.«

»Ich buche einen Flug, sobald wir das Gespräch beendet haben.«

»Nein, keine Sorge. Deine Grand-mère würde nicht wollen, dass du dich verpflichtet fühlst.«

Ich hätte fast das Handy fallen lassen. »Sie will mich nicht sehen?«

»Du hast dein eigenes Leben. Sie erholt sich bestimmt wieder. Ich bete für ihre Genesung.«

»Clothilde, mach dich nicht lächerlich. Ich buche den Flug.«

»Wenn du darauf bestehst«, sagte sie seufzend. »Ruf mich an, sobald du deine Ankunftszeit weißt, dann schicke ich Rémi, damit er dich abholt.«

»Rémi? Rémi Dupont?«, fragte ich. An ihn hatte ich seit Jahren nicht mehr gedacht.

Clothildes Stimme stockte. »Genau der. Ich würde ja kommen und dich selbst abholen, aber ich möchte im Krankenhaus bleiben …«

»Das verstehe ich, Clothilde«, sagte ich mit erstickter Stimme. »Ich melde mich sobald wie möglich bei dir.«

Wie betäubt legte ich auf und rief bei der Air France an. Wenn Grand-mère Odette es nicht schaffte, würde ich mir das nie verzeihen. Besorgt und unruhig, als hätte ich zu viel Kaffee getrunken, buchte ich einen Flug gegen Mitternacht.

Was meine Garderobe betraf, hatte ich wirklich nicht viel vorzuweisen: Nur ein paar Kleider, um Walters Mom Nicole und ihre Freundinnen, die zum Lunch kamen, zu beeindrucken, drei Jeans und Pullover. Was meine Schuhe anging, hatte ich ein Paar Ballerinas und zwei Paar Stöckelschuhe – eins mit Kitten-Heel-Absätzen, eins mit hohen Hacken –, meine Winter-Wollstiefel und Sneakers, allesamt dunkel wie meine Stimmung. Da ich keinen festen Plan hatte, stopfte ich gegen Abend einfach alles in einen kleinen Koffer. Ich wusste nicht, wie lange ich in Frankreich bleiben würde. Eine Woche? Einen Monat? Länger? Egal. Spielte das eine Rolle? Bis auf Walter und Robert hielt mich in New York nichts mehr.

Ich schob meine Messer in die dafür vorgesehene Rolltasche. Einst geschätztes Handwerkszeug, das ich überallhin mitnahm, waren die Messer jetzt Träger eines schlechten Karmas. Ich konnte sie kaum ansehen. Aber eine Köchin geht nirgends ohne ihre Messer hin. Ich fragte mich: Bin ich noch eine Köchin? Werde ich wieder zu einer?

Ich wusste es nicht. Wie dem auch sei, dachte ich, Grand-mère Odette hat mir diese Messer zu meinem Abschluss am CIA geschenkt, und selbst wenn ich nie wieder in einer Restaurantküche kochen sollte, wenn ich nie wieder auch nur eine Gemüsesorte stifteln sollte, sie bedeuten mir etwas.

Die Sachen meiner Mutter, zumindest die, die ich aufbewahrt hatte, befanden sich in einem großen blauen Koffer, den ich ganz hinten in meinen Schrank verbannt hatte. Ich beschloss, ihn mitzunehmen, weil ich dachte, meine Großmutter und ich könnten ihn gemeinsam durchgehen. Nach Champvert zurückzukehren rief Erinnerungen an sie und damit viele Fragen wach. Warum ich mit meiner Mutter Probleme hatte, wusste ich. Ich hatte mit ihr zusammengelebt, für sie gesorgt. Aber warum sie und Grand-mère zerstritten waren, hatte ich nie verstanden.

Als ich den Reißverschluss meines Koffers zuzog, klopfte es leise, und Walter öffnete zögernd meine Tür. »Ach, gut, Sophie, hier bist du also. Ich habe mir Sorgen um dich gemacht.« Er beäugte neugierig mein Gepäck. »Willst du verreisen?«

Wellen aus Traurigkeit und Schuldgefühlen überschwemmten mich. Ich fiel schluchzend auf die Knie. Meine Worte brachen verworren und unverständlich aus mir heraus. Selbst ich verstand nicht, was ich sagte, während ich versuchte, die ernste Situation meiner Großmutter zu schildern.

Walter schnappte entsetzt nach Luft. »Ach herrje.«

Er nahm mich in die Arme. Statt zu reden, hielt er mich nur fest und streichelte mir über die Haare. Als er mich wieder losließ, hatte auch er Tränen in den Augen. Er wischte sie mit dem Handrücken fort.

Wir ließen uns nebeneinander auf mein Bett plumpsen. Abgesehen von Walter und Robert hielt mich nichts mehr in New York. Ich fragte mich, ob ich dieses schöne Zimmer jemals wiedersehen würde. Das schmiedeeiserne Himmelbett mit den wogenden weißen Vorhängen. Die weiß getünchten Holzjalousien. Den antiken Toilettentisch mit der weißen Marmorplatte und der bronzenen Degas-Ballerina, eine Kopie der *Kleinen vierzehnjährigen Tänzerin*, die darauf stand. Eine Lithografie von Josephine Baker in ihrem berühmten Bananenröckchen. Da er von der Leidenschaft wusste, die ich für meine französischen Wurzeln hegte, hatte Walter diesen Raum noch vor meinem Einzug für die große Farce so gestaltet, dass ich mich darin wohlfühlen sollte.

Schließlich brach Walter das Schweigen. »Wann geht dein Flug?«

»Um elf«, sagte ich schniefend. »Es ist der Nachtflug.«

»Wann kommst du zurück?«

»Keine Ahnung. Ich habe nur den Hinflug gebucht.«

Walter schluckte. »Du weißt, das ist dein Zuhause. Wenn du zurückkommst, heißen wir dich mit offenen Armen willkommen.«

»Ich weiß. Danke, Walter. Für alles.«

»Darf ich dir wenigstens das Geld für deinen Flug geben? Das ist das Mindeste, was ich tun kann. Und ich würde so gern noch viel mehr tun.«

»Schon gut«, wehrte ich ab. »Deine Freundschaft hat mir alles bedeutet. Ohne dich stünde ich ganz allein da.«

Die Wahrheit dieser Aussage traf mich wie ein Schlag.

»Ich weiß nicht, wie lange du wegbleiben willst, aber du wirst mir fehlen, selbst wenn es nur ein Tag ist. Ich bin es gewohnt, dich um mich zu haben, du Nervensäge.« Er schluckte heftig. Sein Adamsapfel hüpfte auf und ab. »Robert muss heute länger arbeiten. Er wird todtraurig sein, dass er sich nicht von dir verabschieden kann.«

»Gib ihm einen Riesenschmatzer von mir.«

»Mach ich«, sagte Walter und wackelte anzüglich mit den Augenbrauen. »Vielleicht sogar in der Öffentlichkeit.«

Trotz meiner Sorgen gelang mir ein Grinsen. Ich war froh, dass er endlich den Mut gefunden hatte, sein Leben so zu leben, wie er wollte – ganz offen. »Ich habe vergessen, dir zu sagen, dass ich stolz auf dich bin.«

»Das weiß ich«, sagte er. »Wenn du etwas brauchst, egal was, ruf mich an, sims mir oder schick mir eine Brieftaube. Ich bin für dich da.«

»Das mach ich«, versprach ich. »Und es tut mir leid, dass ich an Thanksgiving nicht hier bin. Ich hätte das Essen aber wahrscheinlich sowieso in den Sand gesetzt.«

»Nein, das hättest du nicht.«

»Da bin ich mir nicht so sicher.« Ich schloss die Augen, um die Tränen zurückzuhalten. »Ich habe bei Zabar's alles bestellt, was ihr für zwölf Personen braucht: einen vorgegarten Truthahn mit allen Beilagen, diverse Desserts und ein paar Häppchen für einen *apéro* wie zum Beispiel Räucherlachs, Gänseleber und gegrillte Garnelen. Das wird alles morgens an Thanksgiving geliefert.«

»Was soll ich nur ohne dich machen, Sophie?«

»Du und Robert, ihr kriegt das schon hin. Ihr müsst nur aufwärmen, was aufgewärmt werden muss.«

»Ich meinte, du wirst mir fehlen.« Walters Augen wurden ganz feucht, und er schluckte heftig. »Und Sophie, du *schaffst* das. Du bist eine klasse Köchin. Klar, du bist aus dem Tritt geraten, aber nach allem, was passiert ist, ist das kein Wunder. Du wirst von vorn anfangen und eine größere, noch krassere Köchin werden als je zuvor. Du wirst aus der Asche auferstehen wie ein kulinarischer Phönix!«

Meine Lippen bebten, als ich mir ein Lächeln abrang. Obwohl Walters Worte als Aufmunterung gedacht waren, erinnerten sie mich einmal mehr daran, dass ich eine Karrierevernichtung epischen Ausmaßes erlitten hatte.

8

Au revoir, New York

Ich war wie gesagt sieben Jahre alt, als ich meine Großmutter kennenlernte, an die ersten Monate meines Lebens hatte ich natürlich keine Erinnerungen mehr. Meine Mutter saß neben mir im Flugzeug. Sie beachtete mich nicht, sondern las nur in Modezeitschriften, ohne ihre Sonnenbrille abzunehmen. Ich hatte meine Malbücher, einen Plüschhasen und meine Lieblingsdecke dabei und rutschte unruhig auf meinem Sitz hin und her. Obwohl ich kaum etwas über meine Großmutter wusste, war ich aufgeregt, Zeit mit ihr verbringen zu dürfen. Sie war für mich wie ein Phantom, von dem ich Kenntnis hatte, mit dem ich aber nur als Säugling Kontakt gehabt hatte. Ich tat kein Auge zu, sondern saß nur staunend auf meinem Platz, vor Aufregung ganz aus dem Häuschen.

Meine Mutter führte mich aus dem Flugzeug in das Flughafengebäude, wo Grand-mère Odette auf uns wartete. Sie war nicht zu übersehen – eine ältere, molligere Ausgabe meiner Mutter, die Haare zu einem strengen Chignon frisiert. Sie hatte die Eleganz einer Königin, und ich blickte mit Ehrfurcht zu ihr auf. Meine Großmutter und meine Mutter begrüßten sich nicht wie normale Menschen. Eine eisige Spannung sprach aus ihren kalten Blicken, die selbst ich als Kind spüren konnte. Es gab weder Umarmungen noch Küsse. Nur eine explosive Atmosphäre.

»Schön zu sehen, dass es dir gut geht, Céleste«, sagte meine Großmutter.

»Ich wünschte, ich könnte das Gleiche zu dir sagen.« Meine Mutter schob mich nach vorn. »Das ist Sophie.«

Meine Großmutter hockte sich hin, sodass sie mit mir auf Augenhöhe war. »Was für ein schönes Kind. Ich hoffe, deine Mutter hat deine Erziehung nicht vermasselt …«

»Maman, fang nicht wieder damit an, sonst nehme ich sie mit.« Meine Mutter kniff die Augen zusammen und warf ihr einen bösen Blick zu, den gleichen, den sie mir immer zuwarf, wenn ich mein Spielzeug nicht wegräumte. »Ist alles geregelt?«, fragte meine Mutter.

Grand-mère Odette reichte ihr eine Mappe. »Ja. Und ich bin froh, dass du endlich eingewilligt hast, dass Sophie mich besuchen darf.«

»Ich wollte sowieso etwas Zeit in Paris verbringen. Wie du weißt, fliegt sie allein zurück nach Hause. Und das ist New York und nicht Frankreich. Komm nicht auf dumme Gedanken! Sorg dafür, dass sie im Flugzeug sitzt.« Sie presste ihre roten Lippen zusammen. »Der Wohnungsschlüssel?«

»Der ist in der Mappe.«

»Und das Geld? Ich bin jetzt fünfundzwanzig. Es kann mir nicht länger vorenthalten werden.«

»Der *notaire* hat es auf dein Konto überwiesen.«

»*Parfait*«, sagte meine Mutter. Bevor sie fortging, wandte

sie sich kurz mir zu. »Sophie, wir sehen uns in ein paar Monaten.«

Sie machte sich nicht die Mühe, mir einen Kuss zu geben. Sie ging einfach. Grand-mère Odette nahm mich an die Hand, und wir sahen ihr nach, während sie mit klappernden Absätzen im überfüllten Flughafengebäude verschwand und die Männer ihr anerkennende Blicke hinterherwarfen. Grand-mère Odette lächelte.

»Es ist an der Zeit, dass du deine Wurzeln findest, *ma chérie*«, sagte sie.

Gemeinsam stiegen wir in ein Flugzeug nach Toulouse, wo ich sie mit Fragen überhäufte.

»Stimmt es, dass wir adlig sind?«

»Ja, aber nur dem Namen nach. Dein Ururgroßvater war ein *comte*, wie dir deine Maman sicher schon gesagt hat. Das ist der gleiche Rang wie ein Earl in England, und deine Ururgroßmutter wurde als *comtesse* betrachtet. Wir sind die Valroux de la Tour de Champvert, aber in der heutigen Zeit sind Titel albern und angeberisch und nicht von Bedeutung.«

Ich fühlte mich an meine Lieblingsfiguren von Disney erinnert. »Bin ich eine Prinzessin?«, fragte ich.

Sie küsste mich auf die Wange. »Du bist *ma princesse.*«

Die darauffolgenden Sommer waren zauberhaft. Ich schwamm mit Rémi, einem fast gleichaltrigen Jungen, der auf dem Bauernhof weiter unten an der Straße wohnte, im Fluss oder im See. Manchmal jagten wir auf seinem Bauernhof fette Gänse und propere Kaninchen. Manchmal fingen wir schleimige Frösche und ließen sie wieder frei. Aber meine Lieblingsbeschäftigung war, im Obstgarten pralle

Schwarzkirschen für Grand-mères Clafoutis und ihr selbst gemachtes Kompott zu pflücken.

Ein Teil von mir war aufgeregt, nach Champvert zurückzukehren, aber nicht unter diesen Bedingungen. Mein Magen verkrampfte sich. Ich würde kein Auge zutun, bevor ich in Frankreich war und wusste, dass es Grand-mère Odette gut ging. Und außerdem, wie sollte ich ihr erklären, was in New York passiert war? Ich war nicht bereit für ein Bombardement aus Kommentaren wie »Hab ich dir doch gleich gesagt«. Dass mir alle Entscheidungen, die ich bisher getroffen hatte, um die Ohren geflogen waren, wusste ich selbst.

Ich quetschte mich auf den engen Fensterplatz und sah mich um. Ein paar Geschäftsmänner in Anzügen. Eine Familie mit zwei renitenten Kindern. Gut betuchte Frauen. Vielleicht war es nur Einbildung, aber alle Bewegung im Flugzeug kam zum Stillstand. Wahrscheinlich litt ich an Verfolgungswahn, es kam mir dennoch so vor, als hörten die Männer und Frauen um mich herum – sogar die Kinder – mit dem auf, was sie gerade taten, und würden mich anstarren. Eine plötzliche Furcht ergriff mein Herz. Ich setzte meine Sonnenbrille auf, damit mir niemand in die Augen sehen konnte, und hoffte, dass mich keiner erkannte.

Als das Flugzeug abgehoben hatte, starrte ich geistesabwesend auf den Fernsehbildschirm und zappte mit der Fernbedienung durch die Filme, ohne mich für einen zu entscheiden. Ich konnte nicht schlafen. Meine Gedanken sprangen ohne Unterlass zwischen der Gesundheit meiner Großmutter und meiner zerstörten Karriere hin und her.

Sieben Stunden später sah mich der Grenzbeamte in Paris fragend an, als ich ihm meinen amerikanischen Pass reichte. »Sie haben einen französischen Nachnamen, *non*? Sind Sie Französin?«, fragte er.

»Ja«, bestätigte ich und erklärte ihm, dass ich in Frankreich geboren war, aber in New York lebte. Er bat darum, meinen französischen Pass zu sehen, was mich ein bisschen nervös machte, weil er vor zehn Jahren abgelaufen war. Ich übergab ihn an ihn. Mit finsterer Miene prüfte er beide Dokumente.

»*Alors*, in Ihrem amerikanischen Pass lautet Ihr Name Sophie Valroux, und in Ihrem französischen Pass Sophie Valroux de la Tour de Champvert?«

»Meine Mutter hat unseren Namen in den USA geändert«, erklärte ich. »Um ihrer Karriere willen. Ähm … sie fand unseren Nachnamen zu lang …«

»Aber in Frankreich hat sie ihn nicht ändern lassen?«

»Nein, in Frankreich nicht«, sagte ich und machte mir Sorgen, dass das zum Problem werden könnte. »Sie ist seit fast zwanzig Jahren nicht mehr hier gewesen.«

»*Ah bon?*«, fragte er und zog die Augenbrauen hoch, als wollte er sagen, dass er es äußerst seltsam fand, dass eine Französin nichts mehr von ihren Wurzeln wissen wollte, erst recht, wenn sie adlig war. »Willkommen zu Hause«, sagte er mit einem wohlwollenden Lächeln und gab mir die Dokumente zurück. »Wenn Sie schon hier sind, wäre es vielleicht eine gute Idee, Ihren französischen Pass zu verlängern.«

»Das mache ich«, versprach ich. »*Merci.*«

Einen eineinviertelstündigen Weiterflug später stieg ich endlich in Toulouse aus dem Flieger.

Es war unglaublich, aber meine zwei Koffer kamen als Erste aus der Gepäckrückgabe. Ich nahm einen Gepäckwagen in Beschlag und fragte mich, wie um alles in der Welt ich Rémi wiedererkennen sollte. Rémi – der adrette Bauernjunge mit den dichten schwarzen Wimpern, um die die meisten Frauen ihn beneidet hatten. Rémi Dupont. Ein Funke der Erinnerung zündete in meiner Brust, als ich an meinen ersten Kuss dachte. Es war in meinem letzten Sommer in Champvert gewesen, ich war damals dreizehn, Rémi war fünfzehn gewesen. Wir waren im See geschwommen, und er hatte mich am Ufer unter den Weiden niedergedrückt. Ich erinnerte mich an den Ausdruck in seinen karamellfarbenen Augen – verträumt und schelmisch. Der Kuss hatte mir gefallen, mich aber auch erschreckt. Ich hatte mich vom Boden aufgerappelt und war in den Weinberg gerannt, während Rémi mir lachend nachgejagt war. »War mein Kuss so schlecht?«, hatte er gefragt, und ich hatte einen hochroten Kopf bekommen.

»Nein, aber ich hab das noch nie gemacht«, hatte ich geantwortet und damit natürlich gemeint, mit einem Jungen. Meine Plüschtiere hatten ihren Teil leidenschaftlicher Schmatzer abbekommen.

»Ich werde dich vermissen, Sophie«, hatte er mit einem verlegenen Lächeln gesagt. »Ich kann den nächsten Sommer kaum erwarten.«

Leider war ich am folgenden Tag aus Champvert abgereist und nie wiedergekommen. Ich freute mich darauf, Rémi zu treffen und zu sehen, wie sich mein erster Schwarm verändert hatte. Wir hatten viel zu bereden, dessen war ich mir sicher. Würde er darüber lachen, wie jung wir gewesen waren? Und wie ungeschickt unser erster Kuss gewesen war? Ich erinnerte mich, dass seine Zahnspange mir die Lippen aufgerissen hatte.

Ich schob den Wagen durch die Automatiktüren und sah mich in der Hoffnung um, ein vertrautes Gesicht zu entdecken. Am Ausgang plauderten alte Männer und Frauen. Ein paar Familien winkten ihre Verwandten herbei. Aber kein Rémi. Es war niemand da, um mich zu begrüßen. Keine Menschenseele. Clothilde und ich hatten meine Ankunft nicht gerade akribisch geplant. Ich hatte eine gute Stunde lang in der Halle herumgestanden und mich umgesehen, als ein bärtiger Mann im Armeetarnanzug zielstrebig auf mich zukam. Seine Kleidung war blutbefleckt. Trotz seines ungepflegten Aufzugs fiel mir auf, dass er gut aussah, vielleicht sogar ausnehmend gut. Aber das taten Serienmörder auch. Der Mann blieb direkt vor mir stehen und verabreichte mir ohne Umschweife zwei *bises,* Luftküsse, auf beide Wangen.

»Ich hab mich verspätet«, sagte er auf Französisch.

»Rémi?«, fragte ich. Er war größer und muskulöser als in meiner Erinnerung. Und behaarter.

Er runzelte die Stirn. »Was? Hast du mich nicht erkannt?«

»Ähm ... *désolée,* aber nein, hab ich nicht.« Ich starrte mit offenem Mund auf seine Klamotten.

»Ich war heute Morgen auf der Jagd. Die Wildschweine zerstören die Felder in der Region, und das Rotwild breitet sich aus«, erklärte er. Er sprach sehr schnell. »Du hast doch keine Angst vor Hunden? Sie sind im Wagen. Ich bin direkt von der Jagd hierhergekommen.«

Seine Worte verschwammen in meinem Gehirn, ein mir fremder Ausdruck und eine Konjugation nach der anderen. Meines Wissens sprach Rémi kein Wort Englisch, und selbst wenn doch, ließ seine mürrische Miene keinen Zweifel daran, dass er sich für mich keine Mühe geben würde.

Ich versuchte, mein bestes Französisch zusammenzukratzen. »Du jagst hoffentlich nur Wildtiere«, sagte ich mit einem peinlichen eselhaften Wiehern.

»*Alors,* bisher habe ich noch keinen Menschen erschossen«, erwiderte Rémi und sah dabei aus, als würde er bei mir eine Ausnahme machen. Er schob meinen Wagen aus dem Weg und schnappte sich mein Gepäck. Entmutigt folgte ich ihm durch das Flughafengebäude nach draußen auf den Parkplatz. Er legte ein flottes Tempo vor. Wir liefen zu einem weißen Ford Ranger, auf dessen Rücksitz zwei schwarze Labradore herumhüpften, denen schlabbriger Sabber von den Mäulern herabhing. Auf beiden Seiten des Pick-ups sprang mir das Wappen des Châteaus meiner Großmutter ins Auge.

»Du hast ein amerikanisches Auto?«, fragte ich.

»Der Motor ist französisch«, gab er zurück. Er warf meine Koffer ins Heck und sprang auf den Fahrersitz, ließ das Beifahrerfenster weiter herunter. »Worauf wartest du? Auf den *Père Noël*? Steig ein«, forderte er mich auf.

Nein, ich wartete nicht auf den Weihnachtsmann. Ich wollte zu Grand-mère, also spurte ich. »Es ist so toll, dich nach all den Jahren wiederzusehen«, sagte ich, während ich mich auf meinem Sitz niederließ und mich anschnallte.

Bis auf ein Knurren ignorierte er mich und raste vom Parkplatz herunter. Auf dem Weg zur *autoroute* standen wir gut fünf Minuten im Stau. Rémi hielt den Blick stur auf die Straße gerichtet und grinste spöttisch.

»Warum gaffst du mich so an? Das ist unverschämt«, sagte er schnippisch.

Wer war dieser Typ? Das war nicht der Rémi aus meiner Erinnerung. Der Rémi aus meiner Kindheit war ein hagerer, süßer Junge mit funkelnden Augen und einem ansteckenden Lachen gewesen – einer, der gern Streiche spielte. Ich erinnerte mich daran, dass er mich einmal überredet hatte, eine lebende Schnecke zu essen, indem er mir weismachte, dass Schnecken in Frankreich eine Delikatesse seien und dass ich, wenn ich einen wirklich feinen Gaumen entwickeln wolle, eine essen müsse. Erst später erfuhr ich, dass sie tatsächlich köstlich waren, man sie aber nicht einfach im Garten aufsammelte und eine Prise Salz darauf streute. Schnecken waren erst nach einem langen Haltbarmachungsverfahren genießbar und wurden zum Essen angeboten, nachdem sie in massenweise Butter, Knoblauch und Petersilie gebacken waren – Escargots de Bourgogne. Rémi hatte so sehr gelacht, dass er sich auf den Boden fallen ließ und mich für den Rest des Sommers *mangeuse de bave,* Schleimfresserin, nannte. Er hatte noch mehr gelacht, als er mir erzählte, dass er diesen Ausdruck damals erfunden hatte. »Das ist kein französischer Ausdruck«, hatte er gesagt.

Ich musterte ihn verstohlen von der Seite. Sein albernes Grinsen war jetzt verschwunden, seine Lippen zusammengepresst, sodass er sehr missmutig wirkte. Er hatte keine Lachfältchen um die Augen, nur eine tiefe Falten, die sich zwischen seinen Augenbrauen eingegraben hatte. Seine

Hände waren rau und schwielig, seine Schultern breit. Er war groß, böse und verdrießlich. So sehr konnte er sich doch nicht verändert haben.

»Was hast du in all den Jahren getrieben?«, fragte ich, während einer der Hunde mir in den Kragen sabberte. Schaudernd wischte ich mir den Geifer ab.

»D'Artagnan, Aramis, sitz«, befahl Rémi, und die Hunde gehorchten.

»Willst du erst mit zum Château oder gleich ins Toulouser Krankenhaus?«, fragte er spitz.

»Ins Krankenhaus. Ich muss meine Großmutter sehen.«

»Aber deine Jeans sehen furchtbar aus. Da sind Löcher drin«, sagte er, jede seiner Silben strotzte vor Empörung. »Hast du die etwa so gekauft?«, fragte er ungläubig.

Tatsächlich hatte ich mir diese Jeans gar nicht selbst gekauft. Eric hatte sie mir geschenkt, als wir noch zusammen gewesen waren. Er hatte mir nahegelegt, mit der Mode zu gehen, ein Fünkchen Coolness an den Tag zu legen. Ich zog kurz in Betracht, mich umzuziehen. Meine Großmutter würde meinen Aufzug schrecklich finden, und ich tat das inzwischen auch. Völlig perplex über seine Grobheit saß ich da und knibbelte an meiner Nagelhaut herum.

»Egal was ich anhabe, ich möchte gern direkt ins Krankenhaus, wenn du nichts dagegen hast.«

»*D'accord*«, erwiderte er und blies Luft durch seine Lippen. »Clothilde bringt dich dann nach Hause. Ich fahre zurück zum Château und bringe dir die Koffer in deine Zimmer.«

»*Merci*«, sagte ich.

Rémi schaltete das Radio an, drehte es laut und summte

zu dem Lied *L'Aventurier* der französischen Achtzigerjahre-Band Indochine mit, das auf jeder Party gespielt worden war, auf der ich als Kind in Frankreich je gewesen war. Doch bevor ich in Erinnerungen an die guten alten Zeiten schwelgen konnte, hielt Rémi vor dem Krankenhaus an und deutete auf den Eingang.

»Du gehst direkt durch diese Tür.«

»Danke fürs Mitnehmen«, sagte ich, bevor ich raussprang. »Das war sehr nett von dir.«

Außer einem ungeduldigen Knurren kam keine Reaktion. Vielleicht hatte er etwas vor und war genervt, dass er mich abholen musste? Vielleicht hatte er einen schlechten Tag? Er verscheuchte mich mit einer ungeduldigen Handbewegung.

»Geh schon«, sagte er.

»Mach ich.«

Kaum hatte ich die Tür geschlossen, raste der Wagen mit quietschenden Rädern vom Parkplatz. Ich blieb einen Moment in dem Staub stehen, den die Räder des Pick-ups aufgewirbelt hatten. Je mehr ich sein Verhalten zu entschuldigen versuchte, desto klarer wurde mir, dass Rémi sich in einen Menschen verwandelt hatte, den ich nicht besonders mochte.

Das war nicht der Empfang, den ich erwartet hatte.

9
In der Übersetzung verloren gegangen

Ich eilte in den Empfangsbereich, und meine Lunge pumpte so heftig, dass ich fürchtete, einen Herzinfarkt zu erleiden. Es lag nicht nur daran, dass Rémis Verhalten mir gegenüber mich fassungslos gemacht hatte. Krankenhäuser ängstigten mich. Ich hasste alles an ihnen – den Ammoniakgeruch, die Sterilität und die Tatsache, dass Menschen sie manchmal nicht mehr lebend verließen. Ich hoffte, dass das bei Grand-mère nicht der Fall war.

»*Bonjour*«, keuchte ich. »Ich suche meine Großmutter. Odette Valroux de la Tour de Champvert. Sie erwartet mich.«

»*Pardon?*«, fragte die Frau an der Information.

Ich hatte nicht bemerkt, dass ich in meiner Eile Englisch gesprochen hatte, was sie eindeutig nicht verstand. Ich wiederholte mein Anliegen in atemlosem Französisch und war mir meines New Yorker Akzents sehr bewusst. Sie nickte und tippte ein paar Tasten auf ihrem Computer.

»Ah, *oui,* Ihre Großmutter, Madame Valroux de la Tour de Champvert. Ihr Zimmer ist im dritten Stock«, erklärte die Frau. »Nehmen Sie den Fahrstuhl, gehen Sie nach rechts und melden Sie sich im Schwesternzimmer.«

»*Merci*«, sagte ich, bevor ich durch den Gang rannte.

Als ich aus dem Fahrstuhl trat, kam eine Frau mit einem weißen Arztkittel um die Ecke. Sie war vielleicht Mitte vierzig, ich war nicht sehr gut mit solchen Schätzungen, trug eine flippige grüne Brille und ihre kastanienbraunen Haare in einer Hochsteckfrisur.

»Madame Valroux?«, fragte sie. Ich nahm lächelnd ihren Gebrauch der Anrede »Madame« zur Kenntnis.

Soweit ich mich erinnerte, hatte der ehemalige Premierminister François Fillon die Bezeichnung »Mademoiselle« erst vor wenigen Jahren aus offiziellen Zusammenhängen getilgt, mit der Begründung, dass sie auf den Familienstand einer Frau verwies, während »Monsieur« einfach nur »Herr« bedeutete. Diese Verfügung wurde aber erst nach einer engagierten Kampagne zweier französischer feministischer Organisationen erlassen.

»Ja«, antwortete ich. »Aber bitte nennen Sie mich einfach Sophie.«

»*Alors,* Sophie. Emma vom Empfang hat mich über Ihre Ankunft unterrichtet. Erlauben Sie mir, mich Ihnen vorzustellen, ich bin Dr. Simone, die endovaskuläre Chirurgin, die für die Behandlung, Versorgung und Genesung Ihrer Großmutter verantwortlich ist.«

Eine Krankenschwester in einem blassgrünen OP-Kittel hastete über den Flur. Aus einem der Zimmer kam ein lauter Piepston. Weitere Krankenschwestern folgten ihr. Mit zusammengebissenen Zähnen sah ich in die freundlichen grauen Augen der Ärztin und hoffte, dass es meiner Großmutter gut ging. Und wenn ich nun zu spät gekommen war?

»Können Sie mir sagen, was passiert ist?«, bat ich, als ich endlich meine Stimme fand.

»Ja, Ihre Großmutter hat uns die Erlaubnis erteilt, mit Ihnen, Madame Girard und Rémi Dupont über ihren Gesundheitszustand zu sprechen. *Alors,* wir haben eine computertomografische Angiografie durchgeführt und festgestellt, dass Ihre Großmutter ein Aneurysma hat, das die Gehirnblutung verursacht hat. Glücklicherweise konnten wir es mithilfe von minimalinvasiver Chirurgie unter Kontrolle bekommen.«

»Und die Prognose? Könnte es wieder passieren?«, fragte ich.

»Ich will Sie nicht anlügen. Es besteht eine fünfzehn- bis zwanzigprozentige Wahrscheinlichkeit, dass ein neues Aneurysma auftreten kann. Aufgrund ihres Alters möchte ich ihren Zustand noch ein Weilchen beobachten und in zwei Monaten vielleicht eine Kontrollangiografie durchführen, nur um sicherzugehen, dass sie stabil ist.«

Ich schwieg einen Moment, während ich die Ausführungen der Ärztin verdaute. Ich hatte halbherzig gehofft, dass sie meine Bedenken ausräumen und sagen würde, dass es nichts Ernstes sei, dass Grand-mère Odette im Nu wieder ganz die Alte wäre. Aber das war ein Traum. Grand-mère Odette war zweiundachtzig. Für mich war sie immer alterslos, zeitlos gewesen. Ich hielt meine Tränen zurück. Ich hatte diesen Besuch viel zu lange aufgeschoben.

»Was kann ich tun? Wie kann ich ihr helfen?«

»Fürs Erste machen Sie es ihr so angenehm wie möglich, umgeben Sie sie mit Liebe, und lassen Sie nicht zu, dass sie sich während der Genesungszeit überanstrengt.« Dr. Simone lächelte. »Sie ist eine resolute Frau.«

»Allerdings«, pflichtete ich ihr bei. »Wann kann ich sie sehen?«

»Sie ist in ihrem Zimmer. Ich bringe Sie hin«, sagte sie.

Auf dem Weg kam uns Clothilde mit einem kleinen Pappbecher Espresso in der Hand entgegen. Ich erkannte sie sofort – mollig, mit Marienkäfern übersäte flache Schuhe und ein blaues gesmoktes Hauskleid. Ende siebzig und damit ein paar Jahre jünger als meine Großmutter, war sie zwar gealtert, aber ihr Haar hatte noch den gleichen feuerroten Farbton und war hübsch frisiert. Die Weggefährtin meiner Großmutter, die Hanni zu ihrer Nanni, die Vogelscheuche zu ihrer Dorothy, kam auf mich zugerannt und verschüttete dabei ihren Kaffee auf dem gefliesten Boden.

»Sophie, du bist da!«, rief Clothilde.

»Ach, Clothilde, dich zu sehen ist unglaublich! Nicht zu fassen, dass es so lange her ist. Wie geht es Grand-mère Odette?«

»Wunderbar, wunderbar! Es geht ihr viel besser!« Clothilde zog mich an sich und küsste mich auf die linke Wange, dann auf die rechte, wobei sie jeweils ein Schmatzgeräusch von sich gab. »Wie ich sehe, hast du Dr. Simone kennengelernt.«

»Ja, sie hat mich über Grand-mères Zustand aufgeklärt«, sagte ich.

Dr. Simone reichte mir ihre Visitenkarte. »Madame Girard kann Sie zum Zimmer Ihrer Grand-mère begleiten. Wenn Sie noch irgendwelche Fragen haben, wenden Sie sich gern an mich.«

»*Merci*«, sagte ich. »Und danke, dass Sie sich so gut um sie gekümmert haben.«

Sie zuckte mit den Achseln. »Ich bin Ärztin. Das ist meine Aufgabe.«

Als Dr. Simone auf dem Absatz kehrtmachte, umarmte Clothilde mich fest. »O Gott, was bist du dünn, Sophie! Fast noch genauso wie bei unserer letzten Begegnung. Ich dachte, Amerikaner nähmen Riesenmahlzeiten zu sich.«

»Ich befolge wohl eher die französische Portionskontrolle«, gab ich trocken zurück.

»Komm mit. Ich bringe dich direkt zu deiner Grandmère, *ma petite puce.*« Ich lächelte. Clothilde hatte mich immer ihr »Flöhchen« genannt, ein Kosewort. Sie rannte durch den Flur, ihre Marienkäferschuhe klapperten auf dem Linoleumboden, und sprach atemlos überschwänglich. »Sie ist so aufgeregt, dich zu sehen, Sophie. Du hättest das Lächeln sehen sollen, das ihr Gesicht erhellte, als ich ihr sagte, dass du kommst.«

Ich konnte die Worte nicht zurückhalten, bevor sie aus mir heraussprudelten. »Das ist schön. Denn Rémi war nicht so glücklich darüber.«

Clothilde stieß mich in die Rippen. »Kümmer dich nicht um ihn. Der Junge kann ein ganz schöner Griesgram sein. Er arbeitet ständig und ist ein Einzelgänger.« Sie senkte die Stimme zu einem Flüstern. »Ich will ja nicht tratschen, aber ich habe gehört, dass alle alleinstehenden Mädchen hier in der Stadt und aus der Umgebung hinter ihm her sind.«

»Warum?«, fragte ich und verzog das Gesicht. »Er ist so rüpelhaft!«

»Aber sehr gut aussehend, *très beau*, wirklich.« Clothilde

kicherte wie ein Schulmädchen. »Jetzt bringe ich dich erst mal zu deiner Grand-mère. Nur eine kleine Warnung: Sie spricht ein bisschen undeutlich und hat ein paar Dinge vergessen, aber sie erholt sich schon wieder.«

Ich blieb wie angewurzelt stehen. »Warte. Und wenn ihr Zustand sich nicht bessert?«

»*Ma puce,* denk nicht über das nach, was sein könnte. Damit machst du dich bloß fix und fertig. Deine Grand-mère ist eine starke Frau und wird im Nu wieder ganz die Alte sein.« Sie kniff mir in die Wange, wie sie es immer getan hatte, als ich noch ein Kind gewesen war, auf einem Hocker in der Küche gesessen und meiner Großmutter beim Kochen zugesehen hatte.

Ich ließ den Kopf hängen, weil ich diese Zeiten vermisste. Ich war wie gelähmt vor Angst davor zu sehen, in welchem Zustand Grand-mère sich befand, und zitterte am ganzen Körper. Was, wenn?

Clothilde legte mir liebevoll die Hand auf den Rücken. »Bist du bereit?«

»So bereit wie nur was«, sagte ich.

Ich öffnete die Tür zum Krankenzimmer. Sobald meine Großmutter mich sah, erhellte sich ihr Gesicht. Ich atmete erleichtert auf und riss mich zusammen. Die Farbe ihrer Augen war das Einzige, was ich an ihr wiedererkannte. Wohin war die schöne majestätische Königin entschwunden, die ich wie einen Schnappschuss in meiner Erinnerung bei mir trug? Ihr graues Haar lichtete sich und war so dünn, dass ich ihre Kopfhaut sehen konnte. Sie musste weniger als fünfundvierzig Kilo wiegen, war kein Fels in der Brandung mehr, war schwach. Ich verbannte die Schuldgefühle darüber, sie nicht früher besucht zu haben, in die entlegensten Winkel meines Gehirns, rang mir ein Lächeln ab und setzte mich auf die Bettkante. Ich nahm ihre Hand, sie war kalt und zerbrechlich, die Haut fast wie Pergamentpapier, der Händedruck schwach. Ich musste meine Überraschung verbergen. Das Letzte, was sie gewollt hätte, das wusste ich, war Mitleid.

»Grand-mère, ich bin gerade angekommen«, sagte ich, besorgt wegen ihrer blassen Gesichtsfarbe, als wir Begrüßungsküsse austauschten. »Wie geht es dir?«

»Besser, *ma chérie*. Viel, viel besser, jetzt wo du da bist.« Sie lächelte breit und ähnelte gleich viel mehr der Frau aus meiner Erinnerung. Grand-mère sprach wirklich etwas undeutlich, doch ich verstand ihre Worte. »Du bist zu mir zurückgekommen, mein Liebling, meine schöne Céleste, Licht meines Lebens. Du hast mir vergeben.«

Ich warf Clothilde einen panischen Blick zu. Sie zuckte mit den Schultern und öffnete die Arme weit, als wüsste sie nicht, was sie tun sollte. Clothilde flüsterte mir zu: »Gedächtnisverlust und Verwirrung sind zwei der Symptome, von denen wir hoffen, dass sie sich wieder legen werden.«

Während ich Grand-mère leicht die Hände drückte, fragte ich mich, warum meine Mutter meiner Großmutter vergeben müsste, und gab mir alle Mühe, trotz des qualvollen Knotens aus Besorgnis, der meinen Magen einschnürte, zu lächeln. »Grand-mère, *non*. Ich bin nicht Céleste. Ich bin's, Sophie, deine Enkelin. Célestes Tochter.«

Sie fuhr mit den Händen über mein Gesicht und meinen Hals und legte ihre Handflächen liebevoll an mein Kinn. »Ach, ja, stimmt, *ma chérie*, wie konnte ich mich so irren?« Ihre blassgrünen Augen verdunkelten sich vor Angst. »Tut mir leid, mein Liebes, ich bin nicht ganz ich selbst. In letzter Zeit vergesse ich Dinge – so viele Dinge. Und dann ist das passiert. Ich hätte den Warnsignalen wirklich mehr Beachtung schenken müssen.«

»Es gab Warnsignale?«, fragte ich.

»Lähmende Kopfschmerzen, Taubheit in meinen Armen, ein leichtes Schwindelgefühl«, sagte sie, als wäre das nichts Besonderes. »Ich hätte wirklich früher zum Arzt gehen sollen, aber wir hatten im Château schrecklich viel zu tun. Ich dachte, meine Probleme kämen vom Stress und dass die Beschwerden von selbst wieder verschwinden würden.«

Kein Wunder, dass wir den Kontakt zueinander verloren hatten. Uns beide hatte die Arbeit aufgefressen.

»Du musst auf dich achtgeben«, sagte Clothilde, und ich stimmte ihr zu.

»*Ah bon,* ich weiß«, sagte Grand-mère Odette, bevor sie ihre Aufmerksamkeit wieder auf mich richtete. »Du bist deiner Mutter wie aus dem Gesicht geschnitten, mein Liebling. *Les chiens ne font pas des chats.*«

»Aus Hunden werden keine Katzen« war eine französische Redensart, die eine ähnliche Bedeutung hatte wie »Der Apfel fällt nicht weit vom Stamm«. Ich musste immer darüber lächeln. Durch die Fenstervorhänge strömte Sonnenlicht ins Zimmer, das den geschwächten Zustand meiner Grand-mère noch deutlicher sichtbar werden ließ, obwohl sie mir jetzt fröhlicher vorkam, fast überschwänglich. Ich beugte mich vor und hielt ihre Hand fest in meiner.

»Das ist ein interessantes Schmuckstück«, sagte Grand-mère, die den Ring betrachtete, der an meiner Kette hing. »Sehr schön.«

»Der hat Mom gehört«, erklärte ich und rutschte unbehaglich hin und her. Ich räusperte mich. »Ich hab ein paar Sachen aus ihrem Nachlass mitgebracht. Wenn es dir besser geht, können wir sie uns vielleicht zusammen ansehen.«

»Verstehe«, sagte meine Großmutter spitz. Dann wechselte sie das Thema, weil sie offenbar nicht über meine Mutter reden wollte. »Wann bist du angekommen?«

»Heute. Wegen dir.«

»Hat dein schickes New Yorker Restaurant dir freigegeben?« Ihre Augen weiteten sich ein wenig, aber sehr überrascht schien sie nicht zu sein.

»Das kann man so sagen«, murmelte ich. »Gewissermaßen frei für immer.«

»Was hast du gesagt? Ich hab dich nicht ganz verstanden.«

»Ach, nichts.« Ich rang mir noch ein Lächeln ab. »Ich bin froh, von der Ärztin zu erfahren, dass du auf dem Wege der Besserung bist.«

»Wie lange bleibst du hier?«, fragte sie.

»So lange, wie ich gebraucht werde.«

»Nun, das hieße bis in alle Ewigkeit. Wenn ich dich nicht bei mir habe, zerbröckelt mein Herz.« Sie lächelte und versuchte vergeblich, sich aufzusetzen. »Aber wenn du schon mal hier bist, kannst du mich aus diesem verdammten Krankenhaus holen. *On y va.*« Gehen wir. »Jetzt sofort.«

Es freute mich, dass der Wille meiner Großmutter so stark war, aber das Krankenhaus würde sie noch nicht verlassen können. Ich hatte meine starke, starrköpfige Großmutter noch nie so gebrechlich erlebt.

»Die Ärztin hat gesagt, sie muss dich noch etwas länger

beobachten«, widersprach ich, und Clothilde nickte enthusiastisch.

»Bah, *je suis pleine de vitalité. Regardez-moi*«, behauptete Grand-mère Odette.

Ich sah sie an. Sie war nicht gerade voller Vitalität, wie sie behauptete, sogar ganz und gar nicht. Ihre Hände bebten wie ein Mixer kurz vorm Explodieren. Ihre Sprache war undeutlich – ganz zu schweigen davon, dass sie mich für meine Mutter gehalten hatte. Meine Mutter, die seit sieben Jahren nicht mehr lebte.

»Du kommst bestimmt bald nach Hause«, versicherte ich ihr. »Aber im Moment ist es wichtig, dass du gesund wirst. Das ist eine ärztliche Anweisung.«

»Aber heute Abend haben wir das ganze Haus voller Gäste. Es gibt viel zu tun ...«

»Keine Sorge, Odette«, sagte Clothilde, eilte zu ihr und nahm ihre Hand. »Sophie, das restliche Personal und ich, wir kümmern uns um alles. Nicht wahr, Liebes? Du hilfst uns bei der Leitung der Küche.«

Meine Augen wurden groß. Ich schnappte nach Luft und versuchte die drohende Panikattacke zu unterdrücken. Ich war mir nicht sicher, ob ich je wieder eine Küche betreten könnte. Und jetzt sollte ich eine mir fremde Küche leiten?

»Während meiner Abwesenheit braucht das Château unbedingt jemanden, der es verwaltet«, erklärte meine Großmutter. »Ich habe mir alle Mühe gegeben, während ich in diesem schrecklichen Zimmer eingesperrt war, aber von hier aus kann ich nicht viel ausrichten. Sophie, ich zähle auf dich. Kann ich das?«

Ich hatte so viele Fragen dazu, wollte jedoch nicht anklagend klingen, und in Grand-mère Odettes Blick keimte Panik auf.

»Wie viele Gäste beherbergt das Restaurant?«, fragte ich.

»Vierzig«, antwortete meine Großmutter. »Kommst du mit vierzig Gedecken klar?«

»Ähm … ja, sicher«, sagte ich, da ich sie beruhigen wollte.

»*Bon.*« Grand-mère Odette holte eine Kladde hervor und blätterte sie durch, bevor sie mich fixierte. »Als Tagesgericht hatte ich heute einen Hirschschmortopf für die Gäste geplant. Weißt du, wie man das macht? Oder bereitest du nur raffinierte maritime Gerichte mit eigenartigen Schäumen zu?« Als ich nicht sofort antwortete, tätschelte Grand-mère Odette mir die Hand und fuhr mit einem schweren Seufzer fort: »Du bist meine Enkelin, und ich habe Vertrauen zu dir, meine Liebe. Es ist fast elf. Ihr beide geht jetzt besser, da die Gäste um vier einchecken werden. Das Abendessen ist pünktlich um halb acht geplant.«

»Aber ich bin doch gerade erst gekommen. Ich möchte Zeit mit dir verbringen«, protestierte ich.

Ich meinte es ernst, wollte aber auch die Rückkehr zum Château hinauszögern. Wie sollte ich einen Schmortopf hinbekommen, wenn ich nicht mal gebackene Eier mit Bratkartoffeln hinbekam? Ich war nicht bereit dafür.

»*Ma chérie,* ich bin ziemlich müde und werde keine gute Gesellschafterin sein. Du wirst mir nur beim Schlafen zusehen«, sagte sie. »Und außerdem hat das Geschäft Vorrang – das ganze Dorf zählt auf uns. Da ich in diesem schrecklichen Krankenhausbett festsitze, musst du das Ruder übernehmen.«

»Okay, aber das ist alles so unwirklich. Ich besuche dich morgen wieder.«

»Kommt nicht infrage«, sagte sie und reckte trotzig das Kinn in die Luft. »Es gibt für die Gäste zu viel zu tun. Ich werde im Handumdrehen wieder im Château sein.« Sie verschränkte die Arme vor der Brust. »Clothilde, zeig ihr, wo meine Küchenkladden sind. Sie wird sie brauchen.«

»Aber du lässt niemanden an deine Rezepte ran, außer mir«, widersprach Clothilde und griff sich fahrig an den Hals. »Bist du dir sicher?«

»Meine Rezepte sind ein Teil von Sophies Erbe«, erklärte Grand-mère, bevor sich ihre Augenlider flatternd schlossen.

Mein Herzschlag setzte kurz aus. In dem Moment dachte ich, sie wäre gestorben. Ich legte mein Ohr an ihren Mund und meine Hand auf ihr Herz. »Bitte, du darfst mich jetzt nicht verlassen«, flüsterte ich.

Eine Hand streichelte sanft meinen Rücken. »*Ma puce,* sie braucht nur ihre Ruhe«, ertönte Clothildes leise Stimme. »*Ne t'inquiète pas.*« Mach dir keine Sorgen. »*Elle ira bien.*« Ihr geht's bald wieder gut.

Ich war mir da nicht so sicher. Bis auf die Schuldgefühle, die mein Herz anfraßen, war ich mir keiner Sache sicher.

10

Die grandiose Köchin

Als wir uns in Clothildes verbeulte orangefarbene Ente setzten, versuchte ich, ruhig zu bleiben und die Sorge um Grand-mères Gesundheit herunterzuschlucken, die mir förmlich die Kehle zuschnürte. Clothilde streckte den Rücken durch und steckte ihren Schlüssel ins Zündschloss, und mit einem lauten Röhren erwachte der Wagen ruckelnd zum Leben. Meine Augen weiteten sich vor Angst, und das nicht nur aufgrund der Klapprigkeit dieser lebensgefährlichen Blechkiste.

Clothilde prustete los und packte den Schaltknüppel. »Keine Sorge, sie wird uns heil zum Château bringen.« Sie schaltete in den ersten Gang, dann in den zweiten. »Diese Autos haben schon Wüsten bereist und Sandflächen überquert. Sie haben Kriege überstanden. Die sichersten Autos auf der Welt, wenn auch nicht sehr bequem. Immerhin sind sie Sammelobjekte, wenn sie in gutem Zustand sind. Ich liebe meine Jasmine.«

»Du hast deiner Ente einen Namen gegeben?«

»Natürlich. Sie ist ein Prachtexemplar.«

Eine Feder im Sitz zwickte meinen Po, als wir die Straße entlanghüpften. Es tat weh. Empfindlich, wie ich war, würde ich bestimmt einen blauen Fleck davontragen. Ich verzog das Gesicht.

»Alles in Ordnung, *ma puce*?«

»Mir geht's gut. Ich kann nicht glauben, dass ich so lange nicht mehr hier war«, sagte ich und legte die Hände schützend unter meinen Po. »Was gibt's Neues im Château?«

»Ach, es war sehr viel los. Seit deinem letzten Besuch hat sich viel verändert.«

»Kannst du mir von dem Restaurant erzählen?«, bat ich.

»Du wirst es selbst sehen. Und es ist nicht nur eins, es sind zwei.«

Ich konnte nicht glauben, dass der Ort, den ich im Internet gefunden hatte, tatsächlich das Château meiner Großmutter war. »Ich wollte ja zurückkommen, aber …«

Clothilde tätschelte mir die Hand. »Ich weiß, *ma puce*. Du musstest dir dein eigenes Leben aufbauen, und du warst nie weit vom Herzen deiner Grand-mère fort. Sie weiß, dass du viel zu tun hattest.«

Ich biss mir auf die Unterlippe und fühlte mich noch schuldiger als zuvor. Meine Welt lag in Trümmern. Ich stand vor dem Nichts. Ich hatte so hart gearbeitet, aber wofür? Der Tod klopfte an die Tür meiner Grand-mère, und ich hatte keine Zeit für meine Familie gehabt, war von dem Ehrgeiz getrieben gewesen, mir einen Namen zu machen. Dabei hätte ich ohne Grand-mère nicht einmal einen Namen. Ohne sie hätte ich meine Träume gar nicht verfolgt.

Aber wovon träumte ich jetzt?

»Und was hat das zu bedeuten, dass das ganze Dorf vom Château abhängt?«

»Unser aller Auskommen hängt davon ab. Wir arbeiten alle bei oder für Grand-mère Odette«, erklärte sie. »Nachdem dein Grand-père kurz nach deiner Geburt verstorben ist, haben Bernard und ich ihr unseren Bauernhof verkauft. Wir wohnen seitdem im Gästehaus direkt auf dem Anwesen. Vielleicht erinnerst du dich noch, uns dort besucht zu haben.«

»Schwach«, sagte ich, was gelogen war.

Ich erinnerte mich nicht. Ich erinnerte mich nur an die Schuldgefühle, die Grand-mère mir in New York nach dem Tod meiner Mutter hatte machen wollen. Vielleicht war es egoistisch von mir gewesen, meinen Träumen zu folgen, als meine Großmutter mich gebraucht hätte, aber damals glaubte ich, sie käme gut ohne mich klar. Und hier saß ich nun. Meine hochfliegenden Pläne, meine großen Ziele, alles war fehlgeschlagen.

Clothilde räusperte sich. »Wie dem auch sei, Bernard leitet immer noch das Weingut. Und ich helfe deiner Grand-mère, wo ich nur kann.«

Als ich an den vollständigen Namen ihres Mannes dachte, musste ich schmunzeln. Bernard Girard. Vielleicht hatten ihn selbst seine Eltern lustig gefunden, als sie ihn ihm gaben. Zur Zeit Napoleon Bonapartes musste man in Frankreich Namen genehmigen lassen, damit sie sich nicht nachteilig auf das Leben des Kindes auswirkten. Selbst noch in jüngster Zeit wurden Namen wie *fraise,* was »Erdbeere« bedeutet, abgelehnt, da die Richter entschieden, dass ein Mädchen dieses Namens mit der Redensart *ramène ta fraise* schikaniert werden könnte – ein Slangausdruck, der grob übersetzt »Schwing deinen Arsch hier rüber« bedeutete. Die Regierung untersagte auch Namen wie Nutella oder Manhattan. Doch obwohl es sich reimte, hatte Bernard Girard die Anforderungen erfüllt.

Clothilde hielt das Lenkrad fest umklammert. »Und außerdem, als deine Mutter, Gott hab sie selig, mit dir nach New York ging, wollten wir nicht, dass Odette ganz allein auf dem großen Anwesen wohnt.«

Ich starrte aus dem Fenster und kam mir vor wie das Scheusal, als das ich in dem *Times*-Artikel dargestellt worden war. Ganz zu schweigen von dem Interview auf Eater, in dem Eric mich verleumdet und mit seinen Sticheleien meinen Ruf komplett zerstört hatte. Ein Teil von mir wäre am liebsten nach New York zurückgekehrt – ich wollte um mein Leben kämpfen –, aber nicht, solange Grand-mère um ihres kämpfte.

Als spürte sie mein Unbehagen, schaltete Clothilde in einen anderen Gang und drückte mir die Hand. »Du hattest dein eigenes Leben. Mach dir keine Sorgen um uns alte Leute.«

»Ich verstehe nicht, wie sich so viel verändern konnte, ohne dass ich davon wusste. Warum hat mir Grand-mère Odette nichts von all dem erzählt?«

»Es ist alles frei zugänglich, im Internet.«

»Ich steh da nicht so drauf. Ich hab noch nicht mal einen Facebook-Account«, sagte ich.

»Ich finde, du solltest mal aus deiner New Yorker Küche rauskommen. Sogar ich habe einen Facebook-Account. Und das Château auch.«

»Echt?«, fragte ich mit einem herzhaften Gähnen.

Clothilde warf mir einen Blick zu und machte ein besorgtes Gesicht. »Warum ruhst du dich nicht ein bisschen aus, Liebes? Du siehst völlig erschöpft aus, ganz blass. Ich halte es für besser, wenn du das Château mit eigenen Augen siehst, um es besser zu verstehen. Und wir haben noch eine Menge Arbeit, bis die Gäste eintreffen.«

»Aber ich habe so viele Fragen«, beharrte ich.

»Du wirst deine Antworten bekommen, *ma puce.* Und jetzt ruh dich aus. Wir brauchen wirklich alle Hilfe, die wir bekommen können, einschließlich deiner.«

»Okay«, erwiderte ich und bemühte mich, die Augen offen zu halten, doch die Bewegungen des Wagens wiegten mich bald in den Schlaf.

Eine Dreiviertelstunde später rumpelte Clothildes orangefarbene Ente von der Fernverkehrsstraße auf eine kurvenreiche Landstraße, wovon ich aufwachte. Die Bremsen kreischten. Klein und untersetzt wie sie war, konnte Clothilde nur mit Mühe über das Lenkrad blicken, und wir hatten einen Beinaheunfall mit einem flauschigen weißen Schaf, das am Straßenrand stand. Sein lautes »Mäh« erschreckte mich, als wäre es verärgert, dass wir die Dreistigkeit besaßen, es bei seinem gemächlichen Spaziergang zu stören. Als es im Gebüsch verschwand, fiel mir auf, dass an seiner Flanke ein okzitanisches Kreuz eintätowiert war, das Symbol der hiesigen Gegend – das Wappen der Region Midi-Pyrénées – zusammen mit etwas, das ich für die Initialen seines Besitzers hielt. An seinem Hals bimmelte ein Glöckchen.

»Dieses Schaf büxt immer aus …« Clothilde seufzte. »Ich weiß nicht, wie es aus der Weide ausbricht. Ich muss mit Monsieur Martin darüber sprechen. Mal wieder.«

An dem Punkt hätte ich angeboten zu fahren, doch als New Yorkerin, die Taxis und die U-Bahn nahm, hatte ich keinen Führerschein. Ich ließ das Seitenfenster herunter, um die frische Novemberluft einzuatmen – nicht warm, aber auch noch nicht sehr kalt. Wir kamen an Weinbergen vorbei, die Stämme knotig und verdreht, die Fruchtruten waren an Drähten festgebunden. Die Blätter der Bäume schimmerten in einem Kaleidoskop aus Farben – leuchtenden Orange-, Gelb-, Rot- und Grüntönen. Ich hatte Champvert nie im Herbst besucht, und seine natürliche Schönheit – der sprudelnde Fluss Tarn und das bunte Laub – versetzte mich in Erstaunen. Bald würde der Winter kommen.

Ich schloss die Augen und stellte mir diese Schönheit leicht mit Schnee bepudert vor. Einen Moment lang fühlte ich mich anders, wie jemand, dem auf wundersame Weise eine fünf Zentner schwere Last von den Schultern genommen worden war. Ich war der Umweltverschmutzung der Stadt entkommen, atmete die frische Luft in tiefen Zügen ein, und die Natur, die mich umgab, erfüllte mich mit einer Ruhe, von der mir nicht klar gewesen war, dass ich sie brauchte. Keine hupenden Taxis, keine Bürgersteige, auf denen sich Menschen drängelten und einen anblafften, aus dem Weg zu gehen, und, was noch wichtiger war, kein Eric. Der Gedanke an ihn ließ mich erschaudern.

Vielleicht war ich egoistisch. Ich hatte einen familiären Notfall gebraucht, um mich hierherzubringen, an den Ort, den ich liebte. Wäre ich hier, wenn ich nicht entlassen worden wäre? Natürlich. Oder nicht? Selbst in ihrem Krankenhausbett, selbst in ihrem fragilen Zustand konnte ich in Grand-mère Odette mehr von mir sehen, als ich je in meiner Mutter gesehen hatte. Ich hatte schon immer so empfunden.

Wir fuhren durch das Örtchen Champvert. Dort gab es eine kleine Kirche mit einem Spitzturm, der in den kornblumenblauen Himmel ragte, das steinerne *hôtel de ville*, das Rathaus, eine Kneipe, die auch als Zeitungskiosk und *tabac* diente, und einen kleinen Lebensmittelladen, in dem man von Holzständen Gemüse kaufen konnte, das vor Herbstfarben gleichsam explodierte. So wie es aussah, hatten Kürbisse in allen Größen Saison – Riesenkürbisse, Butternusskürbisse und Hokkaidos, deren wachsartige orangefarbene Schale das Sonnenlicht reflektierte.

Ich grummelte etwas, anscheinend laut.

»Stimmt etwas nicht, *ma puce*?«, fragte Clothilde.

»Nein«, sagte ich. »Alles gut. Ich fühle mich besser, nur ein bisschen benommen.«

»Verständlich, nach der langen Reise«, sagte sie. »Ich bin von Champvert nie weiter weg gewesen als sechshundert Kilometer.«

Hoffentlich war sie nicht mit dem Auto gefahren.

Clothilde machte einen Schlenker, und ich musste mich an meinem Sitz festhalten. Wir holperten ein vertrautes Sträßchen mit in gleichmäßigen Abständen gepflanzten Platanen entlang, deren Blätter und Äste einen Baldachin über uns bildeten, die Stämme wie strammstehende Soldaten, die unsere Ankunft erwarteten. Clothilde machte eine Vollbremsung. Als sich der Staub gelegt hatte, ragten die hohen bronzierten Tore des Châteaus über uns auf, im Laufe der Zeit zu einem bläulichen Grün oxidiert, das mit

Schnörkeln verzierte Libellensymbol des Châteaus genau in der Mitte. In einen der hohen Steinpfosten war der Name dieses prachtvollen Landsitzes – Château de Champvert – gemeißelt und mit dem Datum *XVIII SIÈCLE* darunter versehen. Clothilde zog eine Fernbedienung hervor, drückte einen Knopf, und die Tore öffneten sich.

»Wie ich vorhin schon sagte, seit deinem letzten Besuch hat sich eine Menge geändert«, bemerkte sie. »Eine Menge.«

»Das sehe ich«, sagte ich. Mir fiel ein Messingschild auf, das an dem anderen Steinpfosten angebracht war. Ich wollte es mir gern genauer anschauen. »Hast du was dagegen, wenn ich aussteige und ein Weilchen herumlaufe, Clothilde? Ich fühle mich, als wäre ich eingepfercht gewesen, da wird mir ein bisschen frische Luft guttun.«

Sie nickte lächelnd, und ihre Locken hüpften. »*D'accord, ma puce.* Wir sehen uns dann im Haus. Komm einfach herein. Ich bin in der Küche. Wir haben noch etwa eine Dreiviertelstunde, bis wir mit den Vorbereitungen für das heutige Abendessen anfangen müssen.«

In meiner Verwirrung hatte ich die angekündigten Gäste fast vergessen. Mein Mund wurde trocken.

»Ich bin gleich bei euch«, versprach ich.

Ich küsste sie auf die Wange und stieg aus dem Wagen. Clothildes Ente rumpelte auf den Parkplatz, der über deutlich markierte Stellplätze für zwanzig bis dreißig Autos verfügte. Einen Moment lang streckte ich Arme und Beine, nahm meine Umgebung in mich auf und atmete die frische Luft ein. Dann lief ich zu der Tafel und zeichnete mit den Fingerspitzen die Fleur-de-Lys aus Messing und die eingravierten Worte SOCIÉTÉ DES CHÂTEAUX ET BELLES DEMEURES nach. Die Lilie war ein Symbol der französischen Monarchie. Darüber war noch eine kleinere Tafel angebracht, auf der in reliefierten Buchstaben der volle Name meiner Großmutter – *ODETTE VALROUX DE LA TOUR DE CHAMPVERT* – stand, und darunter die Worte *GRAND CHEF.*

Grand Chef? Was war das denn? Ich wusste nicht, ob ich stolz auf sie sein sollte oder enttäuscht, weil sie mir nichts davon erzählt hatte, dass ihr diese Ehre erwiesen worden war. Mein Herz raste, was mir einen Energieschub verlieh. Ich rannte die Einfahrt hinunter, wobei meine Sneakers auf dem Kies knirschten. Vor dem Familiensitz blieb ich atemlos stehen und kam mir lächerlich vor, eine gewaltige Residenz wie diese das Zuhause meiner Großmutter zu nennen.

Das Château war vier Stockwerke hoch und hatte sicher gut zweitausend Quadratmeter, vielleicht sogar noch mehr. Eine imposante Flügeltreppe, auf einer Seite zu einer Rollstuhlrampe umgebaut, führte zum Haupteingang im ersten Stock hinauf, der sich über dem Erdgeschoss auf Gartenebene befand. Das Château war aus rosafarbenem Backstein gebaut, es hatte ein Schieferdach mit Türmchen, die in den blauen Himmel ragten, und sieben französische Balkone, drei auf der linken Seite, drei auf der rechten und einen in der Mitte.

Als Kind war mir gar nicht aufgefallen, wie beeindruckend das Château wirklich war. Vielleicht machte auch der Staub der Zeit meine Kindheitserinnerungen so schemenhaft. Ich wusste noch, dass es riesig war, aber leicht heruntergekommen und deshalb ständig renoviert wurde.

Doch jetzt, als Erwachsene, verschlug es mir die Sprache. Jedes Detail schien mir herausragend – sogar der Himmel, der sich meilenweit vor mir erstreckte.

Ich atmete noch einmal tief durch und versuchte, das alles zu verdauen. Ich fühlte mich ziemlich desorientiert. Für meine hohe Geruchsempfindlichkeit gab es zu viele Düfte auf einmal. Kiefer. Apfel. Zeder. Der Rauch von den Kaminen. Ein Bombardement aus Sinneserfahrungen. Alle vermischten sich zu einem, und obwohl sie wunderbar und frisch waren, wurde mir davon schwindlig, meine Nase zuckte vor Überlastung. Ich konzentrierte mich auf den Obstgarten, dessen Bäume noch schwer mit Äpfeln beladen waren. *Je vais tomber dans les pommes,* dachte ich, weil ich an den französischen Ausdruck »Ich werde in die Äpfel fallen« denken musste, was in Ohnmacht fallen bedeutet. Ich musste weiter, mich orientieren.

Bevor ich ins Haus ging, stieg ich oben auf den Hügel, von wo ich eine bessere Aussicht hatte. Der See, umgeben von Weiden und hundertjährigen Olivenbäumen mit dicken, knotigen Stämmen, glitzerte in der Ferne. Links von mir bot sich ein beeindruckender Blick auf den Fluss Tarn. Das Land schien unendlich zu sein, hügelig und mit einem Wald voll hoch aufragender Kiefern. Nachdem ich an dem großen Pool vorbeigegangen war, neben dem unter einer weißen Überdachung Tische und schmiedeeiserne Sonnenliegen aufgestellt waren, fiel mein Blick auf all die anderen Gebäude: den Uhrenturm, das Gästehaus, in dem Clothilde und Bernard wohnten, die große Scheune aus Ziegelstein und die Weinproduktionsanlagen. Das Gewächshaus schimmerte im dunstigen Sonnenlicht wie eine schöne Fata Morgana in einer Wüstenoase. Ich erinnerte mich nicht, dass es so groß war. Die sehr gepflegten Gärten wiesen ein Labyrinth aus Sträuchern auf, die zu bourbonischen Lilien geschnitten waren. Meine Schritte knirschten auf dem weißen Kies, als ich auf den Weinberg in der Ferne zulief. Mir wurde klar, dass ich die Ernte verpasst, dass ich sie noch nie miterlebt hatte und dass ich gern einmal dabei sein wollte. Ich sah auf meine Uhr und begab mich tief in Gedanken versunken zum vorderen Teil des Hauses.

Warum hatte ich meine Erinnerungen an diese zauberhafte Welt verdrängt? Weil ich hier glücklich gewesen war und glaubte, kein Glück verdient zu haben? Weil meine Mutter niemals glücklich gewesen war und ich mir die Schuld an ihrem Kummer gab? Sie hatte mich in zu jungen Jahren bekommen, war ich das Kreuz gewesen, das sie hatte tragen müssen? Abgesehen davon, dass ich um meine inzwischen zerstörte Karriere gekämpft hatte, war der Tod meiner Mutter – ihr Selbstmord – der wahre Grund gewesen, warum ich eine Rückkehr nach Frankreich vermieden hatte, zu dem Haus, in dem sie aufgewachsen war. Champvert erinnerte mich an ein Leben, das ich nicht mehr hatte, eine Welt, zu der ich niemals richtig gehört hatte. Eine Welt, in der ich von meiner Mutter nie geliebt worden war. In der Vergangenheit, da ich niemanden zum Reden gehabt hatte, war ich mein eigener Psychoanalytiker gewesen, ich hatte meine Gefühle einfach fortgesperrt und den Schlüssel weggeworfen. Die Küche war meine Zuflucht gewesen, meine Rettung, meine Methode, um unbehagliche Situationen zu meiden.

Aber jetzt war ich hier.

Rémis weißer Pick-up kam über die Einfahrt gerumpelt. Er fuhr auf einen der Stellplätze, Rémi sprang vom Fahrersitz und knallte die Tür zu, nachdem er die zwei Labradore herausgelassen hatte. Ich wollte ihm einen Vertrauensvorschuss geben – einige Leute hatten eben, so wie ich auch, manchmal sehr schlechte Tage – und winkte ihm zögernd zu. Die Hunde rannten zum See und stürzten sich hinein. Rémi sah nicht einmal in meine Richtung und verschwand mit einer riesigen Lattenkiste, die er aus dem Kofferraum holte, in einem der Gebäude.

»Mein Gott«, murmelte ich. »Was ist sein Problem?«

Ich drückte die schweren Holztüren des Haupteingangs auf und trat auf den frisch gebohnerten Marmorboden. Sofort fiel mir der Speiseraum zu meiner Rechten auf: ein riesiger Salon mit einer kunstvoll gearbeiteten Decke, in die ein Fleur-de-Lys-Muster eingebracht war, funkelnden Kronleuchtern, die vor Kristallen strotzten, einem Fischgrätparkettboden aus Eichenholz und einem gewaltigen Marmorkamin, in dem ich hätte aufrecht stehen können.

Drei Männer und zwei Frauen unterschiedlichen Alters eilten hin und her und bereiteten alles fürs Abendessen vor. Ich erkannte keinen von ihnen, während sie ganz sicher wussten, wer ich war. Geflüsterte Sätze wie »*Elle est là*«, sie ist da, und »*L'Américaine, la petite-fille, la New-Yorkaise*« klangen mir leise in den Ohren. Sie sagten mir rasch *bonjour,* ohne mir richtig in die Augen zu sehen, und eilten zurück an ihre Arbeit. Mir fielen ihre Uniformen auf: dunkelgraue Hosen oder Röcke aus weichem Stoff mit strahlend weißen

Hemden oder Blusen. Elegant. Wie meine Großmutter in meiner Erinnerung.

Ich trat an einen der Tische. Silberne Libellen schmückten die Gläser für Champagner, Wasser und Wein, genau wie die eleganten Teller mit Zinnrand. Das an die Belle Époque erinnernde Tafelbesteck aus Sterlingsilber mit reliefierten Blumen überwältigte mich. Es war herrlich, wirklich jedes Detail perfekt, einschließlich der silbergrauen Servietten aus changierendem Stoff, die das Servicepersonal zu Muscheln gefaltet hatte. Ich musste mir eingestehen, dass meine Großmutter fantastische Arbeit geleistet und dabei kein exquisites Detail übersehen hatte. Ich wünschte nur, sie hätte mir erzählt, was sie in all den Jahren gemacht hatte. Ich rieb mir ungläubig die Augen und schwebte wie von einer unsichtbaren Hand gezogen in die Küche.

11

Eine verwirrende Welt

Doch nichts hatte mich auf die *cuisine* vorbereitet, die wie der Salon vergrößert worden sein musste. Die Arbeitsstationen aus Edelstahl glänzten, genau wie die Vorbereitungsflächen und die Anrichte. Es gab Wärmelampen, Kühlschränke mit Glastüren, einen begehbaren Kühlraum und eine Klimaanlage. Eine Grillstation. Einen Bratrost. Eine Fritteuse. Warmhalteeinheiten. Zwei vierflammige Gasherde. Ganz zu schweigen von den zwei wunderschönen taubenblauen Lacanche-Herden mit Doppelbacköfen und Wärmeschränken – jeder mit fünf Kochfeldern, einer gusseisernen Simmerplatte, einer Grillplatte und integriertem Flammengrill.

Diese Einrichtung, diese glänzende Küche, war eines Restaurants mit Michelin-Stern würdig, wenigstens zweihundert Gerichte konnten hier gleichzeitig zubereitet werden.

»Ich glaub's nicht«, murmelte ich.

Clothilde, die gerade dabei war, ein Riesenstück Fleisch zu klopfen, blickte auf. »Ach, entschuldige, *ma puce,* ich hab dich nicht reinkommen sehen.« Sie rammte ihr Messer in eine Karkasse und wischte sich die Hände an ihrer Schürze ab.

»Ich glaube, die Hirschkuh ist schon tot«, versuchte ich mich an einem schlechten Witz.

»Zum Glück schlägt Rémi das Wild aus der Decke und nimmt es aus. Ich weiß nicht, ob ich das ertragen könnte.« Mit wirrem Blick hielt sie das Fleischerbeil hoch. »Normalerweise verarbeitet deine Grand-mère Odette das Fleisch.« Clothilde hielt inne. »Hast du Hunger, *ma puce*? Möchtest du etwas essen? Du siehst ein bisschen kränklich aus.«

Mein knurrender Magen antwortete für mich. Sie zwinkerte mir zu, zog mir einen Hocker heran und bedeutete mir, mich zu setzen. Dankbar nahm ich das Angebot an. Dies war derselbe Hocker, auf dem ich als Kind gesessen hatte, dieselben Weidenstränge, die in meine Beine kniffen. Als Kind hatte ich immer einen geriffelten Abdruck auf der Rückseite meiner Oberschenkel gehabt.

»Abgesehen davon, dass du ein klein wenig älter bist, hast du dich kein bisschen verändert.« Sie wuselte herum und stellte mir ein Tablett mit diversen Käsesorten und ein Stück Baguette hin. »Alle, und ich meine wirklich alle, arbeiten für deine Großmutter. Madame Truffaut backt das Brot und die Croissants, sie macht das bei sich zu Hause und bringt alles mit. Madame Bouchon stellt den Joghurt her, ebenfalls zu Hause, bereitet aber die Kompotte hier zu. Und Madame Moreau kümmert sich um die Foie gras, die Gänseleber …«

Während Clothilde mir die Arbeitsweise der Frauen erklärte, wurde ich im Kopf ganz benebelt. Die vertrauten Namen fielen mir wieder ein, und ich versuchte mich daran zu erinnern, wer wer war. Ich konnte sie nicht zuordnen. Die vielen Namen und Gesichter verschwammen zu einem. Ich strich mir frischen Ziegenkäse auf ein Stück Baguette und biss hinein. Das Brot war innen luftig und außen knusprig, natürlich erst am Morgen frisch gebacken, und der Käse schmeckte streng und säuerlich. Einen Moment lang versetzte mich der Geschmack des Käses in meine Kindheit zurück, in die Küche meiner Erinnerung, die mit den rot-weiß karierten Gardinen – in die Zeit vieler glücklicher Tage. Dass es so gut geschmeckt hatte, wusste ich nicht mehr.

»O Gott«, stöhnte ich begeistert mit vollem Mund. Es schmeckte einfach sündhaft gut.

»*Ma puce,* stimmt etwas nicht?«

»Nein, das ist das Beste, was ich seit Wochen gegessen habe«, schwärmte ich. »Es schmeckt grandios.«

»Pah«, wehrte sie ab. »Das ist ganz einfach. Aber manchmal ist das Einfache das Beste, *non*?«

Ich stimmte ihr vollkommen zu. Ich wollte – nein, ich brauchte – Einfachheit. In letzter Zeit war alles in meiner Welt so kompliziert, ich betete für Einfachheit.

»Madame Pélissier stellt unseren Ziegenkäse direkt auf ihrem Bauernhof her – zudem andere frische Käsesorten, zum Beispiel den Cathare, einen Ziegenkäse, der mit dem Zeichen des okzitanischen Kreuzes aus Asche bestäubt wird, und Crottin du Tarn, den Ziegenkäse, den wir für die Pizza verwenden, dann Lingot de Cocagne, einen Käse aus Schafsmilch. Möchtest du ein bisschen davon probieren?«

»Und ob ich das will.«

Clothilde schlenderte zum Kühlschrank und kehrte mit

einer paradiesischen Servierplatte voller klumpiger Käsesorten direkt aus dem Reich der Küchengötter zurück.

»*Et voilà*«, sagte sie, stellte die Platte vor mir ab und küsste ihre Fingerspitzen, um mir zu bedeuten, welche Köstlichkeiten mich erwarteten.

Es waren ädrige Käsestücke mit blaugrünen Rinnen und Flecken dabei, Weichkäse mit natürlicher oder gewaschener Rinde und frische, cremige Käse wie der Ziegenkäse von eben. Die Düfte stiegen mir in die Nase, manche mild mit einem Hauch Lavendel, manche stark parfümiert, manche erdig und manche knoblauchhaltig.

»*Merci beaucoup,* Clothilde«, sagte ich mit vollem Mund, während Krümel auf den Tisch rieselten. »Das schmeckt fantastisch.«

»Es ist wunderbar, dich wieder hier zu haben, selbst unter diesen Umständen. Es kommt mir vor, als wäre dein letzter Besuch erst gestern gewesen, doch seitdem sind viele Gestern vergangen.« Clothilde kniff mir in die Wange. »Ich weiß noch, dass wir dich gar nicht mehr aus der Küche rausbekamen. Wir haben dich immer gedrängt, zum Spielen nach draußen zu gehen, aber du hast dich auf der Personaltreppe versteckt und uns beim Kochen und der Vorbereitung der Sonntagsessen beobachtet. Jammerschade, dass du das letzte der Saison verpasst hast«, sagte Clothilde. »Das war vor zwei Wochen.«

»Tut mir leid. Als Kind habe ich diese Sonntagsmahlzeiten geliebt«, sagte ich und sehnte mich plötzlich danach zurück.

Sonntags veranstaltete meine Großmutter in regelmäßigen Abständen ein großes Mittagessen, zu dem so gut wie alle aus dem winzigen Dörfchen, es hatte etwa fünfzig

Einwohner, eingeladen wurden. Der Tag begann um zehn Uhr morgens und endete nicht vor der Abenddämmerung, wenn die Fledermäuse und Rauchschwalben am Himmel im Zickzack flogen und der Mond und die Sterne zu funkeln begannen. Die Dorfbewohner trudelten schon frühmorgens mit allem, was sie zu bieten hatten, ein: Eier, frisches Obst und Gemüse aus ihren Gärten, Ente, Hähnchen, Kaninchen und Hausmacherwürste. Die Männer spielten auf der Wiese Pétanque, die französische Variante von Boccia. Grand-mère und die Frauen kochten wie die Weltmeister, alles, was frisch war, Saison hatte und mitgebracht wurde. Sie verscheuchten mich mit wedelnden Schürzen und drängten mich, Spaß zu haben. Manchmal versteckte ich mich im Treppenhaus, sah ihnen beim Lachen, Schnippeln und Kochen zu und leckte mir die Lippen, während köstliche Düfte mich umfingen wie eine würzige Umarmung. Wir aßen an Picknicktischen mit wunderschöner französischer Tischwäsche. Ich erinnerte mich an die Freude und das Lachen jener Tage, als wäre es erst gestern gewesen, wie Clothilde gesagt hatte. Nur schade, dass ich Probleme hatte, alles andere zuzuordnen, meine Großmutter hatte mir ja nichts erzählt.

»Kannst du mir bitte erklären, was im Château passiert ist? Alles ist so anders. Ich fühle mich wie auf einem anderen Stern.«

Clothildes Lachen erinnerte an das Zwitschern eines Vögelchens. »Ich fürchte, diese Fragen wird deine Großmutter dir beantworten müssen. *Je m'occupe de mes oignons.*« Ich kümmere mich um meine Zwiebeln oder sinngemäß: Ich kümmere mich um meinen eigenen Kram.

»Ich hoffe nur, sie wird dann noch …«, setzte ich an, unterbrach mich jedoch selbst, als Clothilde das traurigste Gesicht machte, das ich je gesehen hatte.

Sie rückte ihre Locken zurecht und ignorierte meine Äußerung. Am liebsten hätte ich sie umarmt, mich bei ihr entschuldigt, wusste aber nicht, wie, das gehörte nicht zu meinem Gefühlsarsenal. Offenbar konnte ich nur eine Verteidigungshaltung einnehmen, und selbst das gelang mir nicht gut.

»Das Haus ist an diesem Wochenende ausgebucht, wir haben eine Weinprobe und eine Kochvorführung und brauchen alle Hilfe, die wir bekommen können«, sagte sie. »Du wirst feststellen, dass die Küche mit allem, was du brauchst, ausgestattet ist.«

Ich war mir da nicht so sicher. Meine letzten Kochversuche für Walter und Robert waren Totalausfälle gewesen. »Wer ist für die Weinprobe zuständig?«, fragte ich, besorgt, dass sie unter meine Verantwortung fiele.

Ich wusste genug über Wein, über die gängigsten Geschmacksnoten, verfügte aber über keinerlei Wissen über die Weine aus Gaillac und hatte absolut null Ahnung von den Sorten, die im Château hergestellt wurden.

»Mein Bernard«, antwortete Clothilde, worauf mich eine Welle der Erleichterung überkam. Ihr Blick traf meinen, und sie kniff mir wieder in die Wange – nicht allzu fest, aber es reichte aus, um mir zu sagen, dass sie mich gernhatte, auch wenn ich sie verletzt hatte, und dass jedes Gespräch über den Gesundheitszustand meiner Grand-mère beendet wäre.

»Weißt du noch, dass ich meinen Bären nach ihm benannt habe? *Bär*nard.«

Clothilde zwitscherte ihr vogelartiges Lachen, ihre Locken wippten wie Sprungfedern. »Ach je! *Oui!* Ich erinnere mich. Unter uns gesagt, mein Mann ist ein ganz schönes Tier. Du solltest ihn schnarchen hören! Er bringt das ganze Haus zum Wackeln.«

Ich lachte. Und, ehrlich, es fühlte sich gut an. Ich konnte mich nicht erinnern, wann ich das letzte Mal gelacht hatte.

»Und die Kochvorführung?«

»Dafür bin ich zuständig«, erklärte sie. »Wir haben es gern, wenn die Gäste alles erleben, was das Château zu bieten hat: Weinproben das ganze Jahr über, Weintraubenpflücken im Herbst, Tontaubenschießen oder Jagen, sogar Gärtnern«, zählte sie auf. »Du kriegst den Dreh schon noch raus, sobald du dich ein bisschen eingelebt hast.«

Die vielen Informationen überwältigten mich derart, dass mir ganz schwindlig wurde. Grand-mère hatte sich ein eigenes Reich erschaffen. Und ich kam mir vor wie eine Zuschauerin, ein Eindringling.

Clothilde ging in eine Ecke und federte leicht auf einer Eichendiele mit einem großen Astloch. Sie fiel auf die Knie, hob die Diele an und warf sie beiseite. »*Et voilà*«, sagte sie schwer atmend. »Hier sind die Küchenkladden deiner Großmutter. In einer davon solltest du ihr Rezept für den Hirschschmortopf finden. Ich weiß nur nicht genau, in welcher.«

Clothilde mühte sich mit etwa zwanzig dunkelbraunen, in Leder eingefassten Kladden ab, die mit roten Lederbändern zusammengebunden waren, und reichte sie mir. Sie waren wunderschön, wie Kunstwerke mit Wasser- und Essensflecken.

»Warum habt ihr sie im Fußboden versteckt?«

»Wegen des Krieges, als die Deutschen Nord- und Westfrankreich besetzten. Die Familie deiner Grand-mère stammte aus Bordeaux, und obwohl sie nur ein kleines Mädchen von fünf Jahren war, erinnert sie sich daran, dass ihre Mutter Wertsachen versteckt hat, um sie sicher zu verwahren.« Clothilde rang die Hände. »Es war eine schwierige Zeit, über die sie nicht gern spricht.«

»Sie spricht über vieles nicht gern«, erwiderte ich. »Vor allem nicht über meine Mutter.«

»Wie ich schon sagte: *Je m'occupe de mes oignons*«, antwortete sie und rang sich ein nervöses Lächeln ab. Sie klopfte leicht auf eine der Kladden. »*Alors*, deine Großmutter hat gut zwanzig Jahre lang sorgfältig all ihre Rezepte niedergeschrieben. Und wir wollen doch nicht, dass ihnen jetzt noch etwas zustößt, oder?«

»Warum sprichst du über sie, als ob sie schon tot wäre?«, fragte ich, und Clothildes Gesicht verzog sich erneut schmerzlich. Mir rutschte das Herz in die Hose. Ich hatte einen kapitalen Fauxpas begangen und konnte nur noch zurückrudern. »Entschuldige. Das ist mir so rausgerutscht.«

»Ich versteh schon. Du machst dir Sorgen um sie. Ich mir auch, und ich bete jeden Tag, dass sie durchkommt. Jetzt, wo du wieder da bist, hat sie etwas, wofür es sich zu kämpfen lohnt. Mehr als alles andere will sie Zeit mit dir verbringen«, sagte sie und kämpfte mit den Tränen. »Sieh dir die Kladden an, *ma puce*. Wie deine Großmutter schon sagte, sie sind Teil deines Erbes.«

Mit zittrigen Händen schlug ich eine der Kladden auf und blätterte durch die cremefarbenen Seiten, die mit der wunderschönen Handschrift meiner Großmutter beschrieben waren, fand jedoch keine Rezepte, sondern vielmehr Namen, Daten und Notizen darüber, was bestimmte Leute aßen, was sie mochten und was nicht. Als ich auf meinen Namen stieß, schnappte ich nach Luft. Seiten über Seiten waren mit meinen Vorlieben und mit nur wenigen Abneigungen gefüllt. Ich hasste *tête de veau,* Kalbskopf, aber wer würde das nicht, liebte hingegen Schnecken in einer sahnigen Sauce aus Knoblauch, Butter und Petersilie. Das Wort *cerise* war viermal unterstrichen, mitsamt den Worten: »*Ma petite-fille Sophie, elle aime n'importe quoi avec les cerises.*« Kirschen. Die liebte ich immer noch.

Meine Besuche in Champvert fielen stets mit der Kirschensaison zusammen, und Grand-mère Odette sorgte immer dafür, dass eine Schale mit prallen Schwarzkirschen vor mir stand. Wenn ich nicht gerade eine ihrer wunderbaren Kreationen kostete, stopfte ich mir begierig eine Kirsche nach der anderen in den Mund, spuckte die Kerne in ein Schüsselchen und schwelgte in den saftig-süßen Explosionen auf meiner Zunge. Während sie den Teig für ihr Clafoutis verquirlte und mir erklärte, wie wichtig es sei, die Kerne in den Kirschen zu lassen, weil die Süßspeise sonst ihren nussigen Geschmack verlöre, erzählte sie mir auch von anderen ihrer Rezepte. Aus ihrem Mund klangen die Zutaten wie eine neue exotische Sprache, von der ich jedes Wort lernen wollte – Safran, Muskat, Koriander, Paprika und Kumquat. Was sind das für Gewürze?, fragte ich mich.

Während ich durch die Seiten blätterte, wurde mir klar, wie hingebungsvoll meine Großmutter sich mit mir und den anderen Menschen aus ihrer Umgebung beschäftigt hat. Dass sie sich die Zeit nahm, solche Informationen zu sammeln, war der Beweis. Sie wollte sichergehen, dass alle, die unter ihrem Dach wohnten beziehungsweise an den Tischen ihrer Restaurants saßen, glücklich waren. Nachdenklich rieb ich mir die Schläfen. Dann zeichnete ich mit dem Finger meinen Namen nach und versuchte, mir Grand-mères geschwungene Schrift einzuprägen. Im Gegensatz zu ihrer war meine Handschrift das reinste Gekritzel. Doch eine Gemeinsamkeit hatten wir, und das war die Liebe zum Kochen.

Die Rezepte, die ich als Kind mit ihr zubereitet hatte, kamen mir in den Sinn, wie zum Beispiel saftige Ente und Kartoffeln in Entenschmalz – ein Standardgericht in Südwestfrankreich. Ob Hähnchen oder Würsten, Schweinelende oder Lamm, Entenschmalz verlieh herzhaften Zutaten ein seidiges Gefühl auf der Zunge. Erneut versetzten mich die Bilder, die ich vor mir sah, in die Vergangenheit zurück, in die Zeit, als ich zum ersten Mal Grand-mères in Entenschmalz förmlich ertränkte Pommes frites probiert hatte. Von dem Zeitpunkt an war ich verloren. Nachdem meine Geschmacksnerven vor Wonne explodiert waren, waren Rémi und ich zum See gerannt und direkt hineingesprungen. Das kalte Wasser hatte in winzigen Wellen über unseren Köpfen geplätschert.

»Das waren die besten *frites,* die ich je gegessen habe«, hatte ich gesagt. »Ich kann es nicht glauben.«

»Glaub es«, erwiderte Rémi und bespritzte mich.

Dann tauchte ich ihn unter. Diese Zeiten waren lange vorbei.

Clothilde blickte mir über die Schulter. »Ach, *ma petite*

puce, du brauchst die Kladden mit den Rezepten. Die hier sind alt.«

Ein Blatt Papier glitt aus der Kladde, die ich gerade in den Händen hielt, und schwebte zu Boden. Ich stieg umständlich von meinem Hocker und hob es auf. Darauf standen nur Sophie 1993. Mein Vorname und mein Geburtsjahr. Ich hielt den Zettel hoch und sah Clothilde mit fragend hochgezogenen Augenbrauen an.

»Die meisten die Gäste betreffenden Informationen, die du gerade gesehen hast, sind in den Computer eingegeben worden. Deine Großmutter behält gern den Überblick über alles – ihre Vorlieben und Abneigungen, Hochzeitstage, Geburtstage …«

»Warum?«

»Für sie wird jeder Gast, der unter ihrem Dach wohnt, zum Familienmitglied«, erklärte Clothilde. »Apropos Gäste, wir haben Arbeit zu erledigen. Hast du ihr Rezept für den Hirschschmortopf gefunden?«

Hatte ich nicht. »Gib mir nur noch einen Moment«, bat ich.

Einen Moment, um all die Kindheitserinnerungen auf mich wirken zu lassen, die vor meinen Augen aufblitzten. Einen Moment zum Glücklichsein. Einen Moment, um Atem zu schöpfen.

12

Der Dampfdruckkochtopf

Ich hatte gerade das Rezept gefunden, als eine junge blonde Frau mit stahlblauen Augen die Küche betrat. Sie trug einen Korb voller frischer Kräuter – der Duft von Rosmarin, Thymian, Basilikum und Estragon stieg mir in die Nase. Ich fragte mich, wie um alles in der Welt diese Frau mit ihren hohen Absätzen gärtnern, dabei so gepflegte Fingernägel und eine perfekte Hochsteckfrisur haben konnte. Sie musterte mich von Kopf bis Fuß, und ihr Blick blieb an meinen zerrissenen Jeans hängen.

»Wie ich sehe, ist die verlorene Enkeltochter zurückgekehrt.«

Ich hatte kein Englisch, sondern Französisch erwartet und ganz sicher keine Beleidigung. Nach Rémi, dem eigenartigen Getuschel des Servicepersonals nun auch noch die feindselige Haltung dieser Frau. Bis auf Clothilde und Grand-mère schien niemand allzu begeistert über meine Rückkehr zu sein.

Ich bin Sophie, wollte ich gerade sagen, nett, Sie kennenzulernen, als sie mir das Wort abschnitt.

»Ich weiß genau, wer Sie sind. Ich bin Jane.« Ihr Lächeln war gefakter als eine illegal in der Canal Street erstandene

Louis-Vuitton-Handtasche. »Wir können es kaum erwarten, alles über Ihr Leben in New York zu erfahren. Sie waren eine Michelin-Sterneköchin, nicht?«

Nach ihrer süffisanten Miene zu urteilen, wusste sie genau, was in New York passiert war. Ich rutschte unbehaglich auf meinem Hocker hin und her und räusperte mich.

»Nein, ich habe in einem Restaurant mit Michelin-Sternen gearbeitet«, erklärte ich. »Als Chef de Partie.«

»Wie aufregend«, antwortete sie.

»Sie hat alles, was sie weiß, von ihrer Grand-mère gelernt«, sagte Clothilde und nickte. »Wir sind sehr stolz auf sie.«

Wenige Minuten nach Jane trudelte eine dunkelhaarige Frau mit Augen in der Farbe von blassblauen Hortensien ein, die eine große Lattenkiste voller Pilze trug.

»Ich war heute Morgen Pilze suchen, und es gab noch Steinpilze! Es müssen Hunderte sein, alle ausnehmend schön«, sagte sie aufgeregt. Sie stellte ihre ergiebige Ernte auf den Vorbereitungstisch und blickte auf. Erst jetzt wurde sie auf mich aufmerksam. »*Bonjour,* Sophie! Ich bin Phillipa, Janes Zwilling.«

Ich verzog ungläubig den Mund. Zugegeben, ich freute mich, vom Französischsprechen pausieren zu können, aber mit englischen Zwillingen hatte ich nicht gerechnet.

Jane und Phillipa waren totale Gegensätze und hatten keine einzige Gemeinsamkeit. Während Jane groß und elegant war, einen Schwanenhals und eine Figur hatte, für die die meisten Frauen einen Mord begangen hätten, hatte Phillipa kurz geschnittenes Zottelhaar, war ungeschminkt und dünn wie eine grüne Bohne, *un haricot vert.* Vielleicht sogar noch dünner als ich, wenn das möglich war.

Zur Erklärung fügte Phillipa hinzu: »Wir sind zweieiige Zwillinge.«

»Ach so«, sagte ich. »Wenn man das Wort ›Zwilling‹ hört, rechnet man mit …«

»Zwei Gleichgearteten, die aus demselben Holz geschnitzt sind«, fiel Phillipa mir mit ihrem starken Cockney-Akzent ins Wort. »Wenn wir uns vorstellen, glaubt es uns nie jemand.«

»Tja, nett, Sie beide kennenzulernen«, sagte ich zögernd. »Woher kommen Sie, wenn ich fragen darf?«

»Aus Bibury, England«, erwiderte Phillipa. »Je davon gehört?«

»Nein«, sagte ich. »Tut mir leid.«

»Kein Problem. Das kennt fast niemand. Es ist schön, liegt an einem Fluss und erinnert mich in mancherlei Hinsicht sehr an Champvert. Außer dass wir hier viel besseres Wetter haben.«

»Wie lange arbeiten Sie schon im Château?«, fragte ich. Meine Neugier war geweckt.

»Unsere Eltern haben sich vor etwa zehn Jahren zur Ruhe gesetzt und sich in Sauqueuse, dem Nachbardorf, ein kleines Haus gekauft. In Frankreich bekommt man viel mehr für sein Geld als in England. Hier in der Gegend gibt es eine ganze Menge von uns *rôti de bœuf.* Grand-mère Odette sagt, wir marschieren in Tarn-et-Garonne ein. Jedenfalls habe ich vor ein paar Jahren meine Arbeit verloren und bin aus England nach Frankreich geflüchtet, und seitdem arbeite ich für Grand-mère Odette. Jane auch.«

»Dir ist schon klar, dass *rôti de bœuf* eine ziemlich beleidigende Bezeichnung ist? Es heißt ›Roastbeef‹«, bemerkte Jane. Anders als bei Phillipa erinnerte Janes Akzent an die Queen von England und strotzte vor Snobismus.

»Ich weiß«, antwortete Phillipa mit nonchalantem Achselzucken. Sie fing meinen Blick auf und blinzelte mir zu. »Ich für meinen Teil finde es urkomisch. Dafür nenne ich Ihre Großmutter manchmal Frosch. Es amüsiert sie. Wahrscheinlich, weil mir das Wort *grenouille* nicht gerade leicht von der Zunge geht.« Sie musste das französische Wort für »Frosch« fünfmal wiederholen, bis sie es endlich richtig aussprach. Phillipa lächelte freundlich. »Ich war total aufgeregt, als ich hörte, dass Sie hier sind. Ich habe mich darauf gefreut, Sie kennenzulernen. Wenn Ihre Großmutter nicht über das Château oder übers Essen spricht, redet sie nur von Ihnen.«

»Wie lange bleiben Sie hier im Château?«, fragte Jane und beugte sich bedrohlich zu mir herüber.

»Ich weiß noch nicht«, sagte ich. »Zumindest bis es Grand-mère besser geht.«

»Ihre Großmutter hat den Eindruck, dass wir Ihre Hilfe brauchen. Sie glaubt, dass wir ohne Sie nicht klarkommen.«

»Ich habe keine Ahnung, wie man ein Château führt«, entgegnete ich.

»Dessen bin ich mir sicher«, ätzte Jane.

Diese Frau machte es mir nicht gerade leicht, sie zu mögen. »Sind Sie auch Köchin?«, fragte ich.

»Ich? Nein, aber Phillipa, das heißt, sie will eine werden.« Sie reckte ihr Kinn so hoch, dass ich in ihre geweiteten Nasenlöcher sehen konnte. »Ich leite dieses Hotel, ich mache ein bisschen was von allem.«

»Dann sind Sie Jane-Dampf-in-allen-Gassen?«, fragte ich mit einem nervösen Lachen, um zu sehen, ob ich die Stimmung zwischen uns etwas auflockern konnte.

Jane verzog den Mund zu einem weiteren falschen Lächeln, während sie vor noch falscherem Lachen gluckste. »Geistreich.«

»Das war es wirklich«, sagte Phillipa und klatschte in die Hände. »Und jetzt, wo das geklärt ist, weihe ich Sie ein. Clothilde und ich sind Grand-mère Odettes Souschefs, und Jane, die *glaubt,* dass sie das Château leitet, checkt die Gäste ein. Während der Saison wohnen Jane und ich im Uhrenturm. Die Grand-maman-Brigade und Gustave sollten gegen zwei hier eintrudeln, aber wir werden schon mal mit den Vorbereitungen beginnen.« Sie lächelte. »Ich bin echt aufgeregt, von Ihnen lernen zu können, und ich für meinen Teil bin begeistert, dass Sie hier sind.«

Ich mochte Phillipa, ihre überschwängliche Art und ihren mitteilsamen Optimismus, aber Jane saß mit vor der Brust verschränkten Armen da und zog eine Schnute.

»*Moi aussi*«, sagte Clothilde. »Ich hab von den zweien etwas Englisch aufgeschnappt. Ich verstehe nicht jedes Wort, aber ich verstehe den Sinn.«

»Wer kommt denn sonst noch?«, fragte ich.

Clothilde hatte einige Frauen erwähnt, von denen ich nur annehmen konnte, dass sie die Grand-maman-Brigade waren, aber der Name Gustave war mir noch fremd.

»Das restliche Küchenpersonal«, sagte Jane spitz – als müsste ich Bescheid wissen, wer wer war und wie alles lief.

»Ich bin heute erst angekommen«, wehrte ich mich.

»Und Sie haben keinen Schimmer von diesem Betrieb«,

flötete Jane. »Sie sehen so aus, als würden Sie unter Jetlag leiden. Vielleicht sollten Sie sich etwas ausruhen.«

»Jane, du kannst nicht mal Wasser kochen. Wir brauchen Sophies Hilfe«, mischte sich Phillipa ein und richtete ihre Aufmerksamkeit auf mich. »Was sollen wir machen?«

Ich wusste nicht, wo ich anfangen sollte, doch Phillipas eifrige Miene und ihre großen Augen sagten mir, dass sie darauf zählte, dass ich das Kommando übernahm. Ich war nicht in der Lage, mich zu rühren. Der Druck war zu hoch. Ich konnte nicht Küchenchefin oder sonst etwas sein, wenn ich nicht ich selbst war.

Clothilde räusperte sich. »Die Gäste kommen in drei Stunden, und der Schmortopf muss wenigstens vier Stunden köcheln. Das Abendessen ist für 19:30 Uhr angesetzt, also haben wir gerade genug Zeit. Und außerdem haben wir noch die Weinprobe, zu der ein *apéro* gereicht wird, und auch die anderen Gerichte müssen vorbereitet werden.«

»Gibt es eine Tageskarte?«, fragte ich.

»Dort drüben.« Clothilde deutete auf eine riesige Tafel.

Ich überflog die Karte. Mir blieb das Herz stehen, als mein Blick auf eines der Hauptgerichte fiel, das besonders hervorgehoben war, die Worte leuchteten wie Neonlicht vor mir auf: eine Velouté aus geröstetem Hokkaido-Kürbis. Jede Prise Optimismus, die mir noch geblieben war, verflog. Blinzelnd starrte ich auf die Tafel.

»*Ma puce*, stimmt etwas nicht?«, fragte Clothilde.

»Ich weiß nicht, ob ich das kann«, presste ich hervor und spürte eine Schweißschicht in meinem Nacken.

Jane schnaubte boshaft.

»Natürlich kannst du das«, widersprach Clothilde und warf Jane einen strafenden Blick zu. »Du hast bei der Besten gelernt, bei deiner Grand-mère.«

Rémi, der mit einem Leinensack die Küche betrat, lenkte uns ab. Er zog eine Haushaltswaage aus einem Regal und sagte mit dem Rücken zu mir: »Fast zwei Kilo.« Dann machte er zackig auf dem Absatz kehrt wie ein ausgebildeter Soldat und stürmte mit dem leeren Sack in der Hand wieder aus der Küche.

»Besonders freundlich ist er nicht«, murmelte ich, worauf Jane mich böse ansah.

»Er ist unbezahlbar«, verkündete sie.

»Sind Sie beide ein Paar?«, fragte ich und dachte bei mir, dass sie perfekt zusammenpassen würden – beide unverschämt, ungehobelt und ärgerlich gut aussehend. Janes eiskalter Blick traf meinen, aber sie antwortete nicht. »Ich hoffe wirklich, dass ich ihn nicht allzu oft sehen muss«, fügte ich hinzu.

»Unmöglich«, entgegnete Phillipa. »Er wohnt in dem Steinhaus weiter unten an der Straße am hinteren Ende des Anwesens, und wenn er sich nicht dort aufhält, ist er hier und arbeitet.«

»Na großartig«, sagte ich sarkastisch. Das war wirklich einfach großartig.

Phillipa, Clothilde und ich traten an die Waage. Alle Muskeln in meinem Körper spannten sich an. Bei Rémis Einstellung mir gegenüber hätte es mich nicht überrascht, eine tote Ratte darauf vorzufinden. Ich nahm eine der erdverkrusteten schwarzen Schönheiten in die Hand und atmete ihren erdigen, sinnlichen Duft ein. Dieses Geschenk an die Gaumenfreuden, das sein Gewicht in Gold wert war, hatten uns die Küchengötter beschert.

»D'Artagnan und Aramis sind nicht nur Jagdhunde, sondern auch wahnsinnig talentierte Trüffelsucher«, erklärte Phillipa.

Dank der *Times* wusste ich, dass Hunde schon vor Jahren Schweine bei der Trüffelsuche weitestgehend ersetzt hatten, weil sie leichter zu trainieren waren und die Pilze nicht selbst fraßen, wenn sie sie gefunden hatten. Hinzu kam, wenn man ein Schwein an der Leine führte, ließ sich nicht verbergen, was man vorhatte. Und Trüffelgebiete wurden von denjenigen, die Anspruch auf sie erhoben hatten, eifersüchtig bewacht. Ich überschlug es im Kopf. Die zwei Kilo, die Rémi geliefert hatte, besaßen einen ungefähren Verkaufswert von siebentausend Dollar.

Phillipas Augen weiteten sich vor trüffeltrunkener Begeisterung. »Vielleicht können wir heute Abend ein kleines bisschen in die Velouté reiben? Ich denke, das würde die Messlatte höher legen.«

Die Muskeln der Hand, in der ich die schwarze Schönheit hielt, versteiften sich. Ein gebranntes Kind scheute das Feuer. Das Letzte, was ich wollte, war, von meiner Großmutter aus ihrer Küche geworfen zu werden, weil ich ihre Rezepte missachtet hatte. Nach dem Vorfall im Cendrillon wollte ich kein Risiko eingehen.

»Ich glaube nicht, dass das in Grand-mère Odettes Rezept steht«, sagte ich entschieden.

»Aber Grand-mère Odette sagt, Rezepte sind nur Leitlinien. Dass erst Kreativität einen großartigen Koch ausmacht«, protestierte Phillipa. »Sie hat mich inspiriert und mir beigebracht, Geschmacksnoten und Aromen in vielschichtiger Weise zusammenzubringen und beim Kochen meine Sinne einzusetzen. Mein Geruchssinn schreit förmlich danach, den Trüffel für die Velouté zu verwenden.«

Ich presste die Lippen zusammen, weil mir einfiel, dass Grand-mère mir vor Jahren genau dasselbe gesagt hatte. Damals hatte sie erklärt, sie habe von dem berühmten Meisterkoch Jacques Pépin die Lektion gelernt, dass man Rezepte niemals auf genau die gleiche Weise reproduzieren könne, dass der Arbeitsvorgang, der zeitliche Ablauf und die Zutaten angepasst werden müssten. Nicht lange danach hatte Grand-mère Odette mir eines seiner Bücher gekauft, *La Technique: An Illustrated Guide to the Fundamental Techniques of Cooking*, und als ich zehn Jahre alt war, wurde Jacques Pépin zu einem meiner Kochidole. In all den Jahren sollte es noch viele Meisterköche geben, die mich inspirierten, vor allem Meisterköchinnen, die sich einen Namen machten, darunter Grand-mère und Julia Child.

»Meiner Erinnerung nach hat Grand-mère Odette letztes Jahr Trüffel an die Velouté gegeben«, sagte Clothilde.

»Dann ist es beschlossene Sache«, entschied Jane und legte den Kopf schief. »Schließlich ist das hier kein Michelin-Restaurant, in dem man nach *Konstanz* beurteilt wird. Kochen ist nicht linear. Wenn wir etwas verbessern können, tun wir das auch. Die Trüffel kommen rein. Ende der Diskussion.«

Natürlich musste sie Salz in die Wunde streuen und Konstanz erwähnen. Die Szene im Cendrillon blitzte in meiner Erinnerung auf: die Suppe, die von den Wänden tropfte, Erics selbstgefälliges Grinsen, O'Sheas Wut. Clothilde tippte mir auf die Schulter und riss mich aus meiner Trance.

»Alles in Ordnung, *ma puce*?«

»Ich fühle mich nur leicht fehl am Platz«, klagte ich und schluckte.

»Der lange Flug. Die Sorge um die Gesundheit deiner Grand-mère. All das hier.« Clothilde machte eine ausladende Handbewegung. »Von jetzt auf gleich diese Küche zu übernehmen ist eine große Belastung. Wir sind so dankbar, dass du hier bist, um uns zu helfen.«

Jane feixte. Phillipa stieß ihr mahnend in die Rippen.

Mein Finger zitterte, als wäre er aus Gelatine, als ich auf die Tafel und auf die Hokkaido-Kürbisse auf der Theke zeigte. Mir wurde ganz heiß. Meine Atmung beschleunigte sich. Ich konnte nicht Küchenchefin sein.

»Nein, ich kann das nicht. Tut mir leid. Aber ich kann nicht.«

»Schöne Meisterköchin«, spottete Jane und verdrehte die Augen. »Na los, gehen Sie schon. Sie konnten es schon im Cendrillon nicht bringen und werden uns hier nicht alles verderben.«

»Jane«, rief Phillipa entgeistert. »Das ist unangemessen.«

Meine Knie drohten unter mir nachzugeben. Sie wussten es alle. Ich hatte geglaubt, in Champvert vielleicht dem Drama, zu dem mein Leben geworden war, eine Weile entfliehen zu können. Doch die Wahrheit war, dass man seiner Vergangenheit niemals entkommt, egal wie weit man fortläuft. Und genau das wollte ich tun.

Ich rannte aus der Küche und die Personaltreppe hinauf,

um in meine Suite zu gelangen. Leider hatte ich die Tür offen gelassen und hörte Jane reden, während ich die Treppe hinaufhastete. Ihre Worte hallten im Treppenhaus wider.

»Was ist? Seht mich nicht so an. Wir haben doch alle die Berichte gelesen und die Videos gesehen. Wahrscheinlich ist es das Beste, wenn sie uns aus dem Weg geht. Schließlich haben wir einen Betrieb zu leiten.«

»Gib ihr eine Chance«, protestierte Clothilde. »Du kennst sie doch nicht einmal. Und dies ist ein Familienbetrieb. Sie ist Grand-mère Odettes ganzer Stolz.«

»Ich weiß, was ich gelesen habe«, beharrte Jane. »Und was Familie betrifft, bin ich für Odette viel eher eine Enkelin gewesen. Sophie hat sie im Stich gelassen und sie nicht einmal mehr besucht.«

»Ich bin mir sicher, da steckt mehr dahinter«, warf Phillipa ein. »Wir haben ihre Version noch nicht gehört.«

»Ich stimme dir zu«, kam Clothildes Stimme.

»Wir haben alle gesehen, was wir gesehen haben. Sie hat gezittert wie Espenlaub«, entgegnete Jane. »Sie ist total übergeschnappt.«

Ich stützte mich an der Wand ab, um nicht das Gleichgewicht zu verlieren. Die einsetzende Panikattacke war schlimmer als alle zuvor. Mein Atem ging schnell und heftig. Ich bekam keine Luft, konnte die Füße nicht bewegen. Das Letzte, woran ich mich erinnere, ist, dass meine Knie auf Beton aufschlugen, während französische Worte und ihre Übersetzungen in meinem Kopf verschwammen.

Je suis tombée dans les pommes.

Ich bin in die Äpfel gefallen.

Ich bin ohnmächtig geworden.

II
WINTER

Kochen ist die Kunst des Anpassens.

JACQUES PÉPIN

13
Die Strippenzieherin

Eine Woche war vergangen, seit ich die Treppe heruntergefallen war. Mein Fußknöchel pochte, und ich hatte am ganzen Körper Prellungen – die Blutergüsse waren dunkelviolett und sahen aus wie zerdrückte Brombeeren, die auf dem Boden verrotteten, nachdem jemand auf sie getreten war. Der Zimmerservice kam zu mir herein, doch ich schickte das Mädchen weg. Solange ich nicht aufstehen wollte, konnte mein Bett nicht frisch bezogen werden. Ich erwog, Grand-mère zu besuchen, aber sie wäre nur von mir enttäuscht, weil ich sie im Stich gelassen hatte. Genau wie in New York blieb ich in meinem Zimmer und mied alle außer Clothilde, die mich mit Essen versorgte und mich über Großmutters Gesundheit auf dem Laufenden hielt, außerdem Phillipa, die alles daransetzte, mich aus meiner Depression zu holen. Wir waren mittlerweile zum vertrauten Du übergegangen.

Eines Morgens brachte sie mir einen roten Weihnachtsstern. »Bald ist Weihnachten. Wir werden dich schon noch in Adventsstimmung versetzen«, versprach Phillipa und stellte die Pflanze ab. »Was wünschst du dir vom Père Noël?«

»Ein neues Leben«, knurrte ich. »Hier will mich doch keiner.«

»Ich schon.«

»Warum?«, fragte ich verwundert.

Sie tippte sich zweimal mit dem Finger an die Schläfe. »Mein sechster Sinn. Ich habe meinen Instinkt.«

»Rät er dir, die Beine in die Hand zu nehmen? Vor der drohenden Gefahr zu fliehen?«

»Du bist witzig, wenn du deprimiert bist.« Sie lachte schnaubend und wurde wieder ernst. »Was Jane gesagt hat, tut mir echt leid. Sie hat es bestimmt nicht so gemeint.«

»Was hat sie für ein Problem mit mir?«, fragte ich, überzeugt davon, dass Jane jedes einzelne Wort, das sie mit ihrem selbstgefälligen Akzent geäußert hatte, sehr wohl so gemeint hatte.

»Sie hat mit allen Probleme. Lass dich von ihr nicht runterziehen«, bat Phillipa. »Als wir Kinder waren, habe ich sie immer KJ genannt.«

»KJ?«, fragte ich.

»Kritische Jane«, erklärte sie mit einem gackernden Lachen. »Und sie hat es gehasst. Bist du ohnmächtig geworden, weil du sie gehört hast?«

»Es ist ja nicht so, als hätte sie mich geschubst. Ich bin gefallen«, wehrte ich ab. »Es war ein Unfall. Und was sie gesagt hat, stimmt«, fügte ich hinzu und zog mir die Decke über den Kopf.

»Das finde ich nicht«, widersprach Phillipa. »Deine Grand-mère hat mir erzählt, dass sie ihr ganzes Wissen an dich weitergegeben hat. Und wenn du kochen kannst wie sie, gehörst du zu den Besten. Deshalb kann ich für meinen

Teil es nicht abwarten zu sehen, was du kannst, sobald es dir besser geht.«

»Ich kann alles kaputtmachen«, murmelte ich.

Phillipa hatte meine klägliche Bemerkung nicht verstanden. Sie zog mir die Decke vom Gesicht. »Was?«

»Danke für die Pflanze«, lenkte ich ab.

»Es sind die Kleinigkeiten im Leben, die uns glücklich machen«, sagte sie achselzuckend.

Auch wenn Phillipa meine Suite mit einem Lächeln verließ, weil sie glaubte, mich aufgemuntert zu haben, verfolgte mich der Albtraum, den ich in New York zurückgelassen hatte, immer noch. Im Schlaf hörte ich O'Shea, der damit drohte, mich wie ein Schwein auszunehmen. Ich sah Erics verzerrtes Grinsen, als er mich einen talentlosen Lakaien nannte. Manchmal starrte ich aus dem Fenster und beobachtete, wie die Rauchschwalben vom grauen Himmel herabschossen und schnelle und plötzliche Wendungen vollführten, fast als stürzten sie kopfüber zu Boden. Dann fragte ich mich, ob auch sie einen Tiefpunkt erreichen würden wie ich. Für geplatzte Träume und gebrochene Herzen gab es keinen Arzt, und ich wusste nicht, wie ich je wieder geheilt werden sollte.

Meine Gedanken schweiften nach New York und zu meinem Wunsch, den erstmöglichen Flieger von Paris in die USA zu nehmen, sobald Grand-mère auf dem Wege der Besserung sein würde. Wenn ich meinen Namen wieder reingewaschen hätte, könnte ich ja zurückkehren.

Ich griff in meine Handtasche und zog mein Handy heraus, um Walter eine SMS zu schreiben, was ich ganz vergessen hatte. Als ich den Flugmodus deaktivierte, piepste es ununterbrochen, während über zwanzig Benachrichtigungen eingingen.

Walter: *Bist du gut angekommen? Wie geht es deiner Großmutter?*

Walter: *Ich hab noch nichts von dir gehört. Sims mir!*

Walter: *Wo bist du? Ich mach mir langsam Sorgen.*

Ich simste Walter rasch zurück: *Tut mir schrecklich leid, dass ich mich noch nicht gemeldet habe. Gut angekommen. Grand-mère liegt noch im Krankenhaus, aber es geht ihr besser. Und ich? Fühle mich wie auf einem anderen Stern. Viel zu erzählen. Rufe dich später an. Xox*

Walter: *Tolle Neuigkeiten! Robert ist bei uns eingezogen! Wir müssen ein paar Sachen in deinem Zimmer lagern, bis wir wissen, wo wir sie hinstellen sollen. Sag Bescheid, wenn du nach Hause kommst, dann regeln wir das noch vorher.*

Nach Hause. Ohne Job konnte ich nicht zurück nach New York ziehen und als schmarotzende Mitbewohnerin bei einem Paar wohnen, das sich gerade ein gemeinsames Leben aufbaute. Ein Zuhause? Ich hatte das Gefühl, keins mehr zu haben und auch hier nur ein ungebetener Gast zu sein.

Doch zumindest war mir meine große Suite vertraut – mit einem Salon samt Kamin, einem kleineren und einem größeren Schlafzimmer und einem Bad, und nach allem, was ich bisher gesehen und erlebt hatte, brauchte ich etwas Vertrautes. Ich betrachtete dieselbe verblichene Damasttapete wie damals, dasselbe Doppelbett aus Holz mit derselben grünen Steppdecke und demselben verschossenen Teppich mit Blumenmuster.

Und dann platzte Clothilde, ohne zu klopfen, bei mir

herein. »*Ma puce*«, sagte sie, »du hast dich jetzt genug ausgeruht. Es ist an der Zeit, wieder am Leben teilzunehmen.«

Ich drehte mich um und drückte das Gesicht ins Kissen, was meine Stimme dämpfte. »Ihr kommt sehr gut ohne mich klar.«

»Wir wissen alle von den Problemen, die du in New York hattest. Es ist an der Zeit, darüber hinwegzukommen.« Clothilde drehte mich zu sich. »Jetzt steh auf und leb dein Leben weiter.«

»Ich glaube nicht, dass ich je darüber hinwegkommen werde.«

Sie legte mir liebevoll die Hand auf die Schulter. »Vielleicht sind deine Probleme unser Gewinn. Du bist jetzt hier, und deine Großmutter – wir alle – sind auf dich angewiesen.« Sie fixierte mich mit einem strengen Blick.

»Wie geht es ihr?«, fragte ich schniefend.

»Ich bin froh, dass du danach fragst. Ihr geht es besser als dir momentan«, berichtete sie. »Aber wie sie hast du das Feuer der Valroux de la Tour de Champvert im Blut.«

Ich war mir da nicht so sicher. Alles, was ich wusste, war, dass ich im großen Stil versagt hatte – und zwar nicht nur einmal, sondern gleich zweimal.

»So ein langer, absurder Name«, sagte ich abwertend. »Kein Wunder, dass meine Mutter ihn gekürzt hat, als wir nach New York gezogen sind.«

»Deine Grand-mère denkt genauso, und aus dem Grund besteht sie bei den meisten Menschen darauf, von ihnen Grand-mère Odette genannt zu werden.« Sie verschränkte die Arme vor der Brust. »Aber in Frankreich gilt, je länger der Name, desto nobler ist man.«

»Ich bin nicht nobel«, entgegnete ich. »Sondern ein Feigling. Ich bin nicht geblieben, damit ich um meine Ehre kämpfen kann. Ich bin weggelaufen.«

»Du bist nicht weggelaufen. Du bist nach Champvert zurückgekommen, um einem höheren Ziel zu dienen. Du bist deiner Großmutter zuliebe hier, deiner Familie zuliebe. Das ist ein großer Unterschied. An diese Vorstellung würde ich mich ganz schnell gewöhnen. Du bist jetzt zu Hause und umgeben von Menschen, die dich lieben und unterstützen.« Sie schnalzte mit der Zunge. »Hör auf, das Opfer zu spielen wie ein bockiges Kind. Wir sind hier in Champvert, nicht in New York. Ich erwarte, dass du morgen um neun gestiefelt und gespornt bist, damit ich dich zu deiner Grand-mère bringen kann. Oder hast du vergessen, dass du ihr zuliebe hergekommen bist?«

Damit machte sie auf dem Absatz kehrt und ließ mich mit meinen Gedanken und Schuldgefühlen allein.

Auf einem Stuhl hockte noch mein Teddy, groß, flauschig und braun wie Karamellzucker. *Bär*nard war mein »Hier«-Bär gewesen. Grand-mère Odette hatte mir nie erlaubt, ihn mit nach New York zu nehmen, egal wie sehr ich gebettelt und gefleht hatte. Ich nahm *Bär*nard hoch und drückte ihn an meine Brust. Er roch ganz schwach nach Lavendel, dem Duft meiner Kindheit.

Ich war neun, als ich zum ersten Mal mit meiner Großmutter Lavendel sammelte. Sie hatte mir erklärt, dass sie ihre Pflanzen in der Provence erstanden hatte, an einer Lavendelroute, wo Mitte Juni ein Meer aus violetten Blumen blühte. Sie hatte mir von der Schönheit der Landschaft erzählt, dass sie sie mit nach Champvert hatte nehmen wollen, damit sie die Blüten zu ihrer selbst gemachten Kräutermischung hinzufügen konnte, und mir versprochen, mich auf die Routes de la Lavande mitzunehmen, damit ich den Zauber selbst erleben konnte. Ich hatte gefragt, ob wir gleich am nächsten Tag fahren könnten, und sie hatte lächelnd gesagt: »*Pourquoi pas.*« Warum nicht. Also packten wir in aller Herrgottsfrühe selbst gebackenes Baguette, Schinken, Butter und Käse sowie einen großen Behälter mit Kirschen für ein Picknick ein und fuhren mit ihrem Mercedes an Feldern mit fröhlichen Sonnenblumen vorbei fast sechs Stunden in die Provence.

»Das war der letzte Ausflug, den ich mit deinem Grand-père gemacht habe, bevor er zu den Engeln gegangen ist«, sagte sie. »Wir übernachten in dem gleichen Château.« Sie tätschelte mir die Hand. »Lass deine Fensterscheibe herunter und atme die Luft ein, *ma chérie*. Wir sind fast da.«

Der Wagen bog um die nächste Kurve, und die Landschaft war genau so, wie sie sie mir beschrieben hatte: Die Luft duftete intensiv. Felder um Felder mit Lavendelpflanzen, manchmal von Sonnen- oder Mohnblumen gesäumt, leuchteten auf dem hügeligen Gelände, die Farben und Gerüche waren so intensiv, dass es mir den Atem raubte. Grand-mère hielt am Straßenrand vor einer kleinen Hütte, in der Öle, Blumensträuße und provenzalische Textilien feilgeboten wurden. Ich war von Ehrfurcht erfüllt, aufgeregt wie die vielen Bienen, die summend die Blüten absuchten. Dort hatte Grand-mère auch meinen Teddybären und ihre Mohnblumenschürze gekauft.

Beim Gedanken daran wehmütig lächelnd, atmete ich

*Bär*nards Duft ein und genoss die beruhigende Wirkung des Lavendels auf meine Nerven. Mit dem Teddy im Arm dachte ich an meine Großmutter und dass ich mich ihr zuliebe trotz allem, was passiert war, zusammenreißen musste. Clothilde hatte mich daran erinnert, und sie hatte recht. Ich würde ihr versprechen, meine Depriphase zu beenden, und mein Wort halten, egal wie schlecht ich mich in der kommenden Zeit fühlte.

Als ich mich am nächsten Tag anzog, sah ich aus meinem Fenster mit Blick über das Land, die Gebäude und die wunderschöne Gartenanlage und fühlte mich vollkommen deplatziert. Vielleicht war es an der Zeit, wenigstens zu versuchen, mich hier einzufügen. Ich warf mich in ein langärmliges marineblaues Midikleid, das in der Taille gebunden war – es war das, was ich stets zum Lunch bei Walters Mutter getragen hatte –, und zog mein einziges Paar schwarzer Ballerinas an. Solange noch keine Gäste um das Château lustwandelten, wollte ich das Gelände erkunden. Ich fand mich im Gang vor einem Fahrstuhl wieder und drückte auf die Taste, die Türen öffneten sich. Das Fahrstuhlinnere war elegant, gepflegt und modern, wie man es in einem New Yorker oder Pariser Luxushotel erwartet hätte, mit burgunderroten, mit Chesterfield-Knöpfen geschmückten Lederwänden, einem modernen Kronleuchter und LED-Beleuchtung. Musik spielte. Bach. Dass meine Großmutter aus reichem Hause stammte, hatte ich ja gewusst, aber nicht, dass sie *so* viel Geld hatte.

Statt geradewegs in die Küche zu gehen, begab ich mich in den dritten Stock, der für mich als Amerikanerin eigentlich der vierte war, was ich immer noch nicht ganz verinnerlicht hatte. Hier, eine Etage über meiner, befand sich die Suite meiner Großmutter. Ich stieg aus dem Fahrstuhl und schlenderte durch den Gang. Ein Zimmermädchen in einem blassgrauen Kleid mit einer strahlend weißen Bluse und mit einem Eimer voller Putzutensilien in der Hand eilte an mir vorbei und raunte mir ein rasches »*Bonjour, Madame*« zu. Als sie eine schwere Holztür aufstieß, musste ich einfach einen Blick in das Zimmer werfen.

»*Merde*«, war alles, was ich hervorbrachte.

Dort war ein Badezimmer im italienischen Stil mit einer Dusche und einem riesigen Whirlpool aus französischem weißem Marmor mit dünnen grauen Äderungen. Wogende weiße Gardinen umgaben ein wunderschön verschnörkeltes schmiedeeisernes Bett, auf der mit französischem Leinen bezogenen Matratze lagen weiße Blütenblätter. Die Fußböden dieser Suite waren aus intarsiertem rotem und schwarzem Marmor, die Fenster öffneten sich zu einem französischen Balkon hin. Es gab so viel Platz, dass ich ein Rad hätte schlagen können, wäre ich nicht so ein Tollpatsch gewesen.

Die Suite meiner Grand-mère war verschlossen, aber ich öffnete noch ein paar weitere Türen und stellte fest, dass alle anderen Räume im Château ebenso prachtvoll und schön waren. Ich erkundete alle Etagen und begab mich schließlich hinunter ins Erdgeschoss, was mir endgültig den Rest gab. Dort gab es ein Hammam-Spa, das mit gemusterten blauen, grünen und elfenbeinfarbenen marokkanischen Fliesen ausgekleidet war. Ich weiß nicht, was mich mehr überraschte: die kleinen Pools, der blubbernde Jacuzzi oder die Räume, die vor Orchideen überquollen und mit Massagetischen ausgestattet waren. Wenn ich mir nicht ungläubig die Augen rieb, versuchte ich, wieder Luft zu bekommen. Grand-mère hatte sich ein Reich geschaffen, und es war beeindruckend.

Meine Neugier war geweckt. Bevor ich mich in die Küche begab, um Grand-mères Kladden genau durchzusehen, ging ich ins Büro meiner Großmutter. Der Raum war genauso opulent und kultiviert wie der Rest des Châteaus. Dunkel getäfelte Wände. Wunderschöne Gemälde. Ein großer Louis-XIV-Schreibtisch mit einer lederbezogenen Platte und vergoldeten Verzierungen im Holz samt dem passenden Stuhl. Auf dem Schreibtisch stand ihr Computer – ein Apple iMac mit einem 27-Zoll-Bildschirm.

An der Wand über dem Schreibtisch hing ein Diplom von der Cordon Bleu. Ich schnappte nach Luft und betrachtete das Datum genauer. Wow. Grand-mère hatte die führende Kochschule Frankreichs erst ein Jahr nach meiner Geburt besucht? Warum hatte sie mir nichts davon erzählt? Diese Information machte mir klar, dass ich nichts über ihr Leben wusste – nichts Genaues jedenfalls. Ich wusste, dass sie wahnsinnig gern kochte. Ich wusste, dass sie mich liebte. Aber das war auch alles. Ich wollte mehr erfahren.

Ich warf ihren Computer an. Es gab drei Nutzerkonten – eines für Jane, eines für Grand-mère und eines für Gäste. Ich entschied mich für das Konto meiner Grand-mère und versuchte es mit Sophie1993, dem Code, den ich auf dem Zettel gefunden hatte, der aus der Küchenkladde gerutscht war – mein Name und mein Geburtsjahr. Ich wusste nicht so recht, was ich damit bezweckte oder wonach genau ich suchte. In der Ecke des Bildschirms erschienen Dutzende E-Mail-Benachrichtigungen. Mein Blick huschte zu den aufblinkenden blauen Quadraten, und meine Beine drohten unter mir nachzugeben, als ich *seine* Adresse aufpoppen sah: kitchengod1990@gmail.com. Eric hatte meiner Grand-mère gemailt? Wie bitte? Und warum?

Ich hatte ganz vergessen, dass sie ihn kennengelernt hatte, als ich meinen Abschluss am CIA gemacht hatte. Danach hatten wir im Cendrillon NY zu Abend gegessen, weil ich ihr das Restaurant hatte zeigen wollen, in dem ich im Anschluss arbeiten würde. Ich wusste, dass es falsch war, die E-Mails anderer zu lesen, aber das war Korrespondieren mit dem Teufel auch.

Vor Verwirrung zitternd, setzte ich mich hin, öffnete ihren E-Mail-Account und las den Mailaustausch.

Von: KitchenGod
An: Château de Champvert
Betreff: Ihre Enkelin
Datum: 1. Oktober 2019

Sehr geehrte Madame Valroux de la Tour de Champvert, ich weiß nicht, ob Sie sich an mich erinnern, aber wir haben uns in New York kennengelernt, als Sophie ihren Abschluss am Culinary Institute of America gemacht hat. Wie Sie wissen, haben wir zwei Jahre zusammengelebt und uns dann aufgrund meiner Arroganz getrennt. In ein paar Monaten eröffne ich ein neues Restaurant namens Blackbird, *und ich möchte, dass sie für mich arbeitet. Sie ist eine der besten Chefs de Partie in der*

Stadt. Aber sie will nicht auf mich hören. Wenn Sie einen Rat für mich hätten, wie ich sie überzeugen kann, wäre ich Ihnen wirklich sehr dankbar. Sophie und ich sind ein tolles Team.

Vielen Dank
Eric

Von: Château de Champvert
An: KitchenGod
Betreff: Re: Ihre Enkelin
Datum: 7. Oktober 2019

Wie alle Frauen in unserer Familie ist meine Enkelin eine sehr unabhängige Frau – leidenschaftlich, stark und eigensinnig. Wenn es Ihnen ernst damit ist, ihr Herz davon zu überzeugen, für Sie zu arbeiten, muss sie sich auf Sie verlassen können.

Bonne Chance.

Von: KitchenGod
An: Château de Champvert
Betreff: Re: Re: Ihre Enkelin
Datum: 30. November 2019

Sehr geehrte Madame Valroux de la Tour de Champvert,
ich habe Ihren Rat befolgt, aber Sophie will nichts mehr

mit mir zu tun haben. Ist sie in Frankreich? Ich muss mit ihr sprechen.

Vielen Dank
Eric

Taumelnd vor gemischten Gefühlen durchsuchte ich das Benutzerkonto meiner Großmutter und fand einen Ordner namens »Briefe für Sophie« mit E-Mails, die an das Culinary Institute of America adressiert waren: Empfehlungsschreiben von berühmten Meisterköchen für meine Aufnahme, darunter Jean-Jacques Gaston, O'Sheas Mentor. Er hatte dafür gesorgt, dass ich die Stelle im Cendrillon bekommen hatte.

Beziehungen. Da waren sie. Grand-mère war eine Strippenzieherin, und ich kam mir vor wie eine Marionette. Ich fühlte mich schrecklich. Meine Großmutter hatte mir aus der Ferne dabei geholfen, meine Träume zu verwirklichen, obwohl sie mich bei sich in Frankreich haben wollte. Und ich war so ein undankbarer Mensch. Ich schob die Verwirrung über ihre Korrespondenz mit Eric beiseite. Meine Schuldgefühle machten mich schwindlig, und ich vergrub mein Gesicht in den Händen.

Von der Türschwelle ertönte ein verärgertes Schnauben, und ich zuckte zusammen, als ich aufsah.

»Sie sollten nicht hier drin sein«, blaffte Jane. Sie stemmte die Hände in die Hüften und fixierte mich aufgebracht. Die Adern an ihrem Hals pulsierten.

»Ich musste den Computer benutzen«, sagte ich, verließ hastig Grand-mères E-Mail-Account und loggte mich aus.

»Sie haben das Passwort?«, fragte sie entgeistert.

»Ich habe mich als Gast eingeloggt.«

Jane plusterte sich auf wie ein Pfau, der sein Revier verteidigt. »Nächstes Mal benutzen Sie einen der Computer im Geschäftszentrum. Ich habe Arbeiten zu erledigen«, wies sie mich zurecht und beäugte mich misstrauisch. »Clothilde wartet in der Küche auf Sie.«

»Dann sollte ich wohl gehen«, sagte ich.

»Das sollten Sie dann wohl.«

14
Pokerface

Obwohl mir von den Informationen, die ich gerade bekommen hatte, der Kopf schwirrte, machte ich mich zu meiner Verabredung mit Clothilde in die Küche auf. Bis ich mit meiner Großmutter gesprochen hatte, musste ich die Nerven behalten und mein schönstes Pokerface aufsetzen. Clothilde war immer supernett zu mir. Ich durfte sie nicht vor den Kopf stoßen. Sie war gerade dabei, vor sich hin murmelnd diverse Schränke zu durchwühlen.

»*Bonjour*«, begrüßte ich sie und rang mir das schönste Lächeln ab, zu dem ich fähig war. »Was suchst du?«

»Kreuzkümmel«, erwiderte sie erschöpft. Sie warf die Hände in die Luft. »Ich wollte Bernard heute Abend eine Tajine machen und habe bei uns zu Hause keinen mehr. Und eine Tajine kann man ohne Kreuzkümmel, Ingwer und Kurkuma nicht machen. Es ist der Gewürzdreiklang schlechthin.«

»Marokkanisch?«

»Nein, algerisch. Bernard und ich waren *pieds-noirs*, wie man uns nennt. Wir haben in den späten Fünfzigern während der französischen Herrschaft in Algerien gelebt.« Sie seufzte. »Wir waren frisch verheiratet und noch blutjung.

Er war beim Militär, *tu vois*?« Sie fuhr sich durch ihre roten Locken. »Nach Kriegsende sind wir zurück nach Frankreich gezogen. Es waren schwierige Zeiten, aber Bernard, *hélas*, liebt seine Tajines immer noch.«

Genau wie ich. Und ich fand das keineswegs bedauerlich wie Clothilde. Eine Tajine ist ein stark gewürztes maghrebinisches Gericht, das nach dem Tontopf benannt ist, in dem es gekocht wird. Ich hatte seit meinem zwölften Lebensjahr keine mehr gegessen. Damals hatte Grand-mère mich mit ein paar internationalen Rezepten bekannt gemacht, um meinen kulturellen Horizont zu erweitern.

Ich kramte in der Küche herum, fand den Kreuzkümmel und reichte ihn ihr.

»Ach, danke, *ma puce*«, sagte sie mit einem strahlenden Lächeln. »Hast du mal nach draußen gesehen? Es schneit!«

Ich sah zum Fenster. Vom Himmel purzelten riesige Puderzuckerschneeflocken und blieben am Boden haften, die Zweige der Bäume senkten sich unter der Last gefrorener Sahne. In nur wenigen Stunden hatte sich die ganze Welt verändert, und alles war mit Weiß bedeckt – wie ein Neuanfang. Es war der schönste Anblick, den ich je gesehen hatte. Ich musste an eine Schneekugel denken, aber anders als bei einer Schneekugel hatte sich mein Leben, nachdem es durchgeschüttelt worden war, nicht wieder beruhigt. Ich wollte einen Neuanfang.

»*Ma puce*«, sagte Clothilde, »zieh dir einen Mantel an, sonst erkältest du dich noch.« Sie sah auf meine Füße. »Und du solltest Stiefel tragen. Im Wandschrank stehen welche in deiner Größe. Geht das mit deinem Fußknöchel?«

Meinen Knöchel hatte ich ganz vergessen. Seltsamerweise schmerzte er nicht allzu sehr, es sei denn, ich verdrehte ihn nach rechts. Ich ging zum Wandschrank im Flur, schleuderte meine Ballerinas von mir und zog mir Gummistiefel an.

Nachdem ich meinen Mantel angezogen hatte, fragte ich: »Fahren wir jetzt direkt zu Grand-mère?«

»Nein, noch nicht gleich. Wir treffen uns mit Bernard im Papillon Sauvage zum Frühstück.«

»Ach ja, Bernard, ich will ihn unbedingt sehen! Wie geht es ihm?«

Clothilde schloss die Augen, und ein wehmütiges Lächeln umspielte ihre Lippen. »Wunderbar, wie immer. Sogar nach so vielen Jahren Ehe fühlt es sich noch wie gestern an«, schwärmte sie. *»On y va?«*

Ich nickte. »Ja, gehen wir.«

»Mir nach«, kommandierte sie und wandte sich zur Hintertür.

Ich folgte ihr nach draußen und wäre beinahe auf den Steinstufen ausgerutscht. »Das andere Restaurant, das in der Scheune, kannst du mir was darüber erzählen?«

»Da gibt's nicht viel zu erzählen. Das Papillon Sauvage bietet einfache ländliche Speisen zum Festpreis an«, erklärte Clothilde. »Im letzten Jahr hat das Restaurant einen Preis von Michelin bekommen.« Sie lachte gackernd. »*Eh bien,* ich habe nie verstanden, was Reifen mit Essen zu tun haben sollen.«

Mein Herz setzte ein paar Schläge aus. »Hast du ›Michelin‹ gesagt?«

Bevor sie antworten konnte, sprang ich durch den Schnee und rannte zur Scheune. Das Schild hing direkt an der Eingangstür. Das Papillon Sauvage hatte einen Bib Gourmand erhalten. Das war nicht ganz dasselbe, wie einen Michelin-Stern zu gewinnen, ein Bib Gourmand war Restaurants vorbehalten, die außergewöhnliches Essen zu moderaten Preisen anboten. Laut der gerahmten Speisekarte, die im Fenster hing, konnte man hier für neunundzwanzig Euro essen, Wein vom Weingut des Châteaus inbegriffen.

Während mein Herz wie eine Herde wilder, unbändiger Pferde galoppierte, öffnete ich die Eingangstür, und wir betraten den Raum. Ich ließ staunend alles auf mich wirken, während wir unsere Mäntel auszogen. Die bezaubernde rustikale Einrichtung war typisch für das ländliche Frankreich. Porzellanhähne und -hühner schmückten die langen Gemeinschaftstische aus Holz mitsamt der Sitzbänke. Ich nahm schmiedeeiserne Leuchten wahr, alte Weinfässer und andere Antiquitäten wie zum Beispiel einen alten Waschzuber, Kupferkannen, die von Haken an einem Bord hingen, eine offene und gut ausgestattete Küche, einen Holzofen. An den Backsteinwänden hingen antike Kupferdruckteller in verschiedenen Blautönen neben Lithografien mit Schmetterlingen.

Es war wunderschön – aber den Bib Gourmand hatte Grand-mère Odette nie erwähnt. Zugegeben, ich war in meinem New Yorker Leben gefangen gewesen, aber wir hatten immerhin ab und zu telefoniert. Warum so viele Geheimnisse?

Ich stützte mich vornübergebeugt mit den Händen auf den Knien ab und wappnete mich. »Clothilde, sag mir, was um alles in der Welt im Château los ist.« Als sie mit den

Schultern zuckte, zeigte ich um Atem ringend auf die Hinweistafel, die an der Tür hing. »Ein Bib Gourmand?«

»*Oui*, so heißt der Preis.«

»Und sie hat mir nichts erzählt? Von all dem hier?«

»Ich verstehe das ganze Trara nicht«, sagte Clothilde verwundert.

»Das ist eine Riesensache. Gewaltig«, erklärte ich ihr. »Das ist Michelin.«

Bevor sie mir antworten konnte, kam Bernard ins Restaurant gestürmt. Er trug immer noch den buschigen Schnurrbart, der an den Spitzen gezwirbelt war wie der von Salvador Dalí, und hatte immer noch strahlend blaue Augen, die vor jahrzehntelangem Gelächter funkelten. Er klopfte sich den Schnee von den Stiefeln, rannte zu mir und wirbelte mich herum.

»Sei vorsichtig«, ermahnte Clothilde ihn. »Sie ist kürzlich gestürzt.«

»*Je sais, je sais, mon amour, mais elle est là!*« Ich weiß, ich weiß, meine Liebe, aber sie ist da! Augenzwinkernd setzte er mich vorsichtig wieder ab. »Und sie ist so dünn. Wir müssen sie aufpäppeln.« Er tätschelte seinen stattlichen Bauch. »*Tu as faim*, Sophie?«

»*Oui, un peu.*« Ja, ein bisschen, antwortete ich. Aber hauptsächlich hungerte ich nach Antworten.

»Komm und setz dich neben deinen *tonton*«, bat Bernard, der von sich selbst als meinem Onkel sprach, wie früher, als ich noch ein Kind war. »Meine schöne Frau regelt das schon.«

»Ich sollte ihr lieber helfen«, protestierte ich.

»*Non*«, wehrte Clothilde ab. »Ich komme schon zurecht.

Du musst erst zu Kräften kommen. Wir wollen, dass du wieder stark wirst.«

»Wozu?«, fragte ich.

Versuchten sie mich als Opfergabe für die Küchengötter zu mästen? Wenn ja, sollten sie mich jetzt gleich nehmen, denn meine Gebete in New York waren nicht erhört worden.

»Für das Hochzeitswochenende natürlich.«

»Moment. Welches Hochzeitswochenende? Ich dachte, das Château hätte in der Wintersaison geschlossen?«

»Hat es auch, außer für Privatveranstaltungen«, erklärte sie. »Wir möchten, dass du das Menü planst.«

»Ihr könnt nicht von mir erwarten, dass ich koche«, protestierte ich etwas zu heftig. »Du hast mich doch neulich gesehen. Du weißt, dass ich nichts kann. Ich ... ich ... ich ...«

»Du musst aufhören, das Opfer zu spielen. Das hab ich dir schon mal gesagt. Und du wirst das für *mich* tun. Keine Fragen. Keine Widerworte. Keine Selbstmitleidsorgie. Du bist eine talentierte Köchin. Ich brauche deine Hilfe. Das ist alles.«

Bernard drohte mir augenzwinkernd mit dem Finger. »Ein guter Rat: Streite nicht mit meiner Frau.«

Allmächtiger Gott, was hatte ich mir da eingebrockt?

Während Clothilde herumflitzte und unser Frühstück vorbereitete, saß ich stocksteif da. Schließlich stellte sie eine Servierplatte mit Croissants, Joghurt und eine Cafetière mit Kaffee auf den Tisch. Da war aber noch etwas anderes – ein erdiger Duft stieg mir in die Nase.

»Ich hab dir eine *chocolat chaud* gemacht«, sagte sie. »Die hast du geliebt, als du klein warst.«

»Die liebe ich heute noch«, rief ich erfreut.

Sie gab mir die Schale, und ich kostete. Der schokoladige Traum glitt durch meine Kehle, jeder Schluck eine Erinnerung. Unwillkürlich verlor ich mich in meiner Kindheit – als ich noch frei, sorglos und glücklich gewesen war.

Ich war sieben, als ich das erste Mal eine richtig gute heiße Schokolade probierte und mit unbändigem Entzücken genoss. Ich erinnerte mich, dass es Grand-mère war, die mir meine erste Tasse servierte, und wie sie über mich gelacht hatte. Ich erinnerte mich auch an ihre Worte. »Es sind die einfachen Dinge im Leben, die uns glücklich machen.«

Deshalb fragte ich mich, warum jetzt alles so verdammt kompliziert war.

»*Ma puce,* du erinnerst mich in so vielerlei Hinsicht an deinen Großvater. Ich sehe ihn in dir«, sagte Bernard und holte mich aus der Vergangenheit zurück ins Hier und Jetzt. »Du hast seine Augen und strahlst eine solche Stärke aus.«

»Wie war er denn?«, fragte ich.

»Streng und sehr ernst, aber leidenschaftlich und voller Lebensfreude. Er war ein äußerst großzügiger Mann. In Champvert waren viele in finanziellen Schwierigkeiten, und er hat uns allen geholfen, vor allem Clothilde und mir. Er ist dafür aufgekommen, dass unser Sohn Victor zum Studieren nach Paris ziehen konnte, und hat ihn während seines ganzen BWL-Studiums betreut. Er hat unseren Bauernhof gekauft und uns im Gästehaus wohnen lassen. Er hat uns ein neues Leben ermöglicht. Tatsächlich hat er die meisten Immobilien hier in Champvert gekauft.« Bernard hielt inne. »Ich vermisse Pierre jeden Tag, vor allem während der Ernte, die du leider verpasst hast. Ich hoffe, du wirst diesen Zauber eines Tages erleben können.«

»Das hoffe ich auch«, sagte ich und begriff erst jetzt, zu wie viel Dank die Dorfbewohner meiner Familie verpflichtet waren.

Die Gefühle, die mit der Erkenntnis einhergingen, dass meine Großeltern alles kontrolliert hatten wie Lehnsherren, irritierten mich. Zugegeben, sie waren von Adel, das wusste ich. Aber es war, als wäre die gesamte Gemeinde von ihnen versklavt worden. Ich musste an meine Mutter denken. Sie hatte alles getan, um aus Champvert fortzukommen. Hatte sie der Kontrolle ihrer Eltern entfliehen wollen? Ich wollte Antworten, und die konnte mir nur meine Grand-mère geben.

»Demnächst müssen wir für dich eine richtige Weinprobe veranstalten«, sagte Bernard. »Leider ist es erst neun Uhr morgens.«

»Ich würde mir nur allzu gern Mut antrinken«, murmelte ich.

»Es ist höchste Zeit, dich aufzupäppeln«, verkündete Bernard, ohne auf meine Worte einzugehen, und zeigte auf die Servierplatte, die Clothilde uns gebracht hatte. »*Mange!*«

»Das alles soll ich essen? Müssen Französinnen nicht dünn sein?«, fragte ich.

»*Bah,* nicht im Südwesten Frankreichs. Dazu ist das Essen hier zu gut. Und Frauen mit ein bisschen Fleisch auf den Knochen, wie *ma poule,* sind voller Leben.«

Das Lächeln, das Clothilde Bernard schenkte, hob meine Stimmung vorübergehend. Es war inspirierend. Ich hatte nie Liebe erfahren, nicht auf diese Art. Eric hatte mir seine »Zuneigung« auf sehr animalische Weise im Bett gezeigt, niemals durch Liebenswürdigkeiten oder nette Worte. Das war keine Liebe gewesen, sondern nur Sex. Ich verdrängte den Gedanken an ihn, nahm mir ein *chocolatine* und atmete seinen Duft ein, während die buttrigen Flocken in meinen Fingern zerbröckelten. Essen war immer meine Art gewesen, Liebe zu zeigen, aber das Verlangen zu kochen war mir verloren gegangen. Ich fragte mich, ob ich es wiederfinden könnte.

Während ich aß, erschien Rémi im Eingang des Restaurants, die Arme vor der Brust verschränkt. Sein Bart war abrasiert, er trug eine schwarze lange Hose mit einem schwarzen Ledergürtel, an dem eine silberne Prada-Schnalle prangte, dazu ein strahlend weißes Hemd. Der Typ konnte echt was aus sich machen. Sein Blick bohrte sich in meinen.

»Ich soll dich zu einem Besuch bei Grand-mère mitnehmen. Clothilde hat mich darum gebeten, weil sie bei Schnee nicht gern fährt.«

Buttrige Krümel fielen mir vom Mund, meine Zunge war von der Schokolade verklebt. Ich fing Clothildes Blick auf. »Ich will mit ihm nirgendwohin fahren.«

»Ist mir nur recht«, gab Rémi zurück. »Ich hab viel zu tun.«

Clothilde schlug mit der Hand auf den Tisch. »Ihr zwei fahrt zusammen ins Krankenhaus. Keine Widerworte!«

Bernard hob resigniert die Hände. »Was hab ich gesagt? Streitet nie mit meiner Frau.«

Rémi wandte sich zum Gehen. Schwer atmend blieb

er mit dem Rücken zu mir in der Tür stehen. »*On y va*, Sophie«, blaffte er. »Jetzt sofort. Ich hab nicht den ganzen Tag Zeit.«

Nachdem ich hastig mein *chocolatine* verdrückt hatte, stand ich auf und zog meinen Mantel wieder an. »Tut mir schrecklich leid, dass ich deine kostbare Zeit beanspruche, Rémi«, ätzte ich.

Rémi stieß die Tür auf. »Du solltest nicht mit vollem Mund sprechen«, ätzte er zurück. »Und glaub mir, ich hab Besseres zu tun, als dich rumzuchauffieren. Es dreht sich nicht alles um dich, *princesse*«, fügte er hinzu und stürmte vor mir die Auffahrt hinunter.

Genau wie am Flughafen legte Rémi ein flottes Tempo vor, sodass ich nur mühsam mithalten konnte, ein paarmal wäre ich fast in den Schnee gefallen. Er blickte kein einziges Mal zurück, während er zu seinem Pick-up hastete, sprang hinein und öffnete mir von innen die Beifahrertür. Als ich auf meinen Sitz krabbelte, fletschte er die Zähne.

»Hör zu, ich bin darüber auch nicht glücklich«, sagte ich, seinen zornigen Blick erwidernd. »Aber ich muss Grandmère sehen und kann nicht selbst fahren. Wegen meines Knöchels und … tja … und weil ich keinen Führerschein habe.«

»*Quoi?*«, fragte er entgeistert. »Warum kannst du nicht fahren? Du bist sechsundzwanzig, oder?«

Ich reagierte beleidigt. »Ich hab mitten in der Stadt gewohnt, da braucht man kein Auto. Ich bin mit dem Taxi gefahren oder mit der U-Bahn und hab's nie gelernt.«

Sein Blick traf für eine Sekunde meinen. Er strich sich eine Strähne seines dichten schwarzen Haares aus der

Stirn. »*Et alors*, jetzt bist du hier«, sagte er. »Vielleicht solltest du es lernen.«

»Oooh«, spottete ich. »War das ein vollständiger Satz?«

»Ich glaub, ich hab schon drei gesagt, vielleicht auch vier«, gab Rémi zurück.

Ich verstummte und starrte stur geradeaus, bis er den Motor anließ. Ich konnte mit einer Fahrt von einer knappen Stunde klarkommen, auch wenn es wegen seines Verhaltens im Pick-up kälter war als draußen.

»Ja, ich bin jetzt hier«, murmelte ich. »Da kann ich genauso gut das Beste draus machen.«

»Heute hier, morgen dort«, erwiderte er. »Wie deine Mutter.«

Wenn ich einen wunden Punkt hatte, hatte Rémi ihn eindeutig getroffen. Damit brachte er mich endgültig auf die Palme. Wie konnte er es wagen, meine Mutter aufs Tapet zu bringen? Meine Halsadern pochten und pulsierten. Heiße Tränen sammelten sich hinter meinen Augenlidern, aber ich würde auf keinen Fall weinen – nicht vor ihm.

»Glaub, was du willst«, entgegnete ich. »Fahren wir einfach zu Grand-mère.«

»*D'accord, princesse.*«

»Hör auf, mich so zu nennen.«

»Brauchen wir Regeln?«, fragte er, und ich nickte. »Nicht quatschen.«

»Na schön«, brummte ich, weil ich das letzte Wort haben wollte.

Rémi raste aus der Einfahrt. Während der ganzen Fahrt nach Toulouse saßen wir schweigend da, ich mit der Stirn am Fenster, sodass es von meinem Atem beschlug. Scheiß auf Rémi, scheiß auf Jane, scheiß auf Eric und scheiß auf die Welt, dachte ich. Ich musste das bisschen Mut, das ich hatte, zusammennehmen und meiner Großmutter ein paar Fragen stellen.

15
Träumen nachjagen

Grand-mères Augen strahlten, als Rémi und ich in ihr Zimmer kamen. Sie sah aus, als ginge es ihr viel besser. Ihre Haare waren frisiert, die Wangen rosig.

»Ach, mein Herz könnte vor Freude zerspringen. Meine zwei Lieblingsmenschen kommen mich besuchen«, sagte sie. »Sophie, Clothilde hat mir erzählt, dass du gestürzt bist. Geht es dir gut? Ich habe mir große Sorgen gemacht.«

»Das solltest du nicht. Ich hab nur ein paar Prellungen, und mein Knöchel tut weh, aber sonst geht's mir gut«, beruhigte ich sie und küsste sie auf die Wangen. »Ich mache mir eher Sorgen um dich.«

»Das solltest du nicht«, sagte Rémi ungehalten. »Sie ist auf dem Weg zur völligen Genesung. Sieh sie dir doch nur an.«

Ich wusste nicht, ob er das sagte, um sie oder sich selbst aufzumuntern. Oder um mich runterzumachen. Wie auch immer, seine Taktik funktionierte. Grand-mères Hand schloss sich um Rémis, und sie lächelte ihn an. »Das stimmt, mein lieber Junge, mir geht es viel besser, und ich werde im Handumdrehen hier raus sein.«

Ich fragte mich, was meine Großmutter an Rémi fand. Vielleicht hatte er zwei Persönlichkeiten – für den Rest der

Welt war er Dr. Jekyll und für mich der mordlustige und brutale Mr. Hyde. Rémi und meine Großmutter tauschten *bises,* und er verabschiedete sich.

»Ich lasse dich mit Sophie allein, damit ihr euch in Ruhe unterhalten könnt«, sagte er.

Grand-mère Odette nickte, und wir sahen ihm nach, während er den Raum verließ. »Ich betrachte Rémi wie einen Sohn. Er ist ein sehr hübscher Bursche, nicht?«, fragte meine Großmutter mit einem leisen Lachen. »Viel netter als der Kerl, den ich damals in New York kennengelernt habe. Wie hieß er doch gleich? Der Chefkoch, bei dem du gearbeitet hast?«

»Eric«, antwortete ich nach kurzem Zögern. Sie wusste genau, wer er war, doch damit hatte sie mir die Tür für das Gespräch geöffnet, das ich mit ihr führen wollte. Ich würde sie durchschreiten. »Grand-mère, ich weiß, was du getan hast. Und ich bin nicht glücklich darüber. Wie konntest du nur?«

Sie erwiderte meinen Blick ungerührt. »Wie konnte ich was?«

Ich wand mich vor Unbehagen. »Du hast Eric gesagt, dass er mich sabotieren soll. Ich habe auf deinem Computer deine E-Mail-Korrespondenz mit ihm gefunden.« Grand-mère verstummte, um meine Beichte zu verdauen. Warum sagte sie nichts? »Ich kann nicht glauben, dass du Eric gesagt hast, er soll meine Karriere zerstören.«

»Ich habe nichts dergleichen gesagt«, widersprach sie. »Eric hat in meine Worte hineingelesen, was er wollte. Ich habe ihm geschrieben, dass du unabhängig bist. Ist das gelogen? Stimmt das etwa nicht?«

»Doch, aber du hast ihm geschrieben, dass er mich von sich abhängig machen muss, wenn er mich zurückgewinnen will.«

»Und dann habe ich *bonne chance* geschrieben, oder nicht? Ist der Junge so dumm, dass er Sarkasmus nicht versteht? An deiner Stelle würde ich meine Antwort an ihn noch einmal lesen«, versetzte sie. »Du bist eine Valroux de la Tour de Champvert. Du bist *meine* Enkelin. Wir sind unabhängige Frauen. Wir leben nicht in den Fünfzigerjahren.«

Ich brauchte mir die E-Mails nicht noch einmal durchzulesen, ich kannte sie in- und auswendig. Mein Schutzschild war höher als die Tore des Châteaus, ich musste ihn herunternehmen. Ich musste jemandem vertrauen, egal wem. Ich hatte es satt, ständig das Gefühl zu haben, alle wollten mir etwas Böses. Ich wollte ihr glauben, ihre Motive verstehen.

»Nein, tun wir nicht«, räumte ich ein. »Ich nehme an, du weißt, was in New York passiert ist?«

»*Oui*«, sagte sie. »Ich mag alt und krank sein, aber ich verfolge die Nachrichten, vor allem wenn sie meine Enkelin betreffen.«

Ich war es langsam leid, meine Version der Geschichte ständig zu wiederholen, setzte mich aber hin und tat es noch einmal, durchlebte erneut jeden höllischen und quälenden Moment. »Ich habe das Restaurant nicht sabotiert«, beteuerte ich, als ich zum Ende meiner traurigen Geschichte kam.

»Ich wusste, dass du so etwas nie tun würdest«, sagte sie und schloss die Augen. »Als ich den Artikel in der *Times* gelesen habe, hat es mir das Herz gebrochen. Ich hatte das

Gefühl, man hat dir eine Falle gestellt und dass Eric etwas damit zu tun hatte.«

»Du hast mich bespitzelt?«, fragte ich verstört.

»Ich empfinde nichts als Liebe für dich«, erklärte sie, und mir rutschte das Herz in die Hose. »Wir sprechen nicht oft miteinander, und da wollte ich sichergehen, dass es dir gut geht, vor allem nach dem grandiosen Abgang deiner Mutter aus dem Leben. Ich habe auf Google Alerts Nachrichten über dich abonniert. Ich habe alles über deine Triumphe und, *alors,* über diese Situation gelesen. Wenn mich das zu einem schlechten Menschen macht, weiß ich nicht, was ein schlechter Mensch ist.«

»Du hättest es mir sagen können«, sagte ich vorwurfsvoll. »Ich meine, du hast mich nicht mal gefragt, ob ich die Empfehlungsschreiben für die Kochschule brauche. Du hast es einfach gemacht.«

»Ah, die hast du also auch gefunden«, sagte sie, und ich zuckte schuldbewusst zusammen. »Vielleicht habe ich mich in dein Leben eingemischt. Wirfst du mir das vor? Soll ich mich einfach zurücklehnen und dir beim Leiden zusehen?«

»Geheimnisse zu haben ist genauso schlimm wie zu lügen«, versetzte ich. »Du hast mir so viel verheimlicht.«

»Sophie, wann warst du das letzte Mal hier? Wann hätte ich je die Chance gehabt, offen und ehrlich mit dir zu reden?« Sie nahm meine Hand mit solcher Kraft, dass ich für einen Augenblick vergaß, wie krank sie war. »Wir haben beide Schuld, weil wir einander weggestoßen haben.«

Mein Gehirn fühlte sich an, als würde es von einem zentnerschweren Gewicht nach unten gezogen. »Wegen Mom«, stellte ich fest, kauerte mich zusammen und drückte meine Knie an die Brust. »Und dem, was sie getan hat.«

»Ja, *ma chérie*«, stimmte sie mir zu. »Aber ich will nicht über Céleste sprechen. Es regt mich auf.«

»Wir müssen über sie reden. *Ich* muss über sie reden.«

»Und eines Tages werden wir das auch. Aber dieser Tag ist nicht heute.«

Ich richtete mich jäh wieder auf. Eigentlich wollte sie nie über meine Mutter sprechen und ich damals, weil ich so durcheinander war, auch nicht. Deshalb wechselte ich das Thema, statt sie zu bedrängen.

»Ich wünschte, du hättest mir von den ganzen Veränderungen erzählt, die du vorgenommen hast – von den Restaurants, dass du jetzt Grand Chef und Mitglied der berühmten Société des Châteaux et Belles Demeures bist. Der Bib Gourmand? Warum hast du mir nichts davon erzählt? Ich fühle mich wie eine Außenstehende, noch dazu keine sehr willkommene.«

»Du hattest *deine* Träume. Ich wollte, dass du aus eigenem Antrieb hierher zurückkommst, um alles zu sehen, was ich erschaffen habe«, rechtfertigte sie sich. »Du solltest dich nicht verpflichtet fühlen, meine Pläne und Träume zu verwirklichen.«

»Tja, ganz so ist es nicht gelaufen«, murmelte ich und räusperte mich.

»Egal unter welchen Umständen, du bist jetzt hier, und das ist alles, was für mich zählt.« Sie drehte den Kopf und sah mich kurz an. »So krank, wie ich bin, klopft der Tod vielleicht eher früher als später bei mir an.«

»Grand-mère, bitte sprich nicht von so etwas.«

»Aber das muss ich. Es ist an der Zeit, dass du die Wahrheit über dein Erbe erfährst«, sagte meine Großmutter. »Das französische Erbrecht schützt die Nachkommen, nicht den Ehepartner. Céleste war ihr Vater nicht wichtig. Sie wollte nur sein Geld. Ich wusste, was sie mit ihren Fonds anstellen würde – sie für nutzlose Dinge verschwenden. Oder etwas Unüberlegtes tun, wie nach New York zu ziehen. Und genau das hat sie getan, als sie nach dem Tod meines Vaters ihr Erbe erhielt. Dein Großvater und ich gingen schnurstracks zum *notaire,* um deine Interessen zu schützen. Hätten wir das nicht getan, hätte deine Mutter zwei Drittel des Anwesens geerbt, das Geld auf der Bank hatte damals einen Gesamtwert von fünfzehn Millionen Euro, und für mich wäre nur ein Viertel übrig geblieben. Natürlich ist mein Erbe, das meine Eltern mir hinterlassen haben, in dieser Summe nicht enthalten, und ich habe ein lebenslanges Recht auf das Château, sodass es erst nach meinem Tod verkauft werden kann.«

»Ich verstehe nicht. Was hat das mit mir zu tun?«

Grand-mère fixierte mich unbeirrt. »Nachdem Céleste mit dir fortgegangen war, begannen die Bauarbeiten – ein neues Dach, das Gewächshaus, die Sanierung der meisten Räume und der Umbau der Scheune. Wir steckten Unmengen Geld in das Château. Wir erwarben in meinem Namen neue Immobilien. Und jetzt, da deine Mutter verstorben ist, wirst du, *ma chérie,* nach meinem Tod das gesamte Anwesen erhalten, bis auf fünfzehn Prozent, die nach meinen Wünschen anderweitig zugeteilt werden. Aber das Château wird dir gehören.«

Mir? Das Château wäre meines? Diese Idee war mir

nie in den Sinn gekommen, nicht mal in meinen kühnsten Träumen. Ich atmete schwer. Ich konnte nicht einmal eine Küche leiten. Wie um alles in der Welt sollte ich da ein Château verwalten? Der Druck war einfach zu groß.

»Das muss ich erst mal verdauen«, murmelte ich.

»Das verstehe ich«, sagte sie und ergriff meine Hand mit beiden Händen. »Wenn mein Blutdruck stabil bleibt, lässt mich die Ärztin unter der strengen Anweisung, mich zu schonen, kurz vor Weihnachten nach Hause. Dann werde ich dich, so gut ich kann, über alles Wichtige das Château betreffend aufklären. Ich weiß, dass du über vieles nachdenken musst.«

»Grand-mère, ich bin mir nicht sicher, ob ich das Château überhaupt will«, wandte ich ein. »Ich bin mir nicht mal mehr sicher, ob ich noch Köchin bin. Ich bin ein Nichts. Ich habe es nicht mal aus eigener Kraft auf die Kochschule geschafft.«

»Vielleicht habe ich mich eingemischt, um deine Aufnahme zu garantieren«, sagte sie. »Aber alles, was du danach geschafft hast, das hast du selbst geschafft. Du hast doch den besten Abschluss deines Jahrgangs gemacht, *non*?«

Das stimmte. Ich hatte härter gearbeitet als alle anderen. Ich hatte mich ganz und gar in meine Kochausbildung reingehängt. Ich hätte glücklich darüber sein sollen, dass ich meiner Großmutter so wichtig war, dass sie sich für mich so weit aus dem Fenster gelehnt hatte.

»Du bist wie ich. Kochen ist für dich gleich Liebe, und das ist alles, was ich mir je für dich gewünscht habe. Liebe. Daran musst du jetzt denken. Was ich für dich getan habe, war nur aus Liebe.«

»Ich … soll wie du sein?«

»Ja, und du bist mein Ein und Alles. Wenn es falsch war, dir dabei zu helfen, auf diese Schule zu gehen, will ich heute noch sterben. Aber wenn ich sterbe, will ich mein Leben, das Leben unserer Familie, wachsen und gedeihen sehen. Deine Mutter hat mir das Herz gebrochen, als sie ging …«, setzte sie an, konnte jedoch nicht weitersprechen.

Ich drückte ihre Hand. »Ich glaube, nein, ich weiß, dass ich verstehen muss, warum sie getan hat, was sie getan hat. Ich will nicht so enden wie sie. Ich habe so viele Fragen. Kannst du mir versprechen, dass wir über sie reden, wenn du bereit dazu bist?«

»Oui, *ma chérie,* aber lass mich erst wieder etwas zu Kräften kommen«, bat sie schwer atmend. »Bitte schick jetzt Rémi zu mir herein. Ich bin sehr müde und möchte, bevor ich einschlafe, gern noch mit ihm sprechen. Und du, meine Liebe, musst das Hochzeitswochenende planen. Ich habe Clothilde gesagt, dass du für die Planung des Menüs und aller künftigen Menüs zuständig bist.«

Da ich durch mein selbst verschuldetes Drama abgelenkt gewesen war, hatte ich das Hochzeitswochenende vollkommen vergessen.

»Ich weiß nicht, Grand-mère. Du setzt mich sehr unter Druck.«

»Das ist gut für dich«, sagte sie ungerührt. »Sei stark wie die Frau, die ich in dir sehe.«

»Warum hältst du mich für stark? Ich bin in letzter Zeit ein Nichts. Ich bin schwach.«

»Bist du nicht meine Enkelin?«

»Doch.«

»Daher weiß ich es.«

»Aber Mom …«

»Du bist nicht deine Mutter. Und wir werden jetzt nicht über sie sprechen. Bitte schick Rémi zu mir herein.«

Auf der Heimfahrt saß ich schweigend und wie benommen da und starrte ins Leere. Rémi, wie immer ein Miesepeter, sagte auch kein Wort. Ich fragte mich, worüber er und meine Großmutter gesprochen hatten. Als wir ankamen, ragten die Eisentore des Châteaus unheilverkündend in den grauen Winterhimmel. Der Pick-up rumpelte über die Einfahrt, und als er zum Stehen kam, suchte ich die Fassade des überwältigenden Gebäudes ab. Ich war nicht darauf vorbereitet, das alles zu übernehmen, und wusste auch nicht, ob ich es je sein würde. Von dieser Erkenntnis wie gelähmt, saß ich bewegungslos da. Rémi öffnete mir ungeduldig die Beifahrertür.

»Steig aus«, sagte er barsch. »Wir sind da.«

»Warum hasst du mich so sehr?«, fragte ich und sah ihn mit zusammengekniffenen Augen an.

»Ich hasse dich nicht.«

»Das glaubst du doch selbst nicht.«

»Ich mag dich nur nicht«, erklärte er.

»Gleichfalls«, erwiderte ich vor Wut kochend.

Rémi stürmte in Richtung seines Hauses am anderen Ende des Anwesens davon, während ich zur Eingangstür humpelte. Der Himmel hatte sich verdunkelt, und es regnete stark. Der Wind peitschte heulend durch die Kiefern. Durch den plötzlichen Wetterumschwung fielen die Tränen, die mir übers Gesicht strömten, nicht weiter auf.

Ich starrte auf das furchteinflößende Château mit seinen Türmen und seinem Schieferdach und dachte daran, wie verrückt das alles war. Jeder, der bei klarem Verstand war, wäre hellauf begeistert, ein solches Erbe antreten zu dürfen. Mir kam in den Sinn, dass ich weglaufen könnte, aber wohin sollte ich gehen? Nach New York, in einen noch größeren Albtraum, in dem ich eine Ausgestoßene war? In meine Suite wollte ich nicht gehen, in die Küche aber auch nicht. Ich wollte nur allein sein. Der Regen ließ nach, und ich lief über das Gelände zum Fluss, der eine bläulich graue Farbe hatte und dessen Wasser wallte und brodelte wie meine Gefühle. Ein heruntergefallener Ast stach in meinen schlimmen Fußknöchel. Ich verzog das Gesicht und sank unter – nicht nur körperlichen – Schmerzen zu Boden. Dieses Wasser, wie es floss und gegen die Steine am Ufer spritzte, erinnerte mich an meine Mutter. Jedes Mal, wenn ich in letzter Zeit an sie gedacht hatte, war mir der Gedanke gekommen, mit allem Schluss zu machen, genau wie sie.

Eine Elster, *une pie,* landete auf einem Baum, gefolgt von ein paar weiteren Artgenossen. Ihre schwarzen, blauen und weißen Federn glänzten im Regen, die Schwänze zeigten anklagend auf mich herab, ihre krähenartigen Gesichter und spitzen Schnäbel wirkten bedrohlich. Sie schrien lautstark von den Bäumen – *tschack-tschack-tschack* –, als würde ich in ihr Revier eindringen. Elstern gehörten zu einer der intelligentesten Vogelarten, aus den Sommern meiner Kindheit wusste ich, dass sie ziemlich aggressiv werden konnten, besonders wenn sie ihre Nester beschützten. Man sagte in Frankreich *bavarde comme une pie.* Vielleicht war Grand-mères Totem eine *pie bavarde.* Sie hatte gesagt, dass sie nur versucht habe, mich aus der Ferne zu beschützen. Aber das französische Wort *bavarde* hieß »geschwätzig«, und obwohl sie jetzt offener war, wich sie Gesprächen über meine Mutter stets aus.

Der Wind heulte. Ich könnte es tun, könnte direkt hier allem ein Ende setzen. Ich beugte mich vor und ließ das eiskalte Wasser durch meine Finger gleiten. Die Vögel, die vielleicht die Gefahr spürten, die in meinen Gedanken heraufzog, holten mich mit einem Chor aus *Tschack-tschack-tschacks* schlagartig in die Realität zurück. Ich schüttelte meine dunklen Gedanken ab und rannte zurück zum Château, das nasse Gras schmatzte unter meinen Füßen.

Ich war nicht meine Mutter. Ich war noch am Leben.

Zurück in meiner Suite suchte ich die wenigen Gegenstände meiner Mutter, die ich aufgehoben hatte, aus dem großen blauen Koffer. Zwischen glitzernden Abendroben, Designerkleidern und ihrem weißen Nerzmantel, den ich in Anbetracht seines muffigen Geruchs vielleicht lieber hätte einlagern lassen sollen, fand ich ihre Schmuckschatulle. Darin hatte ich auch den Verlobungsring gefunden, den ich um meinen Hals trug. Sie war randvoll mit Modeschmuck, und mir fiel ein, was meine Mutter immer gesagt hatte: »Wenn du ein Star sein willst, musst du so aussehen, auftreten und dich so kleiden wie ein Star – Diamanten, Rubine, Saphire und Smaragde eingeschlossen.«

Aber sie war falsch gewesen, genau wie ihr Schmuck. Nein, ich war nicht wie sie. Im Gegenteil, mein Lebensziel war es immer gewesen, ganz anders zu sein als sie. Nach den Gedanken am Fluss wusste ich, dass sich etwas in mir ändern musste, und zwar schnell. Ich hatte mein Herz in der Küche gefunden, es war höchste Zeit, dass es wieder zu schlagen begann, bevor ich noch alles verlor.

16
Kampf oder Flucht

Es war kurz nach Mittag, als ich mit glasigen Augen in die Küche humpelte. Ich gesellte mich zu Jane und Phillipa, die gerade dick mit Butter bestrichene Schinkenbaguettes aßen. Jane versteifte sich, als ich mich neben sie setzte. Sie begrüßte mich nicht und sah nicht einmal in meine Richtung.

»Hunger?«, fragte Phillipa, worauf ich nickte. »Hau rein. Wir haben auch Wein. Keine Ahnung, was für welchen, aber er ist gut.«

»Das ist der 1994er trockene Weißwein des Châteaus«, erklärte Jane. »Wirklich, Phillipa, wenn du Köchin werden willst, solltest du anfangen, dich zu bilden.«

»Ach, ich bin schon Köchin, Schwesterherz«, gab Phillipa zurück, während sie mir ein Glas einschenkte und es mir reichte. »Sophie, das gehört zu den Vorteilen, wenn man hier arbeitet.«

Ich hielt das Glas ans Licht und schwenkte die goldene Flüssigkeit darin. Die Tränen, *les larmes,* blieben an der Seite des Glases haften wie Honig. Ich trank einen Schluck, und ein Chor aus Hallelujas jubelte in meinen Geschmacksknospen.

»Wow. Köstlich. So samten.«

Jane stieß ein patziges Geräusch aus. Sie presste die Lippen fest zusammen, und mir schossen die Worte durch den Kopf, die sie sich offensichtlich verkniff. *Ach, du bist eine solche Weinkennerin!*

»Ich bin wegen dieses Wochenendes so aufgeregt«, murmelte Phillipa, während sie ihr Baguette kaute. »Und ich freue mich auch, dass es dir besser geht. Clothilde sagt, du machst bei dem Wahnsinn mit?«

»Meine Grand-mère hat mir keine Wahl gelassen«, erwiderte ich. »Ich mache das für sie.«

»Man hat immer eine Wahl«, widersprach Jane. »Es sei denn, man ist ein programmierter Roboter ohne eigenen Willen.«

Die New Yorkerin in mir hätte ihr am liebsten geraten, sich zu verpissen, oder ihr zumindest einen Hüftcheck verpasst, sodass sie von ihrem Hocker gefallen wäre. Aber ich hielt mich zurück und schmierte mir ein Baguette. Ich durfte mich von dieser schnöseligen Bitch nicht runterziehen lassen. Ich war schon mit schlimmeren Typen fertiggeworden. Zum Beispiel mit Eric.

»Heißt das, Sie bleiben länger in Champvert?«, fragte Jane.

»Das letzte Wort ist noch nicht gesprochen«, antwortete ich achselzuckend. »Aber fürs Erste bin ich hier. Da kann ich mich genauso gut nützlich machen.«

»Großartig«, meinte Jane und verdrehte die Augen. »Einfach großartig.« Sie sprang von ihrem Hocker, strich ihren Rock glatt und stolzierte davon.

»Was hat sie für ein Problem?«, murmelte ich.

»Jane ist einfach so«, sagte Phillipa.

»Vielleicht sollte sie es mal mit einer anderen Jane probieren, denn ich würde ihr am liebsten die Arroganz aus dem Leib prügeln«, sagte ich und bereute die Worte sofort, die mir herausgerutscht waren. »Entschuldige. Das hätte ich nicht sagen dürfen. Sie ist deine Zwillingsschwester.«

»Meine böse Zwillingsschwester.« Phillipa lachte. »Und wirklich, keine Sorge. Es gibt Tage, an denen ich genauso empfinde. Sie war früher nicht so ein Snob. Vielleicht hat deine Grand-mère ihr zu viel Macht übertragen, denn seit der Zeit ist sie im Machtrausch.« Phillipa seufzte traurig. »Mir fehlt die alte Jane. Sie war lieb und nett, herzlich und lebendig.«

Diese fiktive Jane konnte ich mir nicht vorstellen. Nicht mal eine Sekunde. »Ändert das Leben im Château die Menschen?«

»Nur wenn man Jane heißt. Ich bin immer noch ich, das exzentrische Mädchen aus einem kleinen Dorf in England«, scherzte Phillipa.

»Vermisst du das Leben in Bibury manchmal?«, fragte ich und überlegte, ob ich das Leben in New York vermisste.

Anfangs hatte die hiesige ländliche Stille mich beruhigt. Doch jetzt gab sie mir nur das Gefühl, allein und isoliert zu sein. Mir fehlten die verkehrsreichen Straßen, das temporeiche Leben und dass die Menschen kein Blatt vor den Mund nahmen, statt herumzusticheln wie Jane oder um den heißen Brei herumzureden wie meine Grand-mère, wenn ihnen ein Thema unangenehm war.

»Zuerst schon«, antwortete sie. »Als ich hierherzog, fühlte ich mich völlig fehl am Platz. Ich glaube, der Umzug in ein fremdes Land besteht aus Phasen. Erst kommt die Flitterwochenphase, in der alles perfekt ist, gefolgt von einem Kulturschock, dann Isolation und Akzeptanz und ganz zum Schluss Integration.« Ich knibbelte nervös an meinen Nagelhäuten. Phillipa hielt meine Hände fest. »Das solltest du lieber lassen.«

»Ich weiß, ich weiß. Es ist eine üble Angewohnheit«, sagte ich kleinlaut und schob meine Hände unter meine Oberschenkel. »Glaubst du, es ist möglich, die Flitterwochenphase zu überspringen? Denn ich empfinde momentan nur den Kulturschock und die Isolation.«

»Sophie, du bist unter sehr schwierigen Umständen zurückgekommen.«

Eigentlich wollte ich, dass es mir hier gefiel. Aber ich fühlte mich so hin- und hergerissen, dass ich das Gefühl hatte, in Einzelteile zerlegt zu werden – wie das Kauspielzeug eines Hundes.

»Wird es mit der Zeit einfacher?«

»Ich glaube, ich habe fünf oder sechs Monate gebraucht, um mich an alles zu gewöhnen. Mein echtes Glück – mein Sechser im Lotto – kam, als deine Grand-mère mich einstellte. Ich fing beim Servicepersonal an, und dann hat sie mich auf die Probe gestellt, um zu sehen, ob ich auch in der Küche etwas tauge. Das Château bekam immer mehr Zulauf, weißt du?«

»Klar hat sie dich auf die Probe gestellt«, sagte ich. Genau wie sie mich auf die Probe stellt, nur dass ein Scheitern meinerseits sie umbringen würde, dachte ich. Dafür wollte ich nicht verantwortlich sein. Ich hatte auch so schon genug Schuldgefühle. »Was musstest du machen?«

»Sie hat mich gebeten, etwas Französisches zuzubereiten. Ich hab Crêpes gemacht, im Prinzip das, was wir Briten Pfannkuchen nennen. *Et voilà.* Das ist meine Geschichte. Aber ich bin es leid, über mich zu sprechen. Ich bin langweilig.« Sie beugte sich zu mir vor und flüsterte: »Jetzt, wo wir allein sind, wollte ich dich fragen, was passiert ist. Ich hab da nämlich so ein Gefühl.«

»Was denn für ein Gefühl?«

»Wegen dir. Es ist mein sechster Sinn.« Sie tippte sich zweimal mit dem Finger an die Stirn. »Jede Geschichte hat zwei Seiten, und ich habe deine noch nicht gehört«, erklärte Phillipa. »Möchtest du mir erzählen, was in New York wirklich passiert ist?« Ich nickte und senkte den Kopf. Vielleicht würde ich mich besser fühlen, wenn ich mich Phillipa anvertraute. Und außerdem mochte ich sie. Ich erzählte ihr meine traurige Geschichte, und Phillipas Augen füllten sich mit Tränen. »Ich wusste es«, sagte sie. »Ich wusste, dass da etwas nicht stimmt.« Sie hielt inne. »Dieser Eric klingt, als hätte er eine narzisstische Persönlichkeitsstörung. Was er zu dir gesagt und dir angetan hat, wie er dich herabgesetzt hat, um selbst besser dazustehen, das ist echt krank. Und mal im Ernst, warum sollte er sich wünschen, dass du für ihn arbeitest, wenn du angeblich so eine schreckliche Köchin bist?«

»Das Gleiche habe ich mich auch gefragt«, erwiderte ich achselzuckend. »Keine Ahnung.«

»Ich weiß es sehr wohl. Er brauchte dich, weil du besser bist als er, talentierter.«

»Da bin ich mir nicht so sicher. Ich hab mein Gefühl fürs Kochen verloren.«

»Dann ist es an der Zeit, dass du es wiederfindest«, sagte sie mit Nachdruck. »Ich hab keinen Schimmer, wer er ist, aber ich würde diesen Eric am liebsten für das, was er dir angetan hat, erwürgen.«

»Ich auch«, antwortete ich. Dann fiel mir ein, was Walter gesagt hatte. »Doch statt Amok zu laufen, werde ich mich zurücklehnen und das Schicksal seine Arbeit erledigen lassen.«

»Dann hoffe ich, dass das Schicksal ein rasendes, männerfressendes Miststück ist.«

»Fast das Gleiche hab ich letztens zu einem Freund gesagt.«

Unsere Blicke trafen sich, und wir prusteten los. Zum ersten Mal seit Wochen lachte ich so sehr, dass ich beinahe vom Stuhl gefallen wäre, doch Phillipa packte mich noch rechtzeitig am Arm. Zwischen Japsen und Keuchen stieß ich mit Mühe hervor: »Danke, Phillipa. Diese Aufmunterung hab ich gebraucht.«

»Gut«, sagte Phillipa und wurde wieder ernst. »Was hast du dir überlegt?«

»Ich weiß nicht mal, wo ich anfangen soll.«

Alle Misserfolge, die ich je in der Küche hatte, blitzten vor meinen Augen auf. Am liebsten hätte ich Phillipa alles erzählt – meine tiefsten, dunkelsten Geheimnisse. Aber ich wollte sie nicht vergraulen. Sie war meine einzige Chance, hier eine Freundin zu finden. Ich hatte ihr schon genug erzählt. Ich wollte sie nicht aufgrund meiner Unsicherheiten und Ängste verlieren.

»Nun, zum Glück haben wir drei Tage Zeit, um uns etwas zu überlegen. Ich schlage zwei fünfgängige Menüs vor. Am Freitagabend könnten wir Fisch anbieten und am Samstag typische Gerichte aus der Region – zum Beispiel Ente und Rindfleisch. Einen *apéro* wird es an beiden Abenden geben.«

»Wer ist hier für was zuständig?«, fragte ich. Ich hatte keine Ahnung. »Ich bin ja auf und davon, bevor …«

»Ich mache dir keinen Vorwurf. Ich hätte auch die Beine in die Hand genommen.«

»Wirklich?«

»*Merde,* klar«, bekräftigte sie, und die Anspannung in meinem Körper löste sich.

»Sag mir, was ich tun soll.«

»Ich?«

»Ja, du. Du kennst dich hier aus. Ich weiß nicht, an wen ich mich wenden soll.« Ich hob resigniert die Hände. »Ich weiß nichts. Ich stehe dir zur Verfügung.«

»Wenn wir die Gänge geplant haben, fallen die drei *plats principaux* samt Beilagen dir, mir und Clothilde zu. Ich bin nicht sehr bewandert, was Fischgerichte betrifft. Und die Hauptgerichte habe ich auch erst übernommen, als deine Großmutter ins Krankenhaus kam, aber Clothilde hatte meine Hilfe nötig.« Sie hielt inne, um Atem zu holen. »Die Grand-maman-Brigade ist für die Entrees und den *apéro* zuständig. Gustave ist unser Dessertkönig, sobald er mit der Mittagsschicht im Papillon Sauvage fertig ist. Seine Kreationen sind einfach unwiderstehlich.«

»Okay, großartig«, sagte ich. Das konnte ich hinbekommen. Das war ein Kinderspiel. »Klingt unkompliziert und durchorganisiert.«

»Weißt du jetzt, wo du gern anfangen würdest?«

Hier stand ich also und stützte mich auf Phillipa, dabei brauchte sie noch selbst Anleitung. Zum ersten Mal seit Ewigkeiten kam ich mir nützlich vor statt nutzlos. Ich musste mich zusammenreißen. Phillipa half mir dabei, meine Probleme zu vergessen und mich auf die anstehenden Aufgaben zu konzentrieren.

»Ich habe eine Weile keine Ente zubereitet, aber ein Bœuf bourguignon krieg ich hin, und Fisch ist meine Spezialität«, erklärte ich und dachte: Fisch *war* mal meine Spezialität. Meine Selbstzweifel machten mir immer noch zu schaffen, aber ich wollte das wuppen.

Reiß dich zusammen, Sophie. Mach deine Großmutter stolz. Mach dich selbst stolz.

»Was haben wir denn an Meeresfrüchten da?«, fragte ich mit zittriger Stimme.

»Der Poissonnier liefert uns ein paar seiner schönen Doraden und Jakobsmuscheln.«

Ich seufzte erleichtert. »Perfekt, wenn es etwas gibt, womit ich zurechtkomme, dann mit schönen Goldbrassen, wie man sie in Amerika nennt«, erwiderte ich und nickte bekräftigend. Ich musste das hinbekommen. »Wir haben Winter. Da hat Fenchel Saison, nicht?«, fragte ich, während ich überlegte, was sich auf dem Teller mit der Ente gut machen würde, und sie nickte.

»Granatapfel? Und Haselnüsse?«

»Na klar«, sagte Phillipa und rieb sich die Hände. »Ich kann es kaum erwarten zu sehen, welche Tricks du auf Lager hast.«

Dann wären wir schon zwei. Dorade war einfach mit Mandeln und einer Romesco-Sauce zuzubereiten. Hatte die Küche überhaupt Mandeln? Je mehr ich über dieses Rezept nachdachte, desto langweiliger klang es. Gebratene Dorade mit Zitrone und Kräutern? Wieder was Typisches. Mir bot sich die Gelegenheit, etwas Besonderes zu kreieren, etwas Fantastisches nach meinen eigenen Vorstellungen. Ich wollte kreativ werden und etwas mit den Farben des Winters schaffen und mit allem experimentieren, was gerade Saison hatte. In meiner Fantasie spielte ich die Möglichkeiten durch – eine Art Diashow im Kopf, die mir köstliche Verlockungen präsentierte. Mein Blick fiel auf eine Kiste mit Orangen. Ich leckte mir die Lippen. Ein leichtes, mit Orangensaft durchtränktes Süßkartoffelpüree. Geschmorter Kohl. Scharf angebratene Doradenfilets. Safran. Die Farben, die Zutaten und das Anrichten ergaben in meiner Vorstellung eine Einheit.

»Haben wir essbare Blumen?«

»Ich nehme an, du hast dich noch nicht ins Gewächshaus gewagt?«

Hatte ich nicht.

Phillipa fasste mich am Arm und half mir vom Hocker. »Schnapp dir auf dem Weg nach draußen einen Korb, dann gehen wir hin und suchen göttliche Eingebung.« Sie warf einen Blick auf meinen Knöchel. »Kannst du laufen?«

»Ein gesundes Bein habe ich ja«, sagte ich trocken.

Kampf oder Flucht.

Obwohl es Winter war, leuchteten die Außenanlagen in manchen Teilen immer noch grün, in anderen golden. Ein Riesengarten mit einem Meer aus Orange-, Grün- und Beigetönen umgab das Haus. Ich erschauderte, als ich die runden Hokkaido-Kürbisse betrachtete und mich fragte, ob ich mit dem Cendrillon jemals abschließen könnte und wann. Blinzelnd konzentrierte ich mich auf die anderen Winterkürbisse wie Butternuss-, Eichel- und Spaghettikürbisse.

»Die meiste Gartenarbeit erledigt Jane«, erklärte Phillipa.

»Ich kann mir nicht vorstellen, dass sie sich die Hände schmutzig macht.«

»Sie ist zwar eine Nervensäge, aber sie hat einen grünen Daumen. Sie ist sogar unsere Chefimkerin. Weiter hinten auf dem Anwesen stehen die *ruches*«, erklärte mir Phillipa und deutete hin. »Siehst du die Holzkästen? Darin herrscht jetzt Ruhe, aber im Sommer und im Frühling schwirren sie vor Bienen, der Lärm ist ohrenbetäubend.«

Wir öffneten die Tür und traten aus dem kühlen Dezembernachmittag in die fast tropische Luftfeuchtigkeit des Gewächshauses. Beim Anblick dieses Dschungels der Frische und der Erde auf dem Boden bekam ich große Augen. An der hinteren Mauer, etwa neun Meter hoch, hingen Terrakottatöpfe voll mit allen erdenklichen Kräutern – Basilikum, Thymian, Koriander, Petersilie, Oregano, Dill, Rosmarin und Lavendel. Es gab Tomaten in fast allen Varianten, die vor Farben strotzten: Rot, Dunkellila, Gelb und Grün. Zitronenbäumchen. Avocados. Salatpflanzen wie Rucola und *feuille de chêne,* Eichblattsalat. Zucchini und Auberginen. Fenchel, Sellerie, Artischocken und Gurken. Lauch, Spargel, Kohlköpfe und Schalotten. Meine Güte.

Ich seufzte vor Glück. Diese Farbexplosion, dieses klimatisierte Gewächshaus war für jeden Koch die Vorstellung vom Paradies. Ich strich über die Blätter einer *cœur-*

de-bœuf-Tomatenpflanze und hielt mir die Finger unter die Nase, atmete das grasartige Aroma ein, den unverkennbaren Duft, den keine andere Pflanze verströmte. Alle Gerüche meiner Sommer in Frankreich waren hier unter einem Dach versammelt. Während mir die Rezepte, die Grandmère mir als Kind beigebracht hatte, durch den Kopf gingen, pumpte mein Herz vor Glück, vor neuer Lebensfreude. Ich pflückte eine Black Krim, eine schwarze Fleischtomate, die in Wahrheit tief purpurn mit grünlich braunen Streifen war, und biss hinein. Süß mit nur einem Hauch Säure. Genau, wie ich meine Gefühle zusammengefasst hätte.

Ich humpelte durchs Gewächshaus, stieg auf Leitern, um frische Kräuter zu pflücken, auf der schönsten kulinarischen Mission, die ich mir vorstellen konnte. Nachdem ich etwas Endivien- und Rucolasalat geerntet hatte, wandte ich mich an Phillipa.

»Dieser Ort ist absolut unglaublich«, schwärmte ich und legte noch eine Hand voll essbarer Blüten in meinen nun randvollen Korb.

»Ich weiß«, sagte Phillipa. »Hast du alles, was du brauchst?«

Ich sah mich nach links, dann nach rechts um. »Ich glaube schon.«

Als wir zurück in die Küche kamen, schnitt Clothilde gerade mit einem Gemüsehobel Kartoffeln in Scheiben. Sie tupfte sich mit einem Geschirrtuch den Schweiß von der Stirn. »Ach, Sophie, du bist ja da! Wunderbar! Ich bereite gerade dein Abendessen vor.«

»Sorg dich nicht um mich«, bat ich. »Ich schaffe das schon.«

»*Ma petite puce,* du hast schon genug am Hals«, widersprach sie entschieden. »Wie geht es deiner Grand-mère?«

»Besser. Sie hofft, dass sie noch vor Weihnachten nach Hause kommt«, berichtete ich.

»Das sind die besten Neuigkeiten des Tages.« Clothilde schlenderte in eine Ecke und kam mit der Mohnblumenschürze meiner Großmutter zurück. »Ich glaube, sie würde wollen, dass du sie trägst.«

Als ich den Stoff an meine Nase hielt, überflutete mich der Zimt- und Muskatduft meiner Großmutter, vermischt mit den Aromen von Lavendel und Chanel N°5. Ich glaubte, die Fassung zu verlieren. Alle Düfte meiner glücklichen Kindheit trafen mich in Wellen. Dieser Geruch – ihr Geruch – gab mir Trost, als ob sie hier mit mir im Raum wäre und mich umarmen würde.

»Hast du das Menü schon geplant?«, fragte Clothilde. »Schließlich ist es deine Küche.«

»Ich habe ein paar Ideen, es ist gerade so viel schönes Obst und Gemüse reif.« Ich biss die Zähne zusammen. Ich wurde ins kalte Wasser geworfen. »Aber das ist nicht meine Küche.«

Wieder klangen die Worte meiner Großmutter in meinen Ohren. Ich schloss die Augen und versuchte, mich nicht von meiner Panik überwältigen zu lassen.

Nach meinem Tod wird das Château dir gehören.

»Sieh dir die Schürze an, die du trägst, sie ist der Küchenchefin vorbehalten.«

Ich hielt die Schürze hoch und betrachtete sie. Obwohl sich diese Küche sehr verändert hatte, fühlte ich mich in ihr heimisch. Mein Herz schlug vor Aufregung. Die Menschen hier zählten auf mich, und ich würde alles in meiner Macht Stehende tun, um es nicht zu vermasseln. An Clothildes erwartungsvoller Miene erkannte ich, dass meine Großmutter meine Eingliederung in die Küche geplant hatte, und ich wollte sie nicht enttäuschen. In Kombination mit dem frischen Obst und Gemüse entzündete ein Funken Glück mein Herz. Ich wollte das Feuer schüren und konnte es kaum erwarten, mit dem Kochen anzufangen. Genau das hatte ich gebraucht.

Der erste Gang würde ein *amuse-bouche* sein, ein kleiner Vorgeschmack auf die Geschmacksnoten, die noch kommen sollten, eine Methode, um den Gaumen anzuregen. Als zweiter Gang kam immer das Entree. Anders als in den USA, wo wir darunter das Hauptgericht verstanden, ist es in Frankreich eher ein kleines Gericht, aber sättigender als ein *amuse-bouche*. Ich hatte schon viele Amerikaner erlebt, die in Frankreich ein Entree bestellten und dann wegen der kleinen Portion enttäuscht waren. Was sie eigentlich hatten bestellen wollen, war *un plat principal* – ein Hauptgericht. Auf all das würde, *bien sûr*, ein Käsegang oder ein Salat folgen und zum Abschluss ein exquisites Dessert. Nachdem ich lange hin und her überlegt hatte, wartete ich mit einem Menü auf und trat zur Tafel.

MENÜ

L'AMUSE-BOUCHE

In der Pfanne gebratene Jakobsmuscheln
im Jambon-Sec-Mantel mit Backpflaumen
in einer Balsamico-Glace

L'ENTRÉE

In der Pfanne gebratene Foie gras mit
einem würzigen Zitruspüree, serviert
mit kandierten Orangenschalen
und frischem Grüngemüse
oder
Velouté aus Butternusskürbis mit Trüffelöl

LE PLAT PRINCIPAL

Bœuf bourguignon à la Maison, serviert mit
einer Pastete aus Pommes sarladaises
oder
Canard à l'Orange, serviert mit einer
Pastete aus Pommes sarladaises mit
geschmortem Fenchel, garniert mit
Granatapfelkernen und gegrillten Nüssen
oder
Doradenfilet auf einem Süßkartoffelpüree
mit geschmortem Kohl

LA SALADE ET LE FROMAGE

Rucola- und Endiviensalat, serviert mit
rosmarinüberkrusteten Ziegenkäsetoasts,

garniert mit Granatapfel und
Clementine mit einem Zitrusdressing

LE DESSERT
Pochierte Birnen in rotem
Gewürzwein mit Vanilleeis

Als ich das Menü angeschrieben hatte, wischte ich mir die Kreide von den Händen und sah Clothilde Zustimmung heischend an. »Haben wir alles? Siehst du bei einem der Gerichte irgendwelche Probleme?«, fragte ich. »Soll ich etwas ändern?«

Einen Moment lang stand Clothilde mit zusammengepressten Lippen nachdenklich da. Meine Nerven wollten schon verrücktspielen, als sie endlich lächelte. »Das ist ein schönes Menü, deine Großmutter wäre stolz auf dich«, lobte sie mich, während sie sich Notizen machte. »Zeit, es abzutippen und auf dem schönen Leinenpapier für die Gäste und für Bernard auszudrucken, damit er die Weinauswahl treffen kann.«

Ich seufzte erleichtert.

Jane kam mit ihrer perfekten Hochsteckfrisur und ihrem schiefen Lächeln in die Küche stolziert. Sie las, was auf der Tafel stand. »Herrliches Menü«, schwärmte sie. »Clothilde, das hast du geplant, stimmt's?«

»Nein, das ist allein Sophies Werk«, widersprach Clothilde.

Janes Blick traf meinen. »Verstehe. Nun, dann hoffe ich, dass Sie es auch hinkriegen.« Sie warf einen Blick auf meine Sneakers. »Ein Remake der Köchin, die sich nicht traut, können wir nicht gebrauchen.«

Ich biss mir auf die Zunge, während sie auf ihrem Kitten-Heel-Absatz kehrtmachte und verschwand. Ich wusste, dass sie versuchte, mich aus dem Konzept zu bringen, ich verstand nur nicht, warum.

Ich musste meine Panik im Zaum halten, atmen und mich konzentrieren. Das Aus meiner Karriere und Grandmères Schlaganfall waren nötig gewesen, um mich hierherzuholen, aber die Sache hatte einen unerwarteten Vorteil. Während ich die Küche – diese perfekte Küche – inspizierte, wusste ich aufgrund der Aufregung, die durch meinen Körper strömte, dass die Narben, die ich vom Cendrillon davongetragen hatte, eines Tages heilen würden. Meine Kochmagie kam wieder in Schwung. Für Grandmère konnte ich nur das Gleiche hoffen.

17

Pochierte Birnen und ein blauer Küchenmeister

Am Freitagnachmittag trudelten die Grand-maman-Brigade und Gustave früher ein als sonst, und nach einer Runde *bises* und Geplauder über alte Zeiten schwirrte die Küche vor Aktivität. Ich fühlte mich fast wieder wie die alte Sophie. Die Ablenkung, die das Kochen mit sich brachte, war genau das, was ich gebraucht hatte, um auf positivere Gedanken zu kommen.

Dies war mit Abstand die seltsamste Küchenmannschaft der Welt oder zumindest in diesem Winkel Frankreichs. Gustave, ein Mann Mitte sechzig mit zotteligem Bart und wilden, rotstichigen Augen, nippte an einem Pastis, einem starken alkoholischen Getränk mit Anisgeschmack, während er die Birnen für das Dessert pochierte. Normalerweise verdünnte man Pastis mit Wasser, aber Gustave sparte sich offenbar die Mühe. Die grauhaarige Grand-maman-Brigade bestand aus Madame Truffaut, Madame Bouchon, Madame Pélissier und Madame Moreau. Sie schnatterten wie Gänse, während sie die Gänselebern von den Adern und Nerven befreiten und die Entrees vorbereiteten. Sie thronten beim Arbeiten alle auf Hockern. Wenn man die englische Zwillingsschwester und mich, die Amerikanerin, dazurechnete, waren wir ein wild zusammengewürfelter Haufen.

»Phillipa?«, fragte ich, als wir mit den Vorbereitungen fertig waren. »Wo finde ich den Fisch?«

»Der liegt im Tiefkühlraum auf Eis.« Ich sah mich suchend um. So gut kannte ich diese Küche noch nicht. Als ich verwirrt das Gesicht verzog, grinste Phillipa und sagte: »Komm mit, ich zeig dir alles.«

Nach einer kurzen Erkundungstour schleppten wir die Kiste mit den Doraden aus dem Kühlraum und hoben sie auf den Vorbereitungstisch. Ich zog eine Dorade heraus und prüfte sie. Dieser Fisch kommt im Mittelmeer und in den östlichen Regionen des Atlantiks vor. Natürlich kannte ich ihn gut. Im Cendrillon hatte ich die silberne Schönheit oft zubereitet. Ich seufzte, während ich versuchte, diesen Albtraum zu verdrängen, und rollte meine Messertasche auseinander. Die Stahlklingen funkelten im Sonnenlicht. Meine Hände zitterten, als ich nach einem der extra für mich angefertigten Messer griff, die meine Grand-mère mir anlässlich meines Abschlusses am CIA geschenkt hatte. Wenn überhaupt, kochte ich an diesem Abend für sie. Ich hatte etwas zu beweisen, nicht nur meiner Großmutter, auch mir.

Phillipa tippte mir auf die Schulter. »Alles okay?«

»Mir geht's gut. Ich war nur kurz mit den Gedanken woanders.« Ich wischte mir die Hände an meiner Schürze ab und nahm Haltung an. Phillipas erwartungsvolle Miene sagte mir, dass sie Hilfe brauchte. »Hast du schon mal einen Fisch filetiert?«, fragte ich.

»Nein«, gab sie zu. »Aber ich würde es sehr gern lernen. Normalerweise bereite ich nur das Gemüse und Ähnliches vor. Schließlich habe ich keine Kochschule besucht. Ich bin bereit und willens, alles zu lernen, was du mir beibringen willst. Deine Grand-mère mag es nicht, wenn man ihr über die Schulter sieht. Was ihre Küchengeheimnisse betrifft, ist sie wie ein Hund, der seinen geliebten Knochen bewacht. Clothilde ist eine Ausnahme, wir anderen können von Glück reden, wenn sie uns einen Blick auf ihre Rezepte werfen lässt.«

»Filetieren ist nicht gerade ein Küchengeheimnis«, dozierte ich und nickte lässig. Ich reichte Phillipa ein Messer und Gummihandschuhe. »Zuerst legst du den Fisch auf den Tisch und hältst ihn am Schwanz fest. Schabe am Schwanz beginnend mit dem Messer in Richtung des Kopfes. Gut. Jetzt halten wir das glitschige Viech unter fließendes Wasser«, sagte ich, und das taten wir auch. »Okay, jetzt ist es Zeit, die Innereien herauszuholen. Dafür müssen wir den Bauch des Fisches aufschlitzen. Das macht man so.« Ich zeigte es ihr. »Bereit für den angenehmen Teil?«

»Ich kann es kaum erwarten«, erwiderte sie und zog eine Grimasse.

Phillipas Glaube an mich hatte mein Selbstvertrauen gestärkt, und wir machten uns an die Arbeit.

Als wir mit dem Filetieren fertig waren, reichte mir Clothilde eine der Küchenkladden meiner Großmutter, deren Seiten mit den Rezepten für Bœuf bourguignon und Canard à l'orange mit einem roten Bändchen markiert waren.

»Ich bin nicht mehr das junge Mädchen von früher«,

erklärte Clothilde seufzend. »Ich könnte beim Zusammentragen der Zutaten für die Ente ein bisschen Hilfe gebrauchen.«

Während ich die Zutaten für Clothilde zusammensuchte, fand ich im Trockenlager ein paar Flaschen Wacholderbranntwein, *eau-de-vie*, die zwischen Hunderten Einmachgläsern mit Grand-mère Odettes selbst gemachten Kompotten versteckt waren: Feige, Kirsche, Apfel, Erdbeere, Aprikose, Himbeere, Birne und Pfirsich. Als Gustave mich nach dem *eau-de-vie* greifen sah, kam er mit aufleuchtenden Augen auf mich zugerannt und entriss mir die Flasche. Ich sah ihn irritiert an.

»*C'était moi qui l'ai fait.*« Den habe ich gemacht. Er drehte den Deckel ab, trank einen Schluck von dem Schnaps und klopfte sich mit der Faust auf die Brust. Dann hielt er mir die Flasche hin. »*Essaye-le.*« Probier ihn. Er duzte mich gleich kameradschaftlich.

»*Juste un petit goût*«, nur ein kleines bisschen, sagte ich.

Kaum hatte ich mein Schlückchen genommen, brannte der Alkohol schon in meiner Kehle. Das Zeug war so stark, dass ich husten musste. Feuerwasser.

»*Ah, oui, c'est bon*«, bemerkte er zufrieden.

Ich hustete erneut. »Hat meine Großmutter den Branntwein vor dir versteckt?«

»*Bien sûr*«, antwortete Gustave. »Aber was verloren war, ist nun gefunden worden.« Er trollte sich mit der Flasche in der Hand.

Eine Stunde später, als ich die Sauce für den Fisch fertigstellte, kam Clothilde zu mir. Ich hielt ihr den Löffel hin. »Probier das bitte mal.«

»*Impeccable*«, sagte sie. »Du bist so talentiert wie deine Grand-mère. Vielleicht sogar noch talentierter. Du hast ihr Ehre gemacht.«

Ich atmete erleichtert auf. »Wie geht es mit den Kartoffelpasteten und der Orangensauce für die Ente voran?«

»Ausgezeichnet! Für die Ente ist alles vorbereitet. Sie muss zwei Stunden auf kleiner Flamme schmoren, und bis dahin bleibt mir noch etwa eine Stunde Zeit. Ich muss nur noch die Kartoffeln in Entenschmalz und Petersilie sautieren, sie abschmecken und in ihre einzelnen Backformen geben. Könntest du währenddessen vielleicht mal nach dem Personal sehen?«

Zögernd trat ich zu Gustave.

Als könnte er meine Gedanken lesen, sagte er: »Das Dessert ist fast fertig. Die Birnen sind im *frigo* kalt gestellt, und danach mache ich ein Nickerchen«, verkündete er. »Aber komm, ich hab dir eine Kostprobe zurückgehalten, wie ich es für deine Grand-mère Odette auch immer gemacht habe.«

Er stellte das Dessert vor mich hin, und meine Beine hätten vor Schreck fast nachgegeben. Gustave hatte ein regelrechtes Kunstwerk geschaffen, und ich hatte angenommen, er hätte bisher nur die Birnen geschält. Er hatte das Dessert für mich in einem hübschen Glasschüsselchen angerichtet. Die Birne war auf der, wie er sagte, am Abend zuvor selbst gemachten Vanilleeiscreme samt der Sauce angerichtet und mit einer Zimtstange, Thymianzweigen, einem Stück Vanilleschote sowie Granatapfelkernen verziert.

»Die Sauce?«, fragte ich, als ich meinen Löffel eintunkte. »Wie hast du die gemacht?«

»Vanillemark, Rotwein, Zucker und Muskat«, zählte er auf. »Wenn ich eine Sache beherrsche, dann Weinsaucen.«

Ich tunkte meinen Löffel ein und probierte. O Gott, ein paradiesischer Geschmack. Ich beäugte ihn argwöhnisch.

»Du beherrschst Saucen wirklich. Das ist einfach köstlich«, schwärmte ich. »Aber ich schmecke noch andere Zutaten heraus. Orange? Sternanis? Ein oder zwei Spritzer Pastis vielleicht?«

»Dein Gaumen ist wie der deiner Großmutter. Ihr entgeht auch nie etwas.« Lachend fügte er einen ganzen Sternanis zur Garnierung hinzu. »Magst du es?«

»Was gibt's da nicht zu mögen? Es ist köstlich und sieht wunderschön aus.«

Gustave lachte herzhaft und schlug mir auf den Rücken. »Ja, nicht wahr?«

Wer hätte gedacht, dass der Dorfsäufer sich als Maestro in der Küche entpuppen würde? Bis zum Ende des Abends würden wir pochierte Birnen und einen blauen Küchenmeister haben.

Wenn ich nicht irgendwelche Utensilien fallen ließ oder über meine eigenen Füße stolperte, lief der Rest des Abends wie geschmiert. Irgendwie funktionierte alles. Es wurden keine Uniformen getragen – keine Kochmützen, keine hässlichen karierten Hosen. Und merkwürdigerweise gab es nur einen Mann. Verglichen mit dem, woran ich mich in New York hatte gewöhnen müssen, war das ein alternatives Kochuniversum, und ich genoss jeden Moment, jede Sekunde.

Sébastien, einer der Kellner und anscheinend auch der

Annoncier, gab uns Bescheid, wenn die Gäste zum Abendessen im Hauptspeiseraum Platz nahmen. Er rief uns die Bestellungen zu und klemmte die Zettel in den dafür vorgesehenen Halter. Mir wäre fast das Herz stehen geblieben, als er verkündete: »Wir haben volles Haus, und es scheint, als würden die meisten Gäste heute Abend die Dorade bestellen, siebenundzwanzig von vierzig Gerichten.«

»Wir müssen uns nur konzentrieren«, sagte ich vor allem zu mir selbst. »Dann mal los.« Phillipa und ich richteten die *amuse-bouches* an und arrangierten die *entrées.* Eine Stunde später war es Zeit für die *plats principaux.* Ich wischte mir den Schweiß von der Stirn. »Das Süßkartoffelpüree ist fertig. Ich zeig dir jetzt, wie man die Dorade zubereitet. Zuerst schmilzt du in zwei Pfannen je ein bisschen Butter und gibst einen Schuss Olivenöl dazu, damit die Butter nicht anbrennt. In eine Pfanne kommt etwas fein gehackter Knoblauch für den Kohl. Zwei Minuten sautieren.« Ich hielt inne. »Bin ich zu schnell für dich?«

»Nein«, erwiderte sie.

»Den Fisch mit Zitrone und Petersilie einreiben. Mit Herbes de Provence und etwas grob gemahlenem Pfeffer abschmecken.« Ich ließ vier Doradenfilets in die eine der Pfannen gleiten. »Fisch zuzubereiten kann knifflig sein. Man darf ihn nicht zu kurz oder zu lang garen. Diese Filets sind nicht sehr dick, deshalb schätze ich etwa zwei bis drei Minuten auf jeder Seite, bis der Fisch golden ist.« Ich wendete die Filets. »Nun zu dem geschmorten Kohl. Gib etwas von dem Kohl in die Pfanne mit dem Knoblauch. Zusammenfallen lassen und vermengen. Dann gib die nächste Portion Kohl dazu. Zusammenfallen lassen. Mit einem

Schuss Balsamico, einer Prise *fleur de sel,* Pfeffer aus der Mühle und etwas geriebener Muskatnuss abschmecken. Zeit zum Anrichten.« Phillipa gab mir das Daumen-hoch-Zeichen. Ich nahm einen Speisering mit zehn Zentimeter Durchmesser und stellte ihn auf einen Teller. »Zuerst geben wir den Kohl hinein, drücken ihn an, dann eine Kelle voll Süßkartoffelpüree, ebenfalls andrücken. Zum Schluss legen wir ein Filet darauf. Dann unter die Wärmelampen stellen.« Ich wandte mich an Phillipa. »Du bist dran. Fünf Minuten. Los.«

Ich zeigte ihr, wie man garnierte, die essbaren Blumen und die Kräuter platzierte ich mittels einer Küchenpinzette. Zugegeben, jeder Teller war ein Kunstwerk – so schön, dass Monet und seine Wasserlilien vor Neid erblasst wären. Genauso wunderschön und farbenfroh, wie ich es mir vorgestellt hatte.

»Danke für dein Vertrauen, Chefin«, sagte Phillipa.

Das war das erste Mal, dass *mich* jemand Chefin nannte, und es fühlte sich großartig an. Besser als großartig. Aber ich hatte nicht vor, die Lorbeeren allein einzuheimsen, wenn das alles Teamarbeit war.

»Du bist auch eine Chefin. Jetzt hau auf die Klingel und ruf: Service!«

»Service!«

Das Lächeln, das sich auf ihrem Gesicht breitmachte, und ihre Augen, die vor Stolz leuchteten, verrieten mir, dass ich ihr Köchinnenherz für mich gewonnen hatte, und ich spürte, dass auch meins zum Leben erwachte. Wieder in der Küche zu stehen und zu kochen war für mich, als bekäme ich mit einem Defibrillator, der mir direkt in die

Seele eine Dosis Elektrizität verabreichte, Stromstöße versetzt.

Nachdem alle Hauptgerichte serviert worden waren, kam Jane in die Küche stolziert. »Die Gäste würden gern den Küchenchef kennenlernen«, sagte sie. Ich strahlte, bis sie fortfuhr: »Aber das ist keine gute Idee, deshalb habe ich mir eine Entschuldigung einfallen lassen.«

»Warum?«, fragte ich entgeistert.

In Janes kalte blaue Augen kam Leben. Sie verzog die Lippen zu einem halben Lächeln. »Weil die Hälfte der Gäste aus New York ist und ich gehört habe, wie jemand von Ihnen gesprochen hat.«

»Wa... was hat er gesagt?«, stammelte ich.

»Er habe gehört, dass die intrigante Köchin die Enkelin der hiesigen Spitzenköchin sei«, sagte sie schnippisch, machte auf dem Absatz kehrt und verließ die Küche wieder. Über die Schulter warf sie mir noch zu: »Ich würde Ihnen sehr empfehlen, mir nicht in den Gästebereich zu folgen.«

Ich erstarrte. Phillipa nahm meine Hände in ihre und drückte sie.

»Achte nicht auf ihr Geschwätz«, tröstete mich Phillipa. »Niemand kennt die Wahrheit.«

»Genau das ist das Problem«, flüsterte ich und versuchte die Tränen zurückzuhalten. »Mein Ruf ist zerstört, und wenn ich hierbleibe, ziehe ich das Château nur mit in den Abgrund. Das kann ich euch nicht antun. Und meiner Grand-mère auch nicht.«

Vor der Cendrillon-Katastrophe hatte ich nie geweint – auch nicht, wenn ich mir die Hände verbrannt oder mir in die Finger geschnitten hatte –, doch in letzter Zeit schien ich regelrecht in einem Meer aus salzigen Tränen zu ertrinken. Als meine Mutter gestorben war, hatte ich keine Träne vergossen. Ich hatte auch nicht geweint, als ich erfuhr, dass Eric mich betrogen hatte – und zwar mehrfach. In mir hatte sich etwas verändert, und ich wusste nicht so recht, ob mir das gefiel. Früher war ich stark und unerschütterlich gewesen. Jetzt war ich ein armseliger Jammerlappen.

»Die Belegschaft einer Küche nennt man doch Brigade, stimmt's?«, bemerkte Phillipa. Ich murmelte zustimmend. »Okay. Wenn die Gäste weg sind, haben wir bis auf den Valentinstag und private Veranstaltungen drei Monate Zeit, bis das Château wieder der Öffentlichkeit zugänglich ist und die Wahrheit herauskommt«, erklärte sie. »Wenn das Schiff also untergeht, was nicht geschehen wird, weil ich es zu meiner Mission machen werde, deinen Namen reinzuwaschen, gehen wir alle mit dir unter. Wir sind hier eine Familie, und wie ich deine Grand-mère kenne, würde sie es nicht anders haben wollen.«

»Ich wette, Jane sieht das anders.«

»Jane ist nicht die Erbin dieses Châteaus, sondern du bist es«, stellte sie fest. »Kämpf darum. Ich hab gesehen, wie deine Augen in der Küche auf einmal strahlten. Ich konnte die Energie und deine Liebe zum Kochen spüren. Du hast mir beigebracht, wie man einen Fisch filetiert, und ich bin mir sicher, du kannst mir noch viel mehr beibringen.«

Phillipa sah mich an und wartete auf eine Antwort. Mir schwirrte der Kopf. »Du hast gesagt, du willst mir helfen, meinen Namen reinzuwaschen«, sagte ich schließlich. »Wie denn?«

»Ich hab da ein paar Ideen, aber die muss ich erst ordnen«, erklärte sie und wackelte vielsagend mit den Augenbrauen. Sie legte den Kopf schief. »Also, was sagst du?«

Ich kniff die Augen zusammen. »Ich hatte heute Abend wirklich Spaß.«

»Das ist die richtige Einstellung«, erwiderte sie erfreut.

»Warum bist du so nett zu mir?«, fragte ich.

»Weil ich weiß, wie es ist, beurteilt zu werden – vor allem, wenn man ständig mit seiner *perfekten* Schwester verglichen wird«, sagte sie. »Aber Perfektion gibt es nicht. Wir machen alle Fehler. Wir sind nur Menschen.« Sie schaukelte auf ihren Sneakers vor und zurück. »Hör zu, die Grand-maman-Brigade und Gustave sind ja echt nett, wir haben nur nicht viel gemeinsam. Jetzt bist du hier aufgekreuzt. Und ich brauche echt eine Freundin, mit der ich reden kann und die Englisch spricht. Von dem vielen Französisch wird mir ganz schwindlig.«

»Mir auch«, pflichtete ich ihr bei.

Ich wischte mir die Schniefnase mit dem Ärmel meines Shirts ab, nickte und schob die toxischen Gefühle beiseite, die in meine Seele eindrangen. Phillipa stieß mich mit der Hüfte an.

»Vielleicht muss ich mich eines Tages auch auf dich verlassen – vor allem, wenn es ums Kochen geht.«

»Nur zu«, sagte ich und dachte, dass ich mich schon so lange auf mich selbst verlassen hatte, dass es mir nicht gegeben war, mich auf jemand anders zu verlassen außer auf mich selbst.

Seit dem Sommer, als meine Mutter psychisch endgültig den Boden unter den Füßen verloren hatte, nach meinem letzten Sommer in Frankreich, hatte ich mir alle Menschen vom Leib gehalten und alle Freundschaftsbande gekappt. Vielleicht war es für mich an der Zeit, mich zu ändern, lockerer zu werden, andere an mich heranzulassen. Vielleicht konnte ich meine Selbstschutzmechanismen ablegen und jemandem wirklich vertrauen. Ich wollte es gern. Und ich wollte auf meine Instinkte und mich selbst vertrauen. Aber da ich mich immer noch wie ein Wrack fühlte, wollte ich Phillipa keine falschen Versprechungen machen.

»Phillipa?«, sprach ich sie an.

»Ja?«

»Wenn es nicht klappt, sag nicht, ich hätte dich nicht gewarnt.«

18
Freunde und Feinde

Irgendwie überlebte ich den Rest des Wochenendes, und zwar indem ich mich wie eine Ratte die Treppe zur Küche hinunterschlich, den Gästen aus dem Weg ging und einen Bogen um Jane machte. So sah ich leider Gottes auch nicht die Braut oder den Bräutigam, den Blumenschmuck oder die Reaktionen der Gäste, als sie sich meine Kreationen schmecken ließen. Auch wenn ich inkognito unterwegs war, wusste ich, dass ich meine Grand-mère stolz machte. Und schon allein deshalb wuchs mein Selbstvertrauen. Es würde nicht mehr lange dauern, bis die alte Sophie wieder da war, ich vermisste sie.

Mein Handy summte, eine SMS. Ich zog es hervor und sah auf den Namen. Erleichterung durchflutete meinen Körper: Walter.

Walter: *Es ist fast Weihnachten! Wir vermissen dich. Wann kommst du zurück?*

Ich: *Weiß noch nicht.*

Walter: *Wenn der Berg nicht zum Propheten kommt, muss der Prophet eben zum Berg kommen.*

Ich: *Was?*

Walter: *Wir kommen nach Frankreich. Zuerst nach Paris,*

dann für zwei Tage zu dir. Ich hoffe, du hast Platz für Besucher.

Ich: *Ihr könnt euch ein Zimmer aussuchen. Wir haben sechsundzwanzig. Wann dachtet ihr denn?*

Walter: *Vom 23. bis zum 25., wenn das okay ist.*

Ich: *Das ist mehr als okay. Ich lasse euch vom Flughafen abholen. Schickt mir eure Ankunftszeit. Hab euch lieb.*

Im selben Moment, als ich mein Smartphone weglegte, klopfte Phillipa an meine Tür und betrat mein Zimmer. Sie trug ein Tablett mit Croissants, verschiedenen *confitures* des Châteaus und zu meiner großen Freude Kaffee. Sie stellte das Tablett auf der Frisierkommode ab.

»Die Gäste begeben sich jetzt alle zum Frühstück ins Papillon Sauvage, und ich wollte dir was vorbeibringen, bevor alles aufgefuttert ist.«

»Danke«, rief ich verzückt, sprang aus dem Bett, hüllte mich in meinen Bademantel und schlüpfte in Pantoffeln.

»Ich hab gehört, wie einer der Gäste über die Dorade gesprochen hat«, verkündete sie.

Mir rutschte das Herz in die Hose. »O nein …«

»Schau nicht aus der Wäsche wie ein geprügelter Hund«, sagte sie. »Ich bin mir ziemlich sicher, ›Das Himmelreich auf einem Teller‹ ist das höchste Kompliment.«

Ich konnte mir ein Lächeln nicht verkneifen. »Stimmt.«

»Um das zu feiern, sollten wir nach deinem Frühstück nach Gaillac zum Weihnachtsmarkt fahren. Uns auf Weihnachten einstimmen. Ho-ho-ho und so weiter. Und außerdem muss ich ein paar Sachen für Clothilde besorgen.«

»Kommt Jane auch mit?«

»Nein, sie muss die Gäste auschecken.« Phillipa reckte

die Nase in die Luft und sprach mit einem eingebildeten Akzent. »Und sie findet, der Markt sei was für schlichte Gemüter. Er ist unter ihrer Würde.«

Mein Schicksal schien besiegelt zu sein. »Aber nicht unter meiner. Ich sehne mich nach Schlichtheit. Ich käme sehr gern mit.«

»Dann treffen wir uns in dreißig Minuten draußen«, freute sie sich. »Reicht dir die Zeit, um dich fertig zu machen?«

Ich biss in ein Croissant und nickte.

»Super. Dann bis gleich.«

»Warte! Und wenn mich nun einer der Gäste erkennt?«, fragte ich, doch Phillipa war bereits aus der Tür.

Mein Herz schlug schneller. Ich hatte schon eingewilligt, sie zum Markt zu begleiten, doch auf dem Grundstück bummelten immer noch Gäste herum. Wie könnte ich entkommen, ohne bemerkt zu werden? Aber ich wollte wirklich mal vom Château weg. Ich konnte mich nicht ewig in meinem Zimmer verkriechen. Wie Clothilde gesagt hatte, musste ich wieder am Leben teilnehmen. In dem Moment beschloss ich, mich zu verkleiden – mit einer großen schwarzen Sonnenbrille, einem Hut und einem Schal. Wieder einmal stahl ich mich die Personaltreppe hinunter und stürmte los, schnurstracks durch die Eingangstür nach draußen.

Phillipa brach in Gelächter aus, als ich mich außer Atem ihrem Wagen näherte – ein rostiger burgunderroter Citroën mit gefährlich aussehenden Rädern.

»Da kommt der Undercoverchef.«

»Psssst«, sagte ich. »Ich bin nicht hier.«

»Und ob du das bist, und du siehst lächerlich aus«, bemerkte sie kichernd und öffnete die Tür. »Steigen Sie ein, Ihre Kutsche wartet. *On y va.*«

Phillipa fuhr noch schlechter Auto als Clothilde. Sie achtete überhaupt nicht auf die Straße. Um ein Haar hätten wir das abtrünnige Schaf umgemäht. Als wir Gaillac erreichten, schwebten zarte Schneeflocken anmutig durch die Luft. Phillipa parkte den Wagen, hakte sich bei mir ein, und wir liefen zu Fuß ins Stadtzentrum. Wir überquerten eine schmale Straße und erreichten schließlich den Markt, wo kleine Blockhütten aufgebaut waren, die von Kerzen und Seifen bis hin zu Gewürzen und Würsten alles feilboten, was das Herz in der Vorweihnachtszeit begehrte. Zwischen Jung und Alt schlenderten wir über den Platz, ich genoss die weihnachtlichen Lichter, Gerüche und Klänge.

Phillipa kicherte erneut. »Ich komme mir vor wie bei einem Date.«

»Da bin ich überfragt«, erwiderte ich. »Ich hatte noch nie eins. Eric und ich haben uns Hals über Kopf in eine Beziehung gestürzt.«

Ihr klappte die Kinnlade herunter, und sie stieß mich mit der Hüfte an, wie sie es so oft tat. »Über ihn wird nicht geredet. Er ist für dich gestorben. Kapiert?«

»Kapiert«, antwortete ich lachend. »Was ist mit dir, Phillipa?«, fragte ich. »Hast du eine Liebe in deinem Leben?«

»Für Leute wie mich ist es schwierig, in einer französischen Kleinstadt jemanden kennenzulernen«, sagte sie.

»Leute wie dich?«

»Leute, die Frauen mögen statt Männer«, präzisierte sie und kräuselte die Nase. »Keine Sorge. Du bist nicht mein

Typ. Und ich hoffe, du kommst mit meinem Geständnis klar. Bei manchen ist das nämlich nicht der Fall.«

Ich konnte mir ein Lachen nicht verkneifen.

Phillipas Augen weiteten sich. »Was ist daran so lustig?«

»Ich habe für meinen besten Freund Walter die Alibifreundin gespielt. Er hatte furchtbare Angst, sich vor seiner Familie zu outen. Ich habe mich zwei Jahre lang als seine Verlobte ausgegeben und mit ihm zusammengelebt, um seine Mutter auf die falsche Fährte zu locken.«

»Nein«, rief sie ungläubig. »Du?«

»Jep, ich«, antwortete ich. »Guck nicht so überrascht. Er und sein Partner Robert haben es seiner Mom schließlich gebeichtet. Na ja, in New York ist so einiges passiert. Ich bin hierhergeflogen, um …«

»… tausend Respektpunkte bei mir einzuheimsen«, ergänzte Phillipa.

»Tja, du wirst die zwei kennenlernen. Walter und sein Partner werden an Heiligabend hier sein.« Ich grinste von einem Ohr zum anderen, bis mir einfiel, dass ich Walter versprochen hatte, einen Abholservice für ihn zu organisieren. Rémi oder Clothilde zu bitten kam nicht infrage. »Ich habe einen Anschlag auf dich vor.«

»Egal, was.«

»Ich kann nicht Auto fahren. Und außerdem muss ich wahrscheinlich Grand-mère besuchen. Wärst du bereit, die beiden am Flughafen abzuholen?«

»Na klar«, sagte sie spontan. »Gern.«

Ich seufzte erleichtert. »Vielen Dank.«

»Keine Ursache«, erwiderte sie mit einem breiten Grinsen. »Feiern wir unsere Freundschaft mit einem *vin chaud.*

Ich liebe Glühwein und lade dich ein. Schau inzwischen mal beim Weihnachtsmann rein. Ich bin gleich wieder da.«

Ich sah ihr nach und grinste wie ein Honigkuchenpferd, weil mir klar wurde, dass ich in Frankreich meine erste echte Freundschaft geschlossen hatte, vielleicht sogar überhaupt die erste mit einer Frau. Phillipa verurteilte mich nicht, sondern stärkte mein Selbstvertrauen. Sie akzeptierte mich so, wie ich war, und andersherum war es genauso. Ich schloss die Augen, lauschte den Feierlichkeiten auf dem Markt und fühlte mich ziemlich festlich. Ich kam tatsächlich in Weihnachtsstimmung.

Plötzlich drang das aufgeregte Schreien eines kleinen Mädchens an meine Ohren. »Papa, Papa, *le Père Noël*! *Le Père Noël!*«

»*Oui, oui, ma puce!*«

Der Vater eilte an mir vorbei und rempelte mich an. »*Désolé*«, entschuldigte er sich.

Die Stimme kannte ich. Ich drehte mich um. Eine ältere Frau mit schokoladenbraunen Haaren, die unter ihrer Wintermütze hervorlugten, nahm ihm das vielleicht zwei- oder dreijährige kleine Mädchen ab. Die Mutter? Aber nein, diese Frau war weit über das gebärfähige Alter hinaus.

»Rémi?«, fragte ich.

Rémi wurde blass und raunte mir zu: »Du hast das hier nicht gesehen.«

Betretenes Schweigen machte sich zwischen uns breit. Verwirrt blinzelte ich die Schneeflocken aus meinen Augen. Er machte auf dem Absatz kehrt und ließ mich sprachlos und gekränkt stehen.

Rémis Geschichte war komplizierter, als ich geahnt

hatte. Ich dachte an den Spaß, den wir als Kinder gehabt hatten, als wir zusammen Kirschen gepflückt hatten und im See geschwommen waren. Er war jetzt so anders, und ich fragte mich, was ihm, abgesehen von der Vaterschaft, widerfahren war. Das Problem war nur, dass er mich ausschloss, mich nicht an sich ranließ.

Kurz darauf kam Phillipa zu mir und reichte mir einen Pappbecher mit *vin chaud.* Der Duft von Orangen, Muskat und Zimt stieg mir in die Nase.

»Alles okay? Du siehst aus, als hättest du einen Geist gesehen.«

Am liebsten hätte ich mich Phillipa anvertraut, doch ein ungutes Gefühl in meinem Bauch hielt mich davon ab, Rémi zu verraten. Dass er eine Tochter hatte, war seine Sache, nicht meine.

»Mir geht's gut. Ich friere nur ein bisschen«, sagte ich und trat von einem Bein aufs andere. »Was musstest du denn für Clothilde besorgen?«

»Clothilde? O Gott. Fast hätte ich es vergessen. Ich brauche Schokolade und Nougat für die dreizehn Desserts.«

»Dreizehn Desserts?«

»Das ist eine Tradition in Frankreich. Eine Kombination aus Trockenfrüchten, frischem Obst, Nüssen und Süßigkeiten. Die Desserts symbolisieren Jesus Christus und die zwölf Apostel. Sie werden an Heiligabend gereicht und bis zum 27. Dezember genossen. *Voilà.* Wir brauchen sie für die Feier.«

»Welche Feier?«

»Noch so eine Tradition. Die Feier an Heiligabend für das Personal des Châteaus und so gut wie alle Dorfbewohner innerhalb eines Dreißig-Kilometer-Radius«, erklärte sie. »Clothilde hat mir erzählt, dass du für die Menüplanung verantwortlich bist. Sie hat gesagt, dass Grand-mère auf dich zählt. Haben sie dir nichts davon gesagt?«

»Nein«, erwiderte ich seufzend.

So viel zum einfachen Leben.

Die nächsten Tage waren sehr unangenehm. Immer wenn ich Rémi begegnete, wirkte er, als wollte er mir etwas sagen oder mich umbringen, doch dann presste er die Lippen zusammen und stürmte davon. Er ignorierte mich und machte weiter mit dem, was er gerade tat, zum Beispiel den sechs Meter hohen Weihnachtsbaum im Eingangsbereich zu schmücken oder für die Feier in allen Frontfenstern des Châteaus Lichterketten zu installieren. Es kam mir so vor, als wäre er immer da, wenn ich um eine Ecke bog.

Am Tag vor Heiligabend, als ich in die Küche kam, um das Menü zu planen, schleppte Rémi gerade Kisten in den Kühlraum. Unsere Blicke trafen sich. Ich knetete die Hände.

»Danke, dass du dich um die Lieferung kümmerst«, sagte ich, weil ich nicht wusste, was ich während des peinlichen, angespannten Schweigens sonst hätte sagen sollen.

Seine Tochter zu erwähnen hatte ich nicht vor, obwohl es mir in den Sinn gekommen war, bis ich mich eines Besseren besann.

»*Pas de problème*«, gab er achselzuckend zurück. »Das ist meine Aufgabe.«

Das waren die am wenigsten aufgeladenen Sätze, die wir bisher ausgetauscht hatten. Vielleicht hatte er überwunden, was auch immer er hatte überwinden müssen. Vielleicht machte auch er gerade eine schlimme Zeit durch.

»Also, was haben wir denn?«, fragte ich mit einem zögerlichen Lächeln.

»Das wirst du schon rausfinden«, gab er patzig zurück. »Aber vielleicht auch nicht.« Damit stapfte er zur Hintertür hinaus.

Ich zeigte ihm *le doigt d'honneur* – den Stinkefinger.

Tief durchatmen. Konzentrier dich aufs Kochen und auf dich selbst. Du darfst deine Großmutter nicht enttäuschen. Du darfst dich selbst nicht enttäuschen.

Nachdem ich meine Rolltasche mit den Messern auf die Theke geknallt hatte, begab ich mich in den Kühlraum, um das Menü zu planen, und öffnete die Kisten. Der Fischhändler hatte uns ein Meer aus himmlischen Freuden geliefert. Die *gambas,* Riesengarnelen, waren so groß wie meine Hand. Nach dem Kochen würden sie schön rosa werden. Die Austern waren riesig und wunderschön, ihr salziger Geruch beschwor das Meer herauf. Ich konnte mich nicht erinnern, wann ich das letzte Mal in offenem Wasser geschwommen war. Sechs Jahre zuvor bei einem Sonntagsausflug in die Hamptons mit Eric? O Gott, ich wollte doch nicht an ihn denken.

Abgesehen von dem Aufwand, den es bereitete, sie aus der Schale zu lösen, dreihundert Stück hatte Rémi gebracht, waren Austern nicht sehr arbeitsintensiv. Sie würden roh serviert, mit einer Reseda-Sauce und Zitronen, in Kombination mit Langusten, Krebsen und Garnelen samt einem Safran-Aioli-Dip.

Als ich den Deckel einer weiteren Kiste anhob, begrüßten mich etwa fünfzig Hummer mit stacheligen Rücken, der obere Panzer vom Meer gesprenkelt. Ich arbeitete sehr gern mit Hummer, ich liebte es, wie sich die Farbe der Tiere beim Kochen von fleckig braun und orange zu feuerrot veränderte. Die Schwänze würde ich für die *plats principaux* verwenden, in Cognac flambiert und in einer scharfen Tomatensauce geköchelt – meine Version des Rezepts für *langouste à l'armoricaine* meiner Großmutter. Die Garnitur? Ein Zweiglein frischer Rosmarin würde genügen.

Die anderen Kisten waren voll mit wunderschönen Miesmuscheln, Jakobsmuscheln, Wellhornschnecken und Räucherlachsfilets, mitsamt einer weiteren Überraschung: Weinbergschnecken. Von den Schnecken mal abgesehen, wäre dieses Mahl eine fantastische Meerestierkomposition.

Je mehr ich über das Festmahl nachdachte, desto inspirierter wurde ich, und ich bekam Hunger. Mit diesen unglaublichen Zutaten vor mir eine gefährliche Situation, vergleichbar damit, völlig ausgehungert in ein Lebensmittelgeschäft zu gehen und alles zu kaufen, was einem ins Auge fiel. Ich konnte nicht umhin, mit einem Austernmesser seitlich zwischen Ober- und Unterschale zu stechen und die Auster zu öffnen. Ich löste das Fleisch, das salzig und süß zugleich meine Kehle hinunterglitt.

Während ich mir die Lippen leckte, kam die Inspiration. Egal, was aus dem Château wurde, egal, was aus meiner Großmutter wurde, ich würde diese Zutaten in geschmackvolle Gerichte verwandeln und den Gästen eine unerwartete kulinarische Erfahrung bescheren. Zufrieden mit meinem Plan, flitzte ich zur Tafel, schnappte mir ein Stück Kreide und schrieb.

HEILIGABENDBUFFET

~

Foie gras mit karamellisierten Äpfeln

~

Lachs mit Zitrone, Gurke und Dill, serviert
auf kleinen runden Toastscheiben

~

Escargots de Bourgogne

~

Austern mit einer Reseda-Sauce
Austern mit Kirschpaprika und Apfelweinessig
Austern Rockefeller, mit Pernod
deglaciert, serviert mit Spinat,
Kirschpaprika und Speckstreifen

~

Sophies scharfe Langouste à l'armoricaine

~

Langusten, Krabben und Garnelen
mit Safran-Aioli-Dip

~

Miesmuscheln a la plancha mit Chorizo

~

~

Bûche de Noël

Als ich die Kreide auf die Theke warf, kam das Küchenpersonal herein. Phillipa schlich sich von hinten an mich heran.

»O Gott. Das Menü sieht unglaublich aus. Mir läuft schon das Wasser im Mund zusammen.«

Clothilde nickte zustimmend. »Es ist perfekt. Du hast deine Großmutter stolz gemacht.«

»Wie viele *bûches* brauchen wir denn deiner Meinung nach?«, fragte Gustave, der sich auf den berühmten traditionellen Weihnachtskuchen in Baumstammoptik bezog, der während der Festtage in allen französischen Restaurants und Haushalten irgendwann serviert wurde.

»Zwanzig?«, schätzte ich.

»Gut, dass ich schon vor ein paar Tagen mit ihnen angefangen habe«, sagte er. »Ananas und Mango, Schokolade und gebrannte Mandeln und Vanille und Maronen.«

»Kein Alkohol?«, fragte ich.

»Vielleicht ein winziger Schuss Armagnac.« Er zeigte mit Zeigefinger und Daumen eine Menge an, die eindeutig nach mehr als nach einem winzigen Schuss aussah.

»Desserts sind deine Spezialität.« Ich klatschte in die Hände. »Das Menü steht fest.«

»Du hast die *chapons* und die *faisans* vergessen«, erinnerte mich Gustave.

»Wow, was für ein Festmahl. Kapaune und Fasane auch noch?«, fragte ich.

»*Oui.* Die brate ich morgen früh, und die *dames* machen die *farce aux marrons* dazu. Nicht jeder ist ein Fischliebhaber.«

Die Grand-maman-Brigade tuschelte in einer Ecke und nickte einmütig. Ihren lächelnden Gesichtern nach zu urteilen, schienen sie alle mit dem Plan einverstanden zu sein. Ich war dabei, mir selbst und ihnen zu beweisen, dass ich es hinbekam.

»Können wir loslegen?«, fragte ich.

»*Oui, chef*«, riefen sie im Chor.

Die zwei kleinen Worte jagten mir Schauder über den Rücken.

Phillipa tippte mir auf die Schulter. »Ich fahre jetzt los, um Walter und Robert abzuholen. Hast du hier alles im Griff?«

»Ja«, beteuerte ich. »Und danke.«

»Keine Ursache«, sagte sie. »Ich bin in ein paar Stunden wieder zurück.«

Walter und Robert standen mit offenen Mündern vor dem Château. Natürlich trugen sie beide zusammenpassende Façonnable-Hemden, wobei Robert mit seiner Ascot-Krawatte seinen persönlichen Stil zum Ausdruck brachte.

»*Das* ist das Haus deiner Großmutter?«, fragte Walter und schnappte nach Luft. »Warum hast du dann mit mir in meiner primitiven Bude gehaust?«

Robert fasste sich an die Brust, als hätte er einen Herzinfarkt. »Wir müssen unbedingt hier heiraten.« Er hielt mir seine Hand unter die Nase und zeigte stolz einen schlichten schwarzen Ring. »Walter und ich sind nämlich verlobt.«

»Gratuliere! Das sind fantastische Neuigkeiten. Ich freue mich sehr für euch beide und käme gar nicht auf die Idee, dass ihr irgendwo anders in den Hafen der Ehe einlaufen könntet«, sagte ich, wurde aber abgelenkt.

Mein Blick fiel auf Rémi, und mein lächelndes Gesicht verfinsterte sich. Rémi sah noch düsterer aus.

»Oh, *mon Dieu*, wer ist das denn?«, fragte Robert und fächelte sich dramatisch Luft zu.

»Das ist kein Wer«, knurrte ich und funkelte Rémi wütend an. »Sondern ein Was.«

»Dann eben: Was ist das?«, fragte Walter.

»Ein Riesenarschloch«, sagte ich.

»Ist das deine Sandkastenliebe? Rémi? Was ist mit ihm passiert?«, fragte Walter, der all meine Geschichten kannte.

»Er hat sich verändert«, antwortete ich. »Und nicht zum Besseren.«

»Ich weiß nicht so recht. Sein Arsch ist adonishaft«, schwärmte Robert. Als er mein Gesicht sah, prustete er los. »Was ist? Du weißt doch, dass Walter und ich eine ›Nur gucken, nicht anfassen‹-Vereinbarung haben. Ich bin monogam unterwegs. Sophie, du solltest in der Sache was unternehmen.«

Walter stöhnte. »Das Letzte, was Sophie jetzt braucht, ist diese Art von Ablenkung. Sieh sie dir doch an, sie ist endlich wieder da. Sie sieht toll aus. Sie hat nicht mehr diesen durchgeknallten Ausdruck in den Augen. Sie sieht glücklich aus.«

Zugegebenermaßen hatte ich einen Blick auf Rémis Po riskiert, als er vorbeigelaufen war. Nein, das brauchte ich wirklich nicht. Momentan war der Besuch meiner zwei engsten Freunde die beste Ablenkung der Welt. Es war schön, mit ihnen Späße zu machen, und ich fühlte mich mit jeder Sekunde wieder mehr wie früher.

»Kommt mit«, sagte ich und hakte mich bei ihnen unter. »Ich führe euch kurz herum und bringe euch dann in euer Zimmer.«

19

Joyeux Noël

Der Himmel verdunkelte sich, dichte Wolken wälzten sich heran und verliehen der Schlossanlage eine unheilvolle Atmosphäre. Die Blätter am Buschwerk und das Moos an den Baumstämmen leuchteten in einem gespenstischen Farbton. Ein Kleintransporter rumpelte über die Kieseinfahrt und schlängelte sich durch die Platanen. Die Türen öffneten sich. Eine Rampe wurde heruntergelassen. Im Wagen saß Grand-mère Odette in ihrem Chanel-Kostüm in einem Rollstuhl, eine orangefarbene Birkin-Bag auf dem Schoß, und inspizierte durch ihre große schwarze Designersonnenbrille alles. Ich rannte zu ihr, und wir tauschten *bises.*

»Clothilde hat mir berichtet, dass sie dir heute Morgen deine Sachen hat bringen lassen«, sagte ich. »Ich freue mich so, dass du wieder zu Hause bist. Jetzt fühlt es sich endlich wie Weihnachten an.«

Meine Großmutter zuckte mit den Achseln. »Da die Ärztin mich nicht gehen lassen wollte, habe ich mich selbst entlassen«, erklärte sie. »Ich konnte es keinen Augenblick länger in diesem schrecklichen Zimmer aushalten – vor allem während der Feiertage wollte ich nicht dort sein.« Sie faltete die Hände und setzte sich aufrechter hin. »Leider muss ich mich mit dieser Agnès-Kreatur herumschlagen.«

»Mit wem?«

Grand-mère deutete mit dem Kopf auf den Kleintransporter und machte ein finsteres Gesicht. »Meine gefürchtete Krankenpflegerin.«

Eine korpulente Frau mit dicksohligen weißen Schuhen und einem blassblauen Schwesternkittel sprang, zwei männliche Gehilfen im Schlepptau, vom Beifahrersitz. In Windeseile verschwand sie um den Transporter herum zur anderen Seite. Sie hatte rosige Wangen und freundliche braune Augen, wirkte aber sehr nervös. Ihre braunen Haare lösten sich aus ihrem Pferdeschwanz – sie war mit dem Nerven am Ende, was ich gut verstehen konnte.

Agnès kam auf mich zu. »Wir haben alles versucht, sie im Krankenhaus zu behalten, aber sie bestand darauf, nach Hause zu fahren. Drohte sogar damit, das Krankenhaus schließen zu lassen, wenn wir nicht einwilligten«, sagte sie leise. »Verzeihen Sie. Ich bin Agnès, und Sie sind bestimmt Madame Valroux de la …«

»Bitte nennen Sie mich Sophie«, antwortete ich und reichte ihr die Hand.

Agnès blinzelte, während sie meine Hand nahm. »Das Krankenhaus fürchtet sich vor Gerichtsverfahren, aber ich habe strenge Anweisungen, bei ihr zu bleiben«, erklärte sie. Das Zittern in ihrer Stimme verdeutlichte, dass sie schreckliche Angst hatte, ihre Arbeit zu verlieren.

»Wir machen ein Zimmer für Sie zurecht«, bot ich an.

»Aber ich muss rund um die Uhr bei ihr bleiben«, widersprach sie mit stockender Stimme. »Besteht die Möglichkeit, eine Liege zu bekommen? Oder gibt es vielleicht eine Couch?«

»Sie bewohnt eine ganze Suite. Wir finden schon eine Lösung«, beruhigte ich sie. »Danke, dass Sie sich um sie kümmern.«

Die Eingangstür zum Château öffnete sich, und Rémi kam zu uns stolziert. Nach einem finsteren Blick auf mich umarmte er Grand-mère Odette.

»Ich habe gerade die letzten Weihnachtslichter aufgehängt, als ich den Transporter vor dem Haus halten sah. Ich bin heilfroh, dass es dir besser geht und du wieder daheim bist, Grand-mère.«

»Mein lieber Junge«, antwortete Grand-mère so zuckersüß und liebevoll, dass es mir peinlich war. »Es ist wunderbar, wieder zu Hause zu sein. Ich würde jetzt gern mit Sophie sprechen, und dann kommst du auf einen Plausch zu mir, Rémi, *d'accord*?« Sie sah zu mir auf. »Oh, *ma chérie,* kannst du mich hinauf in meine Suite bringen? Ich habe genug von dieser Agnès. Sie ist sehr herrisch. Und sie gehört nicht zur Familie.«

Agnès blinzelte wieder und sagte: »Wirklich, Sophie, wenn Sie sie begleiten können, wäre das toll. Und Rémi, wenn wir mit den vielen Geräten Hilfe bekommen könnten, wäre ich sehr dankbar.« Sie zeigte auf die Apparaturen, Monitore und Infusionsständer im Inneren des Transporters.

»Haben Sie das ganze Krankenhaus mitgebracht?«, fragte Rémi belustigt.

»Nur, was für ihre Pflege gebraucht wird.«

»Sophie«, drängelte Grand-mère. »Ich möchte in meine Suite.«

»Ja, Grand-mère«, erwiderte ich und packte die Griffe ihres Rollstuhls.

Als ich sie die Rampe hinaufschob, fragte meine Großmutter: »*Ma chérie*, was um alles in der Welt läuft zwischen dir und Rémi?«

»Rémi? Da läuft absolut gar nichts«, wehrte ich ab. Abgesehen davon, dass er mich nicht ausstehen kann, fügte ich in Gedanken hinzu.

»*Ah bon*, verstehe«, sagte sie in einem fragenden Ton. »Sophie, er ist ein guter Mensch, ein wenig ungehobelt und ein Eigenbrötler, aber trotzdem ein guter Mensch. Er ist für mich wie ein Sohn.«

»Aber er gehört nicht zur Familie«, wandte ich ein. »Er arbeitet nur hier.«

»Alle, die unter meinem Dach leben, gehören für mich zur Familie, besonders Rémi«, widersprach sie. »Seine ganze Welt stand kopf, als seine Eltern bei dem schrecklichen Autounfall starben. Er wusste nicht, wo er hinsollte, da habe ich ihn in meine Obhut genommen.«

Ich blieb so abrupt stehen, dass ich meine Großmutter beinahe aus dem Rollstuhl katapultiert hätte. »Was? Wann ist das passiert?«

»Im Herbst nach deinem letzten Besuch in Champvert.«

Kein Wunder, dass Rémi mich nicht ausstehen konnte. Ich hatte ihn einfach in Champvert sitzen lassen, obwohl ich ihm versprochen hatte zurückzukommen.

»Das hast du mir nie erzählt. Ich meine, das ist doch ziemlich wichtig.«

»Ich habe deiner Mutter aufgetragen, es dir auszurichten. Sie sagte, der Bauernjunge von nebenan sei für dich nicht von Interesse. Sie war stinkwütend, dass ich Rémi zu mir genommen hatte, sie sorgte sich mehr um ihr Erbe als um ihn. Während dieses Anrufs hat sie mir auch gesagt, dass du mich nie wiedersehen wolltest.«

»Das war gelogen«, rief ich. »Ich habe mir damals mehr als alles andere gewünscht, all meine Sommer mit dir zu verbringen.«

»Ich weiß, *ma chérie.* Aber ich will nicht über Céleste reden. Das Thema regt mich auf«, erklärte sie mit zittriger Stimme. »Sag mir, was hast du für die Feier geplant?«

Ich schluckte den Schrecken über das gerade Erfahrene herunter und erzählte ihr in der Hoffnung auf ihre Zustimmung von dem Menü, das ich mir ausgedacht hatte.

»Ist das gut so?«

»Liebling, du bist doch die Fischexpertin, und wenn ich nicht in der Küche stehe, gehört sie dir.«

Wir fuhren mit dem Fahrstuhl in den dritten Stock bis zur Eingangstür ihrer Wohnräume. »Der Schlüssel liegt auf dem Türvorsprung«, sagte sie. »Bei den vielen Gästen, die hier herumlaufen, gehe ich kein Risiko ein. Vor ein paar Jahren ist ein volltrunkener nackter Mann in meine Suite getaumelt.«

Ich lachte schnaubend, während ich nach dem Schlüssel angelte und aufschloss. »Wie … wie erhellend.«

»Es war ein ziemlicher Schock«, meinte Grand-mère.

Ihrem Ton nach zu urteilen hatte sie den Zwischenfall überhaupt nicht lustig gefunden.

Ich stand in der Suite meiner Großmutter. Sie war meiner ähnlich, aber in blassblauen Tönen ausgestaltet statt in vorwiegend grünen – und ganz anders als alle anderen

Räume im Château. Eine Zeitkapsel aus der Vergangenheit, Fotografien überall an den Wänden und auf ihrem Toilettentisch. Einige davon waren alt und verblichen, vom Alter an den Rändern vergilbt wie die Bilder von ihr und meinem Großvater an ihrem Hochzeitstag. Sie war zwar immer noch elegant und anmutig, doch in jüngeren Jahren war sie umwerfend schön gewesen, vor allem in ihrem Brautkleid aus Spitze. Ich nahm das Foto in die Hand.

»Wow, du bist wunderschön«, schwärmte ich.

»Jetzt nicht mehr so«, sagte sie wehmütig. »Aber in früheren Jahren war ich, wie man so sagt, ein ziemlicher Hingucker.«

»Du bist immer noch schön.«

»*Ma chérie,* das ist lieb von dir, aber da du nicht blind bist, kannst du sehen, dass ich nicht mehr die Frau bin, die ich auf dem Foto war.«

Ich strich mit den Fingern über das Bild. »Grand-père war auch sehr attraktiv. Er hat breite Schultern, aber eine gute Haltung. Gütige Augen.« Ich hielt inne. »Wie hast du ihn kennengelernt?«

»Ach, das ist eine lange Geschichte und nicht so romantisch, wie du vielleicht glaubst. Meine Eltern gehörten zu einer einflussreichen Reedereifamilie in Bordeaux. Wir haben außerdem ein schönes Weingut betrieben. Eines Abends veranstalteten sie ein großes Fest, zu dem alle in der Gegend eingeladen waren, auch Pierres Eltern. Pierre kam mit und hat sich Hals über Kopf in mich verliebt. Ein *coup de foudre,* hat er es genannt, einen Blitz, der dem Kreislauf einen Schock versetzt. Liebe auf den ersten Blick. Ich hingegen empfand nicht dasselbe für ihn. Ich hielt ihn für einen Wichtigtuer. Und außerdem war er fünfzehn Jahre älter als ich.«

Ich hatte mir immer ausgemalt, dass sie und Grand-père eine stürmische, märchenhafte Romanze gehabt hatten, so wie im Film – mit Partys, Champagner und Tanz.

»Aber du hast ihn trotzdem geheiratet«, sagte ich. »Warum?«

»Unsere Ehe wurde arrangiert«, fuhr sie fort. »Für Pierre gab es in Champvert nur eine geringe Auswahl passender Frauen. Es wurde beschlossen, dass wir gut zusammenpassen würden – ein Adliger und das Mädchen aus reicher Familie. Außerdem wollten meine Eltern mich von einem der Arbeiter auf dem Weingut loseisen, in den ich mich verguckt hatte. Er entsprach nicht unserem gesellschaftlichen Status. Tja, das war das eine, und außerdem lief das Reedereigeschäft meiner Eltern nicht gut. Sie brauchten Geld. Ich musste eine folgsame Tochter sein.«

»Also hast du Grand-père nicht geliebt?«, fragte ich bestürzt.

»Mit der Zeit habe ich ihn lieben gelernt, genau wie mein Leben hier«, antwortete sie und tupfte sich mit einem Taschentuch die Augen ab. »Ich vermisse ihn jeden Tag.«

Ich verbarg meine Überraschung. »Ich wusste nichts von all dem.«

»*Alors*, das ist auch kein Gespräch, das man mit einem Kind führen kann. Aber jetzt bist du erwachsen und dazu noch eine schöne junge Dame.«

»Bereust du es, nicht aus Liebe geheiratet zu haben?«

»*Non*, wie Edith Piaf gesungen hat: *Non, je ne regrette rien.*«

Der Text dieses Chansons spukte mir durch den Kopf, während ich langsam begriff, was für ein Leben Grand-mère sich aufgebaut hatte – dass es in ihrer Vergangenheit sowohl Gutes als auch Schlechtes gegeben hatte. Und dass nichts davon einen beeinträchtigen musste. Dass man sein Leben von null an neu beginnen konnte. Ich kannte die Worte des Chansons auswendig, meine Mutter hatte es mir immer vorgesungen – an ihren guten Tagen, an ihren schlechten Tagen, eigentlich immer.

»Bernard sagt, er sieht viel von Grand-père in mir.«

»Er hat bestimmt deine Stärke gemeint, die Entschlossenheit in deinem Blick«, sagte sie und umklammerte meine Hände. »Ich hingegen sehe mehr von mir in dir.«

»Ich auch«, pflichtete ich ihr bei und betrachtete das Foto noch einmal. Ich hatte immer meiner starken Großmutter nacheifern wollen, nicht meiner schwachen Mutter. Vielleicht würde jetzt, da Grand-mère zu Hause war, etwas von ihrer Stärke auf mich abfärben. »Ich habe mich immer mit dir verbunden gefühlt. Aber Grand-mère, in letzter Zeit fühle ich mich nicht mehr so stark.«

»Ach, Schätzchen, ich bin so froh, dass du wieder in Champvert bist, wo du hingehörst. Du wirst feststellen, dass du sehr stark bist. Es liegt dir im Blut. Du kannst alles bewältigen.«

Vielleicht nicht alles. »Ich passe nicht gerade gut hierher.«

»Aber das wirst du bald«, versicherte sie mir. »Sieh dir die anderen Fotos an. Ich möchte, dass du dich an die wunderschönen Zeiten erinnerst, die du während deiner Besuche bei mir erlebt hast. Ich denke oft an sie zurück.«

Überall im Raum verteilt waren Bilder von mir aus jedem Sommer, den ich in Champvert verbracht hatte, sie schmückten die Wände und Kommoden. Ich wusste nicht einmal, dass meine Großmutter die Fotos aufgenommen hatte. Auf einem hing ich kopfüber von einem Weidenbaum und ahmte ein Äffchen nach. Auf einem anderen leckte ich einen Löffel ab, während mir Schokolade übers Kinn lief. Da stand sogar ein gerahmtes Bild von mir und Rémi. Wir hatten einen großen Korb mit Kirschen vor uns und lachten. Alle Aufnahmen hatten eines gemeinsam: Sie bewiesen, dass ich in Champvert glücklich gewesen war. Ich fragte mich, ob ich diese Art von Glück je wiederfinden würde. In mir keimte etwas auf. Ich war mir nicht sicher, was es war. Vielleicht Hoffnung?

Während ich die Aufnahmen betrachtete, auf denen jemand die Vergangenheit festgehalten hatte, fragte ich mich, warum es hier keine Bilder von meiner Mutter gab. So schlecht konnte das Verhältnis zwischen meiner Großmutter und ihrer einzigen Tochter doch nicht gewesen sein. Vielleicht würde sie jetzt, wo es ihr wieder besser ging, mit mir darüber reden.

Agnès und Rémi betraten die Suite und schoben die Geräte hinein. Rémi drängte sich ohne eine Entschuldigung mit einer schweren Apparatur an mir vorbei, wobei er mir fast die Füße zerquetscht hätte. Ich sprang gerade noch rechtzeitig beiseite.

»Keine Sorge, jetzt kann ich wieder übernehmen«, sagte Agnès und sah sich im Raum um. »Himmel, dieses Château ist magisch. Sie müssen wahnsinnig gern hier leben, Sophie.«

»Ich bin derzeit nur zu Besuch«, erklärte ich.

»Warum hast du dann irgendwelche Kerle zur Übernachtung ins Château eingeladen?«, fragte Rémi verschnupft.

»Kerle?«, fragte Grand-mère.

»Meine zwei besten Freunde aus New York«, erklärte ich und wandte mich an Grand-mère. »Ich hätte dich vorher fragen sollen.«

»Ach, sei nicht albern«, gab Grand-mère zurück. »Das ist eine schöne Überraschung, ich kann es kaum erwarten, deine Freunde kennenzulernen.« Sie richtete sich auf. »Eines Tages wird das Château Sophie gehören, und sie wird für immer hierbleiben, Rémi. Sie kann einladen, wen sie möchte. Nicht wahr, Sophie?«

Da ich Grand-mère, die ja wieder zu Kräften kommen sollte, mit meiner Unentschlossenheit nicht aufregen wollte, stimmte ich ihr einfach zu. »Ja, ja, natürlich.«

Als ich ihre Wohnung verließ, fühlte ich mich, als würde ich in eine arrangierte Ehe mit dem Leben gezwungen, das meine Großmutter für mich geschaffen hatte – ein Leben, das ich mir weder selbst erarbeitet noch verdient hatte. Ich ging in die Küche und fragte mich, ob ich lernen könnte, mein Leben hier zu lieben, wie es meiner Grand-mère mit Pierre gelungen war.

20

Lasset das wilde Spektakel beginnen

Gegen neun Uhr abends war die Feier in vollem Gange. Die Leute nippten am Schaumwein des Châteaus, der nach der Méthode ancestrale hergestellt wurde. Das hieß so viel wie altertümliche Methode. Es fand nur eine einzige Gärung statt, und eine Gewinnung ohne Zusatzstoffe war erlaubt. Alle aßen nach Herzenslust. Es mussten nahezu zweihundert Gäste gewesen sein. Wenn ich das Château schon zuvor für magisch gehalten hatte, so hatte ich es noch nicht an Weihnachten erlebt. Funkelnde Lichterketten wanden sich durchs Treppenhaus und in den Räumen, der Silberschmuck am Baum glitzerte. Es hätte mich nicht überrascht, wenn ein Flöte spielender Faun herausgesprungen wäre, um sich den Feierlichkeiten anzuschließen.

Ich war dankbar, dass Jane zusätzlich externes Personal eingestellt hatte, das servierte und die Gesellschaft bediente. So konnte ich mich, nachdem ich wie eine Weltmeisterin gekocht hatte, entspannen und Spaß haben. Das Château mitsamt den vielen Weihnachtslichtern und dem prasselnden Feuer hatte noch nie so schön ausgesehen. Genau wie meine Grand-mère, auch wenn sie ein bisschen blass war. Sehr zu Agnès' Leidwesen hatte sie darauf bestanden, an der Weihnachtsfeier teilzunehmen, sie trug ein elegantes silbernes Kleid. Mit schelmisch funkelnden Augen sagte sie: »Das war das Einzige in meinem Schrank, das zu diesem furchtbaren Rollstuhl passt.«

»Du siehst wunderschön aus, Grand-mère«, sagte ich.

»*Merci*«, bedankte sich Grand-mère, während sie mich von oben bis unten musterte. »Du bist heute Abend eine echte Augenweide. Ich bin froh, dass dein Kleid keine Löcher hat. Du siehst hübsch aus.«

Ich hatte nicht erwartet, dass ihr mein Aufzug bei meinem ersten Krankenhausbesuch überhaupt aufgefallen war. Doch offenbar entging ihren Adleraugen, die auch jetzt jedes einzelne Detail registrierten, nichts. Ich hatte mich für ein schlichtes schwarzes Etuikleid mit Kitten Heels entschieden, was offensichtlich Grand-mères Billigung fand.

»Die Jeans hab ich weggeworfen«, beruhigte ich sie.

»Gut«, erwiderte sie. »Denk daran, du bist eine Dame und kein Clochard. Du bist eine Valroux de la Tour de Champvert, und das musst du *immer* nach außen darstellen.«

Walter und Robert kamen zu mir und umarmten mich. Ich stellte sie Grand-mère vor. Ihre Augen wurden groß, als sie registrierte, dass Walter und Robert Händchen hielten, und dann äußerte sie etwas Überraschendes: »Sie beide sind ein sehr schönes Paar.«

»Es ist wunderbar, Sie endlich kennenzulernen«, antwortete Walter. »Sophie hat mir alles über Sie erzählt.«

»Ach ja?«, bemerkte sie, wurde aber unterbrochen.

Gäste schwirrten um Grand-mère herum, gaben zuerst

ihr Wangenküsschen und dann mir, während ich verlegen und nervös neben ihr stand.

»Das Buffet ist unglaublich. *Merci,* Grand-mère Odette«, sagte jemand.

»Der Hummer ist himmlisch, die Sauce hat genau die richtige Schärfe«, lobte jemand anderes.

Die Komplimente nahmen kein Ende.

Grand-mère reckte das Kinn und nickte mir zu. Aus ihren Augen sprach Stolz. »Wie Sie sehen können, bin ich ein bisschen ausgebremst. Meine schöne Enkelin ist für alles verantwortlich. Es scheint, als überträfen ihre Fähigkeiten inzwischen meine.«

»Unmöglich«, wehrte ich ab.

»Keineswegs«, widersprach Walter. »Sieh dich doch nur um. Schau dir die Gesichter an. Deine Kochkunst ist so magisch, dass du ein paar Leute in andere Sphären versetzt hast.«

Ich betrachtete die Gäste genauer. Einige aßen mit geschlossenen Augen, den Kopf in den Nacken gelegt, auf den Gesichtern ein Ausdruck höchsten Genusses. Am liebsten hätte ich ihre Gehirne angezapft, um ihre Gedanken zu lesen. Ich fragte mich, ob sie, wenn sie Austern aßen, an ihre Kindheit am Meer dachten. Oder ob scharfer Hummer bei ihnen Erinnerungen an Schmerz oder Liebe wachrief. Waren sie überhaupt noch hier in diesem Raum? Oder rannten sie unbeschwert an einem Strand entlang? Lagen in einer leidenschaftlichen Umarmung vor einem Kamin? Im Cendrillon hatte ich immer in der Küche festgesessen und die Reaktionen auf mein Essen nie miterlebt. Den Ruhm für meine Kreationen hatte immer Eric eingeheimst. An das hier könnte ich mich gewöhnen. War dies mein neues Wunderland?

Grand-mère lächelte. »Meine Sophie ist jemand, mit dem man rechnen sollte.«

»Das kann man wohl sagen«, meinte Walter, und Robert stimmte ihm zu. »Und jetzt will ich sehen, was an dem ganzen Wirbel dran ist. Ihre Kochkunst hat uns wirklich gefehlt.«

»Das stimmt«, pflichtete Robert ihm bei.

»Jetzt geht und vergnügt euch«, sagte ich und war froh, dass sie die Œufs cocotte mit den Rosmarinkartoffeln, die ich verhunzt hatte, nicht aufs Tapet brachten. »Wir sehen uns später.«

Walter küsste mich auf die Wange und entschuldigte sich. Dann steuerte er mit Robert im Schlepptau zielstrebig auf das Buffet zu.

»Deine Freunde sind reizend«, bemerkte Grand-mère.

Ich bekam keine Gelegenheit, darauf zu antworten. Kaum waren Robert und Walter davongeschlendert, stürzte Phillipa mit einem älteren Paar auf uns zu. Sie alle tauschten *bises* mit Grand-mère, bevor sie mir ihre Aufmerksamkeit schenkten.

»Sophie, das sind meine Eltern, Hank und Lizzie«, stellte Phillipa uns einander vor.

»Sophie, es ist mir eine Ehre, Sie kennenzulernen«, sagte Hank. Er drückte meine Hand fest und schüttelte sie viel zu lange.

Lizzie umarmte mich. Sie roch stark nach Teerosenparfüm – so sehr, dass ich die Luft anhalten musste, bis sie mich endlich losließ. »Phillipa spricht ohne Unterlass über Sie«, flötete sie und verpasste mir links und rechts Luftküsse. »Es geht ständig Sophie dies, Sophie das. Sie ist begeistert, dass Sie ihr die Chance geben, in der Küche mehr zu experimentieren. Ich freue mich, Sie kennenzulernen.«

»Ja, es ist wunderbar, die mysteriöse Sophie aus New York zu treffen. Jetzt erzählen Sie uns, meine Liebe …«, setzte Hank an.

Phillipa unterbrach ihren Vater und rettete mich davor, mit Fragen bombardiert zu werden.

»Mum, Dad, gesellen wir uns zu Sophies Freunden Walter und Robert. Ich zeige euch, was wir auf die Beine gestellt haben.« Augenzwinkernd raunte sie mir zu: »Wenn sie einmal loslegen, hören sie nicht mehr auf. Ich hab was gut bei dir.«

»Absolut«, sagte ich und dachte insgeheim: mehr als du denkst.

Lächelnd sah ich ihnen nach und fragte mich, ob Jane tatsächlich zu dieser Familie gehörte. Nicht nur, dass sie keinem Elternteil und ihrer Schwester ähnelte, sie war auch nicht nett oder gastfreundlich. Ich suchte die Menschenmenge nach Jane ab, bis ich sie entdeckte. Sie begrüßte die Gäste. Ich konnte ihren versnobten, affektierten englischen Akzent fast hören – den zu erlernen sie wahrscheinlich Jahre gebraucht hatte. Schließlich kam sie aus Bibury.

Was fand Grand-mère nur an Jane?

»Jane?«, ertönte die Stimme meiner Grand-mère. *Putain de merde*, ich hatte geglaubt, die Worte nur gedacht zu haben. »Sie ist sehr tüchtig. Ein Traum aus Eleganz und

Anmut. Vor deiner Rückkehr nach Champvert war sie das Gesicht des Châteaus, ich war ohne sie aufgeschmissen. Aber jetzt bist du ja wieder da. Schau doch nur, wie glücklich die Leute sind.«

Mir wurde schlecht. Jetzt wusste ich, warum Jane es auf mich abgesehen hatte. Sie wollte mein Leben. Sie hatte es selbst gesagt. Sie hatte gesagt, sie sei Grand-mère eine bessere Enkelin gewesen als ich. Und mit den Gästen wusste sie umzugehen, das konnte ich beobachten. Als sie meinen Blick auffing, sah sie mich erbost an. Ich schluckte heftig.

»*Ma chérie,* hol dir etwas zu essen«, befahl Grand-mère. »Genieß die Früchte deiner Arbeit.«

Nach der ganzen Plackerei und den Festvorbereitungen war ich am Verhungern. »Kommst du zurecht?«

»Steht nicht diese Agnès-Kreatur hinter mir?«

»Allerdings«, meldete sich Agnès. »Und ich wünschte wirklich, Sie würden mich nicht als Kreatur bezeichnen.«

Grand-mère wandte sich Agnès zu. »Eigentlich mag ich Sie«, räumte sie ein. »Sie wachsen mir ans Herz wie der Schimmel eines lange gereiften Roquefort-Käses.« Grand-mère lächelte mich mit strahlenden Augen an und blinzelte mir zu. »Diese Agnès-Kreatur lässt sich meine Schikanen und Beleidigungen nicht gefallen.«

»Ich mache nur meine Arbeit«, sagte Agnès mit einem leidgeprüften Seufzer.

Grand-mère zog eine Perlenkette aus der Tasche, die an ihrem Rollstuhl hing, und reichte sie Agnès. »Die ist für Sie, meine kleine Kreatur. Weil Sie mich ertragen. *Joyeux Noël.*«

»Die kann ich nicht annehmen«, wandte Agnès mit den

Perlen in den Händen ein. Sie war sichtlich verblüfft. »Sie würden mich rauswerfen.«

»Sie können und werden mein Geschenk annehmen«, beharrte Grand-mère. »Es braucht ja niemand davon zu erfahren. Und mir etwas abzuschlagen ist keine Option.«

»Danke.« Agnès gab Grand-mère ein Küsschen auf die Wange. »Dann dürfen Sie mich auch weiter Kreatur nennen.«

Jetzt fixierte Grand-mère mich. »Sophie, dein Geschenk ist direkt hier, genau hier in diesem Moment.«

»Ich verstehe nicht, Grand-mère.«

Wieder griff sie in die Tasche an ihrem Rollstuhl und zog einen Schlüsselbund heraus. Sie legte ihn mir in die Hand und umschloss sie fest mit ihren Händen. »Das Château gehört dir. Ich bin zu gebrechlich, um das Unternehmen weiterzuführen.«

Ich stand fassungslos da und sah ihr in die Augen. Mein Herz raste.

Mein Leben geriet zunehmend außer Kontrolle, ich saß nicht am Steuer, und das Einzige, was ich tun konnte, war, mich auf einen weiteren Unfall gefasst zu machen. »Ich … ich weiß nicht, was ich sagen soll«, stammelte ich und hätte mich fast an meiner Zunge verschluckt.

»*Merci* wäre ein Anfang«, sagte sie trocken. »Aber jetzt hol dir was zu essen. Du wirst deine Kraft noch brauchen.«

Ich konnte meiner Großmutter keine Widerworte geben – jedenfalls nicht jetzt, nicht vor zweihundert Leuten. Nicht, während Jane mir einen bösen Blick zuwarf. Ich musste gelassen bleiben und die Ruhe bewahren, trotz meiner zitternden Hände und dem Schweiß, der mir über den Rücken lief.

»*Merci,* Grand-mère«, murmelte ich und nahm die Schlüssel schweren Herzens entgegen. »Hoffentlich enttäusche ich dich nicht.«

Auf dem Weg zum Buffet hörte ich jemanden Klavier spielen, sogar ziemlich gut. Ich folgte der Melodie in den Salon, wo ich Rémi vorfand, der gerade von Weihnachtsmusik zu französischen Klassikern wie *Je t'aime ... moi non plus* von Serge Gainsbourg und Jane Birkin und *Mourir d'aimer* von Charles Aznavour wechselte. Er wurde auf mich aufmerksam, als ich mit weit offenem Mund und meinem *coupe de champagne* in der Hand dort stand und ihn beobachtete.

»Ich hab dir doch gesagt, Leute anzustarren ist unhöflich«, sagte er.

»Du spielst?«

Rémi zuckte mit den Achseln. »Als ich ein problembeladener Teenager war, hat mich deine Grand-mère zum Unterricht angemeldet.«

»Du bist wirklich gut«, sagte ich. Dann fügte ich hinzu: »Rémi, es tut mir leid, das mit deinen Eltern habe ich erst heute erfahren.«

Er knallte den Klavierdeckel zu. »Wir müssen reden.«

O Gott. Ich war am Ende meiner Kräfte. Nicht jetzt, wo ich den Abend endlich genoss. Das ist dein Albtraum vor Weihnachten, Sophie. Ein wütender Mann. Eine aufgeblasene Hexe, die keinen Zweifel daran lässt, dass sie dich nicht hierhaben will. Eine kranke Großmutter. Der Druck, das Château zu übernehmen. Alles zu einem hübschen Geschenk verpackt.

Rémi stand auf und packte mich am Handgelenk, sodass mein Champagner auf den Boden schwappte. Er zerrte mich durch die Küche zur Personaltreppe und verschränkte herausfordernd die Arme vor der Brust. Trotz fehlender Waffen fanden wir uns in einer Art Duellsituation wieder und warfen uns wütende Blicke zu. Ich stemmte die Hände in die Hüften.

»Was? Du wolltest reden, also rede.«

»Wenn du erwogen hast, Grand-mère Odette von Lola zu erzählen – spar dir die Mühe«, fauchte er. Ich konnte nur vermuten, dass Lola das kleine Mädchen war, mit dem ich ihn auf dem Weihnachtsmarkt gesehen hatte. Rémi fuhr fort: »Grand-mère, Clothilde und Bernard wissen von ihr, aber die anderen nicht. Und dabei würde ich es gern belassen.«

Ich war total aus dem Konzept. »Warum?«

»Weil ich alleinerziehend bin«, erklärte er schwer atmend. »Komme ich dir vor wie ein Mann, der bemitleidet werden will? Nach dem Tod meiner Eltern bekam ich nichts als Mitleid, das mache ich nicht noch einmal mit. Und von dir brauche ich es ganz sicher nicht.« Er lief mit geballten Fäusten auf und ab. »Und wie konntest du nichts von meinen Eltern wissen? Ich hab dir mehr als zwanzigmal geschrieben, und du hast mir nie geantwortet.«

»Ich habe nie einen Brief von dir bekommen. Keinen einz…«, setzte ich an, doch dann dämmerte es mir. Aufgrund seiner Haltung und des verletzten Ausdrucks in seinem Blick wusste ich, dass er die Wahrheit sagte. »Meine Mutter«, stellte ich ernüchtert fest und erschauderte bei der Erinnerung an sie. »Als wir nach New York gezogen sind, wollte sie Champvert hinter sich lassen und nicht mehr zurückschauen. Ich war achtzehn, als ich herausfand, dass sie Grand-mères Briefe weggeworfen hatte. Wahrscheinlich hat sie deine auch weggeworfen.«

Rémi löste die verschränkten Arme. Er wandte sich mir zu und riss überrascht die Augen auf. »Schwörst du?«

»Ich schwöre«, sagte ich.

Rémi verstummte kurz. »*D'accord.* Aber warum bist du nicht nach Champvert zurückgekommen? Fandest du es hier so furchtbar?«

»Ich war wahnsinnig gern hier, aber meine Mutter war psychisch krank«, sagte ich und schluckte. Ich ließ mich auf die kalten Betonstufen sinken und versuchte, meine Gefühle unter Kontrolle zu halten. »In jenem letzten Sommer, als ich aus Frankreich zurückkam, ging es ihr wirklich sehr schlecht, und von da an ging es nur noch bergab. Sie hat Grand-mère Odette weisgemacht, dass ich nichts mehr mit ihr zu tun haben wollte, und umgekehrt. Sie war ein eigensüchtiges Wrack. Ihre Schauspielkarriere kam nie so in Gang, wie sie sich das vorgestellt hatte, und sie verlor jede Orientierung – gab sich mit den falschen Leuten ab, trank zu viel und warf Pillen ein wie Bonbons. Es gab so viele Männer, dass ich den Überblick verloren habe. Und ich? Ich war noch ein halbes Kind und musste für sie sorgen: kochen, die Rechnungen bezahlen und ihr Erbrochenes wegwischen. Während meiner restlichen Jugendzeit befand sie sich in einem komatösen Zustand, ihre Augen glasig, ihre Pupillen geweitet, zwar anwesend, aber nicht so präsent, wie ich es von ihr gebraucht hätte. In der Schule blieb ich für mich allein und kappte alle freundschaftlichen

Verbindungen, die ich hatte. Meine Mom war mir peinlich, eine Katastrophe.« Wir schwiegen, während Rémi all die Informationen verdaute, die aus mir herausgebrochen waren. Mich überkam eine Gefühlsaufwallung. Ich atmete tief durch und schluckte. Dann schob ich die Erinnerung weg und sprach weiter: »Als ich achtzehn war, hat sie Selbstmord begangen.«

Er blies die Luft zwischen seinen Lippen aus. »*Bon Dieu*«, sagte er sanft, es klang besorgt. »Ich wusste zwar, dass sie gestorben ist, aber nicht wie. Es tut mir sehr leid, dass du das alles durchmachen musstest. Ich weiß nicht, was ich sagen soll.«

»Ich auch nicht«, sagte ich. »Glaub mir.«

Rémi setzte sich auf die unterste Treppenstufe und ergriff meine Hände. »Es mag in deinen Ohren albern klingen, aber als du nicht nach Champvert zurückkamst, vor allem nach dem Tod meiner Eltern, kam ich mir vor wie ein Nichts, eine totale Null. Ich fühlte mich verraten, aber vor allem war ich verletzt. Hör zu, das mit deiner Mutter tut mir wirklich leid«, fuhr er fort, »aber nach ihrem Tod bist du nie mehr nach Champvert zurückgekommen. *Pourquoi?*«

In mir stiegen Schuldgefühle hoch. Ich fühlte mich schrecklich, weil ich meine Wurzeln geleugnet hatte, weil ich nicht für ihn da gewesen war, als er mich gebraucht hatte. Eine einzelne Träne lief mir über die Wange. Rémi wischte sie mit dem Handrücken fort. Als sich unsere Blicke trafen, zog er fragend eine Augenbraue hoch.

»Sophie, warum bist du nicht zurückgekommen? Ich muss deine Gründe verstehen.«

»Ich wurde beim Culinary Institute of America aufgenommen, einer der besten Kochschulen der Welt. Nachdem Grand-mère mir beim Verkauf des Apartments meiner Mutter geholfen hatte, besaß ich das Geld, um das durchzuziehen. Kochen war das Einzige, was mich glücklich machte, und die Küche war der einzige Ort, an dem ich nicht an meine Mutter dachte. Ich war von meiner Kochkarriere besessen.«

»Also sind wir beide Waisen. Anaïs, Lolas Mutter, starb bei der Entbindung, und Lola hat nur mich«, sagte Rémi. »Da komme ich schon ins Grübeln. Hast du deinen Vater je gefunden?«

Meinen Vater? Ich erinnerte mich, Rémi erzählt zu haben, dass ich ihn finden wollte. Anscheinend hatte er meine Mutter verlassen, als er erfuhr, dass sie mit mir schwanger war. Aber was für ein Mann verlässt einfach sein Kind? Es musste noch einen Grund geben, warum er aus unserem Leben verschwunden war, etwas, das sie mir verschwiegen hatte. Wahrscheinlich hatte sie ihn weggeekelt, weil sie sich nur für sich selbst interessierte. Als ich noch jünger war, sprach ich über nichts anderes als meinen Wunsch, ihn zu finden, weil ich das Bedürfnis hatte, die Familie zu vervollständigen und herauszufinden, woher ich kam. Ich hatte Antworten gewollt. Aber alle kurvenreichen Straßen, die ich bereist hatte, endeten in Sackgassen.

Ich lachte gequält. »Ein bisschen schwierig, ihn ausfindig zu machen, wenn deine Mutter dir erzählt hat, dass Zeus dein Dad sei und du aus einem riesigen Schwanenei im Central Park geschlüpft bist. Sie bezeichnete ihn als irgendeinen nichtsnutzigen Franzosen, den sie vergessen wollte. Ich hab die Suche vor Jahren aufgegeben«, sagte ich und beschloss, das Thema zu wechseln, da ich mich unwohl fühlte. »Nur damit du es weißt, ich habe das Restaurant nicht sabotiert.«

»Ich weiß«, sagte er. »Ich habe dein Gespräch mit Philipa mitgehört.«

Ich stieß die Luft aus. »Du hast mich bespitzelt?«

»Nein, Sophie, ich war im Trockenlager und wollte euer Privatgespräch nicht stören.« Rémi zuckte mit den Achseln. Wir saßen einen Moment schweigend da. Ich ließ mir seine Worte durch den Kopf gehen, er sah mich zweifelnd an, als wäre ich nicht ehrlich. Schließlich fuhr er zu reden fort: »Die wahre Frage ist doch: Bleibst du in Champvert?«

»Habe ich denn eine Wahl?« Ich hielt die Schlüssel hoch. »Grand-mère hat mir heute Abend das Königreich übergeben. Das kam völlig unerwartet für mich.«

»Dann sind wir wohl Geschäftspartner«, stellte er fest und zeigte mir einen anderen Schlüsselbund, eine exakte Kopie von dem in meiner zittrigen Hand. »Wenn Grand-mère stirbt, bekommst du fünfundachtzig Prozent des Anwesens. Ich kriege fünfzehn«, erklärte er.

»Ich weiß nicht, was ich tun soll. Das ist mir aufgedrängt worden«, erwiderte ich.

»Ich weiß auch nicht, was ich tun soll«, räumte er ein. »Aber wir müssen den Tatsachen ins Auge sehen, sie ist krank. Wir müssen uns vorbereiten.«

»Ich bin auf nichts von alledem vorbereitet.«

»Du wirst das schaffen«, tröstete mich Rémi. »Aber heute Abend auf der Feier ist nicht gerade der richtige Zeitpunkt, um darüber nachzudenken. Wir sind schon eine ganze Weile weg. Wir sollten wieder reingehen … Grandmère zuliebe.«

Ich zuckte mit den Achseln. »Können wir denn wieder Freunde sein? Ich meine, das würde ich gern. Mit dir befreundet sein.«

Schweigen. Sein Blick traf meinen, nicht kalt, nicht bewertend, aber auch nicht gerade herzlich. Mein Magen zog sich zusammen.

»*Alors,* wir fangen noch mal ganz von vorn an. Ich komme morgen vorbei, und wir unterhalten uns weiter«, schlug er vor. »*D'accord?*«

Rémi hakte sich bei mir ein, und wir schlossen uns den Feierlichkeiten wieder an, auch wenn mir nicht sehr feierlich zumute war. Über seine Schulter hinweg erblickte ich Jane, die ein tailliertes Designerkleid trug. Sie kam schnurstracks auf uns zu und verzog ihren Mund zu dem für sie so typischen falschen Lächeln. Nachdem sie mir einen gemeinen Blick zugeworfen hatte, wandte sie sich an Rémi und zog ihn zwecks zweier Luftküsse an sich.

»*Joyeux Noël,* Rémi«, flötete sie und legte besitzergreifend die Hand auf seine Schulter. »Ich bin froh, dass ich dich erwische. Die Gäste fragen sich schon, wo unser vorzüglicher Klavierspieler geblieben ist. Sie haben sich so an deinem Talent erfreut. Was du alles aus den Elfenbeintasten herauskitzelst! Wärst du so lieb, noch etwas zu spielen? Etwas Beschwingtes und Fröhliches?«

Rémi drückte den Rücken durch, machte ein schuldbewusstes Gesicht und wirkte wie ein junger Hund, der sich verlaufen hat. Mir drängte sich die Frage auf, ob er und Jane einmal ein Paar gewesen waren. Ich hätte es ihm nicht verübelt. Jane sah super aus, vor allem in ihrem engen roten Hervé-Léger-Kleid, das ihr überaus üppiges Dekolleté betonte. Ein eigenartiges Gefühl überkam mich. Unmut war es nicht, aber etwas anderes, das ich nicht genau benennen konnte.

»*Oui, bien sûr,* Jane«, sagte er. »Was ist eine Feier ohne Musik?«

Jane und ich sahen Rémi nach, der im Salon verschwand. Dann funkelte sie mich an. »Man kauft sein Fleisch nicht, wo man sein Brot kauft«, zischte sie mir zu.

»Was soll das denn heißen?«, fragte ich entgeistert.

»Sie sind doch eine intelligente Frau.«

Ich biss die Zähne zusammen. »Hab schon verstanden. Sie und Rémi waren ein Paar.«

»Nein, ich vermenge Berufliches nicht mit Vergnügen. Und das sollten Sie auch nicht.« Ihre blauen Augen wurden kälter als Eis. »Die Austern werden langsam knapp. Könnten Sie noch welche besorgen?«

Ich trat einen Schritt zurück. »Haben Sie nicht Personal eingestellt, das sich um alles kümmert?«

»Das ist hier, um zu servieren, und nicht, um Essen zuzubereiten. Sind Sie nicht die Köchin?«, fragte sie, schnaubte verächtlich und stemmte die Hände in die Hüften. »Sie wollen doch nicht die Gäste oder Ihre Grand-mère enttäuschen, oder?«

Ich setzte ein falsches Lächeln auf. »Wenn die Gäste mehr Austern wollen, bekommen sie mehr Austern«, sagte ich, machte auf dem Absatz kehrt und lief in die Küche. Meine Fingernägel gruben sich in meine Handflächen. Sobald sich meine Wut gelegt hatte, konfiszierte ich im

Kühlraum eine Kiste mit Austern und knallte sie auf den Tisch. »Wie wär's, wenn du's dir selbst besorgst, Jane?«, murmelte ich und griff nach einem Messer.

»Der war gut«, sagte jemand.

Als ich aufblickte, standen Walter und Robert in der Küche. Mir kamen die Tränen, und zwischen Schluchzern und Schniefern brach alles aus mir heraus. Ich erzählte ihnen von Grand-mère und dass ich ihr nicht beim Sterben zusehen und das Château übernehmen könne.

»Ich will zurück nach New York«, erklärte ich aufgewühlt. »Ich kann dem ganzen Druck nicht standhalten. Ich explodiere noch. Wann fliegt ihr zurück? Ich komme mit euch.«

Walter holte tief Luft. »Sophie, sosehr Robert und ich dich auch vermissen und so gern wir dich wieder willkommen heißen würden, deine Grand-mère braucht dich ganz offensichtlich, und sie liebt dich. Ich kenne dich. Wenn du wegläufst, wirst du es bis an dein Lebensende bereuen.«

»Ich weiß ehrlich nicht, was ich machen soll«, klagte ich.

»Sei die Sophie, die ich kenne und liebe. Hör auf zu weinen. Du bist keine Heulsuse. Ich dachte, diese Sophie wären wir los. Sei stark für deine Grand-mère.« Ich reckte mein Kinn und wischte mir die Tränen mit dem Ärmel meines Kleides weg, ließ mich auf einen Hocker plumpsen und dachte darüber nach, wie ich die Stärke finden konnte, von der die Leute zu glauben schienen, dass ich sie hätte. Walter, der mich kannte, schwieg lange, bevor er weitersprach: »Erzähl uns von deinem Leben in diesem wunderschönen Château. In solch einem Anwesen in Frankreich zu wohnen kann doch nicht so schlimm sein.«

»Wo soll ich anfangen?«, wollte ich wissen.

»Mit dem Guten«, erwiderte er.

Ich seufzte schwer. »Kann ich euch nicht einfach alles erzählen? Es gibt auch Schlechtes.«

»Diese hochnäsige Jane?«, fragte Robert und zog eine Grimasse.

Ich nickte.

»Sie ist wahnsinnig neidisch auf dich«, sagte Walter.

»Warum sollte sie? Sie ist hübsch, clever und …«

»Denk mal drüber nach, Sophie. Sie glaubt, hier das Sagen zu haben, und auf einmal kommst du, die einzige Erbin, nach Jahren der Abwesenheit durch die Tür. Sie fühlt sich von dir bedroht.«

»Ja, der Gedanke ist mir auch schon gekommen. Aber das sollte sie nicht. Ich bin eine Katastrophe.«

»Das Gute an Katastrophen ist, dass man sie bewältigen kann.«

»Dafür bräuchte ich eine ganze Mannschaft«, erklärte ich.

»Du hast doch uns«, sagte Walter, und Robert nickte. »Und außerdem Phillipa. Sie betet den Boden unter deinen Füßen an, ich mag sie wirklich. Konzentrier dich auf das Positive, zum Beispiel auf sie, und bete für die Genesung deiner Grand-mère.«

Ich stützte mich auf den Zubereitungstisch. »Warum musst du immer recht haben?«

»Weil ich von außen draufgucke. Ich habe keine Ahnung, wie ich das alles händeln würde, was du gerade durchmachst.«

»Immer schön eins nach dem anderen«, sagte ich. »Um

die Wahrheit zu sagen, das Entschalen der Austern wird mir dabei helfen, meine Gedanken zu ordnen.«

»Wir helfen dir«, sagte Robert, worauf Walter eine Grimasse zog.

»Ihr tragt Armani«, wehrte ich ab. »Und ich bin mir ziemlich sicher, dass keiner von euch weiß, wie man Austern entschalt.«

»Stimmt«, sagte Robert. »Aber wir bleiben bei dir, sehen dir zu und feuern dich an: Zeig's Jane, zeig's Jane.«

Ich prustete los, nahm eine Auster und machte mich bereit, die Schalen zu öffnen. »Ich hab euch so vermisst.«

21

Das versteckte Tagebuch

Am Morgen des ersten Weihnachtstages kehrten Walter und Robert ohne mich nach New York zurück. Auch wenn ich mich am liebsten heimlich in einen ihrer Koffer geschmuggelt hätte, ich musste Grand-mère zuliebe vorläufig in Champvert durchhalten. Bis auf zwei Frauen vom Zimmerservice hatte das gesamte Personal Urlaub genommen und würde erst Anfang Februar ins Château zurückkehren. Ich würde Phillipa wie verrückt vermissen, da sie mit ihrer Familie nach England fahren wollte, aber dass ich für eine Weile nicht mit Jane und ihrem schofeligen Verhalten fertigwerden musste, machte mich froh.

Rémi kam mit Lola auf dem Arm und einer Wickeltasche über der Schulter vorbei. Sie war bezaubernd mit ihren drallen Wurstbeinchen in rosa Babyleggings, ihr dunkelblondes Haar war auf dem Oberkopf zu zwei kleinen Zöpfen gebunden, die aussahen wie die Antennen einer flaumigen Raupe. Als Rémi ihr das funkelnde Weihnachtsmäntelchen auszog, fielen mir die goldenen Flecken in Lolas haselnussbraunen Augen und die Form ihrer Lippen auf. Mein Blick huschte von Lolas engelsgleichem Gesichtchen zu Rémis.

»Rémi, ich dachte, wir wollten unser Gespräch fortsetzen?«

»Wir können ruhig vor ihr sprechen«, sagte er. »Sie versteht noch nicht viel. Und ich wollte, dass du sie kennenlernst.«

»Warum?«

»Ich bin die Geheimnistuerei um sie leid. Es ist ihr gegenüber nicht fair«, sagte er. »Ich habe einen Fehler gemacht. Den behebe ich jetzt. Nach unserem Gespräch gestern Abend habe ich viel nachgedacht. Mir ist klar geworden, dass Geheimnisse einem mehr schaden als nützen.«

»Was ist mit den anderen?«

»Pffff, wen interessiert's? Wir leben in Frankreich. Hier stecken die Leute ihre Nase nicht in anderer Leute Angelegenheiten, es sei denn, es geht um ihre Familie oder enge Freunde. Sollen sie doch reden. Das tun sie sowieso immer, vor allem die Grand-maman-Brigade.«

»Du machst mir Angst, Rémi«, bemerkte ich.

»*Pourquoi?*«

»Weil du dich über Nacht total verändert hast«, erklärte ich.

»Aber das ist der alte Rémi, der immer an das Glück geglaubt hat. Er hat gestern Nacht ein kleines Stück davon gesehen, wie das Leben sein könnte«, sagte er und hielt mir die Hand hin. »*Bonjour,* Sophie, ich bin Rémi, dein Freund aus Kindertagen. Du hast mir gefehlt.« Ich blinzelte verlegen. »Das hätte ich am Flughafen sagen sollen, als ich dich abgeholt habe.«

»Ah, schon kapiert, Mr. Hyde, wir rudern zurück.«

Rémis Gesicht verzog sich vor Verwirrung. »Mr. Hyde?«

»Schon gut.«

Lola streckte die Ärmchen nach mir aus. »Maman«, rief sie.

»Ich bin nicht deine Maman«, wehrte ich ab, und sie fing an zu weinen, wand sich in Rémis Armen und wollte zu mir.

»Sophie, *s'il te plâit*«, bat Rémi. »*Évidemment* hält sie dich für Anaïs.«

»Wie um Himmels willen kommt sie darauf?«, fragte ich.

»Ich zeige ihr immer wieder Fotos ihrer Mutter«, erklärte Rémi. »Ihr habt beide schwarze Haare.«

Ich musterte beklommen sein Gesicht. Was bezweckte er damit? Warum musste er sagen, dass Anaïs und ich etwas gemeinsam hatten? In dem Moment wurde mir klar, dass ich gar nicht wütend war, sondern eifersüchtig, genau wie am Abend zuvor auf Jane.

»Der *Père Noël* hat offensichtlich einen schrägen Humor.« Lola begann zu weinen und streckte die Arme nach mir aus. Ich seufzte und nahm sie, sofort kuschelte sie sich an meinen Hals. Ihre Haare dufteten nach Erdbeeren und Sonnenschein. »Ich bin Tante Sophie«, sagte ich auf der Suche nach einer Lösung für diese Zwickmühle. »Tatie Sophie.«

»Tatie?«, fragte sie und hörte auf zu weinen. Sie legte ihre klebrigen Händchen an meine Wangen, und ihr kleiner Mund verzog sich. »*Pas* Maman?«

»*Non, pas* Maman«, sagte ich. »Tatie Sophie.«

Rémi stieß einen Seufzer der Erleichterung aus.

»Würde es dir gefallen, wenn Tatie dir eine *chocolat chaud* macht, bevor du Grand-mère besuchst?«, fragte ich und warf Rémi einen fragenden Blick zu. Ich wusste ja nicht, was dieses Kind essen und trinken durfte. Schließlich hatte ich keine Ahnung von Kindern.

»*Oui,* Tatie Sophie«, jubelte sie und wippte aufgeregt in meinen Armen. »*Oui, oui, oui! Chocolat chaud! Chocolat chaud!*«

Lola hüpfte in meinen Armen auf und ab wie eine Springbohne. Ich justierte meinen linken Arm unter ihrem Po, damit ich sie nicht fallen ließ, und in dem Moment spürte ich, wie er feucht wurde. Schnell gab ich Lola an Rémi zurück.

»Ich glaube, da braucht jemand eine frische Windel«, verkündete ich.

»Wir treffen uns in der Küche, Tatie«, sagte er und schwenkte Lola durch die Luft wie ein Flugzeug. »Ein hübsches kleines Mädchen muss gewickelt werden.«

Sie sausten in den Salon. Dankbar für die kleine Pause ging ich in die Küche und wusch meinen Arm gründlich mit Seife. Dann zog ich einen Kochtopf hervor und suchte die Zutaten zusammen – Milch, Crème fraîche, Zucker, Vanille und Zimt. Ich wollte gerade die Schokolade aus dem Trockenlager holen, als Rémi mit Lola hereinkam.

»Kannst du sie mal kurz halten?«, bat er. »Ich muss ihr einen Kinderstuhl holen.«

Bevor ich antworten konnte, war Lola schon in meinen Armen, und ich hoffte, dass sie mich nicht wieder vollpieseln würde. Sie griff nach meinem Zopf und zog daran.

»*Chocolat chaud, s'il te plaît,* Tatie.«

In New York hatte ich mir nicht viele Gedanken ums Kinderkriegen gemacht, da ich glaubte, dass ich eine furchtbare Mutter sein würde, doch als sich Lola mit ihrem süßen Babyatem jetzt an mich kuschelte, fuhr mir der abwegige Gedanke kurz durch den Sinn. Aber wie kam ich jetzt darauf? Die Antwort kehrte mit einem Kinderstuhl zurück. Ich ertappte mich dabei, wie ich Rémi anstarrte. Die Grübchen in seinen Wangen, als er Lola lächelnd auf ihren Stuhl setzte. Wie er sie mit seinen starken Händen angurtete. Wie sich seine breiten Schultern bewegten, als er sich wieder aufrichtete und mich ansah.

Während unseres Gesprächs am Abend zuvor hatte ich genauso empfunden. Mein Gott. Ich durfte mich einfach nicht in Rémi verknallen, den Schutzbefohlenen meiner Grand-mère und, wenn auch kein Blutsverwandter, so doch ein Mitglied der Familie. Er hatte eine kleine Tochter, für die er sorgen musste, das war zu viel. Lola, dieses Engelchen ohne Flügel, ging mit einer außergewöhnlichen Verantwortung einher.

Ich schüttelte den Kopf, um ihn wieder freizubekommen. Ich hatte schon so genug Verantwortung, zum Beispiel dafür zu sorgen, dass es meiner Großmutter wieder besser ging. Für die Rolle der Ersatzmutter vorzusprechen war in meinem Plan nicht vorgesehen.

»Du starrst mich schon wieder an, Sophie«, bemerkte Rémi. »Mit einem angewiderten Gesichtsausdruck. Ist es wegen der Sache eben?«

»Nein, nein, nein, alles gut«, behauptete ich. »Ich weiß nur nicht, wo ich die Schokolade für die *chocolat chaud* finde.«

»Schneidest du beim Nachdenken immer so komische Grimassen?«

»Vermutlich«, sagte ich und flüchtete ins Trockenlager, wo ich die Schamesröte in meinen Wangen verbergen konnte. »Was läuft eigentlich zwischen dir und Jane?«, rief ich.

Verdammt. Ich hatte nicht so direkt sein wollen. Ich hatte diese quälende Frage ganz unbefangen ins Gespräch einfließen lassen wollen. Als ich nach der Schokoladentafel griff, stieß ich ein Glasgefäß mit Pfefferkörnern um, sodass sich kleine schwarze Kügelchen quer über den Boden verteilten. Ich sank auf die Knie und gab mir alle Mühe, die Körner wieder aufzulesen.

»Jane?«, fragte Rémi. Er machte eine Kunstpause. »Was soll mit ihr sein? Und was machst du da?«

»Ich hab Pfefferkörner verschüttet und lese sie wieder auf«, erklärte ich und sah hoch. Rémi stand im Türrahmen und grinste. »Wo wir schon über alles reden, Jane ist sehr hübsch.«

»Sie ist nicht mein Typ«, wehrte Rémi ab. »Ich mag ein Mann mit gewissen Bedürfnissen sein, aber zuallererst bin ich Papa. Die nächste Frau, mit der ich zusammen sein werde, wird eine sein, die mich und meine Tochter akzeptiert.«

Ich richtete mich auf und versuchte die Fassung wiederzuerlangen. »Nun, diese Frau ist bestimmt irgendwo da draußen.«

»Da bin ich mir sicher«, sagte er.

Die Schokoladentafel, die ich beschlagnahmt hatte, fiel mir aus der Hand. Bis die *chocolats chauds* fertig waren, dauerte es eine gute halbe Stunde, während der ich mich ungeschickt anstellte und Rémis Blicken auswich. Statt mich auf seine Lippen und mein Verlangen, sie zu küssen, zu konzentrieren, machte ich viel Aufhebens um Lola.

Schließlich fragte ich: »Können wir uns wirklich richtig unterhalten? Vor ihr?«

»Sophie, sie ist zweieinhalb. Sie versteht nichts außer *chocolat* und alles, was mit Spielzeug zu tun hat. Wir können reden, worüber du willst. Nur Fluchen geht nicht. Sie ist wie ein Papagei.« Er flüsterte mir ins Ohr, und sein Atem roch köstlich schokoladig. »Dank mir sagt sie oftmals *merde, merde, merde* oder *putain de merde.*«

Ich hätte lachen sollen, konnte aber nicht. Mir ging zu viel im Kopf herum: dieses quälende Gefühl, mich zu Rémi hingezogen zu fühlen, und das Geschenk meiner Grand-mère. Ich war das reinste Nervenbündel.

»Rémi, was soll ich tun? Ich kann das Château nicht übernehmen. Ich kann es einfach nicht.«

»Dann bist du vielleicht ein kleines bisschen verrückt«, erwiderte er.

»Bitte benutz dieses Wort nicht«, bat ich, und er ließ die Schultern hängen.

»*Désolé*«, sagte er schnell. »War nicht böse gemeint.«

»Schon gut. Aber was soll ich im schlimmsten Fall tun?«

»Nachdem der *notaire* uns einbestellt hat, haben wir etwa vier Monate Zeit, uns zu entscheiden, ob wir unser Erbe annehmen oder ausschlagen.« Er wischte die Schokolade, die Lola am Kinn herunterlief, mit einer Serviette ab.

»Kann ich das Château nicht einfach dir überschreiben?«

»Sophie, wie dir vielleicht schon aufgefallen ist, kann ich nicht gerade gut mit Menschen umgehen«, sagte er. »Ich bleibe gern hinter dem Vorhang und bin nicht der Star. Und außerdem bist du die rechtmäßige Erbin, Grand-mère wünscht sich das für dich. Es ist ein Familienbetrieb. Und du bist ihre Familie.«

»Du bist auch ihre Familie«, protestierte ich. »Du bist für sie wie ein Sohn.«

»Ein Anwesen dieser Größe kannst du nicht einfach verschenken, die Steuerabgaben wären außergewöhnlich hoch. Es ließe sich auch nur schwer verkaufen, ganz zu schweigen davon, dass du dann alle Leute, die hier arbeiten, im Stich lassen würdest, mich eingeschlossen.«

»Das gesamte Dorf Champvert...« Ich seufzte. »Du sagst mir also im Grunde, dass ich mein Erbe annehmen muss, weil ich sonst das Leben aller zerstöre.« Er zuckte mit den Achseln. »Und wenn ich es nun annehme und Jane mit der Leitung beauftrage? Sie könnte einen Koch einstellen ...«

Rémi machte große Augen. »Jane? Bitte gib dieser Frau nicht solche Macht«, bat er. »Sie ist sowieso schon ein Snob. Wenn sie hier das Sagen hätte, es wäre die Hölle. Das Château würde mit fliegenden Fahnen untergehen.« Er hielt inne. »Und außerdem, wohin würdest du gehen? Zurück nach New York?«

»Da komme ich her«, sagte ich. »Da sind meine Wurzeln.«

»Wurzeln kann man umpflanzen. Vergiss nicht, dass du in Frankreich geboren bist.« Rémi zog die Augenbrauen zusammen. »Denk gründlich über diese Entscheidung nach, Sophie. Dabei geht es nicht nur um dich. Und auch wenn ich anfangs nicht gerade nett zu dir war, hoffe ich irgendwie, dass du dableibst.«

»Also sind wir wieder Freunde?«

»Fürs Erste«, sagte er mit einem verlegenen Grinsen.

Flirtete er mit mir?

Grand-mère schien mit jedem Tag wieder mehr zu Kräften zu kommen. An Silvester lag sie hochgelagert in ihrem Bett, während Agnès ihre Vitalfunktionen überprüfte. Sie fing Agnès' Blick auf.

»Sind Sie endlich fertig damit, an mir rumzustochern und zu piken, Kreatur?«

»Ja, meine Königin«, erwiderte Agnès und blinzelte mir heimlich zu.

»Dann gehen Sie jetzt bitte«, sagte Grand-mère.

Agnès warf mir einen panischen Blick zu. »Eigentlich muss ich bleiben.«

»Ich möchte mich mit meiner Enkelin unter vier Augen unterhalten«, erklärte meine Großmutter unmissverständlich, und Agnès versteifte sich.

»Ich bin direkt vor der Tür«, sagte Agnès. »Wenn Sie mich brauchen …«

»Ich komme zurecht«, wiegelte Grand-mère ab. »Noch bin ich nicht tot. Sophie, sei so lieb und mach Feuer im Kamin. Mir ist ziemlich kalt.«

Agnès verließ den Raum, und ich trat an den Kamin. Meine Hände zitterten vor Nervosität, während ich ein Streichholz nach dem anderen anzündete. Ich konnte spüren, wie sie mich beobachtete. Endlich loderte das Feuer auf, und die Flammen erhellten die Augen meiner Grand-mère.

»Sophie, ich habe mit Rémi gesprochen. Du weißt ja mittlerweile auch, was Lola widerfahren ist, unserem süßen kleinen Mädchen. Ein Kind sollte niemals die Mutter verlieren und eine Mutter nie den Verlust einer Tochter erleiden«, sagte sie. »Ich wollte nie über Céleste sprechen, wenn du gefragt hast, der Gedanke an sie schmerzt mich immer noch. Aber jetzt ist mir klar, dass ich dir damit wehgetan habe. Ich habe intensiv darüber nachgedacht, und es ist an der Zeit, dass du die Wahrheit erfährst.«

Ich ließ mich auf den Fenstersitz sinken. Obwohl ich diejenige war, die das Thema forciert hatte, fühlte ich mich, als wäre ich auf eine zerklüftete, felsige Klippe geklettert, und die einzige Möglichkeit, wieder herunterzukommen, bestünde darin, in das aufgewühlte Meer darunter zu springen, ohne zu wissen, wie die Sache ausging. Ich erschauderte. Dieses Gespräch hatte ich mir schon so lange gewünscht, doch jetzt war ich mir nicht mehr sicher, ob ich bereit für Antworten war, ich wusste lediglich, dass ich sie brauchte. Ich zog die Knie an meine Brust und wappnete mich.

»Wir werden endlich über sie reden?«, fragte ich.

»*Non, ma chérie*«, sagte Grand-mère. Sie griff nach ihrem Rosenkranz. »Nicht direkt.«

Ich setzte mich kerzengerade hin. »Ich verstehe nicht.«

»Unter einem losen Brett im Boden vom Wandschrank versteckt liegt mein Tagebuch«, erklärte sie und zeigte zur Schranktür. »Ich weiß nicht, wie ich über die beschämenden Geheimnisse meiner Vergangenheit sprechen soll. Das Tagebuch wird unser Ausgangspunkt sein. Geh und hol es.«

Während mir tausend Fragen durch den Kopf schwirrten, lief ich zum Wandschrank. Ich hatte Herzrasen, als ich mich hinkniete und mit den Fingern über das Holz strich.

Volltreffer. Ich fand das Brett, hob es an und legte es beiseite.

Genau wie bei den Küchenkladden war der Einband des Tagebuchs aus rustikalem Leder, es trug die Aufschrift *Céleste*. Ich fuhr mit den Fingerspitzen über die Maserung des Leders und fragte mich, was ich auf den Seiten des Tagebuchs finden würde.

»Hast du es gefunden, *ma chérie*?«, rief meine Großmutter.

»Ja, Grand-mère«, sagte ich und kehrte an ihre Seite zurück.

»Setz dich neben mich. Wir werden es zusammen lesen, aber höchstens ein paar Seiten am Tag. Mehr kann ich nicht verkraften, fürchte ich«, bedeutete sie mir und hielt inne. »Sophie, ich liebe dich von ganzem Herzen. Vielleicht habe ich in der Vergangenheit nicht die besten Entscheidungen getroffen, aber ich habe getan, was ich tun konnte, um unsere Familie zu schützen. Manches war entsetzlich, aber wenn du die ganze Geschichte kennst, verzeihlich, glaube ich.«

Meine Handflächen wurden feucht, während ich die Buchstaben des Namens meiner Mutter mit den Fingern nachzeichnete, und nachdem ich einmal tief durchgeatmet hatte, schlug ich das Tagebuch auf. Auf der linken Seite waren zwei unscharfe schwarz-weiße Kinderfotos meiner Mutter zu sehen, die mit dreieckigen Fotoecken festgeklebt waren. Darauf trug sie weiße Unterwäsche und tanzte im Garten. Auf der rechten Seite befand sich der erste Tagebucheintrag. Meine Stimme war belegt vor Aufregung, als ich vorlas.

18. April 1980

Meine süße Céleste,

es ist Erdbeerzeit! Es ist ein schöner warmer Tag – um die 25 Grad in der Sonne –, und die Gariguettes sind reif und können gepflückt werden, aber das hast du schon herausgefunden, ma puce, *nicht wahr? Bald sind auch die Charlottes, meine süßen Lieblingsfrüchte, so weit. Wenn sie reif sind, werden wir sie gemeinsam pflücken und essen. Doch fürs Erste genieße ich es, dir vom Küchenfenster aus zuzusehen.*

Gerade hast du dir dein geblümtes Sommerkleid vom Leib gerissen, das mit den Mohnblumen, das zu meiner Schürze passt, und du rennst in deiner weißen Unterwäsche, der mit dem Spitzenbesatz am Höschen, durch den Garten. Hellroter Saft von den Gariguettes, die du dir in den Mund gestopft hast, tropft dir vom Gesicht auf die Brust. Du drehst dich schnell und wirbelst um die eigene Achse, die Arme zur Sonne gestreckt.

Eine Libelle schwirrt über deinem Kopf. Sie ist so groß wie meine Hand und, soweit ich sehen kann, saphirblau. Ihre Flügel glänzen. Du hörst auf, dich zu drehen und versuchst, sie zu fangen, doch sie fliegt an deinem erstaunten Gesicht vorbei. Und während du lachst, fängst du wieder an zu tanzen. Nenn mich verrückt, aber ich glaube, die Libelle schließt sich deinem Herumwirbeln an.

Ich möchte diesen Moment für immer festhalten. Ein solches Freiheitsgefühl habe ich nie erlebt, wie du mit dem Wind wehst und sich deine Arme in der Brise wiegen. Manchmal fühle ich mich wie angekettet. Aber das ist das Leben, das ich gewählt habe. Vielleicht hat dieses

Leben auch mich gewählt. Vielleicht blieb mir keine Wahl. Doch an Tagen wie heute, wenn ich dir nur zusehe, wird mir klar, was für ein wunderbares Leben ich habe. Und, Céleste, ich möchte, dass du einmal die Wahl hast – die Wahl, die ich niemals hatte.
Heute Abend mache ich dir zum Nachtisch eine Erdbeer-Crème-brûlée. Das ist eine deiner Lieblingsspeisen, zumindest diese Woche.

Viele bisous
Ta mère

Eine tiefe Traurigkeit schlich sich in mein Herz, als ich die Fotos betrachtete. Es hatte eine Zeit gegeben, in der meine Mutter wirklich glücklich gewesen war, als ihre Augen gestrahlt hatten. Es hatte eine Zeit gegeben, in der sie gekichert und gelacht hatte. Diesen Menschen hatte ich nie gekannt, ich kannte nur den Schatten des Menschen, der sie einmal gewesen war. Obwohl ich gern weitergelesen hätte, klappte ich das Tagebuch zu, wie meine Großmutter mich angewiesen hatte. Sie drückte mir die Hand.

»Sie war schön, nicht?«, sagte sie, und ihr traten Tränen in die Augen. »So ein glückliches und frohes kleines Mädchen.«

Bilder meiner depressiven Mutter spukten mir durch den Kopf. Wie ich ihr Erbrochenes aufgewischt hatte. Meine Sehnsucht nach einer Umarmung oder einer mütterlichen Berührung. Wie ich mich um sie gekümmert hatte. Für den Großteil meines Lebens war die Küche meine Zuflucht gewesen, wo ich versucht hatte, irgendetwas zu tun, egal, was, um sie zum Lächeln zu bringen. Mit fünfzehn hatte ich angefangen, französische Gerichte zu kochen – alle ihre Lieblingsspeisen wie Crêpes, Bœuf bourguignon, Coq au vin, in der Hoffnung, dass meine Mutter wieder auf den Boden der Realität zurückkommen, dass sie mich lieben würde. Aber das tat sie nie.

»Sie war nie glücklich«, sagte ich traurig und dachte, zumindest nicht mit mir.

»*Non,* vielleicht nicht immer, aber ich erinnere mich so gern an sie, wie sie damals war.«

»Solche Tage habe ich wirklich selten«, erklärte ich und kniff meine Augen zu.

»Ich auch. Deshalb ist es auch so schwer für mich, über sie zu reden.«

Würde sie dann über sich selbst reden?

Ich nahm all meinen Mut zusammen. »Grand-mère, du hast geschrieben, du fühltest dich wie an das Château gekettet. War das wegen Mom? Wegen Grand-père?«

»*Ma chérie,* damals war einfach alles anders. Von Frauen wurde erwartet, dass sie ihren Männern gehorchen – sie sollten Kinder gebären und keine Karriereträume verfolgen. Und die Ehe mit einem Adligen stellte einen vor noch ganz andere Herausforderungen.«

»Du hast deine Träume nicht verfolgt?«

Ihr Blick hellte sich auf. »Aber ja doch. Nachdem dein Grand-père verstorben war, habe ich die Zweitwohnung in Paris gekauft und die Cordon Bleu besucht. Wie du habe ich mein Herz in der Küche gefunden. Aber mein großer Wunsch für dich ist, dass du viel mehr lernst.«

Natürlich, beim Herumschnüffeln in ihrem Büro hatte

ich ja ihr Diplom gefunden, aber wir hatten nie darüber gesprochen. Anscheinend würden wir jetzt über alles reden. Das hatte ich doch gewollt. Oder etwa nicht?

»Du hast gesagt, du hast alles, was du für das Château getan hast, für mich getan. Stimmt das?«

Sie wich meinem Blick aus. »Ich müsste lügen, wenn ich nicht zugeben würde, dass ich vieles auch für mich getan habe. Aber du bist meine Enkelin, und ich habe das Gefühl, dass wir mehr als nur ein paar Träume gemeinsam haben. Ich kam leider erst viel später im Leben dazu, meinem Herzen zu folgen.«

»Ich weiß nicht mal mehr, was meine Träume sind«, klagte ich. »Ich wollte immer nur eine Michelin-Sterneköchin werden, aber dieser Traum wurde mir genommen.«

»Wenn du diesen Traum willst, musst du dafür kämpfen. Das Libellules, unser Vorzeigerestaurant, ist mehrerer Sterne würdig, und vielleicht kommen deine Sterne ja noch zu dir«, sagte sie. »Sag mir, *ma chérie,* bist du hier nicht glücklich?«

»Doch. Nein. Ich weiß nicht«, antwortete ich und dachte, dass mir all meine Träume direkt in den Schoß fallen würden – Träume, die ich mir nicht erarbeitet hatte. »Es ist so einfach und simpel hier und gleichzeitig so kompliziert. Was weiß ich denn schon über die Leitung eines Châteaus?«

»Du wirst es lernen«, versicherte sie mir. »Wenn das jemand kann, dann du. Mach dich einfach vertrauter damit, solange du hier bist.« Sie gähnte, und ihr Kopf kippte zur Seite. »Ich glaube, für diesen Tag haben wir genug besprochen, ja?«

Es gab so viele Fragen, so viele Zweifel, so viel Traurigkeit in meinem Kopf. Tatsache war, wenn ich das Château eines Tages wirklich leiten würde, hieße das, dass meine Grand-mère gestorben war. Und das wollte ich nicht, vor allem, weil ich sie gerade erst wieder kennenlernte.

»Du hast Rémi, Lola, Clothilde, Bernard und Agnès zur Neujahrsfeier eingeladen?«, fragte sie, und ich nickte. »Auch wenn ich mich auf das Menü freue, das du geplant hast, hätte ich am liebsten eine Crème brûlée.«

»Ja, Grande-mère«, sagte ich.

»Eines Tages, wenn es mir wieder besser geht, freue ich mich darauf, mit dir in der Küche zu stehen. Ich bin mir sicher, du bist eine Kraft, mit der man rechnen muss.«

»Das wäre wunderbar, Grand-mère.« Ich küsste sie auf die Wange und begab mich die Treppe hinunter, in Gedanken noch bei meiner Mutter, meiner Großmutter und dem Château.

Ich rieb mir die Augen. Im Cendrillon hatte ich mich an Regeln und Vorschriften und streng an vorgegebene Rezepte halten müssen, und dabei war meine Kreativität verloren gegangen. Ich hatte die Geschichte eines anderen erzählt, obwohl ich immer nur meine eigene hatte erzählen wollen. Aber was, wenn ich meine Geschichte selbst nicht mochte? Würde der Rest von Grand-mères Tagebuch mir die Antworten liefern, die ich für meine Entscheidung brauchte?

In dem Tagebucheintrag mit der Libelle war meine Mutter glücklich gewesen, und mein Herz hatte sich mit Freude gefüllt. Ich hatte beim Lesen den Wunsch – nein, das Bedürfnis – gehabt, mich fest in ihr Glück zu hüllen, und sei es nur für wenige Minuten. Ich kramte in meinen Erinnerungen nach etwas Liebevollem, das sie zu mir gesagt hatte.

Die Vergangenheit überflutete mich, schwemmte mich zurück zu einem Tag, als sie mich angesehen und gesagt hatte: »So etwas Wunderbares wie dich habe ich nicht verdient.«

»Du findest mich wunderbar?«, hatte ich überrascht gefragt.

»Natürlich«, hatte sie geantwortet. »Du bist das Beste, was mir je passiert ist.«

Bis jetzt hatte ich dieses Gespräch vergessen. Vermutlich hatte ich zusammen mit den schlechten auch alle schönen Erinnerungen verdrängt, die liebevollen Dinge, die meine Mutter gesagt und getan hatte, ein Selbstschutzmechanismus, um mich vor dem Schmerz über ihren Verlust zu schützen. Doch jetzt kamen die Erinnerungen zurück. Wenn sie sich nicht gerade mit Medikamenten vollgepumpt hatte, war das Leben mit meiner Mutter eigentlich nicht nur schlecht gewesen. Ich musste die Tränen zurückhalten. In dem Moment wurde mir klar, dass ich sie vermisste. Dass ich sie nie gehasst hatte. Vielleicht hatte ich sie sogar zu sehr geliebt.

Nach all dem Stress und den Überraschungen war unsere Silvesterfeier ein schöner Anlass, das Jahr abzuschließen – eine einfache Mahlzeit mit Familie und Freunden. Tja, eine einfache Mahlzeit auf französische Art, fast so wie Heiligabend, aber für sieben Personen und durch eine Clementinen-Crème-brûlée ergänzt. Nachdem ich die todmüde und pappsatte Lola auf einem der Fenstersitze zum Schlafen gelegt hatte, saßen wir am Kamin und warteten darauf, dass die Uhr Mitternacht schlug, während wir plauderten und den Schaumwein des Châteaus tranken. Grand-mère wurde mit jeder Minute lebhafter. Sie schaffte es sogar aufzustehen und kam entschlossenen Schrittes langsam auf mich zugelaufen.

»*Ma chérie*«, sagte sie. »Du bist eine wunderbare Köchin. Wenn ich mal nicht mehr lebe, weiß ich, dass das Château bei dir in kompetenten Händen ist. Du hast mich glücklicher gemacht, als ich es seit Langem war. *Bonne Année.*«

»Ich hoffe doch, dass du noch ein Weilchen bei uns bleibst«, erwiderte ich, als wir Küsschen austauschten. »Schau doch, wie großartig es dir geht. So bald wirst du nicht sterben.«

»Aber eines Tages«, beharrte sie, drückte meine Hände und lief zurück zu Clothilde.

Ich hatte einen Kloß im Hals, der so groß war, dass ich kaum schlucken konnte.

Als Letzter tauschte Rémi *bises* mit mir.

»Danke, dass du so lieb mit Lola umgehst und so eine tolle Freundin bist«, sagte er. Rémi schenkte uns nach. »Prost Neujahr. *À ta santé.*«

Wir stießen an, und mein Herz zitterte.

22
Feuer in der Küche

Die nächsten paar Tage verbrachten wir damit, Pflichten im Château zu erfüllen, wie zum Beispiel Silber zu polieren, Matratzen zu wenden und die Außenanlagen instand zu halten. Letzteres erledigte Rémi, wenn er nicht gerade in die Stadt fahren musste, um Windeln für Lola zu besorgen. Das Wetter war kalt und trist, aber in mir war ein Feuer entfacht aufgrund meiner wachsenden Gefühle für Rémi. Mir gefiel, wie er um Grand-mère herumscharwenzelte. Mir gefielen seine Grübchen, wenn er lächelte, vor allem wenn sein Lächeln mir galt. Mir gefiel, wie vernarrt er in Lola war. Was mir nicht gefiel, war, dass wir seit Silvester kaum miteinander gesprochen hatten. Er war zwar freundlich zu mir, durchaus, aber reserviert und ständig auf dem Sprung, um etwas zu erledigen.

Doch dann geschah etwas zwischen uns. Es schneite wieder einmal heftig, und der Schnee verwandelte das Schlossgelände in ein Wunderland mit Zuckerguss. Ich kam gerade vom Gewächshaus zurück, und Rémi transportierte Holz mit einem der Quads. Er hielt nicht an und winkte nicht einmal. Also warf ich einen Schneeball nach ihm, der ihn direkt in den Nacken traf. Das Quad stoppte,

Rémi sprang herunter und rannte auf mich zu. Sein Gesicht schien wutverzerrt zu sein. Ich wollte weglaufen, rutschte aber im Schnee aus. Er lachte schallend, kam zu mir gerannt, reichte mir die Hand, um mir aufzuhelfen, ließ mich aber wieder los, als ich schon fast aufgestanden war.

»Wofür war das denn?«, fragte ich.

»Weil du mich mit dem Schneeball beworfen hast«, erwiderte er.

»Weil du mich ignorierst«, hielt ich dagegen, und da ich nicht wusste, was ich unter seinem Blick sonst tun sollte, ruderte ich mit Armen und Beinen, um einen Schneeengel zu machen.

»Ich könnte dich nie ignorieren, Sophie«, sagte er grinsend und streckte sich neben mir aus. »Du bist auch so schon ein Engel.« Er stützte sich auf seinen Ellenbogen und beugte sich über mich. Ich schwöre, unsere Lippen hätten sich fast berührt. Ich konnte seinen heißen Atem spüren und wünschte mir, dass er mich küsste, sehnte mich nach seinen Lippen auf meinen. Stattdessen sprang er auf. »Grand-mère braucht ihr Brennholz. Sie friert.« Ich fror auch, vor allem nach der Hitze, die er in meinem Körper entfacht hatte. Er zwinkerte mir zu. »Bis später.«

»Bis später«, erwiderte ich enttäuscht.

Die Fantasien, die mein Gehirn infiltrierten, als ich ihm nachsah – seine breiten Schultern, sein fester Po –, waren grundfalsch, vor allem zu einem Zeitpunkt, an dem ich nicht an ihn denken sollte. Ich erinnerte mich daran: Ich war meiner Grand-mère zuliebe hier – nicht mir und nicht ihm zuliebe. Ich ging in die Küche, um für meine Großmutter und Agnès eine Mahlzeit zuzubereiten – eine einfache Lauchquiche.

Ein paar Stunden später verbannten Grand-mère und ich Agnès in ihr Zimmer und lasen weiter im Tagebuch. Ich stellte fest, dass ich meiner Mutter und meiner Großmutter mit jedem Absatz näherkam.

»Ach, ja«, sagte meine Grand-mère lachend, als sie auf ein Foto neben einem Eintrag deutete. »An den Tag erinnere ich mich. Einmal hat Céleste kleine Zicklein mit in ihr Zimmer genommen und ist mit ihnen auf dem Bett herumgesprungen, bis ich in ihr Zimmer stürmte und rief: ›Keine Ziegen im Haus und kein Hopsen auf dem Bett.‹«

Sie lachte laut, und ich stimmte ein.

Ich zeichnete mit dem Finger das Bild meiner Mutter nach und wünschte mir, sie noch einmal von Angesicht zu Angesicht sehen zu können, und sei es nur für wenige Sekunden. Sie war so schön auf diesen Fotos, so voller Leben, so voller Lachen, was mir bewusst machte, dass ich sie nicht richtig gekannt hatte, als sie noch am Leben gewesen war.

»Können wir noch einen Eintrag lesen?«, bat ich, obwohl wir schon Dutzende durchgegangen waren.

Grand-mère nickte. »Aber nur noch einen«, sagte sie, und ich las vor.

19. Dezember 1988

Mein Liebling Céleste,

du bist jetzt dreizehn Jahre alt und eine echte Schönheit. Deine Figur erblüht, und es bereitet mir großes Unbeha-

gen, wenn ich sehe, wie Männer – ältere Männer – dich ansehen. Dein Vater ist nicht allzu begeistert davon, wenn du dich mit Jungs herumtreibst, selbst mit gleichaltrigen. Ich kann es ihm nicht verdenken.

Viele bisous
Ta mère

Wie viele Männer hatten sich in meine Mutter verliebt? Ich kannte die Antwort: zu viele. Es fiel mir schwer, den Überblick zu behalten, wenn einer vorn zur Tür hereinkam, während ein anderer durch die Hintertür abzog. Als ich sechzehn war, nannte ich sie heimlich alle Bob. Wie viele Männer hatte sie geliebt? Keinen. Während ihres Aufstiegs und Falls als Schauspielerin benutzte sie ihre Liebhaber wie Toilettenpapier, und die benutzten sie wahrscheinlich auch – saugten alles Leben aus ihr heraus.

Obwohl sie einige Nebenrollen in ein paar Filmen an Land gezogen hatte, in denen sie stets das namenlose französische Dienstmädchen oder die Kellnerin spielte, war ihre Karriere nie richtig in Schwung gekommen, egal wie sehr sie sich anstrengte. Eins konnte ich mit Bestimmtheit sagen: Sie war ehrgeizig, vielleicht zu sehr. War ich ihr ähnlicher, als mir bewusst war?

»Grand-mère«, fragte ich, »hat sie je mit dir geredet? Dir von ihren ersten Lieben erzählt? Irgendwas? Mir gegenüber war sie immer so distanziert.«

»*Non, ma chérie*«, sagte sie. »Schau dir dieses Bild hier an, auf dem sie fünfzehn war. Sieh dir ihre Augen an.«

Meine Mutter saß mit gesenktem Kopf auf einer Schaukel, den Mund zu ihrem berühmten schmallippigen Lächeln verkniffen. Dieses Foto war anders als die anderen. Es war, als wäre sie nicht mehr anwesend. Das war die Mutter, an die ich mich erinnerte.

»Was ist mit ihr passiert?«

»Dazu kommen wir bald«, sagte meine Großmutter und klappte das Tagebuch zu. In ihren Augen glänzten Tränen. »Bitte, ich tue, was ich kann.«

Eines der Geräte schlug Alarm. Das Brummen und Piepen waren ohrenbetäubend. Agnès kam ins Zimmer gestürzt. Sie beugte sich über meine Grand-mère und legte ihr ein Blutdruckmessgerät an.

»Hat ihr etwas Stress bereitet?«, fragte sie.

»Ja, ja, ja, dessen bin ich mir sicher«, sagte ich und stützte mich mit den Händen auf den Knien ab. »Wir haben ... wir haben ... über meine Mutter gesprochen. Sie ... sie will nicht ...«

»Ich würde das Thema meiden«, riet mir Agnès, die besorgt die Stirn runzelte. »Ihr Blutdruck geht durch die Decke.«

»Ich werde mit meiner Enkelin sprechen, worüber ich will«, sagte meine Grand-mère schwer atmend. »Es ist mein letzter Wunsch, dass sie die Wahrheit erfährt. Den werden Sie, Agnès, mir nicht verwehren.«

Ich umklammerte Grand-mères zitternde Hand. »Vielleicht ist es zu schwer für dich. Ich kann mit der Unwissenheit leben. Deine Gesundheit ist mir wichtiger. Du bist hier. Und sie ist fort.«

»Auf keinen Fall!«, widersprach Grand-mère. Ihre Stimme war fest. »Unser lieber Gott wird mich nicht in sein Königreich lassen, wenn ich nicht alle meine Sünden gebeichtet habe. Es tut mir so leid. Es tut mir so leid.«

Gebeichtet? Was denn gebeichtet? Ich wusste ja, dass Grand-mère religiös war, sogar jeden Sonntag in die Kirche ging, aber ich hatte nicht erwartet, dass sie an den Zorn Gottes glaubte. Was konnte sie so sehr erschüttert haben, dass sie solch schlimme Dinge sagte? Mein Herz raste derart, dass ich fürchtete, es würde mir aus der Brust springen.

Ein anderes Gerät gab einen lauten Ton von sich. Agnès eilte zu einem Tablett und kam mit einer Ampulle zurück.

»Ich verabreiche Ihrer Grand-mère ein Beruhigungsmittel«, erklärte sie, während sie eine Flüssigkeit in die Infusionsflasche spritzte. »Sie muss unbedingt ruhig bleiben, und ich muss dafür sorgen, dass ihr Blutdruck stabil bleibt, weil sie sonst eine weitere Aneurysmaruptur erleiden könnte.«

Diese Verschlechterung war meine Schuld. Ich hatte ein schmerzhaftes Gespräch angestoßen, obwohl ich es einfach auf sich hätte beruhen lassen sollen. Könnte ich ohne meine Antworten leben? Grand-mère könnte sterben, während sie mir erzählte, was mit meiner Mutter geschehen war.

Innerhalb von Sekunden schlossen sich ihre Augenlider flatternd, ihre Brust hob und senkte sich. Ich sprang panisch auf. »Kommt sie wieder in Ordnung?«

»Wenn ich sie stabilisieren kann«, murmelte Agnès.

Mein Blick huschte zu dem Tagebuch, das noch aufgeschlagen in Grand-mère Odettes Schoß lag. Ich wollte nicht schuld an ihrem Tod sein, aber nachdem sie ihren Wunsch zu beichten erwähnt hatte, wollte ich auch den Grund erfahren. Was hatte sie meiner Mutter Schreckliches angetan? Statt meine Großmutter in ein Gefühlschaos zu stürzen, könnte ich meine Antworten auf eigene Faust finden. Doch bevor ich nach dem Tagebuch greifen konnte, nahm Agnès es an sich, klappte es zu und verstaute es in Grand-mères Nachttisch.

»Sophie«, sagte Agnès. »Wir müssen dafür sorgen, dass Ihre Grand-mère bei Kräften bleibt. Kann uns jemand in ein paar Stunden ein Abendessen bringen? Ich würde ja selbst etwas kochen, aber ich darf ihr nicht von der Seite weichen. Keine Sekunde. Etwas Leichtes und Gesundes, Nährstoffreiches – zum Beispiel eine Suppe?«

»Das mache ich«, versprach ich und kämpfte mit den Tränen.

Das Château war zum größten Teil still und leer. Die Reinigungskräfte sah ich nur selten, und wenn doch, grüßten die Damen mich rasch und huschten davon. Ich konnte nur an Einsamkeit und Schuldgefühle denken – an meine und die meiner Großmutter. Ich weiß nicht, wie meine Grand-mère die Wintermonate überlebt hatte, ohne jemanden um sich zu haben, auch mich nicht. Doch jetzt dachte ich statt an ihr Tagebuch und die darin enthaltene Beichte an ihre Küchenkladden. Ich zog eine davon aus dem Versteck im Fußboden, um nach einem bestimmten Rezept zu suchen. Wenn Grand-mère Odette an der Schwelle zum Tod stand und sich den Geistern ihrer Vergangenheit stellen musste, konnte ich das auch. Über meine Mutter sprachen wir ja schon, was meinen Schmerz linderte, aber um nicht den Verstand zu verlieren, musste ich noch etwas anderes tun.

Als ich das Rezept gefunden hatte, flitzte ich mit einem Korb zum Gewächshaus und fasste meinen Angstgegner im

Garten daneben ins Auge: den Hokkaido. Die orangefarbenen Kürbisse schienen mich zu verspotteten. Trotzdem, ich wollte für meine Großmutter stark sein. Sie musste spüren, dass sie etwas Bedeutsames tat, indem sie ihr Wissen an mich weitergab. Sie musste wissen, dass sie immer bei mir gewesen war, auch wenn Ozeane zwischen uns gelegen hatten. Sie musste ihre Schuldgefühle loslassen und ich meine. Ich betrat das Feld mit den Winterkürbissen, suchte acht dickschalige Schönheiten aus, löste sie von ihren grün belaubten Ranken und legte sie in meinen Korb. Dann öffnete ich die Tür zum Gewächshaus und fühlte mich gleich lebendig und inspiriert. Ich suchte nach Lauch, Karotten und frischen Kräutern, auch Lavendel. Lavendel, heilsam und beruhigend, war genau das, was sie brauchte. Nachdem ich die violetten Blüten gepflückt und in meinen Korb gelegt hatte, roch ich an meinen Fingern. Heilsam und beruhigend, genau das, was auch ich brauchte.

Zurück in der Küche machte ich mich an die Arbeit. Ich reihte die Zutaten vor mir auf, legte einen der Hokkaidos auf ein Schneidebrett und schlug, ohne nachzudenken, mein Messer hinein. Es fühlte sich gut an, als würde ich meine Frustrationen und meinen Hass auf Eric an ihm abreagieren, die Schuldgefühle, die ich hatte, weil ich meine Großmutter verlassen hatte. Als ich damit fertig war, war der Kürbis zwar verunstaltet, aber noch verwendbar.

»Erinnere mich daran, dich nie zu verärgern«, erklang eine Stimme, und Rémi kam in die Küche geschlendert.

Peinlich berührt ließ ich mein Messer fallen. Es fiel klappernd auf den Zubereitungstisch. »Wie lange stehst du schon da?«

Er hob gespielt ängstlich die Hände. »Lange genug.«

Ich wich seinem Blick aus. »Wolltest du was?«

»Ich wollte wissen, ob du morgen frei bist.«

»Ich bin immer frei. Ich bin Amerikanerin«, gab ich zurück und bereute meine sarkastische Antwort sofort.

»Vergiss nicht, dass du als Französin zur Welt gekommen bist. Ich dachte, du würdest vielleicht gern mal aus dem Château rauskommen und ein bisschen von der Gegend sehen. Laetitia passt auf Lola auf«, erklärte er. Er hatte eine Kinderfrau für Lola engagiert. »Ich muss auch mal raus. Ich dachte, wir könnten Versäumtes nachholen.«

Ich musste meine Distanz wahren. Aber ich konnte es nicht. Nicht, wenn Rémi mich so ansah.

»Als Freunde, okay?«

»Nein, als Todfeinde«, entgegnete er grinsend. »Gibt es ein Problem? Du verhältst dich wirklich seltsam, Sophie.«

»Ich mache mir nur Sorgen«, sagte ich und versuchte mich zusammenzureißen. »Grand-mère geht es nicht gut. Ihr Zustand hat sich verschlechtert.«

»*Merde*«, fluchte er und wurde blass. Er wandte sich abrupt ab, um die Küche zu verlassen. »Ich muss nach ihr sehen.«

Ich hielt ihn an der Schulter fest, seiner starken, muskulösen Schulter. Ich zog die Hand rasch zurück. »Rémi, jetzt lieber nicht. Agnès hat ihr ein Beruhigungsmittel gegeben. Wir dürfen sie jetzt nicht stören.«

»Aber ich muss doch etwas tun«, protestierte er.

»Du kannst mir helfen, wenn du willst.« Ich trat nervös von einem Fuß auf den anderen. »Ich bereite das Abendessen für sie vor, etwas Gesundes, damit Grand-mère bei Kräften bleibt. Eine Hokkaido-Velouté. Kannst du kochen?«

Er presste seine schönen Lippen zusammen. »Natürlich. Ich stand jahrelang unter Grand-mères Vormundschaft. Aber wie man einen Kürbis meuchelt, hat sie mir nie beigebracht. Was um alles in der Welt hast du in all den Sommern von ihr gelernt?«

Ich musste lachen – über mich selbst, über diese Situation. Dann rief ich mir ins Gedächtnis, dass ich mich nicht in Rémi vergucken durfte. Ausgeschlossen. Aber befreundet könnten wir sein.

»Schnapp dir ein Küchenbrett«, sagte ich. »Ich möchte Grand-mère und Agnès die Suppe in Kürbisschüsseln servieren, dafür müssen die Hokkaidos, wenn die Deckel abgeschnitten sind, im Ofen gebacken und dann vorsichtig ausgehöhlt und entkernt werden.«

Er zeigte auf das Küchenbrett und auf die Kerne, die überall verstreut lagen. »Und was ist mit dem Opfer hier?«

»Das Fleisch ist noch röstbar, aber definitiv nicht mehr als Schüssel tauglich.«

»Abgesehen davon, dir beim Kürbismorden zuzusehen, freue ich mich darauf, deine anderen Fertigkeiten kennenzulernen.« Er nahm mein Messer von der Theke und gab es mir. Dabei streiften sich unsere Hände, und mir liefen Schauer über den Rücken. Ich fragte mich, über welche Fähigkeiten er noch verfügte.

Ich lief zur Spüle und reinigte das Messer unter dem Wasser. Dabei warf ich einen Blick über die Schulter. Rémi hielt lächelnd den Kürbis hoch. »Ich warte auf weitere Anweisungen, Chefin.«

Hör auf, mich so anzulächeln.

»Die Lauchstangen, die Karotten und die Zwiebeln müssen klein geschnitten werden«, sagte ich mit zu viel Nachdruck.

»Und was machst du in der Zeit?«, fragte er skeptisch.

»Ich heize die Öfen vor und suche nach Parmesan. Und ich bereite die andere Suppe zu, die du probieren sollst. Du bist mein Versuchskaninchen und sagst mir, welche besser ist, okay?«

Er warf einen Blick in die Kladde, die noch auf der Seite mit Grand-mères Rezept aufgeschlagen war. »Parmesan? Das ist hier nicht aufgeführt.«

»Was soll ich sagen? Ich muss kreativ werden. Für Grand-mère bereite ich Parmesanchips zu, und für das andere Gericht mache ich Hummer in Orangen-Ingwer-Sauce. Natürlich mit selbst gemachtem Fond.«

»Warum denn noch eine Suppe? Reicht eine nicht?«

»Nein. Dieselbe Idee. Verschiedene Rezepte. Ich will O'Sheas Rezept nachkochen. Ich muss wissen, welches besser ist. Eine Suppe ist für Grand-mère, die andere für mich und meinen Seelenfrieden.«

»Ich verstehe. Es ist seltsam, aber ich verstehe es«, sagte er und unterdrückte ein Lachen. »Legen wir los.«

Während der nächsten Stunde arbeiteten Rémi und ich gemeinsam. Ich war höchst beeindruckt von seinem Geschick, mit dem Messer umzugehen, während er jede meiner Anweisungen befolgte und mich Chefin nannte. Manchmal rempelten wir einander an, oder unsere Hände berührten sich, und mein Herz fühlte sich an, als wollte es mir aus der Brust springen. Aber nein, aus mir und Rémi konnte nichts werden. Ich konnte und würde es nicht zulassen. Trotzdem, gegen seine große Anziehungskraft auf mich anzukämpfen würde verdammt hart. Warum musste er auch so gut aussehen, und warum wusste er genau, was er sagen musste, um mich zum Lachen zu bringen?

Schließlich holte ich den Pürierstab hervor. Vor mir standen zwei große Töpfe. Jetzt ging's um die Wurst. »Okay, Rémi, ich würze die eine nach O'Sheas Rezept und gebe dann den Hummer hinzu«, verkündete ich und schöpfte eine kleine Menge in eine Schüssel. »Probier.«

Er nahm einen Löffel und kostete. »Die Ergänzung durch den Hummer gefällt mir, aber die Velouté hat keinen Geschmack. Sie schmeckt mir nicht. Und er hat sie so serviert?«

»Ja.«

»Warum wurdest du gefeuert?«

»Weil ich auf Erics Anweisung hin noch andere Gewürze hinzugegeben habe.«

»Dann mach das«, sagte er, und ich tat es. Er probierte die Suppe wieder und sah auf. »Das ist ja noch schlimmer. Warum schmecke ich so viel Kreuzkümmel? Er übertönt wirklich alles. Ich hoffe inständig, dass die andere Velouté besser ist«, sagte er. »Grand-mère zuliebe.«

»Das hoffe ich auch«, stimmte ich ihm zu und schöpfte eine zweite Schüssel voll. Ich gab ihm einen der Parmesanchips dazu. »*Voilà.* Sag mir, was du davon hältst.«

Rémi nahm die Schüssel und probierte. Er legte den Kopf in den Nacken und schloss genüsslich die Augen. »Diese Suppe bringt mich dazu, mich in die Köchin zu verlieben, die sie zubereitet hat«, schwärmte er. »Aber irgendetwas fehlt.«

»Was? Was fehlt?«, fragte ich panisch und hoffte, dass ich es nicht vergeigte.

»Hummer. Aber mit mehr Orange und weniger Ingwer. Und vielleicht kannst du die Schwänze mit ein bisschen Armagnac flambieren. Sie liebt es, wenn Hummer so zubereitet wird.«

»Glaubst du nicht, das wäre zu viel? Das ist Alkohol.«

»*Non*«, widersprach er. »Alkohol verflüchtigt sich. Probier es aus.«

Ich zündete ein Streichholz an und flambierte die Hummerschwänze. Dabei erhitzten die Flammen eine Sekunde lang meinen Körper. Oder lag es an Rémis Nähe?

Rémi tauchte seinen Löffel in den Topf, und als er mich mit einem Happen fütterte, trafen sich unsere Blicke. Ich musste die Augen schließen. Er hatte recht. Die Suppe war unglaublich lecker. Genau wie er mit seinen langen Wimpern, den goldenen Sonnensprenkeln in seinen karamellfarbenen Augen. Und verdammt, diese perfekten Lippen, die Grübchen, wenn er lächelte. Ich konnte mich nicht gegen die Röte wehren, die über meine Wangen kroch.

Habe ich gerade den Löffel abgeleckt, den du davor in deinem schönen Mund hattest?

Mein ganzer Körper sprühte Funken, und ich fragte mich, wie es wäre, Rémi zu küssen. Erics Mund war wie ein saugender Oktopus gewesen, einer mit sehr schlechtem Mundgeruch vom zu vielen Rauchen. Ich war nie oberflächlich gewesen, der Typ Frau, der sich nach einem Mann verzehrte oder um ihn herumscharwenzelte. Aber wenn ich Rémis Lippen betrachtete, wurde ich zu einem solchen Dummerchen. Ich musste mich zusammenreißen.

»Haben wir gerade gemeinsam ein Rezept entwickelt?«, fragte ich.

»Ich glaube schon.«

Rémi zog mich zwecks Austausches von Wangenküssen an sich, meine Knie hätten fast nachgegeben. »Ich muss jetzt nach Hause. Kannst du etwas für mich, Lola und Laetitia erübrigen?«

Okay.

»Klar, es ist genug da«, sagte ich. Nachdem ich ein Gefäß gefunden hatte, füllte ich es und reichte es ihm.

»*Merci*, Sophie, ich hole dich morgen früh um neun ab.«

Rémi ging, und ich stand einen Moment da und verdrängte kopfschüttelnd meine unanständigen Gedanken. Nachdem ich mich vergewissert hatte, dass alles perfekt war, indem ich noch einmal probierte, schöpfte ich die Velouté in die Schüsseln aus gebackenem Hokkaido, gab den Hummer hinein und stellte sie mit einem Tellerchen Parmesanchips auf ein Tablett.

Bitte finde es toll, Grand-mère. Ich brauche deine Anerkennung.

Nervös klopfte ich an die Schlafzimmertür der Suite meiner Großmutter. Agnès öffnete und beäugte die Suppe kritisch.

»Wow«, schwärmte sie. »Ich hatte mit etwas Wunderbarem gerechnet, aber nicht mit reiner Magie.«

»Glauben Sie, das ist zu viel für sie?«

»Es ist perfekt. Sie ist stabil, aber bitte kein Wort mehr zu dem Thema, über das Sie vorhin gesprochen haben.« Agnès hielt inne. »Wollen Sie sie füttern? Oder soll ich?«

»Ich mach's«, erwiderte ich.

»Aber ich muss dabeibleiben.«

»Ich verstehe«, sagte ich.

Agnès zog den Betttisch heran und schob die Platte über Grand-mères Schoß. Nachdem sie Grand-mères Portion daraufgestellt hatte, setzte sich Agnès auf einen Stuhl und ließ es sich schmecken. Grand-mère schlug die Augen auf. Sie sah erst mich und dann die Velouté an.

»Hast du das kreiert?«, fragte sie. »Wunderschön. Ich hoffe, es schmeckt so gut, wie es aussieht.«

»Ja, wir haben das für dich gemacht. Rémi hat mir geholfen.«

Ich nahm einen Löffel und hielt ihn ihr mit einer Serviette darunter hin, damit ihr Morgenmantel nicht bekleckert wurde.

Ihr Mund verzog sich und öffnete sich wie der Schnabel eines Vögelchens. Ein merkwürdiger Gedanke, dass ich einst das Kind gewesen war und sie mich gefüttert hatte. Diese Rollenumkehr war grotesk und verunsicherte mich so sehr, dass es mir das Herz brach. Ich erinnerte mich daran, dass ich für sie stark sein musste, holte tief Luft und gab ihr einen Löffel voll, bemüht, meine zitternden Hände unter Kontrolle zu halten und ihr Nachthemd nicht zu bekleckern. Grand-mère leckte sich die Lippen.

»*Ma chérie,* das ist absolut köstlich. Ich schmecke jede einzelne Zutat heraus. Oh, Lavendel. Kurkuma? Hummer. Wunderbar! Wie um alles in der Welt bist du darauf gekommen, all diese Geschmacksrichtungen zusammenzuführen?«

»Alles, was ich weiß, hab ich von dir gelernt«, sagte ich. »Ehrlich, die Kochschule war für mich ein Kinderspiel.«

»So etwas hätte ich niemals kreieren können«, sagte sie. »Du bist viel kreativer als ich.«

»Das ist mal eine Suppe!«, rief Agnès. »Eine Suppe? Das ist das beste Gericht, das ich in meinem ganzen Leben gegessen habe.«

»Ich pflichte Agnès bei«, sagte Grand-mère, und ich verspürte einen tiefen Stolz. »Jetzt verrat mir: Du sagst, Rémi hat dir geholfen? Ich nehme an, ihr habt eure Differenzen beigelegt?«

»Haben wir«, bestätigte ich. »Wir sind wieder Freunde. Er hält es für eine gute Idee, mal mit mir rauszufahren, weg vom Château«, erklärte ich. »Er möchte, dass ich das Leben außerhalb der Tore kennenlerne. Wenn es dir recht ist. Wenn du mich brauchst, bleibe ich natürlich hier.«

»Das Château ist kein Gefängnis«, erwiderte sie resolut. »Sorg dich nicht um mich. Ich sterbe in den nächsten Tagen noch nicht. Hör auf damit, mein Grab zu schaufeln, und geh mal raus, hab ein bisschen Spaß.« Das war ein Befehl. »Aber nicht zu viel Spaß«, fügte sie mit einem leisen Kichern hinzu.

Ich errötete. »Grand-mère, wir sind nur Freunde. Er will mir nur die Gegend zeigen.«

»Ich verstehe«, sagte sie mit einem Augenzwinkern. »Ich bin froh, dass die zwei wichtigsten Menschen in meinem Leben nur Freunde sind.« Sie sperrte den Mund auf. »Mehr von dieser Köstlichkeit, *s'il te plâit.*«

Während ich sie Löffel für Löffel fütterte, hoffte ich, dass sie meine Gedanken nicht lesen konnte, denn ich dachte an Rémi und daran, dass ich eigentlich nicht nur mit ihm befreundet sein wollte.

23
Rein und raus aus der Kumpelzone

Nach einer sehr schlaflosen Nacht wachte ich um sechs Uhr morgens auf. Jede Faser meines Herzens riet mir, mich weit von Rémi fernzuhalten – seine Freundschaft anzunehmen, aber auf Abstand zu bleiben. Mein Traum, den ich gedanklich im Zaum hielt, sagte mir jedoch etwas anderes.

»Er hat ein Kind«, mahnte die eine innere Stimme. Die andere sagte: »Sophie, du musst rausfinden, ob was an der Sache dran ist. Sieh dir seine Lippen an, seine wunderschönen, zum Küssen einladenden Lippen.« Und dann wieder die erste Stimme: »Sophie, dein Leben ist immer noch beschissen. Du kannst die zwei da nicht mit reinziehen.«

Ich kroch aus dem Bett und fühlte mich, als wäre ich kurz davor, schizophren zu werden.

Nervosität setzte ein, bis ich mich daran erinnerte, dass es sich nicht um ein Date handelte. Rémi wollte mir das Leben außerhalb des Schlosses zeigen. Das war alles.

Ich duschte und entschied mich für einen grünen Kaschmirpullover, Jeans und meine schwarzen Wollwinterstiefel. Leger. Cool, die Ruhe selbst, die Haare geföhnt und offen.

Ein bisschen Mascara. Ein wenig Rouge. Ich war ich selbst. Nur ich selbst.

Rémi wartete wie versprochen um neun im Foyer auf mich. Er sah fantastisch aus in seiner schwarzen langen Hose, einem grauen Sweater und einem wunderschönen stahlgrauen Kaschmirmantel – als wäre er gerade den Seiten des *GQ Magazine* entstiegen.

Das ist kein Date.

»Wow, du solltest öfter Grün tragen. Es hebt die Farbe deiner schönen Augen hervor«, sagte er. Ich lächelte schüchtern. »Aber diese Stiefel? Hast du die einem *clochard* geklaut? Oder einer Babuschka?«

»Was stimmt mit meinen Stiefeln nicht?«, fragte ich etwas beleidigt.

»Alles.«

Ich sah auf meine Füße hinunter. »Soll ich mich umziehen?«

»Nein, ich finde nicht, dass du dich umziehen solltest. Ich finde dich wunderbar, so wie du bist. Selbst in diesen schrecklichen Stiefeln.«

Er hatte mir zugleich ein Kompliment gemacht und mich beleidigt. Das gefiel mir. »Sagst du immer, was du denkst?«

»Nicht immer, aber ich bin Franzose. Du gehörst zur Familie. Deshalb darf ich dich aufziehen«, verteidigte er sich. »Kann's losgehen?«

Familie. Klar.

»Wohin fahren wir denn?«

»Zuerst dachte ich, ich nehme dich mit nach Cordes-sur-Ciel, das zu einem der schönsten Dörfer Frankreichs gewählt wurde, und danach fahren wir die Route des Bastides entlang, wo es wunderschöne mittelalterliche Örtchen gibt, um dir ein bisschen Geschichte zu zeigen, doch dann dachte ich, du wärst vielleicht gern mal in der Stadt.«

»Toulouse?«, fragte ich.

»*Oui,* Toulouse«, antwortete er. »Warst du schon mal da?«

»Abgesehen vom Krankenhaus, nein«, sagte ich.

»Dann fahren wir nach Toulouse«, sagte er. »Es ist nur eine knappe Stunde von hier. *On y va?*«

»Ja, fahren wir.«

»Vielleicht findest du dort ein Paar neue Stiefel«, bemerkte er und öffnete die Tür.

Auf dem Weg zum Pick-up sah ich noch einmal auf meine Stiefel hinunter. Sie waren zehn Jahre alt und total aus der Mode – genau wie der Rest meiner Klamotten. Ich brauchte mehr als nur Schuhe. Ich brauchte mehr als eine neue Garderobe. Ich musste mein Leben wieder in die Hand nehmen. Aber immer schön eins nach dem anderen.

»Wie stehst du zum Shoppen, Rémi?«

Er lachte laut. »Ich helfe dir, neue Schuhe zu finden. Und Jeans ohne Löcher.«

»Die Jeans hab ich weggeworfen«, gab ich zurück und knuffte ihn. »So schlimm ist mein Stil nun auch wieder nicht.«

Rémi hielt mir die Beifahrertür auf. Ich stieg ein, und er schloss sie. Dieser Rémi gefiel mir. Ich wollte mehr über ihn erfahren. Als Kind hatte ich ihm viele Geheimnisse anvertraut, zum Beispiel, dass ich meinen leiblichen Vater suchte. Ich weiß noch, wie ich mit ihm auf einer Wiese lag, zwischen den Wildblumen versteckt, und ihm von meinem Traum erzählte, Köchin zu werden. Komisch, ich erinnerte mich nicht daran, dass er mir je etwas anvertraut hätte, er hatte mir stets nur zugehört, den Kopf in den Nacken gelegt. Vielleicht würde er jetzt mit mir reden – richtig mit mir reden.

»Rémi, kannst du mir von Anaïs erzählen?«

»Was willst du über sie wissen?«, fragte er.

»Ihr Verlust muss sehr schwer für dich gewesen sein«, sagte ich, dabei wollte ich eigentlich alles wissen.

»*Bien sûr.* Es war schrecklich.« Er blies die Luft zwischen seinen schönen Lippen heraus, pffff, und ließ die Schultern sinken. »Ich möchte ehrlich zu dir sein.«

Ich bedeutete ihm mit einem Nicken fortzufahren.

»Als Anaïs schwanger wurde, war Grand-mère natürlich nicht glücklich darüber und sagte mir, dass ich für mein Handeln Verantwortung übernehmen müsse. Wir beschlossen, dass ich Anaïs heiraten würde, damit unser Baby meinen Namen tragen konnte. Ich hatte vor, mich nach Lolas Geburt wieder von ihr scheiden zu lassen, aber für sie zu sorgen und weiter als Vater an Lolas Leben teilzuhaben.«

Das gefiel mir gar nicht. »Hast du Anaïs denn nicht geliebt?«, fragte ich.

Sicher hatte sie ihn geliebt. Hatte er sie einfach sitzen lassen?

»Nein, Sophie, wir waren zwar zusammen, aber nicht ineinander verliebt«, sagte er ganz sachlich. »Sie hat nur aus den eben genannten Gründen in eine Heirat eingewilligt.« Er umfasste das Lenkrad so fest, dass seine Fingerknöchel weiß wurden. »Als Anaïs bei Lolas Geburt starb, hat sich meine Welt verändert. Ich habe mich verändert.«

Seine Erklärungen ergaben keinen Sinn. »Ich verstehe nicht.«

»Ich war immer nur in eine Frau verliebt, in meine erste Liebe, ein Mädchen, über das ich niemals hinwegzukommen glaubte, aber ich tat es schlussendlich doch. Glaubte ich zumindest.« Rémi strich sich eine Haarsträhne aus den Augen. »Sophie«, sagte er und warf mir einen Blick zu. »Das warst du, und ich würde dich gern wieder kennenlernen.«

Ich wusste nicht, wie ich reagieren sollte. Natürlich hatte ich das Gleiche gedacht, doch die Worte kamen mir nicht über die Lippen. Ich sah ihn gespielt erbost an. Mein Herz raste.

»Warum solltest du mit meinesgleichen vorliebnehmen?«

Rémi brach in Gelächter aus. »Du lässt dir meinen Mist nicht gefallen, das hast du nie getan. Ich weiß noch, wie du mich im See untergetaucht hast. All diese Erinnerungen, all der Spaß, den wir hatten, das alles fiel mir wieder ein, als du mir den Schneeball an den Kopf geworfen hast.« Er schluckte heftig, sein Adamsapfel hüpfte. »Dich mit nach Toulouse zu nehmen war meine Methode, dich ganz für mich zu haben«, gestand er verlegen. »Ich wollte wissen, ob du glaubst, dass es noch eine Chance gibt. Für uns.«

»Oh«, sagte ich, und er sackte in sich zusammen.

»Das ist nicht die Antwort, die ich mir erhofft hatte.« Seine breiten Schultern, die ich mit so viel sinnlicher Begierde angesehen hatte, sanken.

»Gib mir nur einen Moment, um meine Gedanken zu sammeln«, bat ich. »Was du gerade gesagt hast, kam vollkommen unerwartet.«

In meinem Nacken kribbelte es, als ich daran dachte, was ich aus Grand-mères Tagebuch erfahren hatte. Bis ich alle Antworten über meine Mutter hatte, war ich mir nicht sicher, wie es mit mir weitergehen würde, ob ich überhaupt in Champvert bleiben würde, wenn ich jetzt auch einen weiteren Grund zum Dableiben hatte. Obwohl ich eindeutig Gefühle für Rémi entwickelte und er mir dabei half, die Gedanken an Eric und New York hinter mir zu lassen, war ich mir nicht sicher, ob es nicht nur meine Vorstellung von ihm war, die Fantasie, die ich wie ein perfektes Rezept in meinem Kopf kreiert hatte. Auch wenn immer wieder Funken des Rémi, den ich als junges Mädchen gekannt hatte, in meinen Erinnerungen aufblitzten, war es fast so, als hätte meine Großmutter ihn über die Jahre hinweg für mich ausgebildet – einen Bauernjungen genommen und ihn in einen Prinzen verwandelt, einen Elijah Doolittle. Ein Teil von mir wünschte sich, er würde sich in den garstigen Rémi zurückverwandeln, damit umzugehen war leichter für mich gewesen. Ich müsste jetzt nicht gegen meine Gefühle für ihn ankämpfen.

»Sophie?«, hakte Rémi nach. »Ich hab dir mein Herz ausgeschüttet, und du sitzt nur schweigend da.«

Ich krampfte meine Hände zusammen. Mit gesenktem Kopf und leiser Stimme sagte ich: »Es besteht eine Chance, aber ich finde, wir sollten es langsam angehen.«

Seine schönen, bogenförmigen Lippen verzogen sich zu einem sexy Lächeln, das seine weißen Zähne aufblitzen ließ. »Langsam? Das kriege ich hin.«

»Ich meine aber so richtig langsam«, präzisierte ich. »Wir fangen als Freunde an.«

»Nur als Freunde?«, fragte er, und ich nickte. »Ich denke, das kriege ich hin, aber es wird schwierig, wenn ich bedenke, wie gern ich dich gerade küssen will.«

Ich konzentrierte mich auf seine perfekte Kieferpartie. Ohne Witz.

»Also, Kumpel«, sagte er grinsend. »Ich hab dir alles über meine schändliche Vergangenheit erzählt. Wie viele Freunde hattest du denn?«

»Einen«, erwiderte ich und erschauderte beim Gedanken an ihn. »Eric.«

»Unmöglich«, antwortete er und schnappte nach Luft. »Du bist so schön, du musst dich doch vor Verehrern kaum retten können.«

»Es ist sehr wohl möglich und absolut wahr«, widersprach ich. Verdammt. Er hatte mir schon wieder ein Kompliment gemacht. »Was soll ich sagen?«

»Dieser Eric, ist das der Koch, der dir die Falle gestellt hat? Und der Grund, aus dem du den Hokkaido-Kürbis gemeuchelt hast?«

»Hör zu, ich will wirklich nicht über Eric sprechen«, unterbrach ich ihn. Meine Schultern verkrampften sich. »Aber wenn wir uns schon Geschichten erzählen, erzähle ich dir eine von mir. Ich hatte in New York einen Pseudoverlobten.«

»Pseudo?«, hakte Rémi nach.

»Walter ist mein bester Freund, und er ist schwul.« Ihm war die Verwirrung anzusehen, und er bedeutete mir, weiterzureden. »Ich hab mich als seine Verlobte ausgegeben, weil er schreckliche Angst hatte, sich vor seinen Eltern zu outen. Wir haben zwei Jahre zusammengelebt.«

»Aber du hattest keine Beziehung mit ihm?«

»Von unserer Freundschaft einmal abgesehen, nein. Wir hatten getrennte Schlafzimmer«, erklärte ich, um alle Unklarheiten zu beseitigen. »Du hast ihn und seinen Partner an Weihnachten kennengelernt.«

Er brach in Gelächter aus. »Wenn ich bedenke, dass ich ein bisschen eifersüchtig war«, sagte er. »Ich dachte, einer dieser Männer sei dein Freund.«

Ich stieß ein peinliches eselhaftes Wiehern aus.

Rémi fuhr auf einen Parkplatz namens Esquirol, mitten im *centre-ville* von Toulouse. Ich blieb noch kurz im Wagen sitzen und versuchte durchzuatmen, bis er die Tür öffnete und mir eine Hand anbot. Ich nahm sie und sprang aus dem Pick-up, verlor prompt das Gleichgewicht und prallte gegen seine Brust. Er roch nach Wald, Zedernholz und Moschus. Als ich mich vor Verlegenheit errötend von ihm wegschob, zog er kokett eine Augenbraue hoch.

Wir gingen die Stufen hinauf zur Rue d'Alsace-Lorraine, der Haupteinkaufsstraße. Es waren Hunderte von Menschen unterwegs, die über die Straße eilten, alle mit randvollen Tüten, was ich seltsam fand.

»Wir haben gerade *soldes,* Schlussverkauf«, erklärte mir Rémi. »In Frankreich reduzieren die Läden ihre Ware zweimal im Jahr, gleich nach Weihnachten im Januar und im Juli.« Er nahm meine Hand und zog mich mit sich. »*Regarde,* ein Schuhladen. Da kannst du ein Schnäppchen machen.«

Als wir das Geschäft betraten, richteten sich alle Blicke auf uns – Männer, Frauen und junge Mädchen sahen uns mit offenen Mündern an. Wahrscheinlich, weil Rémi so verdammt sexy war. Er zeigte auf ein Paar Overknee-Stiefel mit zehn Zentimeter hohen Absätzen.

»Die da sind sehr schön«, sagte er. »Ich kann mir dich darin vorstellen.«

»Vollkommen unpassend für das Leben in Champvert«, antwortete ich. Sie waren so sexy, dass ich mir nur vorstellen konnte, woran er dachte, weil ich es auch tat. Ich räusperte mich und steuerte zielstrebig auf ein Paar schwarze, praktischere Schuhe mit flachen Absätzen zu – Reitstiefel. Sie hatten dreihundert Euro gekostet, waren aber um die Hälfte herabgesetzt worden. Eine Verkäuferin kam zu uns herüber, die ich bat, mir meine Größe herauszusuchen. Innerhalb von Minuten hatte ich die Stiefel anprobiert. »Die nehme ich«, beschloss ich spontan.

Bevor ich ihn davon abhalten konnte, stand Rémi schon an der Kasse und bezahlte. Ich ging zu ihm.

»Das hättest du nicht tun sollen«, sagte ich und tippte ihm auf die Schulter.

»Das tun *Freunde* füreinander«, erklärte er. »Außerdem hab ich sie dazu veranlasst, deine alten Stiefel wegzuwerfen.«

»Fandest du sie so schrecklich?«

Er nickte. »*Ils étaient méga moches.*«

»*Méga moches?*«

»Nicht nur hässlich, sondern superhässlich«, sagte er. »Ich glaub, ich hab dir einen Gefallen getan.«

»*Merci*«, erwiderte ich lachend und fragte mich, ob ich ihm rechts und links Luftküsse geben sollte.

»*Ce n'était rien.*« Nicht der Rede wert. »*On y va.* Ich muss dir so viel zeigen.«

Wir verließen den Laden und reihten uns in die Menschenscharen ein. Diese Energie war genau das, was ich gebraucht hatte. Es war schön zu wissen, dass Toulouse nur einen Steinwurf entfernt war, wenn ich einmal Stadtluft schnuppern wollte, obwohl ich feststellte, dass ich mich angesichts der vielen Leute nach der Stille von Champvert sehnte.

Wir liefen durch die engen Straßen, die von wunderschönen Gebäuden mit Eisenbalkonen und geschnitzten Holztüren flankiert waren, und erreichten endlich unser Ziel: einen großen Platz, der von Cafés mit Blick auf ein riesiges neoklassizistisches, mit eindrucksvollen Skulpturen geschmücktes Gebäude aus Ziegel- und Kalkstein umgeben war. Auf den beheizten Außenterrassen saßen viele Menschen, die dort etwas aßen und tranken.

»Das ist der Place du Capitole«, erklärte Rémi und zeigte hinüber. »In den großen Gebäuden dort drüben sind das *hôtel de ville,* das Bürgermeisteramt, und die Oper untergebracht. Weißt du, warum Toulouse auch Ville Rose genannt wird?«, fragte er.

»Nein«, antwortete ich.

»Wegen der vielen lachsroten Backsteinbauten«, sagte er. »*Tu as faim?*«

Noch hatte ich keinen Hunger. »Eigentlich nicht«, erwiderte ich.

»Gut, denn wir essen nicht hier. Ich möchte dich an einen besonderen Ort mitnehmen. Aber zuerst besichtigen wir die Basilika Saint-Sernin, eines der größten romanischen Bauwerke der Welt.«

»Du gibst einen ausgezeichneten Reiseführer ab«, sagte ich.

»Was soll ich sagen?«, antwortete er. »Ich bin eben ein sehr guter *Freund.*« Damit machte er auf dem Absatz kehrt und lief los. Er warf mir einen Blick über die Schulter zu, weil ich regungslos mitten auf dem Okzitanischen Kreuz, einem der Symbole der Region, stehen blieb. »Kommst du, Sophie?«

Unser Vormittag fand seinen Abschluss am Marché Victor Hugo in einem Restaurant. Wir saßen uns schweigend gegenüber, während ich die Speisekarte studierte.

»Was willst du?«, fragte Rémi.

Nun, das war eine Fangfrage. Ich konnte mich nicht auf die Speisekarte konzentrieren, weil ich auf seine wunderschönen Lippen sah und mich fragte, wie sie sich auf meinen anfühlen würden. Was ich *nicht* wollte, wusste ich. Ich wollte mit Rémi nicht »nur befreundet« sein, und die Lust, gegen die ich ankämpfte, verwirrte mich unglaublich.

»Sophie«, sagte Rémi. »Ich weiß nicht, wie es dir geht, aber ich bin am Verhungern.«

Nach einem sehr unbehaglichen Mittagessen, während dem ich Rémi anstarrte und er mich, schlenderten wir über den Markt. Es gab Metzgereien, Käse-, Fisch- und Gemüsehändler nebst etlichen Bäckereien. Rémi kaufte ein paar Sachen – Roastbeef und verschiedenes Gemüse. Vor einer Patisserie blieben wir stehen, und er deutete auf ein paar Kuchen.

»Hast du je ein Stück Galette des Rois probiert?«

»Nein«, sagte ich. »Was ist das?«

»Das ist eine Tradition in Frankreich«, erklärte er. »Am 6. Januar, den wir heute haben, feiern wir das Dreikönigsfest, weil das Jesuskind an jenem Tag den Heiligen Drei Königen präsentiert wurde. Früher hat man den Kuchen in Portionen geschnitten und ein Extrastück aufgehoben. Dieses Extrastück wurde *part du pauvre* genannt, das Stück, das die Bedürftigen bekamen. Danach, unter der Herrschaft von Ludwig XIV., hat man eine kleine Porzellanfigur, die Maria darstellte, oder eine andere Krippenfigur im Kuchen versteckt. Wer die *fève* findet, wird zur Königin oder zum König des Tages gekrönt, mit einer Papierkrone, die von der Patisserie bereitgestellt wird. Wir können zwischen zwei Versionen wählen – der Brioche mit *fleur d'oranger* oder mit Mandelcremefüllung. Welche möchtest du probieren?«

»Mandelcremefüllung«, entschied ich. Diese Tradition gefiel mir sehr, und ich fragte mich, warum meine Mutter mir nie davon erzählt hatte.

»Aber du darfst sie nicht jetzt essen«, sagte er.

»Warum? Wir hatten kein Dessert, und das sieht köstlich aus.«

»Ich hatte gehofft, du würdest mit uns zu Abend essen«, erklärte er und senkte den Blick. »Lola spricht ständig von ihrer Tatie Sophie. Ich koche.« Er zeigte auf die Einkaufstüten. »Magst du *rôti de bœuf?*«

»Was ist mit Grand-mère?«, fragte ich.

»Ich habe meinen Plan schon mit ihr abgesprochen.«

Natürlich hatte er das. Ich wurde verkuppelt. Aber ich hatte nichts dagegen. Ich fühlte mich wieder ganz wie die Alte und wollte nicht, dass dieser Tag endete.

24
Zu viel, zu früh, zu schnell

Rémis Haus war malerisch, ich kannte es noch von Besuchen in meiner Kindheit. Es war ein altes Steinbauernhaus mit Holzbalken und hatte nichts von dem Glanz und Glamour des Châteaus, sodass ich mich sofort wohlfühlte. Seit ich zum letzten Mal da gewesen war, hatte er offenbar einige Umbauarbeiten vorgenommen, unter anderem das Erdgeschoss in einen großen Raum umgewandelt. Amerikanischer Stil. Bäuerlich. Bezaubernd. Schlicht.

Wir stiegen über Puppen und Spielzeug hinweg, und nach einer kurzen Führung durch Rémis Zuhause mit seinen fünf Schlafzimmern lotste er mich in die große Küche mit einem wunderschönen roten Lacanche-Herd. Die Hunde, D'Artagnan und Aramis, schliefen auf luxuriösen burgunderroten Hundedecken aus Samtbrokat mit Fleur-de-Lys-Druck auf dem Boden. Sie rollten sich mit heraushängenden Zungen auf den Rücken und wollten am Bauch gekrault werden. Ich kam ihrem Wunsch gern nach. Rémi machte Feuer im Kamin, legte klassische Musik auf und öffnete eine Flasche Wein. Als er mir ein Glas reichte, fiel mir auf, dass etwas fehlte.

»Wo ist Lola?«, fragte ich.

»Beim Musikunterricht.« Er sah auf seine Armbanduhr. »Laetitia bringt sie jeden Moment nach Hause. Es ist erst kurz nach fünf. Ich hoffe, du hast nichts dagegen, so früh zu essen. Wir essen normalerweise um sechs.«

»Das geht in Ordnung«, sagte ich, griff nach seinem Arm und sah nach, welche Marke seine Uhr war. Er trug eine goldene Rolex mit schwarzem Ziffernblatt.

»1980er-Jahre. Sie hat deinem Großvater gehört. Grand-mère Odette hat sie mir zu meinem zwanzigsten Geburtstag geschenkt«, erklärte er. »Macht es dir etwas aus, dass sie sie mir geschenkt hat?«

»Nein«, erwiderte ich. Er war für Grand-mère da gewesen. Ich nicht. »Du hast sie verdient. Und noch mehr.«

»Geh und entspann dich. Setz dich auf die Couch«, sagte er. »Ich fange jetzt mit dem Abendessen an.«

Während ich Rémi beim Kochen, Kartoffelschälen und Schnippeln zusah, dachte ich, dass mich zwar die Größe des Châteaus ängstigte, ich mich mit diesem Haus hier jedoch anfreunden könnte. Ich könnte mich daran gewöhnen. An ein Leben mit ihm. Aber die Situation war alles andere als einfach. Vom Kaminsims blickte das Foto einer lächelnden Frau auf mich herunter, von der ich nur vermuten konnte, dass es sich um Anaïs handelte. Sie war zwar nicht mein Ebenbild, aber eine gewisse Ähnlichkeit konnte ich nicht abstreiten. Sie war dünn, hatte schwarze Haare. Ihr Gesicht hatte einen harten Zug. Ich zog die Knie an die Brust und dachte, dass ich der Sache nicht gewachsen war.

In dem Moment ging die Tür auf. Die Hunde bellten, und als Lola mich sah, kreischte sie vor Freude. Sie tapste auf mich zu, sprang auf meinen Schoß und schlang mir die

Arme um den Hals. Beinahe hätte sie mich umgerissen. »Tatie Sophie!«

»Meine kleine Lola«, begrüßte ich sie und atmete ihren Erdbeer-Sonnenschein-Duft ein.

Eine Frau folgte ihr ins Haus. Das musste Laetitia sein. »Sie hat sich heute wunderbar geschlagen. Ich glaube, aus unserer Kleinen wird mal eine tolle Geigerin.« Sie erwiderte meinen neugierigen Blick. Die Frau kam mir bekannt vor, aber ich konnte sie nicht zuordnen, bis mir einfiel, dass ich sie auf dem Weihnachtsmarkt gesehen hatte. Dass sie schon älter war, vielleicht Mitte fünfzig, hatte ich damals schon wahrgenommen, aber ich erinnerte mich nicht daran, dass sie so hübsch war – eine dieser Französinnen mit dem gewissen *Je ne sais quoi*. Sie zog ihren Mantel aus, hängte ihn an einen Haken und schüttelte ihre kastanienbraunen Haare. Mit ihren warmen schokoladenfarbenen Augen sah sie mich an. »Sophie, nehme ich an?«

»*C'est moi*«, bestätigte ich. »Nett, Sie kennenzulernen. Sie sind Laetitia, nicht?«

Nachdem wir die obligatorischen Luftküsse ausgetauscht hatten, griff sie nach der Weinflasche, setzte sich neben mich und schenkte sich ein Glas ein.

»Ich wollte Sie unbedingt kennenlernen.« Sie deutete mit dem Kopf auf Rémi. »Er lächelt immer nur Lola an und sonst niemanden. Ich bin begeistert, dass er uns nicht mehr geheim hält. Das ist nicht gut für ein Kind.«

»Nein«, pflichtete ich ihr bei. Hatte sie »uns« gesagt? »Das stimmt.«

»Natürlich besuchen wir oft Ihre Grand-mère, oder sie kommt hierher, aber in letzter Zeit war es wegen ihres gesundheitlichen Zustands schwierig. Geht es ihr denn besser?«

»Sie hat gute und schlechte Tage«, sagte ich. »Ich hoffe, dass sie durchkommt.«

»Es muss hart für Sie gewesen sein, nach Ihrer langen Abwesenheit mit einer solchen Situation konfrontiert zu werden.«

»Es war schwierig«, gab ich zu. Wie viel wusste diese Frau, diese Fremde, über mein Leben? Es war befremdlich.

»*À table*«, rief Rémi. Zeit fürs Abendessen.

»Essen wir«, sagte Laetitia und nahm mir Lola ab. »Die Kleine ist ein Leckermaul, und ihr Papa kocht wunderbar, nicht?« Sie kitzelte Lola am Bauch.

»*Oui*«, quietschte Lola.

»Nehmen Sie dort Platz, Sophie«, bat Laetitia und deutete auf einen Stuhl.

Der Tisch war, genau wie das Haus, rustikal, eine lange Tafel aus Mahagoniholz. Schlicht. Bezaubernd. Als ich mich setzte, brachte Rémi die Speisen zu uns herüber: in Entenschmalz geschmorte Kartoffeln, das Roastbeef und einen Salat mit gebratener Gänseleber. Während er den Braten aufschnitt, zwinkerte er mir zu.

»Für unseren amerikanischen Gast machen wir es auf amerikanische Art. Wie magst du dein Fleisch?«

»*Saignant*«, sagte ich. Ich mochte meins blutig.

»Puh. Hättest du etwas anderes gesagt, würde ich mich fragen, ob du wirklich als Französin auf die Welt gekommen bist.«

»Sehen Sie?«, bemerkte Laetitia. »Er lächelt. Ich freue mich wahnsinnig, ihn so zu erleben.«

Ich fragte mich, warum eine Kinderfrau sich so sehr um das Glück ihres Arbeitgebers sorgte. Vermutlich standen sie sich einfach nahe, da er als alleinerziehender Vater eine Betreuerin für sein Kind brauchte. Während ich Laetitia beobachtete, kam mir meine Mutter in den Sinn. Wäre sie noch am Leben, wäre sie ungefähr zehn Jahre jünger. Laetitias Augen hatten die Farbe von Ahornsirup und waren voller Güte statt Finsternis. Wäre meine Mutter nicht so krank gewesen, wäre sie dann auch voller Licht und Wärme gewesen wie Laetitia?

»Ich hoffe, du magst Knoblauch«, sagte Rémi, während er das Fleisch aufschnitt. »Ich habe den Braten mit etlichen Zehen gespickt.«

Während wir uns über den Tag und über Lolas Musikstunde unterhielten, ließen wir uns ein köstliches Abendessen schmecken. Rémis Kochkünste beeindruckten mich. Der Braten war perfekt gegart. Die Kartoffeln waren köstlich, der Salat war die perfekte Beilage. Ich hatte vergessen, wie gut gebratene Foie gras schmeckte.

Rémi brachte das Dessert, und Lola klatschte in die Hände. »Galette des Rois! Galette des Rois!«

Als Rémi den Dreikönigskuchen servierte, zwinkerte mir Laetitia zu. »Sie liebt Süßes. Sie spricht nur noch von Ihrer *chocolat chaud.* Neulich, als ich ihr eine gemacht habe, hat sie zu mir gesagt: ›Non, das schmeckt nicht wie bei Tatie Sophie.‹«

Rémi stellte mir ein Kuchenstück hin. »Wir machen es wie unzivilisierte Amerikaner. Diesen Nachtisch darf man mit den Händen essen.«

Ich biss in mein Stück und machte große Augen, während ich vor Schmerz zusammenzuckte. »Ich hätte mir fast einen Zahn abgebrochen! Was um alles in der Welt ist da drin?«

»Ich glaube, Sophie hat die *fève* gefunden«, stellte Laetitia grinsend fest.

Ich spuckte den kleinen Porzellanigel in meine Hand. Er war blau. »Ich dachte, in dem Kuchen würden Heiligenfiguren versteckt.«

»Kommerzialisierung«, erklärte Laetitia. »Alle möglichen Markenfiguren. Mickey Mouse, Les Lapins Crétins, was auch immer.«

Rémi setzte mir eine goldene Papierkrone auf. »Du bist die Königin«, verkündete er. »Zumindest für einen Tag.«

»*La reine,* Tatie Sophie«, quietschte Lola und klatschte erneut vor Entzücken in die Hände. »Darf ich eine Prinzessin sein?«

»Na klar«, sagte ich.

»Sie hat viel von ihrer Mutter«, bemerkte Laetitia und sah mich mit zugekniffenen Augen an. »Sie erinnern mich in gewisser Weise an sie.«

Ich blinzelte wie Agnès. »Sie kannten Anaïs?«

»Aber natürlich«, sagte Laetitia verwundert. »Ich bin Anaïs' Mutter. Hat Rémi es Ihnen nicht gesagt?«

Meine Augenlider entwickelten ein Eigenleben. Ich konnte nicht mehr mit dem Zwinkern aufhören. Sie war also nicht die Kinderfrau.

»Möglich, dass ich vergessen habe, es zu erwähnen«, sagte er, als wäre das keine große Sache. »Jetzt weiß sie es ja.«

Ich machte eine ruckartige Kopfbewegung, und die

Krone fiel zu Boden. Ich weiß nicht, warum, aber diese Neuigkeit war ein ziemlicher Schock für mich.

»Rémi brauchte Hilfe. Ich bin hier eingezogen, weil ich meiner Enkelin nahe sein wollte«, erklärte Laetitia. »Und jetzt verabschiede ich mich. Es war schön, Sie kennenzulernen, Sophie. Ich muss die Kleine baden und ins Bett bringen. Ich freue mich darauf, Sie wiederzusehen.«

Laetitia hob Lola hoch. »Gib deiner Tatie Sophie einen *bisou*«, sagte sie.

Lola beugte sich zu mir herunter und gab mir einen Kuss auf die Lippen.

»Hat mich sehr gefreut, Sie kennenzulernen, Laetitia«, murmelte ich und griff nach meinem Mantel. »Rémi, ich muss nach Grand-mère sehen. Danke für heute. Und danke für das Abendessen«, sagte ich. Ich hob einen Fuß an. »Und danke für die Stiefel. Das Geld kriegst du zurück.«

»Warte, Sophie«, sagte Rémi. »Ich kann dich doch fahren.«

»Ist schon okay. Ich kann laufen. Es ist ja nicht weit. Und du hast schon genug getan. Wirklich, ein perfekter Tag. Ein perfektes Essen.«

»Aber draußen ist es dunkel. Was ist mit den *sangliers*? Sie suchen nachts und frühmorgens nach Futter. Sie können sehr gefährlich werden.«

»Das Risiko gehe ich ein«, sagte ich heldenhaft. Vor Wildschweinen hatte ich keine Angst. »Ich muss zurück zu Grand-mère.«

»Das kommt nicht infrage.« Er schnappte sich seine Schlüssel und zog seinen Mantel an. »Ich fahre dich.«

Im Pick-up sagte ich kein Wort, ich starrte nur vor mich

hin. Zwei Minuten später hielten wir vor dem Château. Ich schüttelte verärgert den Kopf.

»Findest du nicht, dass es eine gute Idee gewesen wäre, mir *vor* unserem Kennenlernen zu erzählen, dass Laetitia Anaïs' Mutter ist, Rémi?«

»Ich verstehe wirklich nicht, wo das Problem liegt. Sie ist eine sehr nette Frau, und ich weiß nicht, was ich ohne sie anfangen würde. Sie hat jedes Recht, an Lolas Leben teilzuhaben.«

»Das ist richtig. Aber ich mag keine Überraschungen, vor allem nicht bei wichtigen Dingen«, gab ich zurück, sprang aus dem Pick-up und stürmte zum Haupteingang des Châteaus. Dort blieb ich kurz stehen und wartete, um zu hören, wie er wegfuhr.

Doch Rémi schlich sich von hinten an mich heran, packte mich an den Armen und drehte mich zu sich herum. »Dass du keine Überraschungen magst, werde ich mir merken«, sagte er. Und dann zog er mich an sich und küsste mich. Mir jagten Schauder über den Rücken. In meinem Hirn explodierten Feuerwerkskörper. Ich konnte fast meinen Herzschlag hören. Als er sich zurückzog, zitterte ich am ganzen Körper. Der Kuss war übersinnlich – anders als alles, was ich je erlebt hatte, und besser, als ich es mir vorgestellt hatte. Rémi flüsterte: »Das wollte ich schon seit dreizehn Jahren tun.«

»Was … was ist mit ›es langsam angehen lassen‹, Rémi?«, stammelte ich.

»Du hast gesagt, es besteht eine Chance für uns.« Er verschränkte die Arme vor der Brust. »Was hält dich wirklich davon ab, sie zu ergreifen?«

Ich schluckte. Jetzt hatte ich die Möglichkeit, ihm die Wahrheit zu sagen. »Es liegt an den Sternen.«

»Den Sternen? Schau nach oben, Sophie, wir haben hier massenhaft Sterne.«

Ich setzte mich auf die Eingangstreppe. »Nicht diese Sterne. Michelin-Sterne. Es ist immer mein Lebenstraum gewesen, zu dem einen Prozent Frauen zu gehören, die ein Sternerestaurant führen. Ich muss mich in New York rehabilitieren. Mein Ruf ist zerstört.«

Rémi raufte sich die Haare. »*Bon Dieu,* Sophie. Du würdest die Chance, dich zu verlieben, dagegen eintauschen, eine zerstörte Karriere wiederzubeleben?«

Das war total verrückt. Das ging alles zu schnell für mich – viel zu schnell. Ich stand wieder auf, öffnete die Tür zum Château. Rémi streckte blitzschnell die Hand aus und schloss sie wieder. Obwohl ich eindeutig Gefühle für ihn entwickelte und zwischen uns eine unwiderstehliche körperliche Anziehung bestand, waren mein Kopf und mein Herz, das wie wild hämmerte, für die Idee nicht offen.

»Verlieben? Wir haben uns gerade erst wiedergetroffen.«

Er verschränkte die Arme vor der Brust und erwiderte: »Ich sagte, die *Chance,* sich zu verlieben. Und wenn du nach den Sternen greifen willst, kannst du das auch hier.«

»Ich hab das Gefühl, als würde mir alles auf dem Silbertablett serviert«, erklärte ich und verkniff mir den Zusatz »einschließlich du«.

»Und das ist etwas Schlechtes?«, fragte er und sah mich an, als wäre ich verrückt.

»Ja … N … nein«, stammelte ich. »Ich weiß nicht.«

»Du musst dir darüber klar werden, was du willst«, sagte er und machte auf dem Absatz kehrt, stieg lässig die Stufen hinunter und ging zurück zu seinem Pick-up.

Ich rief ihm nach: »Genau das hab ich dir doch gesagt. Ich muss mir über *alles* klar werden. Deshalb will ich es ja auch langsam angehen.«

»Du ignorierst nicht einfach nur deine Gefühle?«

»Nein, Rémi, ich brauche lediglich Zeit, um mir über sie klar zu werden.«

25
Rehabilitierung und Schweißperlen

Nach einer schlaflosen Nacht, in der ich mich wegen Rémi, Grand-mères Gesundheit und dem Druck, das Château übernehmen zu müssen, von einer Seite auf die andere gewälzt hatte, wollte ich den Kopf wieder freibekommen. Ich war auf dem Weg zum Gewächshaus – zu diesem wunderbaren Zufluchtsort voller beruhigendem Lavendel –, als mein Handy brummte. Ich zog es aus meiner Tasche und war geschockt, als ich die Nummer des Cendrillon erkannte. Seltsam. In New York war es halb zwei Uhr morgens. Mit klopfendem Herzen nahm ich den Anruf entgegen.

»Hallo«, meldete ich mich mit einer Stimme, die nur etwas lauter als ein Flüstern war.

»Sophie?«

Diese barsche Stimme hätte ich im Schlaf erkannt.

»Chef«, sagte ich und lehnte mich an eine Steinmauer in der Parkanlage, um nicht das Gleichgewicht zu verlieren, während ich mich auf ein Bombardement aus Drohungen gefasst machte. Schweigend lauschte ich O'Sheas schwerem Atem und rieb mir den Nacken.

»Sophie, bist du noch dran? Ist die Verbindung schlecht?«

»Ich bin hier.«

»Und ich bin ein überreagierender Hitzkopf«, sagte O'Shea. »Ich schulde dir eine dicke Entschuldigung, und nicht nur dafür, dass ich zu so später Stunde anrufe.«

O. Mein. Gott. Jemand musste ausgepackt haben. Meine Hände zitterten. »Ich verstehe«, murmelte ich, legte den Kopf in den Nacken und kniff die Augen zu.

»Ich habe einen anonymen Brief über dich, Eric und die Aberkennung des Sterns erhalten«, berichtete er. »Zuerst wollte ich ihn gar nicht lesen, aber Bernadette bestand darauf, sie hat mich praktisch gezwungen. Ich glaube, sie ist nicht Erics größter Fan.«

»Nein«, bestätigte ich und fragte mich, wer mir beigesprungen war und aus welcher Motivation heraus.

»Zuerst dachte ich, du hättest den Brief selbst geschickt, aber du hättest keine Ausdrücke wie ›hinterhältiger Wichser‹, ›Vollidiot‹ und ›Schwachkopf‹ benutzt.«

Ich musste mir ein Lachen verkneifen. Als Phillipa mir gesagt hatte, dass sie mir unbedingt beim Reinwaschen meines Namens helfen wollte, konnte ich ja nicht ahnen, dass sie tatsächlich etwas unternehmen würde.

»Du weißt, wer ihn geschrieben hat, stimmt's?«

»Ich hab eine ziemlich gute Vorstellung«, gestand ich, »aber ich versichere Ihnen, ich wusste nichts davon.«

»Völlig fasziniert habe ich den Inhalt dieses seltsamen Briefes, der aus Bibury, England, kam, der Küchenbrigade vorgelesen, und die meisten von ihnen taten es mit einem Lachen ab – außer Miguel. Er kam in mein Büro und sagte, er müsse etwas beichten, sonst würde er schnurstracks in die Hölle fahren. Mir war nicht klar, dass er so religiös ist.«

O'Shea räusperte sich. »Er hat zugegeben, dass er gesehen und mitgehört hat, wie Eric und Alex sich gegen dich verschworen haben, und dass Eric dich angewiesen hat, die Velouté nachzuwürzen. Er erzählte mir auch, dass in der Stadt schon vorher Gerüchte im Umlauf waren, dass das Cendrillon vielleicht einen Stern verlieren würde. Diese zwei Mistkerle haben die Gelegenheit ergriffen, um dich zu sabotieren. Eric konnte ich nicht mal feuern, weil er schon vor Monaten gegangen ist, um sein eigenes Restaurant zu eröffnen.«

»Eric wollte, dass ich für ihn arbeite. Ich habe Nein gesagt, Chef«, beteuerte ich. »Ich wollte es Ihnen sagen, bekam aber keine Gelegenheit dazu.«

»Das war mein Fehler«, räumte O'Shea ein. »Wie ich schon sagte, ich bin ein Hitzkopf.« Er schnaubte verächtlich. »Alex, den Mistkerl, hab ich sofort gefeuert.«

»Gut.«

»Und damit gehört der Posten des Chef de Cuisine dir, wenn du ihn willst. Kannst du heute vorbeikommen, um das mit mir zu besprechen?«

»Ich kann nicht.« Mein Herz schlug schneller. Moment mal, bot er mir *wirklich* eine Beförderung an? Meinen Traum? »Ich bin in Frankreich.«

»In Frankreich? Bei deiner Großmutter? Wann kommst du zurück?«

Die Rauchschwalben, *hirondelles,* schossen in einem fröhlichen koordinierten Freudentanz über den Himmel. Die Sonne knallte mir auf den Kopf, mir wurde schwindlig. Ich konnte Champvert im Moment unmöglich verlassen – egal, wie sehr sich mein Herz danach sehnte. Das *Tschack-tschack-tschack* der Elstern erinnerte mich daran.

»Ich weiß nicht genau. Sie ist krank geworden, und ich helfe ihr hier aus, bis es ihr besser geht.«

»Hör zu, ich kann in der Küche eine Weile die Stellung halten, vielleicht sogar Monate. Ich habe vor, alles wieder auf Kurs zu bringen. Und falls du den Artikel in der *Times* gesehen hast, mach dir deshalb keine Sorgen.«

»Hab ich«, erklärte ich, wollte aber nicht darüber nachdenken.

»Ich schick denen meinen Widerruf«, verkündete er. »Ich hab in der kulinarischen Welt mehr Einfluss als Eric. Er ist ein talentloser, illoyaler Schwachkopf, und ich kümmere mich darum. Ich werde dich rehabilitieren und ihn erledigen.« O'Shea lachte herzlich. »Das Blackbird wird das am schnellsten wieder geschlossene Restaurant in der Geschichte werden. Es tut mir leid, dass diese zwei Armleuchter dir das angetan haben.«

»Mir auch, Chef. Mir auch.« Eine Freudenträne lief mir über die Wange.

»Es tut mir leid, dass ich derart die Beherrschung verloren habe, Sophie. Ich schäme mich für mein Verhalten. Ich verspreche, es wird nicht wieder vorkommen.« Seine Stimme klang gequält. Ich fühlte mich schrecklich. »Also, denkst du über mein Angebot nach?«

»Ja, aber ich weiß noch nicht, wann ich zurück nach New York komme.«

»Nimm dir so viel Zeit, wie du brauchst«, sagte er. »Ich warte auf deine Antwort.«

»Danke für den Anruf, Chef«, sagte ich und beendete das Gespräch. Dann sank ich auf die Knie.

Ich ließ den Blick über die Parkanlage schweifen, die

langsam wieder zum Leben erwachte. Die Knospen an den Magnolienbäumen hatten sich schon rosa gefärbt. Bald würden die Blumen erblühen, genau wie ich in gewisser Weise aufblühte. Könnte ich das alles zurücklassen? Wenn ich O'Sheas Angebot annähme, würde ich wieder nur *seine* kulinarische Geschichte erzählen und nicht meine. Ich wusste nicht, ob ich feiern sollte. Ein Teil von mir war glücklich, doch der andere Teil fühlte sich furchtbar schuldig, weil ich auch nur mit dem Gedanken spielte, Champvert zu verlassen.

Grand-mère durfte nicht sterben. Wenn sie es tat, zählte sie darauf, dass ich das Château übernahm, und das konnte ich nicht ohne sie. All das wurde mir einfach in den Schoß gelegt. Ich hatte mich dafür nicht angestrengt. Neben dem Buchungssystem und den zwei Küchen gab es noch so viel anderes zu managen. Das Château stellte Honig und Konfitüren her und verkaufte diese Produkte an externe Anbieter. Und wenn man noch die Weinwirtschaft dazurechnete … Das war für eine Person viel zu viel zu bewältigen. Beim Cendrillon wusste ich zumindest, was mich erwartete – die Überstunden und die sexuelle Belästigung waren im Vergleich zu dem Stress, der mit der Leitung des Châteaus einherging, ein Spaziergang. Ich musste mit Grand-mère sprechen. Jetzt gleich. Ich brauchte Antworten auf meine restlichen Fragen.

Ich holte tief Luft, lief ins Haus und zu ihrer Suite hoch, klopfte an die Tür und betrat ihr Schlafzimmer. Ich sagte kein Wort, sondern stand nur da und überlegte, was ich sagen sollte.

»*Ma chérie*«, begrüßte sie mich und sah von ihrer Zeitschrift auf. »Du siehst indisponiert aus. Stimmt etwas nicht?«

»Ja und nein. Ich bin rehabilitiert. Mein Chef O'Shea hat mich gerade angerufen. Er hat einen Brief erhalten, der meinen Namen reingewaschen hat«, berichtete ich, ihrem Blick ausweichend.

»Ich verstehe«, sagte sie spitz. »Ich nehme an, O'Sheas Entschuldigung ging mit einem Stellenangebot einher. Erwägst du, zurück nach New York zu gehen?«

Ich zuckte mit den Achseln. »Ich brauche Zeit, um alles zu verarbeiten, was passiert ist.«

»Was musst du denn verarbeiten?«

Einen Augenblick lang konnte ich nicht sprechen. Ich hielt nur den Atem an. Aber der Moment war gekommen. Ihr schien es gut zu gehen. Ich wirbelte herum und erwiderte ihren Blick.

»Um meine Entscheidung zu fällen, muss ich wissen, warum Mom Champvert verlassen und es nie bereut hat.«

Das Schweigen, das auf meine Behauptung folgte, wurde von schweren Atemzügen durchbrochen – von meinen.

»Ich wusste, dass dieser Tag kommen würde«, sagte meine Großmutter und nahm mühsam ihr Tagebuch von ihrem Nachttisch. »Setz dich neben mich«, befahl sie, und ich gehorchte. »Blätter ein paar Seiten vor. Nicht weiter. Jetzt lies vor.« Sie sah mir in die Augen. »Ja, hier werden wir anfangen.« Sie holte tief Luft. »Diesen Tag habe ich gefürchtet.«

Mit leiser Stimme las ich vor.

Céleste,
ich bin gerade mit dir vom Arzt zurückgekommen. Du bist schwanger, und ich bin entsetzt. Während der Autofahrt nach Hause hast du mir gesagt, dass du eine Abtreibung willst. Das, mein Liebling, wird niemals geschehen. Du bist nicht in der seelischen Verfassung.

Ta mère

»In der seelischen Verfassung, Grand-mère?«, fragte ich entgeistert. Mein Körper war so angespannt, dass ich dachte, meine Knochen würden zu Staub zerfallen.

»Mit sechzehn wurde bei Céleste eine klinische Depression festgestellt. Der Arzt hat ihr Lithium verschrieben, um ihre Stimmungsschwankungen zu kontrollieren. Als sie mit dir schwanger war, wurde es schlimmer. Ich bin immer davon ausgegangen, dass sie ihre Medikamente abgesetzt hat, als sie getan hat, was sie getan hat.«

Auch wenn meine Großmutter das Wort »Selbstmord« nicht in den Mund nahm, erklärte das alles. Fast alles. Aber wenn sie gewusst hatte, dass meine Mutter so krank war, warum hatte sie nichts unternommen? Warum hatte sie mich nicht vor ihr und dem Elend, in dem ich gelebt hatte, gerettet?

»Sie hat mich aus Champvert weggebracht, ohne dass ich ein Mitspracherecht gehabt hätte. Ich war noch zu klein und konnte nicht einmal laufen oder sprechen. Warum hast du dich nicht mehr angestrengt, mich ihr wegzunehmen? Sie war schließlich krank.«

Jetzt hatte ich ihr die Schuld zugeschoben und konnte die Worte nicht mehr rückgängig machen.

»Das hab ich ja versucht, aber die Gerichte haben zu ihren Gunsten entschieden. Das hat einen weiteren Keil zwischen uns getrieben, wie du dir vorstellen kannst. Unter dem Brett in meinem Kleiderschrank liegt eine Akte. Darin kannst du die Entscheidung des Richters nachlesen.« Grand-mères Augen füllten sich mit Tränen. »Dich ihr wegzunehmen hätte sie umgebracht.«

»Aber sie hat sich *selbst* umgebracht«, wandte ich ein, während die Erinnerung an ihren blauen und aufgedunsenen Körper in der Badewanne vor mir aufblitzte.

»*Ma chérie,* sie war schon lange vor deiner Geburt krank. Ist dir je der glasige Ausdruck in ihren Augen aufgefallen, wenn sie lächelte, als wäre sie nie richtig da? Oder ihre Stimmungsschwankungen von unnormalen Höhen zu schlimmen Tiefen?«

In einer Hochphase war meine Mutter die Ballkönigin gewesen. Sie ging mit mir shoppen, um mir Kleider zu kaufen. Manchmal bürstete sie mir die Haare und sagte mir, wie schön ich sei. Einmal kam sie mit Saatgut, Erde und Terrakotta-Töpfen nach Hause, weil sie dachte, dass ich mir auf unserer kleinen Terrasse gern einen Garten anlegen würde, weil ich so gern kochte. Und so war es auch. An diesen guten Tagen waren ihre Augen klar, und sie war voller Leben. Aber ihre schlechten Tage waren furchtbar. Dann verkroch sie sich in ihrem Zimmer, zog die Vorhänge zu und rührte sich kaum. Rückblickend passierte das oft, wenn sie bei einem Vorsprechen gegenüber einer jüngeren Schauspielerin den Kürzeren gezogen hatte.

»Lies weiter«, bat Grand-mère und kniff die Augen zu. »Es gibt noch mehr, das du wissen musst.«

Céleste,
Jean-Marc Bourret war hier und hat nach dir gefragt. Er gefiel mir gar nicht. Er war schmutzig und unrasiert, kein ordentlicher Bursche. Du warst in deinem Zimmer und schliefst. Diese Schwangerschaft ist schwierig für dich. Du leidest an Morgenübelkeit und musst Bettruhe halten. Jean-Marc bestand darauf, dass ich dich wecke. Er sagte mir, dass er der Vater deines Kindes sei und dass er dich heiraten wolle.
Ich sagte ihm, er solle auf der Vordertreppe warten und holte mein Scheckbuch. Zuerst wollte er den Scheck nicht annehmen. Er hielt dagegen und bat inständig, dich zu sehen. Doch dann warf er einen Blick auf die Summe. Oh, du hättest sein Lächeln sehen sollen, den Glanz in seinen Augen, als er sich das Château genauer ansah. Ich sagte ihm, es käme noch mehr für jedes einzelne Jahr, das er sich von dir fernhielte. Natürlich willigte er ein. Ich denke, das ist meine Beichte. Aber ich habe kein schlechtes Gewissen. Ich habe getan, was für dich richtig war. Eine Ehe mit seinesgleichen hätte niemals funktioniert. Heute ist der Tag der Bastille, und ich habe soeben deine Unabhängigkeit erkämpft.

Ta mère

Das Tagebuch glitt mir aus den Händen. Ich rieb mir verwundert die Augen. Das konnte nicht wahr sein. Die

Antwort, nach der ich mein halbes Leben gesucht hatte, erschien einfach auf der Seite, direkt vor meiner Nase, geschrieben in Grand-mère Odettes schnörkeliger Handschrift. Doch es tauchten weitere Fragen auf. Mir lief der Schweiß den Nacken hinunter. War dieser Jean-Marc Bourret wirklich mein Vater? Wohnte er noch in der Gegend? Und wenn ja, konnte ich ihn finden? Wollte ich das? Meine Tränen tropften auf das Tagebuch. Ich hatte nach der Wahrheit gesucht und sie gefunden. Aber manchmal ist die Wahrheit schwer zu verdauen.

»Wie viel hast du ihm gezahlt?«, fragte ich.

»Damals entsprach die Summe etwa zehntausend Euro.«

»Ich kann nicht glauben, dass er das Geld angenommen hat«, sagte ich leise.

»Hat er«, entgegnete sie. »Aber er hat nur den ersten Scheck eingelöst.«

Mir schnürte sich die Kehle zu. Die ganze Zeit über hatte meine Großmutter gewusst, wer mein Vater war, und es mir nicht gesagt. Ich holte tief Luft und versuchte, meine Gefühle im Zaum zu halten.

»Du hast mir seine Identität verheimlicht. Selbst wenn er ein geldgeiler Mistkerl ist, hatte ich ein Recht darauf, es zu wissen.«

»Als du noch ein Kind warst, war es nicht meine Aufgabe, dir zu sagen, wer er ist, es war die deiner Mutter.«

Ich grub meine Fingernägel in die Handflächen. »Und danach? Nach ihrem Tod?«

»Du hast mich nie gefragt«, rechtfertigte sie sich. »Und das ist nicht gerade etwas, das man am Telefon bespricht.«

Sie hatte für alles eine logische Erklärung. Wenn ich ehrlich zu mir selbst war, hatte sie nur versucht, mich aus der Ferne zu beschützen. Und vielleicht wussten es Großmütter tatsächlich am besten.

Sie hob ihre gebrechliche Hand. Ich nahm sie in meine. »*Ma chérie,* wir wissen beide, dass ich bald sterbe. Vielleicht habe ich noch ein paar Tage, vielleicht noch eine Woche. Vielleicht einen Monat. Du hast jetzt deine Antworten. Ich bin meine letzte Beichte losgeworden, bevor ich zur anderen Seite hinübergehe. Deine Mutter hat mir mit dem, was sie getan hat, das Herz zerrissen«, erklärte sie schluchzend. »Es tut mir leid, dass ich nicht mehr für dich da war. Es tut mir leid, dass ich dir nichts von deinem Vater erzählt habe. Mir tut so vieles leid. Ich muss mit der Vergangenheit abschließen. Willst du das nicht auch, damit wir beide in Frieden unserer Wege gehen können und nicht mit Groll oder Hass in unseren Herzen?«

»Das fände ich schön«, pflichtete ich ihr bei und wischte mir die Tränen weg.

»Ich auch, mein Liebling, ich auch.« Ihre sonst so kräftige Stimme zitterte vor Verletzlichkeit, ich wusste, dass sie mir die Wahrheit sagte.

In den darauffolgenden Wochen verbrachte ich viel Zeit mit Grand-mère. Wir sahen uns Fotoalben an, sprachen über die Vergangenheit, und ich bereitete ihre Mahlzeiten zu.

Eines Tages, wir hatten gerade unsere *galettes* aufgegessen, die herzhafte Version von Crêpes, als sie sich die Lippen mit ihrer Serviette abtupfte und sagte: »Ich muss dir noch etwas zeigen. Es ist ein Brief, den deine Mutter mir geschrieben hat, bevor sie diese Welt verließ.«

»Sie hat dir geschrieben?«, fragte ich entgeistert, während mein Herz an meine Rippen pochte. »Wo ist er?«

»In meinem Nachttisch.«

Ich zog die Schublade auf und fand den Brief sofort. Er war voller Tränenflecken, entweder von meiner Großmutter oder meiner Mutter.

»Bitte lies ihn nicht laut vor«, bat Grand-mère. »Ich kenne jedes einzelne Wort auswendig.«

Also las ich im Stillen.

Liebe Mutter,
du und Vater, ihr hattet mit allem recht. Ich will für Sophie klar sein, doch aufgrund der Schmerzen, die ich mir selbst und ihr verursacht habe, ist das unmöglich. Vielleicht hätte ich deinen Rat befolgen und meine Medikamente weiter nehmen sollen. Aber ich habe nie auf dich gehört, wenn du recht hattest. Ich hätte Sophie niemals von Champvert wegbringen dürfen. Das war egoistisch von mir. Das Geld, das ich bekommen habe, bedeutet mir nichts. Ich gebe es für Frivolitäten aus und habe nicht für meine Tochter gesorgt. In Wahrheit sorgt Sophie für mich. Ich bin eine Versagerin – als Frau, als Mutter, als Tochter. Verzeih mir die vielen harten Worte, die in all den Jahren zwischen uns gefallen sind. Verzeih mir, dass ich nicht auf dich gehört habe. Ich habe dich nie gehasst. Ich habe dich immer geliebt. Ich war nur zu verkorkst, um es zu erkennen. Mit mir stimmt etwas nicht, und ich kann es nicht

beheben. Deshalb unternehme ich etwas dagegen. Bitte sorge für Sophie, sie hat etwas Besseres verdient.

In Liebe
Céleste

Meine Atmung verlangsamte sich wieder. Meine Mutter hatte mich geliebt. Sie hatte einen Abschiedsbrief hinterlassen. Ihr Tod war nicht meine Schuld gewesen, wie ich es all die Jahre geglaubt hatte. Ich hielt den Brief hoch, während mir die Tränen über die Wangen strömten.

»Von allen Geheimnissen, die du mir über die Jahre verschwiegen hast, warum dieses? Ich dachte, sie hätte es vielleicht wegen mir getan. Ist dir nicht klar, wie sehr ich das brauchte?«

»Weil es zu sehr schmerzte«, erklärte Grand-mère. Sie weinte und schluchzte wie ich. »Ich habe sie verloren. Ich konnte nichts tun, um sie davon abzuhalten. Als mich der Brief erreichte, war es zu spät. Sie war tot. Bitte sei nicht böse auf mich. Ich wollte dich immer nur vor dem Schmerz beschützen, den ich empfand.«

»Ich bin nicht böse, Grand-mère«, versetzte ich. »Ich bin verletzt, durcheinander und traurig.«

»Das verstehe ich, *ma chérie.* Bitte vergib mir.«

Vergebung. Vielleicht hätte ich all diese Wahrheiten herausgefunden, wenn ich früher nach Champvert zurückgekehrt wäre. Aber das war ich nicht. Und da wurde mir klar, dass nicht Grand-mère um Vergebung bitten sollte, sondern ich.

Ich ergriff ihre Hand. »Grand-mère, bitte vergib *mir.*«

»Wofür?«

»Weil ich nicht für *dich* da war, als du mich brauchtest.«

»Jetzt bist du ja da, *ma chérie*«, sagte sie.

Mitternacht. Ich saß auf dem Fenstersitz und sah hoch zu den Sternen. Ich fragte mich, ob meine Mutter dort oben war und auf mich herunterblickte, und dachte über die Sterne nach, nach denen ich mich immer gesehnt hatte. Mein Handy brummte. Ich sah auf die Nummer und rechnete damit, dass es Walter war, aber es war eine SMS von O'Shea.

Habe mithilfe meiner Foodie-Spitzel weiter nachgeforscht. Fand heraus, dass Trevor Smith einer von Erics Investoren ist. Ich mache ihn fertig. Schlechte Nachricht: Die Times *will meinen Widerruf nicht abdrucken. Gute Nachricht: Sie wollen, dass ich einen Meinungskommentar schreibe. Hab ihn schon geschrieben, und sie bringen ihn in ein paar Wochen. Schlechte Nachricht: Erics Restauranteröffnung bekam gloriose Kritiken. Gute Nachricht: Trevor Smith hat die Kritik geschrieben. Alles wird sich klären.*

Denk über mein Angebot nach, Sophie.

Ich dachte über sein Angebot nach und war hin- und hergerissen. Ich eilte in Grand-mères Büro und rief auf dem Computer die Kritik des Blackbird in der *Times* auf. Auf der Homepage war ein Foto von Eric abgebildet mit der Schlagzeile: *MICHELIN WIRD BALD AN ERIC ROMANOS TÜR KLOPFEN.*

»Was soll das denn?«, murmelte ich.

Als ich die Seite überflog, sprangen mir Worte wie »Zweisternespitzenkoch«, »kulinarisches Meisterstück«

und »saisonale Verlockungen« ins Auge. Doch der Schlag ins Gesicht kam, als mein Blick an dem Foto des Gerichts hängen blieb, von dem sie so schwärmten. Es war nicht Erics Rezept, es war meins, das mit den Doradenfilets. Jede Zutat, die ich benutzt hatte, die Garnitur inklusive der essbaren Blumen wie Lavendel. Ich kochte vor Wut.

Es gab nur eine Person im Château, die für einen solchen Verrat verantwortlich sein konnte, und die käme in einer Woche zurück.

26

New York State of Mind

Es war schwer, Rémi auf Abstand zu halten, vor allem wenn er mich anlächelte wie ein junger Hund, der auf ein Leckerli wartete, mit erwartungsvoll leuchtenden Augen, als würde ich mich an seine Brust werfen und sagen: Rémi, ich bin so weit. Ich hab lange genug nachgedacht. Nimm mich in deine starken Arme und trag mich fort!

So verlockend ich die Vorstellung auch fand, ich war noch nicht für eine Beziehung bereit. Weit davon entfernt.

Deshalb war ich eindeutig nicht darauf vorbereitet, nur wenige Tage, nachdem ich O'Sheas SMS erhalten hatte, Rémi und Lola mehlbestäubt in der Küche vorzufinden. Lola, deren Mund von Schokolade verschmiert war, hatte eine Schüssel vor sich und schlug eifrig mit dem Schneebesen, wobei ihr Milch ins Gesicht spritzte.

»Was um alles auf der Welt treibt ihr hier?«, fragte ich entgeistert.

»Wir machen Crêpes«, verkündete Rémi, dessen Stimme nicht sonderlich herzlich klang, aber auch nicht unbedingt kühl. »Heute ist der 2. Februar. Da ist der Feiertag La Chandeleur.«

»Crêpes, Crêpes, Crêpes«, wiederholte Lola. »Mjam mjam.«

»Das ist noch eine französische Tradition wie die Galette des Rois. Nur viel besser«, erklärte Rémi. »Es ist nicht nur ein katholischer Feiertag, an dem wir der Darstellung Jesu im Tempel zu Jerusalem gedenken, sondern hier bei uns in Frankreich auch der Tag der Crêpes.«

»Hör auf, mich so anzulächeln«, sagte ich und warf ihm einen gespielt bösen Blick zu.

»Hör auf, mich anzustarren, und hilf uns bei der Zubereitung der Crêpes. Sie sind für Grand-mère«, gab er zurück, drehte mir den Rücken zu und verquirlte den Teig. »Hast du schon mal was in der Luft gewendet?«

»Klar«, sagte ich. »Nur noch keine Crêpes, aber ich lerne schnell.« Ich versetzte ihm einen Knuff an die Schulter und sah ihn böse an. »Dir ist schon klar, dass ich eine erfahrene Köchin bin?«

Rémi streifte mich im Vorbeigehen und nahm eine Pfanne, die er auf eine Kochplatte stellte. Er drehte den Schalter auf mittlere Temperatur. Ich sah ihm dabei zu, wie er die Pfanne mit Öl einrieb. Dann gab er einen Schöpflöffel voll Teig darauf, hob die Pfanne an und drehte sie in alle Richtungen, um jeden Zentimeter der Fläche zu bedecken. Danach stellte er die Pfanne zurück auf die Platte.

»Der Trick besteht darin, die Ränder braun werden zu lassen«, erklärte er. »Dann nimmt man einen Pfannenwender und hebt sie leicht an, so, siehst du? *Voilà!* Und jetzt wenden wir.« Er bewegte den Arm mehrmals vor und zurück, sodass sich der Crêpe vom Pfannenboden löste. Und dann wendete er ihn. »Jetzt du.«

»Ach, das krieg ich hin. Babyleicht«, prahlte ich. Ich rieb wie er eben mit Küchenkrepp Öl in die Pfanne, gab etwas vom Teig darauf, verteilte ihn und stellte die Pfanne zurück auf die Platte. Ich wartete, bis die Ränder braun wurden, und hob die Pfanne wieder an. Ich war bereit. »Eins, zwei, drei«, zählte ich. »Wenden.«

Leider landete mein Crêpe nicht wieder in der Pfanne, sondern auf der Herdplatte, wo er binnen Sekunden zu einer klebrigen Schweinerei verkokelte. Als ich die Pfanne abstellte, spürte ich, wie ich errötete. Rémi trat hinter mich, schlang die Arme um mich, und ich erstarrte.

»Langsam, Rémi. Ich denke immer noch nach.«

»Ich versuche dir dabei zu helfen«, scherzte er, zog mich näher an sich heran und küsste meinen Nacken.

Verdammt. Ich hatte keine Willenskraft. Ich wollte seine Lippen auf meinen spüren. Als ich mich umdrehte, um mich in seine Arme zu schmiegen, ertönte eine versnobte Stimme und verdarb den Augenblick.

»Anscheinend störe ich.«

Jane. Mein ganzer Körper versteifte sich. Ich entzog mich Rémis Umarmung und drehte mich zu ihr. Sie fixierte mich mit einem Blick, den ich nur als tödlich bezeichnen konnte.

»Wir machen nur Crêpes«, erklärte ich und hob defensiv die Hände. »Wann sind Sie zurückgekommen?«

»Heute Morgen«, erwiderte Jane mit anklagendem, unnachgiebigem Blick.

»Und Phillipa?«

»Sie hilft meinen Eltern beim Auspacken. Sie schaut gleich vorbei.« Jane betrachtete Lola angewidert. »Warum sitzt in dieser Küche ein schmutziges, mit Schokolade beschmiertes Kind?«

»Das ist Lola, und sie ist meine Tochter«, antwortete Rémi mit stolzgeschwellter Brust.

Jane zuckte zusammen, als würde sie auf dem elektrischen Stuhl hingerichtet. »Was?«

»Bist du schwerhörig?«, fragte er. »Ich sagte, das ist Lola, und sie ist meine Tochter.«

»Tut mir leid«, erwiderte Jane. »Ich weiß nicht, was hier abgeht. Bin ich in ein seltsames alternatives Universum gefallen?«

Jetzt oder nie. »Nein«, sagte ich und richtete mich zu voller Größe auf. »Aber ich muss Sie kurz in Grand-mères Büro sprechen.«

»Großartig.« Jane machte auf ihrem Kitten-Heel-Absatz kehrt und stürmte davon. »Denn ich würde auch gern mit Ihnen sprechen.«

Jane lief im Büro auf und ab, ihre Absätze klackerten auf dem gebohnerten Boden. Sie wirbelte zu mir herum und sah mich mit Augen wie Stahldolche an.

»Für Sie läuft immer alles super, Sophie. Nicht wahr?«

»Eigentlich nicht, Jane«, gab ich zurück. »Aber ich muss wissen, warum Sie so ein Riesenproblem mit mir haben. Warum versuchen Sie, für meinen Misserfolg zu sorgen? Alles, was Sie tun oder sagen, hat nur ein Endziel: mich fertigzumachen.«

Ihr Körper versteifte sich. Sie reckte ihr Kinn so hoch, dass ich in ihre sich blähenden Nasenlöcher sehen konnte. »Ich habe keine Ahnung, wovon Sie sprechen.«

»Ich glaube schon. Denn ich weiß, was Sie getan haben.« Ich ballte die Hände zu Fäusten, um mich davon abzuhalten, ihr in die hochnäsige Visage zu schlagen. Rasch rief ich mir ins Gedächtnis, dass sie im Unrecht war und ich im Recht. »Warum haben Sie Eric mein Rezept geschickt?«

»Eric? Wer ist Eric?«

»Na schön«, knurrte ich. Ich trat an den Computer, warf ihn an, öffnete einen Browser und rief den Artikel aus der *Times* auf. »Erklären Sie mir das. Erklären Sie mir, warum der Koch, der mich vernichtet hat, sich mit dem Doradenrezept profiliert, das ich kreiert habe.« Ich trat zurück und zeigte auf das Foto.

Sie überflog den Artikel und sank mit gesenktem Kopf auf den Stuhl. »Ich schwöre bei Gott, dass ich nichts damit zu tun habe. Das würde ich Ihrer Grand-mère oder dem Château niemals antun.«

»Aber mir schon«, sagte ich. »Machen wir uns nichts vor, wir wissen beide, dass Sie mich hier nicht wollen. Sie wollen, dass ich scheitere. Warum?«, fragte ich, obwohl ich den Grund kannte. Aber ich wollte es aus ihrem zusammengekniffenen Mund hören.

Ihre Augen wurden vor Ungläubigkeit groß, als hielte sie mich für einen Schwachkopf. »Was erwarten Sie, wie ich mich fühle?«, fragte sie. »Ich habe fünf Jahre lang den Laden geschmissen, und dann kreuzen Sie hier auf, aus heiterem Himmel. Ich habe mir hier mein Leben aufgebaut. Sie verdienen es nicht, alles zu übernehmen.«

An ihren Worten war etwas Wahres dran. Ich war einfach so aufgekreuzt. Ich hatte mir nichts von alledem erarbeitet. Aber ich hatte auch meinen Stolz. Mein Körper zitterte, doch ich blieb stark.

»Das ist nicht Ihre Entscheidung«, gab ich zurück. »Sondern die meiner Großmutter. Sie hat mir an Heiligabend die Schlüssel übergeben.«

Sie sackte in sich zusammen. »Dann bringen Sie es hinter sich. Feuern Sie mich.«

»Ich hab Ihnen doch gesagt, dass ich nicht weiß, wie es hier läuft«, sagte ich. »Sie zu feuern obliegt nicht mir, solange Grand-mère noch lebt.« Ich hielt inne, weil meine Stimme stockte. »Wollen Sie mir nicht sagen, warum Sie Eric das Rezept geschickt haben, damit ich entscheiden kann, ob ich ihr von Ihrem Verrat erzähle oder nicht? Es sei denn, Sie wollen es ihr selbst sagen.«

»Ich habe Ihnen doch schon gesagt, dass ich es nicht war«, protestierte sie und fasste sich an den Kopf. Strähnen lösten sich aus ihrer Hochsteckfrisur. »Es muss eine andere Erklärung geben.«

Ich hatte jedenfalls keine. »Zum Beispiel?«

»Wie ich mich erinnere, hatten wir an dem Abend, als Sie das Doradengericht angeboten haben, volles Haus, und die Hälfte der Gäste kam aus New York«, erklärte Jane. »Vielleicht können wir die Reservierungen gegenchecken und nachsehen, ob Ihnen irgendwelche Namen ins Auge springen. Und wenn nicht, google ich jeden Einzelnen von ihnen.«

»Tun Sie's«, sagte ich, die Hände in die Hüften gestemmt.

Jane tippte mit ihren perfekt manikürten Nägeln auf den Tasten. Nach nur wenigen Klicks hatte sie die Namen der Gäste aufgerufen, die an jenem Wochenende im Château übernachtet hatten. Ich überflog die Liste und stieß einen tiefen Atemzug aus.

»Sehen Sie etwas?«, fragte Jane.

»Jep«, sagte ich und traute meinen Augen nicht. »Wer?«

»Trevor Smith, freiberuflicher Kritiker für die *Times*«, sagte ich. »Er ist ein Feinschmecker und hat den Artikel geschrieben, in dem Erics Restaurant gepriesen wird. Er ist auch derjenige, der meinen guten Ruf zerstört hat, indem er eine Story über mich veröffentlicht hat, ohne alle Fakten zu kennen.«

Jane öffnete einen Browser und führte eine Schnellsuche durch. »Ich dachte, Restaurantkritiker sollten anonym bleiben, aber hier ist er, direkt auf Google Images. Und Sie werden nie raten, wer neben ihm steht.«

Ich brauchte nicht zu erraten, was ich bereits wusste. »Eric.«

»Ich erkenne diesen Trevor wieder«, sagte Jane und deutete auf den Bildschirm. »Das war der Typ, der über Sie gesprochen hat.«

Damals hatte ich die Verbindung nicht hergestellt und es für einen Zufall gehalten. »Eric muss ihn hergeschickt haben«, murmelte ich. »Er musste meine Rezepte klauen, weil er eine talentlose Null ist. Er kann keine Rezepte kreieren, er kann sie nur befolgen, deshalb wollte er auch, dass ich für ihn arbeite.«

»Ja, Phillipa hat mir davon erzählt. Aber warum war dieser Trevor Smith hier? Das ergibt keinen Sinn«, meinte Jane. Sie klickte sich durch weitere Artikel. »*Et voilà.* Ich hab's. Er hat für eine Klatschzeitung über eine Hochzeit berichtet.« Sie deutete auf den Bildschirm.

»In seinem Artikel werden das Essen oder das Château nicht mal erwähnt«, sagte ich, nachdem ich ihn mir rasch durchgelesen hatte.

»Da haben Sie Ihre Antwort«, sagte Jane. Sie sah mir in die Augen. »Aber ich hab meine noch nicht. Was haben Sie mit mir vor?«

Zuerst antwortete ich nicht. In meinem Kopf drehten sich die Gedanken wie das Rad eines durchgeknallten Hamsters. Ich traute Jane nicht, brauchte sie aber, bis ich wusste, was ich wollte. Die Wangen eingezogen, den Mund gespitzt, sah sie mich erwartungsvoll an.

»Grand-mère sagt, dass Sie sehr tüchtig sind. Ich werde ihre Wünsche respektieren.«

Ich hätte schwören können, dass ich sie murmeln hörte: »Respekt bekommt man nicht geschenkt. Man muss ihn sich verdienen.« Ach, was ich ihr nicht alles an den Kopf werfen wollte, aber ich tat es nicht. Ich hielt den Mund fest geschlossen.

Phillipa kam in den Raum gesprungen und umarmte mich überschwänglich. »Rémi hat mir gesagt, dass ihr zwei hier seid. Was ist los? Was hab ich verpasst, abgesehen davon, dass er eine bezaubernde Tochter namens Lola hat? Wusstest du von ihr? Wo ist ihre Mum?«

»Ich weiß jetzt von ihr«, sagte ich. »Sie ist ein wirklich süßes kleines Mädchen. Ihre Mutter ist bei der Geburt gestorben.«

»Ich hoffe, dass Sie und Rémi ... dass Sie zusammen glücklich werden«, sagte Jane steif, so als wäre Phillipa gar nicht da.

»Wir sind kein Paar«, antwortete ich.

»Aber das werden Sie sein«, sagte sie. »Oder war das, was ich in der Küche gesehen habe, nur Einbildung?«

Phillipa knuffte mich in den Arm. »Was war denn in der Küche los?«

»Nichts«, wehrte ich ab.

»Nichts?« Jane schnaubte verächtlich und zog herausfordernd eine ihrer perfekt gezupften Augenbrauen hoch. Phillipas Augen wurden vor Erwartung groß.

Ich seufzte verlegen. »Na schön, wir hätten uns beinah geküsst.«

Der heiß ersehnte Beinahekuss mit Rémi, den Jane mit ihrem plötzlichen Auftauchen zunichtegemacht hatte.

»Liebe liegt in der Luft«, quietschte Phillipa. »Ich wusste, dass sich etwas verändert hat. Er hat mich angelächelt, und er lächelt sonst fast nie.«

»Immer mit der Ruhe, wir gehen es langsam an«, sagte ich.

»Langsam? Na dann viel Glück«, spottete sie, krümmte die Finger zu Krallen und wackelte kess mit dem Po. »Heteros und ihre bekloppten Probleme. Kein Wunder, dass ich queer bin. Also, erzähl mir von dem Beinahekuss.«

»Nicht der Rede wert.« Ich räusperte mich und wechselte unter Janes bösem Blick rasch das Thema. »Anscheinend hat jemand in diesem Raum O'Shea einen anonymen Brief geschrieben. Er ist der Sache nachgegangen und hat die Wahrheit herausgefunden. Er will Eric vernichten«, sagte ich grinsend. »Das Schicksal ist tatsächlich ein Miststück und heißt Phillipa. Danke.«

»O Gott!«, rief sie. »Das ist unglaublich! Du bist rehabilitiert!«

»Noch nicht, aber dank dir arbeitet O'Shea dran.«

»Großartig«, rief Jane und beäugte mich hoffnungsvoll. »Denken Sie über eine Rückkehr nach New York nach?«

»O'Shea hat mir die Stelle des Chef de Cuisine angeboten«, antwortete ich. »Ehrlich gesagt weiß ich nicht, was ich tun soll.«

»Wenn Sie sich Ihrem Leben hier nicht fest verbunden fühlen, sollten Sie ernsthaft darüber nachdenken, sein Angebot anzunehmen«, empfahl Jane.

Ihre Miene verriet, was ihr Mund verschwieg: Ich werde Sie die Treppe hochschubsen, Ihnen beim Packen helfen und Sie zum Flughafen karren.

Phillipa stampfte trotzig mit dem Fuß auf. »Was zum Teufel soll das? Ich wollte dir nur bei der Rehabilitierung helfen, damit du im Château bleibst, Sophie. Es kann nicht wahr sein, dass du eine Rückkehr nach New York erwägst. Denn du darfst nicht zurückgehen«, rief sie außer sich und rannte aus dem Zimmer. »Ich freue mich nicht mehr für dich. Ich bin stinksauer.«

Ich blieb verstört zurück und fragte mich, was ich tun sollte. Am liebsten wäre ich Phillipa nachgelaufen, um ihr zu erklären, wie ich zu ihr stand und wie verwirrt ich war, aber ich konnte mich nicht vom Fleck rühren.

»Keine Sorge«, sagte Jane. »Sie kommt drüber weg.«

»Aber ich nicht.« Als ich mich umdrehte, stand Rémi mit Lola auf dem Arm in der Tür. »*Was* ist mit New York?«

27

Selbstvertrauen und Kreativität

Nicht nur weil Grand-mères Gesundheitszustand sich verschlechterte, waren die nächsten beiden Wochen äußerst unangenehm. Wenn Rémi und ich uns aus irgendeinem Grund gegenüberstanden, fragte er mit hoffnungsvollem Blick: »Hast du dich entschieden?«, worauf ich mit den Schultern zuckte.

»Bis du weißt, was du willst, lasse ich dir deinen Freiraum«, sagte er dann und ging seiner Wege.

Eines Morgens, auf dem Rückweg vom Fluss, wohin ich oft ging, um nachzudenken und der Situation zu entfliehen, auch wenn die *pie bavardes* mich mit ihrem lauten *Tschack-tschack-tschack* verspotteten, begegnete ich ihm zufällig. Ich hatte eine Frage, deren Beantwortung mir bei meinem Entscheidungsprozess helfen würde. Rémi wollte schon auf dem Absatz kehrtmachen, doch ich hielt ihn am Arm fest.

»Kennst du zufällig einen Jean-Marc Bourret?«, fragte ich.

Er verzog verwirrt das Gesicht. »Den Mechaniker in Sauqueuse? Was ist mit ihm? Wie kommst du ausgerechnet auf ihn?« Rémi fasste sich an die Stirn. »Irgendwas läuft hier, etwas, das du mir verschweigst. Ich weiß es einfach. Du bist so unruhig.«

Es musste einfach raus. »Er könnte mein Vater sein.«

Rémis Augen und die Besorgnis, die sie verdunkelte, sagten mir alles, was ich über seine Gefühle für mich wissen musste. »Woher weißt du das?«

»Grand-mère und ich lesen gerade ihr Tagebuch. Wir haben über meine Mutter gesprochen, Rémi. Und bis ich vollkommen verstehe, was ich alles erfahren habe, musst du verstehen, dass ich für eine Beziehung nicht bereit bin – mit niemandem. Ich muss erst mich selbst verstehen.«

»Warum hast du mir das nicht schon früher erzählt?«, fragte er.

»Weil ich allein damit klarkommen muss.«

»Sophie, du darfst nicht alles in dich reinfressen, du platzt sonst noch«, sagte er. »Ich weiß es. Denn genau das habe ich getan.«

Seine Besorgnis reichte aus, um meine Selbstbeherrschung zum Einsturz zu bringen, und ich brach in Tränen aus. Schluchzend erzählte ich ihm von den Gesprächen zwischen Grandmère Odette und mir. Als er erfuhr, dass sie Jean-Marc Bourret abgefunden hatte, wurden seine Augen schmal.

»Willst du deinen Vater kennenlernen?«

»Irgendwann schon«, sagte ich. »Aber ich muss dazu bereit sein. Und das bin ich jetzt einfach noch nicht.«

Ich nahm Rémis Hände in meine und spürte ihre Wärme. Seine Hände waren rau und schwielig und so groß, dass sie meine winzig erscheinen ließen, aber sie waren sanft, seine Fingernägel gepflegt. Er streichelte mit dem Daumen den Fingerknöchel meines Zeigefingers und linderte so die Anspannung und die Unruhe in meinem Körper.

»Ich verstehe das, Sophie«, versicherte er. »Und egal, was zwischen uns passiert, ich will, dass du in Champvert bleibst. Deshalb hoffe ich, dass du deine Antworten findest.«

Ich war gerade dabei, das Valentinstag-Menü zu planen, und noch ganz durcheinander, als Phillipa mir die Hand auf die Schulter legte.

»Du bist hier in der Küche. Das ist ein gutes Zeichen, oder?«, fragte sie hoffnungsvoll.

Ich ließ den Kopf hängen. »Vermutlich. Und ich habe eine Frage. Wenn dir jemand deinen Traum anbieten würde, für den du sehr hart gearbeitet hast, was würdest du tun?«

»Ich würde ihn neu überdenken, denn Träume können sich mit der Windrichtung ändern«, sagte sie. »Hör zu, dein Leben in Champvert ist doch gar nicht so schlecht, oder?«

»Nein, bis auf Grand-mères Gesundheitszustand ist es meist großartig«, gab ich zu. »Ich habe nur keinen blassen Schimmer, wie man ein Château führt. Das ist eine Riesenaufgabe. Und irgendwie fehlt mir mein Leben in New York.«

»Das verstehe ich, aber du hast ja mich. Ich bin für dich da. Gehen wir das Für und Wider durch. Wie sieht es in New York mit Freunden aus? Hattest du dort viele?«

Gott, jetzt würde ich armselig klingen. In der Küchenbrigade hatte ich keinen einzigen Freund gehabt, noch nie. Miguel war zwar ganz freundlich zu mir gewesen, aber mein Untergebener. Wenigstens hatte er gebeichtet, dass Eric mich sabotiert hatte. Monica hatte mich bei der erstbesten Gelegenheit fallen lassen, aber sie lebte nicht mal in New York.

»Zwei. Nur Walter und Robert. Seltsam, ich glaube, ich habe hier mehr Freunde. Dich, Clothilde, Bernard, Gustave … und Rémi, wenn er gerade mit mir redet.«

»Nur damit ich dich recht verstehe. Du hast den Großteil deines Lebens in New York verbracht, und in den paar Monaten hier hast du mehr Freunde gefunden und vielleicht sogar ein befriedigenderes Leben?«

»Ja«, sagte ich kleinlaut. »Vielleicht. Aber jedes Mal, wenn etwas Gutes passiert, scheint mir, als wartete hinter der nächsten Ecke etwas Schlechtes auf mich.«

»Das nennt sich Leben«, stellte Phillipa trocken fest. »Und wir brauchen dich in unserem.« Sie blinzelte. »Sag mir, was dir an Champvert und am Château gefällt.«

Ich überlegte.

»Ich liebe das Gewächshaus. Ich liebe es, dass ich mir Gerichte ausdenken und dabei rumspinnen kann. Mir gefällt die Vorstellung, diese Küche zu leiten, frage mich aber, ob ich es hinbekommen werde. Ich liebe den Wechsel der Jahreszeiten und das Kochen mit frischen Produkten. Ich liebe das Rauschen des Flusses und den Vogelgesang. Ich liebe das Team hier. Ich hätte gern die Chance, meine Geschichte zu erzählen.«

»Und was magst du an New York?«

»Ich liebe Walter und Robert, aber ich müsste mir eine neue Bleibe suchen. Ich liebe die Gebäude und die Architektur, aber die Umweltverschmutzung und der Lärm,

O'Sheas Launen und die Überstunden stören mich. Die sexuelle Belästigung in der Küche nervt, obwohl ich damit umgehen kann.«

»Ist dir bewusst, dass fast alles, was du über New York gesagt hast, irgendwie negativ ist?«

Phillipa hatte recht. Meine Karriere und das ganze Drama hatten mich so sehr in Anspruch genommen, dass ich aus den Augen verloren hatte, was mich wirklich glücklich machte.

»Ja, vermutlich hast du recht«, räumte ich ein.

»Was hält dich dann davon ab, die Zügel hier an dich zu reißen?«

»Mein Stolz, denke ich«, sagte ich. »Ich bekomme alles geschenkt. Ich habe es mir nicht erarbeitet.«

»Ich schlage vor, du überwindest deinen Stolz und machst dich an die Arbeit«, sagte sie. »Beweis dir selbst, dass du es verdienst, denn das glaube ich schon. Du musst an dich glauben.«

Womöglich würde mir das Kochen dabei helfen, meine Gedanken und mein Gefühlswirrwarr zu ordnen. Und wenn es je einen Zeitpunkt zum Experimentieren gab und um meine Küchenfahne zu hissen, dann war das jetzt und genau in dem Moment, in dem ich es am meisten brauchte.

»Lass uns dieses Wochenende verrückt, wild und erfinderisch sein.«

Phillipa riss vor Freude die Arme hoch. »Ja! Ich glaube, ich habe dich überzeugt, in Champvert zu bleiben.« Die Hände in die schmalen Hüften gestemmt, sah sie mich erwartungsvoll an.

»Du warst ziemlich überzeugend«, gab ich zu, und sie

stieß einen Freudenschrei aus. Ich biss mir auf die Lippe, weil ich sie nur ungern anlog. Ehrlich gesagt wusste ich nicht, was ich tun würde. Doch eins war sicher: Noch verließ ich das Schiff nicht. »Gehen wir es Mahlzeit für Mahlzeit an.«

Sie zog eine alberne Grimasse. »Langsam, okay. Verstanden. Geht klar.«

»Ich brauche heute Abend alle Mann an Deck, um den Erfolg zu gewährleisten«, sagte ich und ignorierte ihre Bemerkung. »Wen können wir herbeitelefonieren?«

»Sébastien«, sagte sie. »Und ich bin auch da.« Damit rannte sie zum Telefon.

Jane betrat mit einem Korb voller Kräuter die Küche – die frische, pfeffrige Minze übertünchte alle anderen Aromen. Sie stellte den Korb ab, stemmte die Hände in die Hüften und warf einen Blick auf die Tafel.

»Wo ist das Menü? Es ist schon fast zwei, und ich muss es langsam mal ausdrucken.«

»Das Menü für heute Abend wäre ohne Schokolade nicht komplett«, verkündete ich.

Im Moment waren meine Gefühle eine Mischung aus heiß und kalt, süß, scharf, bitter und sauer. Ich wollte Aromen ausbalancieren, sie in schmackhafte Gerichte umwandeln und den Gästen ein unerwartetes gastronomisches Erlebnis schenken.

Wie auch immer es mit dem Château weiterginge, was auch immer mit meiner Großmutter passierte, solange ich die Gelegenheit hatte, wollte ich meine Geschichte erzählen. Zufrieden mit dem, was ich mir ausgedacht hatte, flitzte ich zur Tafel, nahm ein Stück Kreide und schrieb es auf.

MENÜ

L'AMUSE-BOUCHE

Schokoladen-Parmesan-Tapioka mit
einer gebratenen Jakobsmuschel

L'ENTREÉ

Salat mit Chèvre chaud, Honig und Minzedressing
oder
Gerösteter Butternusskürbis mit Kakaosuppe
oder
Austern mit Resedasauce

LE PLAT PRINCIPAL

Mit Armagnac und Schokolade aufgegossener
Daube de Bœuf à la Gascogne
oder
Süßkartoffelcurry mit Miesmuscheln
oder
Schokoladenpasta mit einer Gorgonzola-Sauce

LA SALADE ET LE FROMAGE

Miesmuscheln a la plancha mit Chorizo,
serviert auf einem Bett aus Rucola

~

Ausgewählte Käsesorten des Châteaus

LE DESSERT

Mousse au Chocolat gewürzt mit Pimiento-Chilischoten und Schokoladenraspeln, garniert mit Minze

Voller Tatendrang wirbelte ich auf dem Absatz herum. Ohne dass ich es bemerkt hatte, war inzwischen der Rest des Küchenpersonals eingetroffen, und sie alle starrten mit offenen Mündern auf die Tafel. Wie immer ergriff Phillipa als Erste das Wort.

»Dieses Menü sieht mördergenial aus.«

»Ich weiß nicht, ob man Chilischoten mit *mousse au chocolat* kombinieren kann«, bemerkte Jane spitz, und die Grand-maman-Brigade nickte zustimmend.

Ich hatte ihre Besserwisserei so satt. Immerhin kannte ich mich ein wenig aus, und ich würde zu meiner Entscheidung stehen. »Die Kombination hat aztekische Wurzeln. Um die Fruchtbarkeitsgöttin zu ehren, tranken die Azteken *xocolât*, ein Schokoladengebräu, gewürzt mit Chilischoten und Vanille. Es schmeckt köstlich und ist mal was ganz anderes.«

Jane verdrehte die Augen. »Sie sind die Köchin.«

»Allerdings«, gab ich herausfordernd zurück. »Und das ist das Menü.«

»Ich finde, das mit den Chilischoten klingt interessant«, meinte Gustave. »Aber bei dem Rezept fehlt etwas.«

»Alkohol?«, fragte ich wissend, und er nickte. »Gib ein bisschen Cognac hinzu.«

»Darf ich mit den Schokoladensplittern etwas Interessantes anstellen? Und wie wäre es mit ein wenig Birne?«

»*Bien sûr.* Desserts sind deine Spezialität.« Ich schrieb seine Ergänzungen mit Kreide an die Tafel und wischte mir die Hände an meiner Schürze ab. »Das Menü steht fest.«

Ich wandte mich an Sébastien. »Ich habe gehört, Sie würden gern vom Servicepersonal in die Küche wechseln. Stimmt das?«

»Ja, Madame«, sagte er mit gesenkten Lidern. »Ich koche schon mein ganzes Leben lang.«

»Wie alt sind Sie denn?«

»Achtzehn.«

»Im gleichen Alter wie ich, als ich mit der Kochschule anfing«, sagte ich. Er hatte ein Engelsgesicht, feingliedrige Hände und einfühlsame Augen, und ich konnte mich des Gedankens nicht erwehren, dass die Brigade im Cendrillon Hackfleisch aus ihm gemacht hätte. Ich würde ihn abhärten müssen. »Aber Schulen sind nicht die wahren Orte des Lernens, nicht wahr, Phillipa?«

»Amen!«, rief sie, legte die Handflächen aneinander und hob sie gen Himmel.

Ich unterdrückte mein Lachen und wandte mich an Sébastien. »Haben Sie je mit einer *plancha* gekocht?«

»Ich bin Halbspanier. *Mon nom de famille* ist Rodriguez«, sagte er mit glühendem Stolz. »Ich kann im Schlaf mit einer *plancha* kochen. Und bitte nennen Sie mich Séb. Das tun alle meine Freunde.«

Seine Einstellung gefiel mir. »Kann's losgehen, Séb?«, fragte ich.

»Ja, Chefin!«

Als er zu seiner Kochstation sauste, schlich sich Rémi

von hinten an mich heran und flüsterte: »Ich durchschaue deine Menüideen.«

»Ach ja? Bin ich so durchschaubar?«

»Versteh mich nicht falsch, Grand-mère liebt es zu kochen und kocht mit Liebe, aber sie lässt ihre Gefühle beim Kochen nicht mit einfließen. Der Zucker, die Schokolade und die Birnen. Alles süß. Vielleicht deine Gefühle für mich? Oder bin ich anmaßend?«

»Nein.« Ich drehte mich zu ihm. »Sprich weiter.«

»Süß, bitter und scharf. Das ist deine Sorge um Grand-mère.«

»Und die Zutaten?«

»Essig, Rucola, Chilischoten, noch ein paar mehr.«

»Du hast mich restlos durchschaut«, scherzte ich.

Er strich rasch über meinen Rücken. »Nein, überhaupt nicht. Aber ich möchte dich gern durchschauen.«

»Rémi, wie bei den Rezepten, die ich heute Abend kreiere, geht es immer darum, die perfekte Balance zu schaffen.«

Sein Mund kam nah an mein Ohr. »Genau das werden wir haben, wenn du in Champvert bleibst.« Ich erstarrte. »Sophie, du bist auf einmal so stumm.«

»Ich denke nach«, sagte ich.

Als ich ihm in die Augen sah, schwanden New York, die Sterne und mein Comeback als Köchin aus meinem Wunschkatalog. In Champvert hatte ich alles, was ich brauchte, einschließlich der Chance, mich zu verlieben.

Kurz bevor das Essen rausging, tippte mir Jane auf die Schulter. »Die Gäste möchten die Köchin kennenlernen.«

»Sind Sie sicher, dass das eine gute Idee ist?«

Jane zog eine ihrer wohlgeformten Augenbrauen hoch. »Das ist im Château Tradition, also jetzt oder nie. Und das ist die Wahrheit.«

Die Wahrheit.

Die Wahrheit lautete, dass ich jeden einzelnen Augenblick in dieser Küche liebte. Ich liebte es, offen mit jemandem über äußerst private Probleme zu sprechen, und dass derjenige mir ebenfalls seine Probleme anvertraute. Ich liebte jede Sekunde, in der mein Herz schlug. Ich liebte das Gefühl, mich zu verlieben. Denn da ich mein Herz gegen alles außer der Küche verschlossen hatte, hatte ich es eigentlich noch nie richtig gespürt. Ich hatte mein Selbstvertrauen wiedergefunden.

»Gehen wir«, sagte ich.

Einen vorsichtigen Schritt nach dem anderen folgte ich Jane in den Speiseraum, der in Silber- und Weißtönen erglänzte. Als wir in der Tür standen, nahm sie meine Hand. Inständig hoffend, dass mein Herzrasen aufhören möge, sah ich mich im Raum um. Wildblumen und frische Kräuter aus den Gartenanlagen des Châteaus umrahmten die weißen Rosen auf den Tischen. Jane hatte sich selbst übertroffen, indem sie mit der Tischdeko den Wechsel der Jahreszeit zelebrierte.

Vielleicht hatte ich sie genauso falsch eingeschätzt wie sie mich.

»Ich möchte Ihnen unsere wunderbare Chefköchin im Libellules hier im Château de Champvert vorstellen«, rief Jane und führte mich in den Raum.

In dem Moment, als sie das ohne jeden Sarkasmus sagte,

wusste ich, dass ich zumindest ein Fünkchen von Janes Respekt gewonnen hatte, und nachdem ich gesehen hatte, was sie geschaffen hatte, hatte sie zumindest zwei Fünkchen von meinem.

Der Applaus donnerte in meinen Ohren. Ich legte die Hände auf mein pochendes Herz und wusste nicht, was ich sagen sollte. Kurz schloss ich die Augen und dachte an Grand-mère. »Meine Großmutter hat mir beigebracht, dass man Gerichte mit Liebe kochen und dieses exquisite Gefühl mit jeder Zutat zelebrieren muss. Heute Abend zelebrieren wir die Liebe, nicht wahr? Und es ist meine größte Hoffnung, dass Sie das lieben werden, was wir für Sie zubereitet haben. *Toujours l'amour. Encore l'amour*«, rief ich. »*Merci.*«

Gabeln und Löffel schlugen klirrend an Gläser.

Die nächsten vier Stunden waren hektisch und temporeich. Séb, nun Koch und unser Annoncier, blieb ruhig und besonnen, während er mit lauter Stimme die Bestellungen verkündete und gleichzeitig seine Arbeitsstation im Griff behielt. Die Luft in der Küche war so spannungsgeladen, dass selbst die Grand-maman-Brigade und Gustave noch dablieben, um zu sehen, wie alles lief. Während des Dessertgangs kam Jane wieder in die Küche.

»Ich hielte es für eine gute Idee, wenn Sie noch einmal in den Speiseraum kämen«, sagte sie.

Mein Herz raste. »Gibt es ein Problem?«

»Ganz im Gegenteil«, sagte sie.

»Kommt alle mit«, rief ich. »Wir sind hier ein Team.«

»Ja, Chefin.«

Bevor wir den Raum betraten, riskierte ich einen Blick und beobachtete die Gesichter der Gäste, während sie die Schokoladenlibelle knackten und ihre Löffel in die gewürzte Mousse au Chocolat mit Cognacbirnen tunkten. Genüssliche Laute erfüllten den Raum. Séb, Phillipa, die Grand-maman-Brigade, Clothilde und Gustave folgten mir hinein, und wir nahmen vor dem Kamin Aufstellung.

»Meine Damen und Herren«, begann ich. »Ich möchte Ihnen all die Menschen vorstellen, die für die Kreation des heutigen Abendessens verantwortlich sind, meine Familie.«

Wenn ich den Applaus zuvor schon für laut gehalten hatte, so hallte diesmal der Klang in meiner Brust wider, und zwar so kraftvoll, dass es sich wie ein Erdbeben anfühlte.

»Das Beste, was ich je im Leben gegessen habe.«

»Sie kochen mit dem Herzen.«

»Ich spüre in jedem köstlichen Bissen Liebe.«

»Das hat nicht nur einen Michelin-Stern verdient, sondern drei.«

Ich senkte den Kopf, legte erneut die Hand auf mein pochendes Herz und dankte meinen Glückssternen und Grand-mère, deren beschützende Gegenwart ich spürte. Wenn ich O'Sheas Angebot annahm, würde sich mein Traum, eine der wenigen Frauen zu werden, die ein Restaurant mit Michelin-Sternen führen, im Handumdrehen verwirklichen, aber Grand-mère hatte gesagt, ich könnte auch hier nach den Sternen greifen.

Traute ich mich, die Regeln zu brechen?

Ja.

Vergiss Eric. Vergiss New York und das Cendrillon.

Hier in Champvert fühlte ich mich lebendiger und heimischer. Diese Frau würde endlich wiederauferstehen wie ein kulinarischer Phönix aus der Asche. Aus Liebe zum Kochen hatte ich die Chance, etwas zu kreieren und meine Leidenschaft wiederzufinden, die mir irgendwo auf dem Weg verloren gegangen war. Ich bekam tatsächlich die Chance, *meine* Geschichte zu erzählen. Ich war in Champvert glücklicher, als ich es seit Langem gewesen war. Und ich hatte nicht nur eine Küche, sondern auch die Chance auf Liebe.

In dem Moment verstand ich wahrhaftig, wie weit Menschen gehen, um Erfolg zu haben und die Menschen zu beschützen, die sie lieben. Ich vergab meiner Mutter, ich vergab meiner Großmutter, und, was am wichtigsten war, ich vergab mir selbst. Ich konnte mit der Sache abschließen. In gewisser Weise hatte meine Großmutter mir mein Leben zurückgegeben, und ich wollte es für mich in Anspruch nehmen. Als der Applaus abgeebbt war, rannte ich zu ihren Wohnräumen und klopfte an die Tür. Agnès öffnete mir.

»Ist sie wach?«, fragte ich atemlos.

»Ja, warum? Stimmt etwas nicht?«

»Nein, Agnès, es ist alles in Ordnung. Mehr als in Ordnung.« Ich wirbelte sie herum und huschte zu meiner Grand-mère.

»Ich habe eine Entscheidung getroffen. Ich gehe nicht nach New York zurück. Ich bleibe in Champvert. Für immer«, versprach ich ihr und nahm ihre Hände.

Grand-mère gab sich alle Mühe zu lächeln. »Ach, ich hatte mir diese Worte so erhofft. Ich wollte mir nicht einmal vorstellen, was diese Geier mit dem Anwesen angestellt hätten, wenn du es verkauft hättest. Wahrscheinlich hätten sie es in einen dieser abscheulichen Freizeitparks umgewandelt.« Ihre grünen Augen wurden klar, als sie meine Hand nahm. »Du hast einer Sterbenden ihren größten Wunsch erfüllt.«

»Dass ich das Château übernehme?«

»Non, *ma chérie*, mein einziger Wunsch war, dass meine Enkelin ihr Glück in die eigenen Hände nimmt. Das ist das Einzige, was ich mir je für dich gewünscht habe.«

III
FRÜHLING

Zu Hause serviere ich nur Essen, dessen
Hintergrundgeschichte ich kenne.

MICHAEL POLLAN

28

Berühmt fürs Berühmt-berüchtigt-Sein

Der Frühling, die Jahreszeit der Erneuerung und der Neuanfänge, war in all seiner Pracht einen Monat zu früh eingekehrt. Alles erwachte zum Leben und blühte auf – genau wie ich. Am Morgen rannte ich zu Rémis Haus, auf der Hut vor den *sangliers,* die jederzeit aus dem Gebüsch brechen könnten. Ich konnte es kaum erwarten, ihm von meiner Entscheidung zu erzählen. Außer Atem klopfte ich an die Tür, die Laetitia nach wenigen Sekunden mit einem breiten Lächeln öffnete.

»Sophie, schön, Sie zu sehen. Aber geht es Ihnen auch gut?«

»Alles okay. Ich bin nur vom Château bis hierher gerannt«, keuchte ich und stützte mich mit den Händen auf den Knien ab. »Ist Rémi da?«

»Ja. Er ist oben und macht Lola für den Tag fertig. Kommen Sie rein, nehmen Sie so lange auf dem Sofa Platz. Ich mache mir gerade einen Kaffee. Möchten Sie auch einen?«

Ich nickte, obwohl das bei meinem Herzrasen vielleicht keine gute Idee war. Laetitia ging zur Nespresso-Maschine, und in weniger als sechzig Sekunden hielten wir beide einen Kaffee in der Hand.

»Tut mir leid, dass Sie nicht wussten, dass ich Lolas Grand-mère bin«, sagte sie. »Das war bestimmt ein ganz schöner Schock.«

»In gewisser Weise ja«, gab ich zu.

»Verstehen Sie mich nicht falsch. Ich vermisse meine Tochter jeden Tag, aber ich wusste immer Bescheid. Sie hat ihn nicht geliebt. Und er sie auch nicht. Aber sie haben gut für Lola entschieden.«

Ich schluckte. »Wie war Anaïs so?«

»Eigensinnig. Voller Leben. Ein ziemliches Partygirl. Ich wusste nie, wo sie gerade war«, erwiderte sie und lächelte bei der Erinnerung. »Sie war wie ich damals in meiner wilden Zeit in den Achtzigern.«

»Und Ihr Mann?«

»Sagen wir einfach, Anaïs war mir sehr ähnlich, ihr Vater hat nicht das Richtige getan.«

»Oh«, murmelte ich.

»Ja, aber ich hege keinen Groll gegen ihn. Wir waren jung und töricht, und manchmal soll es einfach nicht sein.« fuhr sie fort. »Bringe ich Sie in Verlegenheit?«

»Nein«, antwortete ich. »Sie sind erfrischend. Sie nehmen kein Blatt vor den Mund, während Sie einer Fremden Persönliches anvertrauen.«

»Sie sind nicht gerade eine Fremde für mich. Rémi hat mir so viel von Ihnen erzählt.«

Ich konnte nicht umhin, an meinen eigenen Vater zu denken. »Hieß Anaïs' Vater Jean-Marc Bourret?«

Laetitia lachte. »Nein, er hieß Armand. Rémi hat mir erzählt, dass Sie nach Ihrem Vater gesucht haben.« Sie hielt inne. »Wenn Sie ihn kontaktieren, seien Sie auf alles gefasst, denn vielleicht will er nichts mit Ihnen zu tun haben. Das war leider der Fall, als Anaïs ihren Vater mit sich konfrontiert hat.«

Ich erschauderte. Ich weiß nicht, was mich mehr beunruhigte. Ihre Warnung oder dass Rémi ihr alles über mich erzählt hatte. Andererseits konnte ich Rémi keinen Vorwurf machen. Wem sonst sollte er sich anvertrauen?

Lola manövrierte sich auf den Knien die Treppe herunter – immer schön eine Stufe nach der anderen. Als sie mich sah, leuchteten ihre Augen auf.

»Tatie Sophie!« Sie rannte zu mir und warf sich mit ihrem nach Erdbeeren duftenden Körper auf mich wie ein Miniatur-Linebacker, aber einer mit rosa Ballettröckchen und Strumpfhosen. »*Chocolat chaud?*«

Laetitia nahm sie hoch. »Nein, mein Schatz, nicht jetzt«, erklärte sie. »Aber vielleicht macht Tatie Sophie dir eine, wenn wir vom Ballettunterricht zurückkommen.« Sie zwinkerte mir zu. »Ich bringe die kleine Tänzerin hin. Sie und Rémi können sich dann in Ruhe unterhalten. *Voilà.* Ich bin dann mal weg.«

Bevor ich blinzeln konnte, waren Laetitia und Lola verschwunden, und Rémi kam die Treppe herunter. Er sah mich mit großen Augen an. »Was machst du denn hier?«

»Wer, ich?«, fragte ich.

»Ja, du«, sagte er und verschränkte die Arme vor der Brust.

»Nun, ich w… w… wollte dir sagen, dass ich hierbleibe«, stammelte ich. »F… für immer.«

Er zog die Augenbrauen hoch – ob neugierig oder anklagend, konnte ich nicht sagen. »Was ist mit deinen Sternen?«, fragte er.

»Ich bin es leid, ihnen nachzujagen. Vielleicht kommen sie ja zu mir«, erwiderte ich. »Und außerdem, wie du schon sagtest, haben wir hier massenhaft Sterne, der Himmel ist klarer als in New York. Heute Abend können wir uns auf den Rücken legen und zu ihnen hinaufschauen.«

Letzteres zauberte ein Lächeln auf Rémis Gesicht. Er legte den Kopf schief. »Du gehst nicht zurück nach New York?«

»Nein.«

»Hat deine Entscheidung etwas mit mir zu tun?«

»Vielleicht«, sagte ich.

»Vielleicht?«, fragte er.

Ich richtete mich auf und holte tief Luft. Ich konnte mich ihm öffnen, statt ihn von mir zu stoßen. Ich war bereit, das Risiko einzugehen, alles aufs Spiel zu setzen, auch mein Herz. Meine Schultern bebten. »Na schön. Es hat viel mit dir zu tun. Ich will uns eine Chance geben. Ich weiß jetzt, was ich will. Kannst du mir verzeihen?«

»Wofür? Dass du Angst hast? Dass du menschlich bist?«

Seine Stimme war so laut, dass ich schon dachte, er wollte mich fertigmachen, weil ich so ein unentschlossener Dummkopf war, obwohl ich alles, was ich wollte, in greifbarer Nähe hatte.

»Ja«, sagte ich und senkte den Kopf. »Also, gibt es denn noch eine Chance?«

»Wofür?«, fragte er, und mir rutschte das Herz in die Hose.

Ich sah zu ihm auf. »Für uns«, antwortete ich jetzt lauter. »Willst du das denn nicht?« Er sah mir schweigend dabei zu, wie ich die Hände rang und nervös herumzappelte. Dann trat er einen Schritt vor. Ich trat einen Schritt zurück. Mit wildem Blick trat er noch einen Schritt vor. Ich wusste nicht, was los war, so intensiv waren seine Bewegungen und seine Mimik. Ich wich noch einen Schritt zurück, und Rémi folgte. Er nahm mich in die Arme, und wir gaben uns einem himmlischen Kuss hin, während ich die Hände über seinen Rücken gleiten ließ und er in meine Haare fasste und mich näher an sich zog. Als wir uns voneinander lösten, keuchten wir beide. Atemlos vor Lust sagte ich: »Du hast meine Frage nicht beantwortet.«

»Ah, *mais oui,* Sophie, ich glaube schon«, widersprach er, ein verführerisches Lächeln auf den Lippen. »Aber ich beantworte deine Frage sehr gern noch einmal.«

Ich bekam weiche Knie und sank in seine muskulösen Arme, die mich fest umschlungen hielten.

Im Salon warteten Phillipa und Jane auf mich. Auf einer Wolke des Glücks schwebend, schlenderte ich völlig euphorisch auf sie zu. Phillipa zeigte auf einen Strauß mit mindestens zwei Dutzend Rosen.

»Die hat dir jemand geschickt. Vielleicht dein Liebster?«

»Rémi und ich gehen es langsam an«, sagte ich, und Phillipa verdrehte dramatisch die Augen.

Errötend nahm ich ihr den Umschlag aus den Händen und riss ihn auf.

Die Blumen sind von Miguel. Ich hoffe, dir gefällt das beiliegende Geschenk und dass du immer noch über mein Angebot nachdenkst. O'Shea

»Wo ist die Schachtel, in der die Blumen geliefert wurden?«, fragte ich.

Phillipa zeigte auf die Theke. Die Karte fiel zu Boden, als ich hinrannte und ein Exemplar des *New York Times Magazine* ganz unten aus der Schachtel herauszog. Ich rang so sehr nach Luft, dass ich einen Schluckauf bekam. Auf dem Titel war O'Shea abgebildet, fast jeder Artikel auf den Hochglanzseiten war der kulinarischen Welt gewidmet. Ich blätterte zu seinem Beitrag *Furchtlose Köchinnen,* in dem er nicht nur über die Ereignisse im Cendrillon schrieb, sondern zugleich Eric und Trevor Smith vernichtete.

Ich sah die anderen Seiten durch. Spitzenköche und -köchinnen hatten Artikel mit Überschriften wie *Frauenfeindlichkeit in der Küche, Michelin kann seinen Stern zurückhaben* und *Warum es zu wenige Chefköchinnen gibt* geschrieben. Es war, als wäre mir die gesamte Kochbranche zur Seite gesprungen.

»Was ist los?«, fragte Jane.

Ich wedelte triumphierend mit der Zeitschrift über meinem Kopf. Zwischen aufgeregten Hicksern erklärte ich: »Mein Name wurde reingewaschen, und noch mehr als das.«

Phillipa hob die Karte vom Boden auf und las sie. »Mein lieber Schwan! Wehe du überlegst, zurück nach New York zu gehen«, drohte sie mir.

Ich umarmte sie. »Ich gehe nicht zurück. Ich bleibe hier, genau hier, wo ich hingehöre.«

Phillipa lächelte mich schalkhaft an. »Wenn du also O'Sheas Angebot nicht annimmst, findest du nicht, dass es eine gute Idee wäre, es ihm zu sagen?«, fragte sie. »Zum Beispiel jetzt gleich?«

»Doch«, bestätigte ich. »Das ist es.«

Ich zog mein Handy aus meiner Hosentasche. »Es ist noch zu früh, ihn anzurufen. In New York ist es halb drei morgens.«

»Dann simsen Sie ihm«, schlug Jane vor.

»Ja, wir müssen es mit eigenen Augen sehen«, sagte Phillipa. »Zumindest ich muss das.«

Und ich schrieb: *Chef! Danke, dass Sie meinen Namen reingewaschen haben. Vielen Dank für alles. Auch wenn ich Ihr Angebot wertschätze, kann ich es leider nicht annehmen. Die Gesundheit meiner Großmutter lässt nach, und ich übernehme ihre Küche im Château de Champvert. Ich habe endlich die Chance, meine Geschichte zu erzählen. Hoffentlich verstehen Sie das. Die besten Wünsche, Sophie. P. S. Sollten Sie sich je in Frankreich wiederfinden, bitte besuchen Sie Champvert, und wir sorgen für Sie!*

Innerhalb von Sekunden summte mein Handy – O'Shea antwortete: *Sophie, ich verstehe das. Und ich bin sehr stolz auf dich. Du wirst die kulinarische Welt aus den Angeln heben. Und ich werde auf dein Angebot zurückkommen …*

Phillipa umarmte mich fest.

»Ist es zum Feiern zu früh?«, fragte ich.

»Für Champagner ist es nie zu früh«, meinte Jane. »Ich mache eine Flasche auf.«

Meine Muskeln wollten nicht auf meinen Verstand hören. Wenigstens fünf Minuten, vielleicht auch länger, stand ich vor der geschnitzten Eichentür, die zu den Räumen meiner Großmutter führte, und zog die Eicheln im Holz nach. Den Arm gehoben, die Faust schon zum Klopfen geballt. Drinnen konnte ich sie herumkramen hören. Plötzlich öffnete sich die Tür, und mir wäre fast die Kinnlade heruntergeklappt.

Grand-mère Odettes Haar war frisiert. Sie trug einen beigen Chanel-Hosenanzug mit passenden Ballerinas. Ihre Wangen waren gerötet. Ihr Rollstuhl wurde zum anderen Ende des Zimmers geschoben.

»Sophie, *ma chérie,* warum stehst du da und starrst mich so an?«

»Du bist auf?«, fragte ich und stellte nur eine Tatsache fest.

»Ja, ich habe mich besser gefühlt und dachte, ich geh mal in die Küche und sehe nach, was ihr so treibt.«

»Eigentlich sollte sie im Bett bleiben«, schimpfte Agnès. »Aber sie will nicht auf mich hören.«

Grand-mère ignorierte Agnès und hakte sich bei mir unter. »Würdest du dieser Frau bitte sagen, dass das hier mein Haus ist und dass ich noch nicht tot bin?«

Als wir gemeinsam durch den Flur gingen, warf ich Agnès einen entschuldigenden Blick über die Schulter zu.

»Das Château öffnet in einem Monat, und ich möchte so gern alles über deine Pläne wissen«, sagte Grand-mère. »Sorg nur dafür, dass du mir etwas Positives zu erzählen hast«, bat sie. »Hier gab es schon so viel Schmerz und Traurigkeit, dass es für ein ganzes Leben reicht.«

»Du hast recht«, erwiderte ich.

Langsam liefen wir in den Salon, wo wir Clothilde und Phillipa auf der Polsterbank sitzend vorfanden. Jane tigerte unruhig hin und her. Sie wirbelte zu uns herum.

»Gestern Abend ist das Buchungssystem abgestürzt«,

sagte sie schrill. »O'Shea hat in seinem Artikel Grand-mère Odette und das Château erwähnt, mitsamt dem Namen Jean-Jacques Gaston. Wer ist das?«

»Er war O'Sheas Mentor«, erklärte ich.

»Und er war einer meiner Dozenten an der Cordon Bleu«, ergänzte Grand-mère. »Jetzt ist er ein sehr berühmter Koch.«

Ich hatte den Artikel nur überflogen, mich auf die Stellen über mich, Eric und Trevor konzentriert und ihn nicht ganz gelesen.

»Warum ist das ein Problem?«, wollte ich wissen.

»Jean-Jacques Gaston hat geschrieben, dass Grand-mère eine der talentiertesten Köchinnen war, denen er je begegnet ist, und dass ihre Enkelin – er meint Sie, Sophie – genauso magisch sein müsse, wenn sie bei ihr Kochen gelernt habe. Er ging sogar so weit zu sagen, dass er Sie für Ihr Praktikum im Cendrillon empfohlen hat.«

Das wusste ich aus den E-Mails, die ich gefunden hatte. »Jane, nun mal langsam. Was ist los?«

»Wir sind vom 1. Mai dieses Jahres bis zum Saisonende ausgebucht. Und weil das Buchungssystem abgestürzt ist, haben wir massenhaft Anfragen per E-Mail bekommen.« Sie musterte mich. »Ein Mitglied der Société des Châteaux et Belles Demeures wird uns schon bald besuchen.«

»Dein Comeback ist eine Sensation. Alle wollen ein Stück von dir«, schwärmte Phillipa.

Jane räusperte sich. »Ich fürchte, es ist ernster als das«, erklärte sie. »Seit sich herumgesprochen hat, dass Sophie hier als Chefköchin übernommen hat und Grand-mère krank ist, wollen sie sich vergewissern, dass alles noch dem Standard entspricht. Es ist eine Kontrolle.«

Ein Teil von mir musste einfach Jane beschuldigen. »Hatten Sie etwas damit zu tun?«

»Gehen wir jetzt wieder rückwärts statt vorwärts?«, fragte sie und hob kapitulierend die Hände. »Ich dachte, wir wären dabei, unsere Differenzen beizulegen. Glauben Sie mir, ich bin nicht darauf aus, Sie zu sabotieren, Sophie.«

»Kannst du ihr einen Vorwurf machen?«, fragte Phillipa. »Du warst doch nur gemein zu ihr.«

Jane drehte mit sich blähenden Nasenlöchern den Kopf zur Seite. »Wie kannst du es wagen, für sie Partei zu ergreifen? Du bist meine Schwester.«

»Also echt«, beharrte Phillipa. »Weil du dich nicht so verhältst, du eingebildeter Snob.«

»Meine Damen«, rief Grand-mère. »*Ça suffit!*« Genug! »Es hat keinen Sinn, sich zu streiten, wenn man zusammenarbeiten muss.« Sie deutete auf das Magazin. »Ich denke, die Überprüfung könnte etwas damit zu tun haben.«

Die Kraft in Grand-mères Stimme erschreckte uns so, dass wir alle verstummten. Ich sank auf die Polsterbank und spürte, wie mir die Farbe aus dem Gesicht wich. Ich rieb mir ungläubig die Schläfen.

»Das darf doch nicht wahr sein.«

»Leider doch«, sagte Jane, die händeringend auf und ab lief.

»Und wenn ich durchfalle?«

»Dann verliert das Château seinen Rang... und viele Gäste«, prophezeite Jane mit panischem Blick. »Zudem zahlen wir hohe Mitgliedsbeiträge, die uns nicht rückerstattet werden.«

»Sie werden dich nicht nur unter die Lupe nehmen, weil du meine Herrschaft als Grand Chef übernimmst, sondern auch, weil du zur *maîtresse de maison* wirst«, erklärte Grand-mère. »Dafür musst du jeden Winkel im Château kennen, seine Geschichte, seinen Wein, seine Grundsätze und Werte, und dieses Wissen an die Gäste weitergeben.«

»Was soll ich tun?«

»Tu einfach das, was du kannst. Bereite unvergessliche Gerichte zu und leg dein Herz hinein. Und vergiss nicht, dass alles mit dem Château verbunden sein muss, mit seiner Geschichte und mit dem *terroir*«, sagte meine Grand-mère.

»Aber dir geht es nicht gut«, wandte ich ein. »Wer wird mir all das beibringen, was ich über das Château wissen muss? Ich kann das nicht allein.«

»Ich helfe Ihnen«, bot Jane an.

Ich schreckte zurück. »Sie?«

»Ich weiß, wir sind nicht gerade gut miteinander ausgekommen«, räumte Jane ein, »aber dieses Château ist mein Leben, und ich für meinen Teil werde Grand-mère nicht enttäuschen. Wir müssen diese Situation gemeinsam meistern.«

Beunruhigt über den Besucher der Société des Châteaux et Belles Demeures, biss ich mir auf die Lippe. Wenn ihm die neue Geschäftsleitung, also ich, oder der neue Grand Chef, ebenfalls ich, nicht gefiel, konnte diese Organisation den guten Ruf des Châteaus zerstören. Ich hatte es schon einmal erlebt, wie mein Name durch den Schmutz gezogen wurde, und ich hoffte, das würde nicht wieder passieren. Meine einzige Hoffnung auf Erfolg hing davon ab, wie ich mich auf Janes Hilfe verlassen konnte, obwohl ich ihr nicht ganz über den Weg traute.

29

Ins kalte Wasser springen

Seit ich mich fest zu diesem neuen Leben in Champvert bekannt hatte, gab es kein Zurück mehr, keinen Sinneswandel. Mir blieben ungefähr zwei Monate, um alles über das Château in- und auswendig zu lernen. Ich hatte mich schon früh nach draußen gewagt, um den Frieden und die Schönheit des Morgens zu genießen. Die Sonne ging gerade auf, und der Weinberg erstreckte sich von einem überirdischen Licht erhellt vor mir. Bernard kam auf mich zugeschlendert, stellte sich schweigend neben mich und genoss den Moment gemeinsam mit mir. Die Reben glänzten, an ihnen funkelten buttergelbe Tropfen, die Rebstöcke erwachten vor meinen Augen zum Leben.

»Wir haben die Weinreben gerade zurückgeschnitten, um ihre Ertragsfähigkeit zu verlängern. Das ist für die bevorstehende Saison wichtig«, erklärte er. »Das überwältigende Wunder der Natur, dessen Zeugin du gerade wirst, nennt man das ›Bluten der Reben‹ oder ›Tränen‹, wenn der Saft der Weinrebe im Stamm nach oben steigt und aus den Schnittstellen der Fruchtstöcke austritt. Das dauert nur einen Tag, manchmal zwei Tage.«

Es hatte viele Momente gegeben, in denen ich mich gefühlt hatte, als wäre ich in Champvert wieder zum Leben erwacht, aber auch viele, in denen ich mir gewünscht hatte, ewig Winterschlaf halten zu können.

»Es ist wunderschön«, sagte ich wehmütig.

Jane kam wie ein Feldwebel auf uns zumarschiert. Sie trug eine Khakihose mit einer dazu passenden Jacke. In einer Hand hielt sie ein Klemmbrett, in der anderen einen Weidenkorb voller Weinflaschen.

»Wie viele Flaschen produziert das Château jedes Jahr?«, fragte sie.

»Ich habe keine Ahnung«, sagte ich.

»Das müssen Sie aber wissen. Sie müssen alles wissen.« Sie reichte mir ein paar Ausdrucke aus einer Mappe. »Lernen Sie das. Ich frage Sie morgen ab.«

Nach und nach reihte Jane sieben Flaschen auf einem Eichenfass auf. Zwischen den Eisenringen, die das Fass zusammenhielten, hatte Wein das Eichenholz zu einem erdigen Rot verfärbt. Seitlich auf dem Fass waren das Logo des Châteaus, eine Libelle, und sein Name, Château de Champvert, aufgeprägt. Bernard öffnete die Flaschen sorgfältig der Reihe nach.

»Wir bauen fünf verschiedene Rebsorten für die Weißweine an, das *terroir* eignet sich für den Loin de l'Oeil, Muscadelle, Sauvignon Blanc und Mauzac-Sorten«, erklärte Bernard. »Bei den Rotweinen ist das *terroir* für Merlot, Cabernet Franc, Cabernet Sauvignon, Braucol, Duras und Syrah-Trauben günstig.«

Da ich in einem Michelin-Restaurant gearbeitet hatte, verfügte ich über genügend Weinkenntnisse und wusste, welchen Wein man zu den jeweiligen Speisen anbot, aber die Trauben selbst kannte ich nicht.

»Wir bauen drei Weißweine an«, fuhr er fort, »einen halbtrockenen, einen trockenen und einen süßen, drei Rotweine und einen Schaumwein nach der Méthode ancestrale gekeltert. Das ist unsere Champagnervariante, aber da wir nicht in der Champagne-Region ansässig sind, darf sie nicht als eine solche deklariert werden. Semantik. Aufgrund der französischen Gesetzgebung sind unsere Weine geografisch an unser *terroir* gebunden.«

Bernard schenkte mir ein Glas ein. »Das ist der 1984er Gaillac, ein trockener Weißer. Halt ihn dir unter die Nase. Was riechst du?«

»Einen sauberen und süßen Duft?«

Er nickte. »Dieser Wein besteht aus vierzig Prozent Mauzac-, fünfunddreißig Prozent Loin de l'Oeil- und fünfundzwanzig Prozent Muscadelle-Trauben. *Goûte-le maintenant*«, forderte er mich auf. Probier ihn jetzt. Und das tat ich. »*Et alors? Dis-moi.* Welche Noten kitzeln deine Geschmacksnerven?«

Mit einigermaßen klarem Kopf und neutralem Geschmack im Mund verkostete ich das kleine Schlückchen. »Äpfel. Cremig, aber mit trockenem Abgang. Wunderbarer Säuregrad, nicht zu stark. Frisch und rein. Großartig.«

»Aus dir wird mal eine gute Winzerin.« Bernard strahlte von einem Ohr zum anderen. »Diese Rebsortenmischung war 1973 die erste deines Großvaters. Und im Laufe der Jahre wurde der Wein einfach immer besser. Wir haben noch Flaschen aus jedem Jahr, seit die Weinproduktion im *cave* begann. Tausende Flaschen stehen im Keller. Dein

Großvater war ein Genie. Alles, was ich über Weinerzeugung weiß, habe ich von ihm gelernt.«

Nachdem ich alle *cépages*, Rebsorten, probiert hatte, entschuldigte sich Bernard, und Jane reichte mir noch mehr Ausdrucke. »Hier sind die Verkostungsnotizen. Sie haben sich gut geschlagen, aber Ihnen sind ein paar Schlüsselelemente entgangen.«

»Lassen Sie mich raten«, erwiderte ich seufzend. »Die muss ich lernen. Und Sie fragen mich morgen ab.«

Sie schob die Hüfte nach vorn. »Sophie, ich werde Sie jeden Tag abfragen. Grand-mère hat nicht gescherzt, als sie sagte, dass Sie alles über das Château wissen müssen.«

Ich hielt mir die Augen zu. »Ich weiß. Und ich bin kurz vorm Durchdrehen.«

»Sie müssen die Ruhe bewahren. Bereit für die nächste Lektion?«, fragte sie, und ich nickte. »Wenn Sie die Gäste treffen, müssen Sie jeden Einzelnen ansprechen«, sagte sie. »Mit Namen.«

»Wie um alles auf der Welt soll das gehen?«

»Es ist ein kleiner Trick und gehört zum Château-Erlebnis«, erklärte sie. »Die Leute sind immer beeindruckt, wenn man sie mit Namen anspricht. Zuerst wirft der Gepäckträger heimlich einen Blick auf die Gepäckanhänger der Gäste. Bevor sie zur Eingangstür gelangen, informiert er mich per Walkie-Talkie. Ich mache ihnen auf, heiße sie im Château willkommen und frage sie, ob sie besondere Wünsche haben oder einen speziellen Anlass wie einen Jahrestag oder einen Geburtstag zelebrieren wollen. Wenn sie einchecken, vermerke ich rasch alles im Computer. Haben wir es mit einem Geburtstag oder Jahrestag zu tun, spendieren wir für gewöhnlich eine Flasche Schaumwein und ein Dessert.«

»Okay«, sagte ich. »Aber wie merke ich mir die Namen für später?«

»Ich konzentriere mich auf besondere Merkmale«, antwortete sie achselzuckend. »Manchmal denke ich mir komische kleine Bezeichnungen aus. Wie Monsieur LeBlanc mit dem *moustache blanche*. Er ist derjenige, nach dem Sie Ausschau halten müssen.«

»Der Prüfer?«

»Ja, aber keine Sorge. Ich werde besonders darauf achten, Sie auf ihn aufmerksam zu machen, genau wie auf alle anderen VIPs.«

Mein Gehirn kochte vor Informationsüberflutung. Ich musste an diese Wissensvertiefung sehr konzentriert herangehen.

»Jane, nur damit Sie Bescheid wissen, mir ist es damit wirklich ernst«, versicherte ich ihr.

Sie legte mir die Hände auf die Schultern. »Das weiß ich. Und ich werde alles in meiner Macht Stehende tun, um Ihnen da durchzuhelfen.«

»Ich bin dankbar für Ihre Hilfe«, erwiderte ich. »Wirklich, ohne Sie würde dieses Château nicht laufen.«

»Ohne Sie auch nicht«, sagte sie. Ich hätte schwören können, dass ihr ein Lächeln über die Lippen huschte, bevor sie wieder ernst wurde. »Weiter zur nächsten Lektion?«

Wir brauchten keine Worte, um uns beim jeweils anderen zu entschuldigen. Sich Respekt zu verdienen war, wie ich an jenem Morgen gelernt hatte, ein wechselseitiger Vorgang, und die Vergangenheit musste man ruhen lassen.

Von einem gelegentlichen verstohlenen Kuss einmal abgesehen, sah ich nicht viel von Rémi, außer wenn wir zusammen mit Lola Grand-mère besuchten. Ich war vollauf damit beschäftigt, alles zu lernen, was das Château zu bieten hatte – von der Honigproduktion über die *confitures* bis hin zur Geschichte des Châteaus, über die mich Grand-mère aufklärte.

»Napoleon Bonaparte höchstpersönlich hat deinem Ururgroßvater im Jahr 1813 diesen Titel verliehen. Damals, kurz nach der Französischen Revolution, dienten Titel dazu, den Adel vom Bürgertum abzugrenzen. Dein Urgroßvater war Richter und kam ursprünglich aus Paris, wo er im *parlement* diente«, sagte sie.

»Wurde das Château vom Krieg in Mitleidenschaft gezogen?«, fragte ich.

»Wir alle waren vom Zweiten Weltkrieg betroffen«, erklärte Grand-mère mit einem gequälten Seufzer. »Ich war erst drei Jahre alt, als die Deutschen unser Haus in Bordeaux übernahmen. Ich weiß, dass meine Eltern vor dem Einmarsch 1940 alle Wertsachen versteckten«, erzählte sie.

»Unter den Holzdielen«, fügte ich hinzu.

»*Exactement*«, sagte sie. »*Alors,* die Deutschen hatten kein Interesse daran, unser Zuhause zu übernehmen, dafür umso mehr an unserem Wein. Sie plünderten den Keller und nahmen wirklich jede einzelne Flasche mit. Die Zeiten waren hart. Essen war rationiert, Wein war Mangelware. Ich erinnere mich noch, wie mein Vater mit meiner Mutter darüber sprach, uns nach Amerika zu schicken. Wie du weißt, war er im Reedereigeschäft. Leider hielten die

Deutschen den Hafen besetzt, und es gab keine Möglichkeit, sich ihrem festen Griff zu entziehen.«

»Wow«, entfuhr es mir. Ich drückte ihre Hand.

»Im Jahr 1942 fiel ein Teil der Umgebung von Toulouse unter direkte deutsche Herrschaft. Dein Grand-père und seine Eltern wurden zwar nicht von ihrem Besitz vertrieben, als die Deutschen das Château beschlagnahmten, jedoch unmissverständlich aufgefordert, in den Uhrenturm zu ziehen«, sagte sie. »Damals war Pierre um die zwanzig. Er schloss sich der Résistance an – hochgefährlich mit den Deutschen direkt vor der Haustür, aber er wollte um sein Zuhause und sein Land kämpfen. Ich kenne die Details seiner Aktionen nicht, da dein Großvater nicht gern über diese beunruhigende Zeit sprach, wie so viele von uns, aber ich werde nie den Tag im Jahr 1944 vergessen, an dem ganz Frankreich befreit wurde. Auf dem Place du Capitole in Toulouse gab es eine große Feier, ich war sieben Jahre alt. Als wir heirateten, erzählte mir Pierre, dass die Deutschen das Château in Trümmern zurückgelassen hatten.«

Verglichen mit dem, was meine Großeltern durchgemacht hatten, war die Überprüfung durch die Société des Châteaux et Belles Demeures ein Kinderspiel. Meine Schwierigkeiten in New York waren Schnee von gestern. Ich küsste Grand-mère auf die Wange.

»Danke, dass du die Geschichte an mich weitergegeben hast«, sagte ich. »Ich werde für das Château kämpfen, für unseren Familiensitz, für dich.«

»Daran habe ich keinen Zweifel«, erwiderte sie. »Du bist eine Valroux de la Tour de Champvert.«

»Das bin ich«, bestätigte ich und reckte den Kopf. »Und ich war noch nie so stolz darauf.«

An jenem Nachmittag durchstreifte ich das Anwesen und prägte mir alles ein, was ich über das Château gelernt hatte. Ich kämpfte für die Vergangenheit. Ich kämpfte für die Zukunft. Ich wollte unbedingt gewinnen. Als ich zum Fluss hinunterlief, wurde mir klar, dass ich auf den Spuren meiner Grand-mère wandelte, und mein Stolz wurde noch größer.

Ich lernte gerade, als Phillipa gegen meine Tür trommelte und in mein Zimmer gestürzt kam. »Du musst sofort mitkommen«, rief sie. Sie packte mich am Arm und zerrte mich vom Fenstersitz. Meine Papiere flatterten auf den Fußboden. »Wir brauchen dich unten.«

»Gibt es ein Problem?«

»Das könnte man so sagen«, sagte sie.

Wir rannten die Treppe hinunter und in den Salon, wo Clothilde, Bernard, Rémi, Lola, Laetitia, Grand-mère und Agnès warteten, die mit stoischen Mienen mein Eintreten beobachteten. Ich wollte gerade fragen, was los sei, als Jane ins Zimmer kam. Sie hielt einen Schokoladenkuchen in den Händen, dessen Guss wie Seide schimmerte und der mit kandierten violetten Stiefmütterchen und brennenden Kerzen dekoriert war.

»*Joyeux anniversaire*«, sangen sie alle.

Ich konnte mich nicht erinnern, wann mir, bis auf Walter und Robert, das letzte Mal jemand zum Geburtstag gratuliert hatte, ganz zu schweigen mir ein Lied gesungen hatte. Ich hatte sogar vergessen, dass ich Geburtstag hatte. Kurz bevor ich vor Rührung losheulen wollte, kam Lola zu mir getrippelt und zog an meinem Rock.

»Tatie Sophie«, sagte sie und deutete auf den Gegenstand ihres Verlangens. »*Gâteau.*«

»*Oui,* Lola, *un gâteau au chocolat*«, sagte ich und wischte mir mit dem Ärmel meines Kleides die Freudentränen weg.

»Puste die Kerzen aus und wünsch dir was«, rief Phillipa.

Ich schloss die Augen und pustete. Diesmal lautete mein Wunsch nicht, Dreisterneköchin zu werden, und auch nicht, die Société des Châteaux et Belles Demeures zu beeindrucken, wenn sie zur Überprüfung käme. Ich wünschte mir mehr Tage wie diesen, an denen ich mit Familie und Freunden glückliche Zeiten erleben konnte. Ich schnitt den Kuchen an und reichte Lola das erste Stück. Sie ließ sich mit ihrem Teller auf den Boden plumpsen und genoss jeden Bissen, in weniger als dreißig Sekunden war ihr Gesicht mit Schokolade verschmiert. Phillipa öffnete eine Flasche des schlosseigenen Schaumweins und schenkte allen ein Glas ein. Wir setzten uns und vertilgten nach einem Trinkspruch den gesamten Kuchen.

»Wer war für dieses Meisterwerk verantwortlich?«, fragte ich. »Clothilde?«

Sie schüttelte den Kopf.

»Ich hab ihn gebacken«, sagte Phillipa mit vollem Mund. »Ich hab drei Tage dafür gebraucht.«

Jane reichte mir eine große weiße Schachtel mit einer silbernen Seidenschleife drum herum. »Das ist von mir. Unter den Umständen hielt ich es für angebracht.« Sie legte den Kopf schief.

Ich band die Schleife auf und hob den Deckel von der

Schachtel, warf ihn zu Boden und zog eine Kochjacke heraus, deren Ärmelaufschläge ringsum mit Mohnblumen bestickt waren. Es war eine moderne Version der Schürze meiner Großmutter. Als ich mit dem Finger über die Blumen strich, konnte ich kaum atmen.

Jane legte mir vorsichtig die Hand auf den Rücken. »Missfällt sie Ihnen so sehr?«

»Nein, sie gefällt mir so sehr«, antwortete ich und stand auf, und wir tauschten *bises.* »Danke.«

»Großartig«, sagte sie mit vor Tränen glänzenden Augen. »Ich habe ähnliche Ausführungen für Clothilde und Phillipa anfertigen lassen.«

Grand-mère nickte und reckte billigend ihr Kinn. »Die Jacke ist wunderschön, Jane. Ich bin mir sicher, Sophie wird sie mit Stolz tragen.«

»Und ob«, bekräftigte ich.

Nach dem Essen nahm Rémi mich beiseite. »Hast du Zeit? Ich möchte dich kurz allein sprechen«, sagte er und führte mich in den Eingangsbereich. Dort blieb er schweigend stehen.

»Ja?«, fragte ich.

Rémi rieb sich den Nacken und zog ein Schmuckkästchen aus der Innentasche seines Jacketts. »*Joyeux anniversaire,* Sophie. Öffne es.«

Ich hob den Deckel von dem Kästchen und wäre fast in Ohnmacht gefallen, als ich sah, was darin lag: eine Weißgoldkette, an der drei Sterne hingen, die mit Diamanten besetzt waren.

»Jetzt hast du deine drei Sterne. Ich weiß, es ist nicht dasselbe, aber ich wollte dich ihnen näher bringen.«

Mir lief eine Träne über die Wange. »Rémi, ich weiß nicht, was ich sagen soll. Danke.«

»Ich sollte dir danken. Seit du nach Champvert zurückgekehrt bist, hatte ich wieder eine Vorstellung davon, wie die Zukunft aussehen könnte. Dass ich glücklich sein könnte. Heb dein Haar an«, bat er, nahm die Kette und befestigte sie mit sanften Händen an meinem Hals.

»Das ist das aufmerksamste Geschenk, das ich je bekommen habe. Woher wusstest du, dass heute mein Geburtstag ist?«

»Ich habe meine Informanten«, sagte er.

»Grand-mère?«, fragte ich, und er nickte.

Ich gab ihm einen Kuss auf die Wange und atmete seinen herben, maskulinen Duft ein. »Weißt du was? Vielleicht habe ich mein Herz gar nicht in der Küche gefunden, sondern vor vielen Jahren direkt hier«, sagte ich.

»Zitierst du aus einem Liebesroman?«

»Nein«, widersprach ich empört.

»Willst du damit sagen, du könntest dich auch in mich verlieben?«

»Genau das«, bestätigte ich und sah in seine Augen. »Wir Irrlichternde müssen aufeinander achtgeben.«

»Was sollen wir ohne das ganze Drama bloß anstellen?«, fragte er.

»Unser Leben leben, lieben, lachen und Kuchen essen«, schlug ich vor.

Rémi zog mich an sich, um mich zu küssen – ein ergreifender, kitschiger Kuss. Als wir in den Salon zurückkehrten, lag sein Arm noch um meine Schultern. Laetitia grinste. Clothilde und Bernard wechselten verwirrte Blicke. Grand-mère zog wissend die Augenbrauen hoch.

»Ich denke, unsere Beziehung ist jetzt offiziell«, sagte ich.

»Als wäre sie ein so großes Geheimnis gewesen«, schnaubte Grand-mère verächtlich. »Ich bin vielleicht alt und krank, aber blind war ich noch nie.«

»Was meinst du mit ›nie‹?«, fragte ich.

»*Ma chérie,* wenn du danach fragst, ob ich gesehen habe, wie du und Rémi euch unten am See geküsst habt, als du dreizehn warst, dann lautet meine Antwort Ja. Wie ihr euch an jenem verschneiten Tag in die Augen geschaut habt, habe ich auch gesehen.«

Ertappt.

30
Eröffnungstag

Mitte April, wenn das Château seine erste offizielle Veranstaltung vor Saisonbeginn ausrichtete, würde die ganze Welt nur darauf warten, mich zu beurteilen, diesmal nicht als jemand, der im Zentrum eines Skandals steht, sondern als Grand Chef und *maîtresse de maison* des Châteaus. Natürlich hatte ich mir immer gewünscht, als kulinarisches Talent anerkannt zu werden, nur selbstverständlicher. Ich fühlte mich wie ein Reality Star, den die Presse ohne erkennbaren Grund ins Rampenlicht geschubst hatte. Die Öffentlichkeit konzentrierte sich darauf, dass das Château größtenteils von Frauen geführt wurde und eine Frau auch die Küche leitete. Wir bekamen jeden Tag E-Mails mit großem Zuspruch, die zum Glück Jane beantwortete. Ich saß am Ufer des Sees und entwarf meinen Schlachtplan. In der Natur zu sein, in der Stille, ohne das ständige Gequatsche drum herum, beruhigte mich. Als ich zwei Stockentenerpel dabei beobachtete, wie sie ein Weibchen zu jagen versuchten, das seine zehn bezaubernden butter- und karamellfarbenen Entenküken bewachte, brummte mein Telefon. Eine SMS von O'Shea.

Das Blackbird macht dicht. Außer Trevor sind alle Investo-

ren ausgestiegen. Es heißt, Erics Essen sei ungenießbar gewesen, alles Neuauflagen meiner Rezepte, aber von Gewürzen überladen. Er kam zu mir und bettelte um seinen alten Job. Ich habe Nein gesagt. Dachte, das interessiert dich.

In gewisser Weise tat mir Eric leid, aber er hatte schon zu viel von meiner Zeit vergeudet. Sein Leben für ihn zu regeln war nicht meine Aufgabe. Nachdem ich O'Shea rasch per SMS gedankt hatte, hüpfte ich mit einem Korb hinüber zum Gewächshaus. Phillipa und ich hatten Arbeit zu erledigen.

Als sie mich wie ein Honigkuchenpferd grinsen sah, strahlte Phillipa. »Du hast gute Laune. Wie läuft es zwischen dir und Rémi?«, fragte sie und stieß mit ihrer Hüfte an meine.

»Eine Dame genießt und schweigt«, sagte ich errötend. Rémi und ich hatten zwar heimliche Mitternachtsrendezvous vereinbart, wenn Lola und ihre Grand-mère fest schlummerten, waren jedoch stets vorher eingeschlafen, weil wir von den Vorbereitungen für die inoffizielle Eröffnung zu erschöpft waren. »Wir lassen es immer noch langsam angehen und lernen uns erst besser kennen.«

Sie schnaubte verächtlich und hob resigniert die Hände. Dann machte sie das Okayzeichen. »Na schön. Langsam also.«

»Langsam für ihn. Schnell für mich. Apropos schnell, bereit für die Planung?«

Wir öffneten die Tür zum Gewächshaus und fanden Erdbeeren im Überfluss vor: große, leuchtende, gesprenkelte Schönheiten, von der Sonne geküsst und fast schon reif. Es war, als wären sie über Nacht wie ein Feuerwerk explodiert. »Eigentlich sollten sie noch nicht so weit sein – erst in einem Monat«, sagte ich. »Wollen wir sie trotzdem verwerten?«

»Regeln sind da, um gebrochen zu werden«, sagte Phillipa und leckte sich die Lippen. »Was glaubst du, wie viele Sorten das sind?«

»Mindestens drei. Ich sehe Gariguettes, die eine süß-saure Note haben. Clerys, die süß sind. Und Charlottes, die eher ein Waldaroma haben«, erklärte ich und reichte ihr je eine Frucht.

Wenige Sekunden später stopften wir uns eine Erdbeere nach der anderen in unsere gierigen Mäuler und kämpften mit Kichern gegen unser lustvolles Stöhnen an. Während die süßen Aromen auf meiner Zunge explodierten, dachte ich an das Foto meiner Mutter, auf dem sie in Unterwäsche im Garten tanzt. Die Erinnerungen an sie machten mich jetzt glücklich statt traurig. Ich drehte mich schnell im Kreis und dachte an sie und meine Sommer in Champvert. Ich war frei. Als ich die Augen wieder öffnete, sah ich, dass Phillipa wie eine merkwürdige Balletttänzerin herumsprang und dabei Erde aufwirbelte. Sie fiel keuchend zu Boden und hielt sich vor Lachen den Bauch.

»Was um alles in der Welt tust du da?«

»Dasselbe, was du gemacht hast«, antwortete sie. »Es sah aus, als würde es Spaß machen.«

»Wenn Jane uns jetzt sehen könnte!«, rief ich und schob mir noch eine Erdbeere in den Mund.

»Vielleicht hätte sie mitgemacht«, meinte Phillipa.

»Niemals«, erwiderte ich.

»Seit ihr miteinander klarkommt, hat sie sich verändert.

Ich glaube, sich von dir weniger bedroht zu fühlen tut ihr gut. Sie ist viel weniger verkrampft. Sie trägt sogar ihre Haare offen. Ich glaube, ihre perfekte Hochsteckfrisur hat ihr Gehirn eingequetscht.« Phillipa setzte sich auf. »Du bist das Beste, was diesem Château je passiert ist, weißt du das?«

Ich nahm ihre Hand und half ihr auf. »Ich weiß nicht so recht«, sagte ich.

»Ich schon. Auf die Zukunft!«, gab sie zurück.

Als wir aus dem Gewächshaus gingen, schwebte ein Kaleidoskop aus Schmetterlingen über unseren Köpfen und wirbelte in den Himmel. Sie waren wunderschön, ihre Flügel ein cremiges Buttergelb mit schwarzen Sprenkeln. Der obere Teil der Flügel hatte Streifen, die Tigermarkierungen ähnelten, und der hintere Teil war von saphirblauen intarsierten Halbmonden und einem goldorangefarbenen Fleck gezeichnet. Einer landete auf meiner Schulter und flatterte mit den Flügeln.

»Das ist ein Papillon Flambé. Durch ihn ist deine Grandmère auf den Namen für das zweite Restaurant gekommen«, erklärte Phillipa. »Ich habe danach gegoogelt. Iphiclides podalirius. Segelfalter.«

»Mir gefällt Papillon Flambé besser«, sagte ich. Einer der Schmetterlinge schwebte über einem Meer aus grünen Stängeln. Ich deutete darauf. »Was wächst da drüben?«

»Wildspargel.« Phillipa machte große Augen. »Denkst du, was ich denke?«

»Hast du zufällig ein Messer bei dir?«

»Immer«, sagte sie, zog es aus ihrer Tasche und ließ es aufschnappen. »Ein Laguiole-Springmesser.«

»Ich glaube, wir haben das Thema für unser Menü.«

Nachdem Phillipa einige Stängel von dem *asperge sauvage* geerntet und in unseren Korb gelegt hatte, rannten wir zurück zum Château. »Wer zuerst in der Küche ist«, rief ich.

Bis Phillipa mich eingeholt hatte, hatte ich das Menü schon fix und fertig im Kopf. Sie sah es mir an der Nasenspitze an und reichte mir ein Stück Kreide.

»Französische Klassiker. Fusionsküche. Frühlingsbeginn!«, rief ich.

MENÜ

L'AMUSE-BOUCHE

Erdbeergazpacho, serviert in chinesischen Löffeln, garniert mit frittiertem Ziegenkäse und Basilikum

L'ENTRÉE

Zucchiniküchlein mit Zitronenkrabben
und geschmortem Wildspargel,
garniert mit essbaren Blumen
oder
Cremesuppe aus Wildspargel
oder
Gerösteter Blumenkohl und Rote Bete
mit Kapern, serviert auf Spinat in
einer Weißwein-Zitronen-Sauce

LE PLAT PRINCIPAL

Drunken Shrimp, flambiert in Cognac, serviert
auf einer Pastete aus Tomaten, Avocado,
Erdbeeren und cremigem Zitronenrisotto
oder
Enten-Confit, serviert mit gerösteten Babykarotten
und süßen gedünsteten Radieschen
oder
Bœuf en croute mit Foie gras und Pilzen,
serviert mit gegrilltem Wildspargel und
süßen gedünsteten Radieschen

LA SALADE ET LE FROMAGE

Erdbeeren und Wildspargel, serviert auf
Rucola mit einer Weißwein-Vinaigrette

~

Eine Auswahl an Käsesorten des Châteaus

LE DESSERT

Crème brûlée mit einem Trio aus
Erdbeeren und Cognac

Mit der Kreide in der Hand wirbelte ich herum. »Wir kochen jede Mahlzeit mit dem Herzen. Ich will die Liebe in jeder Speise spüren, schmecken und erfahren. Kannst du mir folgen? Liebe«, sagte ich. »Das ist unsere Geschichte.«

»Ja, Chefin«, bekräftigte Phillipa. »Apropos Liebe, ich hab was für dich. Es ist ein verspätetes Geburtstagsgeschenk. Ich wollte es dir schon früher geben. Warte, ich bin gleich wieder da.«

Phillipa lief die Personaltreppe hinauf und kam nur wenige Sekunden später mit ihrem schmutzigen alten Rucksack zurück. »Sorry, ich hab's nicht eingepackt.«

»Du schenkst mir deinen Rucksack?«

»Das olle Ding? Himmel, nein«, rief sie entgeistert und schnitt eine Grimasse. »Ich schenke dir, was *drin* ist.«

Phillipa zog den Reißverschluss auf und holte ein in Leder gebundenes Notizbuch mit einem roten Band heraus, ähnlich den Kladden meiner Großmutter. »Ich dachte, du würdest die Tradition gern fortführen.«

Ich starrte das Notizbuch an, und da wurde mir klar, dass, egal welche Geschichte ich erzählte, sie auch die Geschichte meiner Großmutter wäre, selbst wenn ich nicht jedes einzelne ihrer Rezepte befolgte oder ich sie abänderte. Die Tränen drohten mich zu übermannen.

»Jetzt werd hier nicht rührselig«, sagte Phillipa. »Du kennst doch Regel Nummer eins, oder?«

»Ja, ja, kein Flennen in der Küche«, sagte ich. »In letzter Zeit breche ich diese Regel ständig.«

Die Segelfalter schwebten am Fenster vorbei. Sie erinnerten mich daran, dass ich mein Schicksal selbst in der Hand hatte. Diesmal würde ich nicht mit Glanz und Gloria untergehen. Außerdem tat Weinen manchmal wirklich gut, vor allem wenn man, so wie ich, all seine Gefühle für den Großteil seines Lebens in sich hineingefressen hatte.

Endlich war das Prüfungswochenende da. Obwohl ich mich gut vorbereitet hatte, war ich nervlich so angespannt, dass ich gute fünfzehn Minuten brauchte, um mich aus dem Bett zu quälen. Es schien, als hätten sich all meine Muskeln verkrampft. Es war halb acht, und ich hatte nicht viel geschlafen, wenn überhaupt. Bevor ich in die Küche ging, stieg ich die Treppe hinauf, um Grand-mère zu besuchen. Als ich ihr Zimmer betrat, lächelte sie schwach.

»Grand-mère, geht es dir gut?«

»Mir geht's gut, *ma chérie,* ich bin nur müde«, sagte sie. »Mach dir keine Sorgen um mich. Du hast eine Menge Arbeit vor dir.« Sie richtete sich ein wenig auf. »Bevor du gehst, wollte ich dich fragen, was du zum Sonntagslunch anziehen wirst. Daran werden alle VIPs teilnehmen, einschließlich unseres speziellen Besuchers, und du wirst das Château repräsentieren. Hast du etwas Passendes?«

»Was wäre denn passend?«, fragte ich und wunderte mich, dass niemand – nicht einmal Jane – das schon früher erwähnt hatte.

»Wir sind in Frankreich. Dies ist ein Château«, sagte sie und machte mit den Lippen ein Ploppgeräusch. »Chanel. Das kommt nie aus der Mode.«

»Grand-mère, ich besitze nicht mal ein Fädchen Chanel.«

»*Alors,* umso besser, dass ich etwas habe«, sagte sie. »Geh in mein Ankleidezimmer und such dir was aus. Meine Kostüme sind nach Größen geordnet. Die aus der Zeit, als ich noch zierlich wie du war, hängen rechts.« Sie scheuchte mich weg. »*Vas-y,* sieh sie dir an.«

Ich betrat einen großen begehbaren Wandschrank und sah die Kleider meiner Großmutter durch. Rasch stellte ich fest, dass sie mindestens vierzig Chanel-Kostüme und über hundert Paar Schuhe und weiße Blusen besaß. So große Couture-Auswahl, so wenig Zeit. Schließlich entschied ich mich für ein grünes Tweedkostüm mit elfenbeinfarbenen Ripsbändern, schwarzer Paspelbordüre und schwarzen Knöpfen. Als ich es hinaus ans Licht trug, um es meiner Großmutter zu zeigen, sah ich, dass der Tweed schillerte.

»Ist das hier in Ordnung?«, fragte ich. Für mich war es magisch.

»Ah, *oui, ma chérie,* das war eins meiner Lieblingsstücke«, schwärmte sie und klatschte vor Entzücken in die Hände. »Pierre hat es in Paris für mich gekauft, weil er fand, dass es meine Augenfarbe hervorheben würde. Und so war es auch. Du wirst schön darin aussehen. Ein wahrer Traum. Deine Augen werden strahlen.«

Ich küsste sie auf die Wange. »*Merci,* Grand-mère.«

Ich verließ ihre Wohnräume und vergrub die Nase in dem Stoff. Er duftete nach ihr – eine Mischung aus Lavendel und Chanel N°5.

Wir hatten geplant, schon früh mit den Vorbereitungen anzufangen, um bloß keines der erlesenen Details zu übersehen. Als ich nach unten ging, hörte ich auf der Personaltreppe Janes Stimme.

»Die Blumen sind angekommen, meine Damen! Jetzt.« Als ich an Jane vorbeikam, nahm sie mich beim Arm. »Kommen Sie«, sagte sie. »Ich möchte Ihre Meinung zu meinen Arrangements hören.«

War die selbstsichere Jane so nervös wie ich? War ihr rechthaberisches Gebaren nur Fassade? Ich mochte diese neue Jane wirklich. Wenn die Fassade Risse bekam, war sie bezaubernd, liebenswert. Mannomann, was für eine Verwandlung.

Sie führte mich in den Salon, wo Kübel voller Blumen in jedem Winkel in Schönheit erstrahlten wie flauschige Wolken, ihre starken süßen Düfte ergaben für meine Nase und meinen Geist eine magische Geruchserfahrung. Dort standen Rosen, Tulpen und Pfingstrosen sowie mehrere Gefäße, die vor Blumen in Blutorange, der Form nach einer Amaryllis ähnlich, mit safrangelben Filamenten barsten.

»Ich habe überwiegend weiße Blumen bestellt«, erklärte Jane und deutete auf ein Arrangement. »Die Klivien bringen einen Farbtupfer hinein, meine Vorstellung von den aufregenden künftigen Veränderungen.« Sie lächelte. »Das gefällt mir am besten an meiner Arbeit. Was denken Sie?«

»Ich denke, Sie haben sich selbst übertroffen«, lobte ich sie.

Mir war nicht bewusst gewesen, dass Jane so kreativ war, dabei hätte ich das schon bemerken müssen, als sie mir die wunderschöne Kochjacke geschenkt hatte.

»Die kleineren Arrangements kommen in die Gästezimmer und auf die Tische im Speisesaal. Die mittelgroßen werden überall verteilt, im Spa, hier im Salon, in den Fluren, und das große wird im Foyer auf dem Marmortisch präsentiert.«

»Wie wollen Sie die alle fertigbekommen, bevor die Gäste eintreffen?«

Jane stemmte die Hände in die Hüften. »Die Zimmer sind schon gestern alle vorbereitet worden«, sagte sie und rief: »Die Damen! ›Jetzt‹ heißt *maintenant!*« Das Zimmerserviceteam drängelte sich in den Salon, sagte *bonjour* und machte sich an die Arbeit. Die Frauen und Mädchen unterhielten sich einträchtig und kopierten Janes Prototypen. Jane wischte sich die Hände an ihrer langen Hose ab. »Soll ich Sie noch einmal abfragen?«

»Nein, ich kann alles.«

»Gut«, erwiderte sie. »Ich glaube, es war Ina Garten, die einmal sagte: ›Das Wichtigste an einer Party ist, dass die Gastgeberin sich amüsiert.‹ Sophie, Sie sind die Gastgeberin. Atmen Sie tief durch und amüsieren Sie sich. Sie schaffen das. Ich habe vollkommenes Vertrauen in Sie.«

»Danke«, sagte ich. »Das bedeutet mir alles.«

»Danken Sie nicht mir. Ich sollte *Ihnen* danken.«

»Und warum?«

»Familie«, sagte sie. »Ob es Ihnen gefällt oder nicht, ab jetzt sind wir wie Schwestern. Und deshalb sollten wir uns ab jetzt auch duzen, oder?«

Die Vorbereitungen in den nächsten Stunden waren sehr temporeich. Sogar an diesem Wahnsinnstag hatte die Küchenbrigade einen Rhythmus für die Zusammenarbeit gefunden. Es war ein merkwürdiger Rhythmus, bei dem Flüssigkeiten verschüttet wurden und andere kleinere Katastrophen passierten, aber es funktionierte. Es gab ein paar Momente, in denen die Nervosität mich durchschüttelte wie der Pürierstab in meiner Hand, aber wenn ich tief durchatmete, konnte ich mich wieder beruhigen. Ich blieb konzentriert, genau wie der Rest meiner bunt zusammengewürfelten Truppe. Gegen fünf Uhr nachmittags waren alle Zutaten vorbereitet, und ich bat das Team, von jedem

Gang, für den sie verantwortlich waren, achtzehn Portionen zuzubereiten.

Gustave gluckste. »Warum?«, fragte er.

»Für das Familienessen«, erklärte ich. »Wir werden alle jedes einzelne Gericht auf der Speisekarte probieren. Die Extraportionen sind für Grand-mère und Agnès«, fügte ich hinzu. »Wir als Team, als Brigade, müssen sichergehen, dass alles perfekt ist. Ist das nicht der Fall, sagt ihr es mir, und wir ändern es.«

»Ja, Chefin.«

Um halb sieben, als alle Pflichten für den Abend erfüllt waren, huschten die Mitglieder der Grand-maman-Brigade aus der Küche und murmelten, wie sehr sie das Personalessen genossen hätten – das beste, das sie jemals gehabt hätten, das beste Essen überhaupt, Punkt. Rémi verschwand, um die Weinprobe und den *apéro* auf dem Klavier zu begleiten, während es Séb, Phillipa, Clothilde und mir überlassen blieb, die letzten Entscheidungen fürs Abendessen zu treffen.

Ich schloss die Augen, um mich vorzubereiten und mich selbst zu motivieren. *Ich kann das.*

Jemand tippte mir auf die Schulter. Neben mir stand Agnès und hielt mir einen kleinen Notizzettel hin. »Das ist von Ihrer Grand-mère«, sagte sie. »Ich muss wieder zu ihr.«

Als sie die Küche verließ, las ich:

Ma chérie, dein Können in der Küche übertrifft meines weit. Ich habe in jedem Gang dein Herz gefühlt. Ich habe deine Seele gespürt. Ich würde dir ja für heute Abend viel Glück wünschen, aber das hast du nicht nötig. In Liebe, ta Grand-mère.

Vor Selbstvertrauen strotzend, steckte ich den Zettel lächelnd in die Tasche meiner Kochjacke.

»Sind wir alle bereit, dieses Wochenende unvergesslich zu machen?«

»*Oui*, Chefin.«

Ein Kribbeln lief mir über den Rücken und breitete sich bis in die Fußspitzen aus. Wir machten uns an die Arbeit, schnippelten, sautierten, schnitten und würfelten – jeder von uns sein aufgetragenes Pensum. Ich hatte die Gesichter der Brigade noch nie so konzentriert gesehen.

Um halb acht kam Jane zu mir. »Die Gäste haben Platz genommen. Bist du bereit für deinen großen Auftritt, Sophie?«

Ich war noch nie im Leben bereiter für etwas gewesen. Unter zögerndem Beifall, der sich zu donnerndem Applaus steigerte, betrat ich das Speisezimmer. Als der Lärm sich gelegt hatte, tat ich, was ich vorgehabt hatte: Ich sprach aus meinem Herzen.

»*Merci beaucoup.* Da wir viele internationale Gäste haben wie die Changs, die den weiten Weg von Hongkong auf sich genommen haben, und die Goldbergs aus San Francisco«, begann ich und nickte ihnen an ihren Tischen zu, »werde ich in meiner Muttersprache Englisch sprechen. Ich möchte Sie persönlich im Château und in seinem Vorzeigerestaurant Les Libellules willkommen heißen. Wie Sie wahrscheinlich wissen, war alles, was Sie hier sehen, der Traum meiner Großmutter, ein wunderschöner Traum. Meine Grand-mère Odette war der Grund, aus dem ich mich entschlossen habe, Köchin zu werden. Ab dem Alter von sieben Jahren habe ich alles, was ich über das Kochen weiß und daran liebe, von ihr gelernt. Sie hat mir auch beigebracht, wie wichtig die Familie ist und wie weit wir gehen, um sie zu schützen und zu würdigen. Hier im Château sind wir eine Familie«, fuhr ich fort und richtete den Blick auf den Mann mit dem weißen Schnurrbart. »Wir sind in diesem Land, unserem *terroir*, tief verwurzelt. Alle Weine, zwischen denen Sie wählen können, kommen aus dem Château, manche Jahrgänge stammen aus den 1950er-Jahren. Sollten Sie während Ihres Aufenthalts an einer Besichtigung des Weinbergs oder unserer Weinproduktionsanlagen mit anschließender Verkostung interessiert sein, sprechen Sie bitte mit Jane, der hervorragenden Geschäftsführerin hier im Château.«

Ich holte tief Luft.

»Wir sind ein ›Vom Garten auf den Tisch‹-Betrieb, das heißt, unser Obst und Gemüse wird direkt hier auf dem Anwesen angebaut. Fleisch und Fisch beziehen wir ausnahmslos aus Frankreich. Ein Team aus großartigen Frauen stellt unseren Käse her. Wir unterstützen unsere Nachbarn, die zur Familie gehören. Auch wenn ich mir beim Menü heute Abend kreative Freiheiten genommen habe, weiche ich nicht von den Lehren meiner Großmutter ab. Sie hat mir immer gesagt, dass Rezepte nur Leitlinien sind, die man nicht unbedingt Wort für Wort oder Zutat um Zutat befolgen muss. Und damit möchte ich Sie, liebe Gäste, in unserer Familie willkommen heißen. Es ist meine größte Hoffnung, dass Ihnen die Gerichte schmecken werden, die wir während Ihres Aufenthaltes für Sie geplant haben.«

Ein paar Frauen betupften sich die Augen mit Servietten. Der allein an einem Tisch sitzende Herr mit dem weißen

Schnurrbart griff als Erster zu seinem Löffel und schlug klingend damit an sein Champagnerglas, und ausnahmslos alle Gäste schlossen sich ihm an.

»*Merci,* aber wenn ich Sie verköstigen soll, muss ich jetzt zurück in die Küche«, entschuldigte ich mich. Meine Äußerung wurde mit Lachen quittiert. »Lassen Sie es sich schmecken. Das Begleitgetränk zum *amuse-bouche* ist unser Schaumwein, den wir Ihnen mit den besten Wünschen des Châteaus kredenzen.«

Als das Servicepersonal den Schaumwein öffnete, schwebte ich unter donnerndem Applaus zurück in die Küche. Zu meiner großen Freude spielte sich der nächste Abend haargenau so ab, und ich genoss jeden Moment. Das einzig Beunruhigende war, dass der Mann mit dem weißen Schnurrbart, Monsieur LeBlanc, mich nie ansprach.

»*Ne t'inquiète pas*«, beruhigte Grand-mère mich. Keine Sorge. »Vielleicht hat er schon alles gesehen und erlebt, was er für seine Entscheidung braucht.«

31
Überraschungen zum Sonntagslunch

Am Sonntag zur Lunchzeit hätte ich erschöpft sein sollen, doch Adrenalin und Aufregung hatten mich aufgeputscht und mit Energie aufgeladen. Es gab keinerlei Beschwerden, nur Anerkennung, wie ich erfahren hatte, als ich mich am Tag zuvor unter die Gäste gemischt hatte. Zudem durfte ich nach alter Tradition an jenem Tag die Küche nicht betreten. Um die Grand-maman-Brigade zu unterstützen, brachten die Dorfbewohner von Champvert traditionelle Gerichte aus Südwestfrankreich mit. Leider hatte ich immer noch nicht den wichtigsten Gast kennengelernt, den Mann, der mit seiner Entscheidung das Château – und mich – zu Fall bringen konnte. Ich versuchte mich zu entspannen, aber es fiel mir sehr schwer.

Im Innenhof, wo gelacht und gegessen wurde, herrschte rege Betriebsamkeit. Auf den großen Steintischen lagen wunderschöne französische Tischdecken mit Mohnblumenmuster. Ein Selbstbedienungsbuffet war aufgebaut worden, mit jeder Quiche, die man sich nur vorstellen konnte – zum Beispiel ein wunderbarer Zwiebelkuchen mit glänzenden Oliven und glitschigen Anchovis oder eine Tarte mit Tomaten, Honig und Ziegenkäse. Es gab viele

Salate und Foie gras und Brathähnchen. Ein Großteil der Männer spielte im Hof Pétanque. Phillipa, Jane, Laetitia und die Grand-maman-Brigade unterhielten sich angeregt mit den Dorfbewohnern und mit den Gästen. Lola spielte im Garten mit anderen Kindern. Sie machten Jagd auf Schokolade und andere Leckereien, die ich versteckt hatte, und legten sie in süße weiße Weidenkörbchen – eine Ostertradition. Weiter hinten auf der Terrasse bediente Gustave den *méchoui*, einen großen Bratspieß, an dem er, in der Hand ein Glas Pastis, ein ganzes gegrilltes Lamm drehte.

All das beobachtete ich von der Suite meiner Großmutter aus. Die Leute winkten lächelnd zum Fenster herauf, wo Grand-mère auf ihrem Rollstuhlthron saß. Sie sah wie die Königin von England aus.

»*Ma chérie,* mir ist ziemlich kalt. Könntest du Feuer im Kamin machen? Holzscheite liegen gleich da drüben.« Sie versuchte vergeblich, darauf zu zeigen.

Während ich das Feuer in Gang brachte, war ich tieftraurig, und ich hatte Angst. Die Wahrheit lautete: Ihr ging es nicht besser, sondern immer schlechter. Agnès hatte mir gesagt, dass sie sich zu sehr verausgabte. In dem Moment war mir die Überprüfung vollkommen egal.

»*Ma chérie,* geh zu den anderen«, bat Grand-mère. »Ich komme schon zurecht. Agnès ist bei mir. Ich will, dass du dich nach der harten Arbeit amüsierst. Du hast diese alte Frau sehr stolz gemacht.«

»Bist du sicher? Ich sitze gern hier bei dir.«

»Ich bin in null Komma nichts eingeschlafen«, sagte sie und scheuchte mich mit einer Handbewegung fort. »Geh schon.«

Gegen Grand-mère kam man nicht an. Ich ging nach draußen, um mich unter die Gäste zu mischen und nach Rémi zu suchen. Als er mich sah, legte er die Hände auf sein Herz. »*Ouah*, ich hätte es nicht für möglich gehalten, dass die schönste Frau, die ich je getroffen habe, noch schöner aussehen könnte. Grün ist wirklich deine Farbe«, schwärmte er und musterte mich von Kopf bis Fuß. An meinen Beinen hielt sein Blick inne. »Ist das Chanel?«

»Ja«, sagte ich. »Es gehört Grand-mère.«

»Du bist ein anmutiger und wunderschöner Anblick.«

»Anmutig weiß ich nicht«, gab ich zurück und stolperte prompt. »Aber ich nehme das Kompliment an.«

Als Rémi den Arm um mich legte, zeigte die Grand-maman-Brigade auf uns und tuschelte. Clothildes Stimme war laut und deutlich zu vernehmen.

»Hört auf zu tratschen«, rief sie. »Rémi und Sophie sind jetzt ein Paar, und das kleine Mädchen da drüben ist Rémis Tochter.«

Die Mitglieder der Grand-maman-Brigade machten große Augen und tratschten munter weiter. Jetzt wurden alle Gäste, etwa achtzig an der Zahl, auf uns aufmerksam. Normalerweise hätte mir vor solcher Aufmerksamkeit gegraut, doch diesmal stand ich nicht im Mittelpunkt eines Skandals, sondern war stolz auf mich – und auf den attraktiven Mann neben mir.

»Keine Geheimnisse mehr«, sagte Rémi und wand sich ein wenig. »In gewisser Weise fühlt es sich gut an. Unbehaglich, aber gut.«

»Stimmt«, sagte ich und lächelte.

Auf Außenstehende musste die Szene so wirken, als

amüsierten sich alle prächtig, bis auf einen Mann, der mit einem Bier in der Hand dastand. In jüngeren Jahren hatte er vielleicht gut ausgesehen, doch die Zeit schien es nicht gut mit ihm gemeint zu haben. Auch die Sonne hatte in seinem verwitterten Gesicht Spuren hinterlassen.

Ich stupste Rémi an. »Wer ist dieser Mann, der mich so anstarrt? Clothilde und Bernard wirken nicht gerade begeistert, ihn zu sehen.«

»Ach«, sagte er. »Der? Das ist Jean-Marc Bourret.«

Ich konnte plötzlich nicht mehr scharf sehen. »Was?«

»Ich habe ihn eingeladen.«

»Hätte es nicht *meine* Entscheidung sein sollen, ihn zu treffen?«

»Das ist es auf jeden Fall. Wenn du nicht willst, musst du nicht mit ihm reden, aber ich wollte dir die Gelegenheit dazu geben. Schließlich hast du mir erzählt, dass du nach Antworten suchst«, rechtfertigte er sich. »Ich kann ihn auch wieder wegschicken.«

Ich wusste nicht, ob ich Rémi umarmen oder umbringen sollte. Warum hatte er Jean-Marc ausgerechnet am Tag der Überprüfung durch die Société einladen müssen? »Wir reden später darüber.«

Als ich mich Jean-Marc näherte, lächelte er mich matt an. Ich weiß nicht, wie mich meine Füße zu ihm trugen, ohne dass ich dabei hinfiel. Ich weiß nicht, wie ich meine Stimme wiederfand, doch sie klang fest.

»Meine Mutter war Céleste Valroux de la Tour de Champvert«, sagte ich. »Ich glaube, Sie wissen, wen ich meine.«

»Das stimmt.« In seinen Augen leuchtete die unglaubliche Traurigkeit eines schweren Verlustes auf, die auch ich kannte. »Ich habe lange gezögert mit der Entscheidung, heute hierherzukommen. Ihre Großmutter ist nicht mein größter Fan, aber Rémi beharrte darauf. Es gibt keinen einfachen Weg, Ihnen meine Frage zu stellen.« Er richtete sich auf. »Ist es wahr? Sind Sie meine Tochter?«

»Ja«, erwiderte ich, obwohl mich leichte Zweifel überkamen, als ich mir sein Gesicht genauer ansah. Bis auf seine Kieferpartie und seine Haare, die jetzt grau meliert waren, früher jedoch tintenschwarz gewesen sein mussten wie meine, bestand zwischen uns keine Ähnlichkeit. »Ich heiße Sophie.«

»Bitte vergeben Sie mir. Ich war jung und dumm. Glauben Sie mir, ich bin kein schlechter Mensch«, beteuerte er, meinem Blick ausweichend.

Es war Zeit, meinen eigenen Weg zu gehen, ihn ganz bewusst zu wählen. Meine Kriegsnarben waren verheilt, seine könnten auch verheilen.

»Jeder hat eine Geschichte zu erzählen, und ich will Ihre hören«, sagte ich und dachte an Phillipas unvoreingenommene Reaktion auf mich. Jetzt war es an mir, meinem Vater zuzuhören, auch wenn mir vielleicht nicht gefiel, was er sagen würde. Ich wappnete mich.

Jean-Marc straffte sich. »Was möchten Sie gern wissen?«

»Haben Sie je versucht, mich zu finden?«, fragte ich.

Sein Gesicht wurde traurig, und seine Augen verdunkelten sich. »Ich wollte es ja. Aber ich hatte nicht viel Geld. Ich konnte mich nur mit Mühe durchbringen.«

»Aber hat meine Großmutter Sie nicht bezahlt?«

»Doch«, räumte er ein. »Aber ich habe nur den ersten Scheck eingelöst.«

Er sagte die Wahrheit. Das hatte Grand-mère mir nach einer unserer Lesestunden erzählt.

Ich machte große Augen und gab ihm ein Zeichen weiterzusprechen. Er schluckte heftig. »Ich habe hier auf dem Château während der Traubenernte als Pflücker gearbeitet, um mir etwas dazuzuverdienen.« Er lächelte wehmütig. »Manchmal half Céleste beim Einsammeln der Trauben. Sie war die schönste Frau, die ich je gesehen hatte. Es war, wie man so schön sagt, ein *coup de foudre*. Liebe auf den ersten Blick. Ich habe alles getan, was in meiner Macht stand, um sie auf mich aufmerksam zu machen.«

»Sie haben sich in sie verliebt?«

»Von ganzem Herzen«, sagte er seufzend. »Aber sie liebte mich nicht.«

»Wie kommen Sie darauf?«

»Sie hat es mir gesagt«, antwortete er. »Als sie im achten Monat mit Ihnen schwanger war, haben wir uns am Fluss getroffen. Ich musste am hinteren Ende des Anwesens über den Zaun klettern, um hinzukommen, und habe mich dabei verletzt. Ich sagte ihr, dass ich für sie sorgen wolle, mich um sie kümmern wolle. Ich sagte ihr, dass ich das Geld von Ihrer Grand-mère nur angenommen hätte, um genau das tun zu können. Als ich ihr einen Heiratsantrag machte, lachte sie mir ins Gesicht und sagte mir, sie hätte andere Pläne, große Pläne.« Sein Gesicht verzog sich schmerzlich. »Dann sah sie mir fest in die Augen, behauptete, sie sei sich nicht sicher, wer der Vater sei, und schrie, ich solle verschwinden.«

Er brauchte kein Blatt vor den Mund zu nehmen. Das waren ihre Worte gewesen, das wusste ich. Ich schluckte meine Schuldgefühle herunter, ich hatte auch große Pläne gehabt. Aber meine Pläne hatten sich gewandelt.

»Sie war krank«, erklärte ich und ergriff seine Hände. Dann erzählte ich ihm von ihrer bipolaren Störung, dass ihr Handeln und ihre Stimmung rasch umgeschlagen waren. »Letztendlich hat sie Selbstmord begangen.«

Jean-Marc schnappte nach Luft, als hätte ihm jemand einen unerwarteten Schlag in die Magengrube versetzt. War es möglich, dass er das tatsächlich nie erfahren hatte?

Schließlich fragte er: »Hat sie Ihnen, bevor sie starb, gesagt, dass ich Ihr Vater bin?«

»Nein«, sagte ich. »Das war Grand-mère Odette.«

»Ihre Grand-mère mochte mich nicht. Warum jetzt? Nach so vielen Jahren?«

»Sie wollte, dass ich die Wahrheit erfahre, auch wenn es ihr selbst nicht gefällt«, erklärte ich. »Aber jetzt ist es meine Entscheidung, wie ich damit umgehe. Wie ich schon sagte, ich möchte Sie gern kennenlernen.« Ich hielt inne. »Haben Sie je geheiratet? Kinder bekommen?«

»Nein«, sagte er. »Seit sie mich verlassen hat, war ich ein ziemlicher Einzelgänger.« Er rang um Fassung.

Ich wollte wirklich alles über ihn und sein Leben erfahren. Das musste ich. Abgesehen von Grand-mère, und wer wusste schon, wie viel Zeit ihr noch blieb, war dieser Mann der einzige Blutsverwandte, den ich noch hatte. Und ich nahm ihm seine Geschichte ab. In dem Moment war ich wirklich frei von der Vergangenheit. Ich nickte Rémi zu, der unser Gespräch von fern mit Adleraugen beobachtet hatte. Er kam zu uns an den Tisch geschlendert, tauschte mit Jean-Marc *bises,* wie es die Männer in Frankreich taten, und setzte sich zu ihm. In dem Moment fing der Mann mit dem weißen Schnurrbart meinen Blick auf und winkte mich zu sich. Ich wusste, dass der Zeitpunkt vollkommen falsch war, hatte aber keine Wahl.

»Entschuldigen Sie mich, Jean-Marc. Ich will Sie wirklich gern kennenlernen«, sagte ich, »aber leider ruft die Pflicht.«

»Ich verstehe«, erwiderte er. »Rémi kann Ihnen meine Kontaktdaten weiterleiten. Für den Fall, dass Sie mich wiedersehen wollen.«

»Und ob ich das will«, beteuerte ich und gab ihm einen Kuss auf die Wange.

Langsam lief ich auf den Prüfer zu, auf dem Weg strich ich meinen Rock glatt und ordnete mein Haar. Ich liebte das Kostüm, das ich trug, fühlte mich darin aber wie ein kleines Kind, das Verkleiden spielte. Würde er das auch so sehen? Würde er dem Château seinen Status aberkennen? Ich atmete ein paarmal tief durch und ging schneller, die souveräne Sophie musste wieder auf die Spur gesetzt werden.

»Monsieur LeBlanc«, begrüßte ich ihn und reichte ihm die Hand, die er mit einem überraschten Lächeln nahm.

»Sie kennen meinen Namen?«

»Das gehört zum Gesamterlebnis hier auf dem Château. Wie in meiner Eröffnungsrede erwähnt, sind all unsere Gäste für uns wie …«

»Familienmitglieder«, ergänzte er. »Sie haben Ihre Grand-mère gewiss stolz gemacht. Ich hoffe, dass es ihr besser geht. Unsere Gedanken und Gebete sind bei ihr.« Er reichte mir ein schweres Paket. »Öffnen Sie das, wenn ich weg bin. Wir hatten so ein Gefühl, was Sie betraf, und sagen wir einfach, ich kam nicht unvorbereitet hierher. Es war schön, Sie kennenzulernen, meine Liebe.«

Mit diesen Worten drehte sich Monsieur LeBlanc um, und weg war er. Einen Moment lang stand ich verblüfft da und fragte mich, ob ich mir das Gespräch – unwirklich, wie es war – nur eingebildet hatte. Ich konnte nur hoffen, dass dieses Gefühl, was mich betraf, ein positives gewesen war. Ich riss das Paket auf und fand darin eine elegante Karte mit Prägedruck auf einer großen Holztafel vor.

Glückwunsch! Willkommen in der »Société des Châteaux et Belles Demeures«-Familie. Wir freuen uns darauf, die neue Herrin des Châteaus und den Grand Chef in einer Person kennenzulernen.

Mein erleichterter Seufzer wurde von der nach Flieder duftenden Frühlingsbrise verweht, die mein Herz erwärmte. Ich hatte es geschafft. Ich konnte den ganzen bisherigen Stress hinter mir lassen. Ich war in meinem Leben noch nie auf etwas so stolz gewesen. Ich war wieder Meisterköchin. Mit den Fingerspitzen fuhr ich über die Lilie aus Messing und über die eingravierten Worte SOCIÉTÉ DES CHÂTEAUX ET BELLES DEMEURES und konzentrierte mich dabei besonders auf meinen Namen. SOPHIE VALROUX DE LA TOUR DE CHAMPVERT, GRAND CHEF.

Sanfte Atemzüge waren hinter meinem Rücken zu hören. Jane und Phillipa spähten mir über die Schulter. Ich drehte mich zu ihnen um und reckte triumphierend die Tafel in die Höhe.

»Wir haben es geschafft!«

»Nein, *du* hast es geschafft!«, sagte Phillipa.

»Wir sind ein Team«, widersprach ich.

»Ich will mich nicht mit fremden Federn schmücken«, wehrte auch Jane ab.

»Ohne euch zwei hätte ich das nie geschafft«, sagte ich lachend und umarmte sie beide. »Ich muss es Grand-mère erzählen. Könnt ihr Rémi und Jean-Marc sagen, dass ich gleich wieder da bin?«

»Jean-Marc? Dem Mechaniker aus Sauqueuse?«, fragte Phillipa erstaunt und sah in seine Richtung. »Warum ist er hier?«

Ich hatte vergessen, dass Phillipas und Janes Eltern im Nachbardorf wohnten. Bestimmt brachte Phillipa ihre Rostlaube in seine Autowerkstatt.

»Lange Geschichte«, wich ich aus. »Ich erzähle euch später alles über ihn.«

Ich rannte hinauf zur Wohnung meiner Grand-mère, riss die Tür auf und hielt ihr die Tafel von der Société des Châteaux et Belles Demeures hin. »Ich wollte, dass du das siehst.«

In ihren Augen glänzten Tränen des Stolzes. »*Ma chérie*, ich wusste, dass du es schaffen würdest. Du musst Rémi beauftragen, meine Tafel am Eingangstor abzuhängen und dafür deine aufzuhängen.«

»Nein, Grand-mère«, protestierte ich.

»Es ist jetzt dein Château, und es ist deine Küche. Jetzt bist du der Grand Chef und die Hausherrin«, sagte sie. »Wenn du meine Tafel als Erinnerung an mich behalten willst, häng sie dir in dein Büro.«

»Du meinst in dein Büro«, korrigierte ich sie.

»Jetzt nicht mehr.«

»Grand-mère …«

»Liebes, sei, wie O'Shea dich in seinem Artikel beschrieben hat. Sei furchtlos.«

»Aber ich habe Angst, Grand-mère«, entgegnete ich kleinlaut und sackte zusammen. »Ich will dich nicht verlieren. Nicht jetzt, wo ich dich gerade erst richtig kennenlerne.«

»Ich weiß. Aber auch wenn ich fort bin, werde ich immer für dich da sein. Wir müssen uns mit aller Kraft der Zukunft stellen.« Sie schloss die Augen und drückte meine Hand. Ihr Kopf kippte leicht zur Seite. »Der Ring, den du um den Hals trägst …«

Ich unterdrückte meine Schluchzer, weil ich für sie stark sein wollte. Was eigentlich ein Festtag hatte sein sollen, hatte sich zum Schlechten gewendet.

»Es war dein Verlobungsring, stimmt's? Hat Mom ihn dir gestohlen?«

»Er hat mir gehört«, bestätigte sie. »Und ja, das hat sie. Ich würde ihn gern ein letztes Mal in den Händen halten. Er ist wirklich wunderschön.«

Ich löste den Verschluss meiner Halskette, streifte den Ring ab und legte ihn ihr in die Hand. Sie blickte sehnsüchtig aus dem Fenster. »Ich habe deinen Großvater und mein Leben hier doch noch lieben gelernt«, sagte sie wehmütig.

»Grand-mère, ich muss dir etwas sagen«, sagte ich.

»*Oui, ma chérie?*«

»Ich habe Jean-Marc getroffen, meinen Vater«, erklärte ich. »Er ist mit Rémi unten im Garten.«

»Wenn du dich fragst, ob ich Rémi gesagt habe, dass ich es für eine gute Idee halte, ihn hierher einzuladen, ja, das habe ich«, gab sie zu. »Und was hältst du von dem Mann?«

»Er hat gütige Augen. Anscheinend hatte er ein hartes Leben.« Ich wunderte mich im Grunde nicht, dass Grand-mère Odette in den Plan eingeweiht gewesen war. Ihr entging einfach nichts. »Ich würde ihn gern kennenlernen. Er ist … ähm … er ist meine Familie.«

»Und das solltest du auch«, ermutigte sie mich und sah mir in die Augen. »Mir war es wichtig, bevor ich gehe, Wiedergutmachung für alles zu leisten, was ich in der Vergangenheit getan habe. Bitte richte Monsieur Bourret meine aufrichtigste Entschuldigung aus.« Sie hielt meine Hand fest. »*Je t'aime, ma chérie.*«

»*Je sais,* Grand-mère«, antwortete ich. Ich weiß. »*Je t'aime aussi.*«

Eines der Geräte brummte und versetzte mir einen Schock. Agnès kam herbeigehastet und schob sich an mir vorbei. Sie lächelte mir zu.

»Sophie, ich muss sie stabilisieren. Sie können hier nichts mehr tun. Bitte gehen Sie zurück zur Party.«

Ich wusste, dass sie recht hatte, aber mir war nicht mehr danach zu feiern. Die Worte meiner Großmutter kamen mir vor wie ein endgültiges *adieu.* Mit der Tafel in der Hand ging ich in mein Zimmer. Ich hatte Wichtigeres zu tun, als mich den anderen anzuschließen. Ich rollte den Koffer meiner Mutter aus dem Schrank, zog den Reißverschluss auf und packte ihre Sachen aus. Ich hängte ihre Kleider in meinen Wandschrank und stellte ihre Schmuckschatulle auf meinen Toilettentisch.

Ich wollte mich von allen Überresten vergangenen Schmerzes verabschieden, bevor ich mit dem neuen Schmerz fertigwerden musste.

32
Traurige Abschiede und glückliche Neuanfänge

Grand-mère Odettes Beerdigung sollte in drei Tagen auf dem Schlossgelände stattfinden. Zwischen Schniefern, Schluchzern und plötzlichen Zusammenbrüchen wollten Rémi, Clothilde, die Grand-maman-Brigade, Gustave, Séb, Phillipa, Jane und ich einen feierlichen Festschmaus zubereiten – genau wie Grand-mère es sich gewünscht hätte. Ich zog ihre Mohnblumenschürze nicht an, sondern versteckte sie, um ihren Vanille-, Zimt- und Muskatduft zu bewahren, der sich bereits abschwächte. Wir standen in der Küche.

»Wir kochen alles, was in ihren Kladden steht«, hatte ich gesagt und mich dann rasch korrigiert. »Alles, wofür wir zurzeit die Zutaten haben. Sie würde uns umbringen, wenn wir nicht saisonal kochen würden.«

»Wie um alles in der Welt sollen wir all die Gerichte zubereiten?«, fragte Clothilde ungläubig.

»Ich habe Verstärkung herbeigerufen.« Ich nickte Laetitia und Lola zu, hob Lola hoch und setzte sie auf einen Hocker. »Das war mein Lieblingsplatz in der Küche, als ich ein kleines Mädchen war wie du«, erklärte ich ihr. »Ich habe Grand-mère beim Kochen zugesehen, und manchmal durfte ich ihr helfen. *Tu peux m'aider,* Lola?«

»*Oui,* Tatie.«

Die Trauer kam in Wellen, aber ich hatte meine Gefühle jetzt im Griff, bis auf gelegentliche Weinanfälle, wenn ich etwas in die Hand nahm, das mich an sie erinnerte, zum Beispiel einen alten Holzlöffel mit Brandflecken am Griff oder den Kupfertopf, den sie am liebsten benutzt hatte.

Zur Trauerfeier wurden Gäste aus ganz Frankreich erwartet – von Gaillac bis Toulouse, Paris bis Bordeaux, sogar aus New York. Als Walters und Roberts Taxi vorfuhr, rannte ich die Eingangstreppe hinunter und stolperte über meine eigenen Füße.

Rémi reichte mir die Hand und half mir, wieder aufzustehen. »Ich glaube, ich muss dir einen Schutzhelm besorgen«, frotzelte er.

»Sehr lustig«, gab ich zurück und rannte los, um meinen besten Freund zu umarmen. Walter hob mich hoch und wirbelte mich herum.

Rémi trat zu uns. »Wer von euch war der falsche Verlobte meiner Freundin?«, fragte Rémi mit bierernster Miene und gab vor, stinkwütend zu sein, was etwa fünf Sekunden funktionierte. Robert zeigte verschüchtert auf Walter, worauf Rémi die Arme vor der Brust verschränkte und lauthals loslachte. »Das war das Bizarrste, was ich je aus Sophies Mund gehört habe.«

»Ich bin wirklich drauf reingefallen«, sagte Robert und fächelte sich dramatisch Luft zu. »Er ist verdammt gut aussehend und hat auch noch Humor. Warte, ich dachte, er wäre der …«

Ich fiel Robert ins Wort, bevor er weiterreden konnte. Rémi brauchte nicht zu wissen, dass ich ihn als einen »Was« statt einen »Wer« bezeichnet hatte, oder noch schlimmer, als Riesenarschloch. Mit einem durchgeknallten Lachen, das ich nicht als mein eigenes erkannte, stellte ich die Männer einander vor. Als sie fertig damit waren, einander auf den Rücken zu klopfen wie Verbindungsstudenten oder lange verloren geglaubte Freunde, zog Walter einen Flunsch und sagte: »Wir werden sie nie zurück nach New York bekommen.«

»Keine Chance«, stimmte Robert ihm zu.

New York war tatsächlich eine ferne Erinnerung und das Letzte, woran ich zurzeit dachte.

»Offenbar hat das Leben in Frankreich bei dir Wunder bewirkt«, stellte Walter fest. »Ich weiß, wir sind nicht unter den besten Umständen hier, aber alles in allem finde ich, wir haben unsere alte Sophie wieder, und sie ist stärker als je zuvor.«

»Wisst ihr was?«, sagte ich. »Das bin ich auch. Und deshalb entschuldigt, wenn ich euch so stehen lasse, aber ich muss mich noch umziehen, bevor alle anderen eintrudeln, und in der Küche nach dem Rechten sehen«, erklärte ich. »Rémi begleitet euch in euer Zimmer, okay? Wir geben euch das beste im Haus. Und denkt dran, wir wollen das Leben meiner Grand-mère feiern – also kein Schwarz.«

Auto um Auto rumpelte über die Auffahrt, die Parkplätze füllten sich. Für Mitte April war das Wetter mehr als annehmbar, es war weder zu heiß noch zu kalt. Ich trug ein marineblaues Etuikleid aus Seide und ein Tuch meiner Großmutter, cremefarben mit dem für sie so typischen Mohnblumenmuster, um die Schultern. Rémi stand neben mir, und wir begrüßten die Gäste. Gemurmelte Beileidsbekundungen gingen mit wohlwollenden Worten über Grand-mère Odette einher.

»Sie hat uns durch eine schwere Zeit in unserem Leben geholfen.«

»Sie war eine solche Inspiration!«

»Eine unglaubliche Frau, so voller Leben.«

Sogar Jean-Marc Bourret ließ sich blicken, um ihr die letzte Ehre zu erweisen, er war frisch rasiert und sah in seinem Anzug sehr respektabel aus.

»Haben Sie es ehrlich gemeint, als Sie sagten, Sie würden mich gern kennenlernen?«, fragte er.

»Ja.«

»*Merci,* Sophie.« Seine Augen glänzten. »Ich weiß, jetzt ist nicht der richtige Zeitpunkt, aber ich freue mich auf den Tag.«

»Ich auch«, erwiderte ich und ergriff seine Hand.

Oft musste ich die Tränen unterdrücken, aber ich riss mich zusammen und versteckte die, die trotzdem flossen, hinter Grand-mères schwarzer Chanel-Sonnenbrille. Schon bald war es Zeit für die Prozession zu der kleinen Kapelle, in der Grand-mère aufgebahrt war. Rémi, Lola und ich führten sie an, gefolgt von Clothilde, Bernard und Laetitia, die restlichen Mitglieder von Grand-mères engster »Familie« hinter ihnen. Als alle vor der weit geöffneten Tür versammelt waren, begann Pater Toussaint, ein freundlicher Mann mit ergrauendem Haar und widerspenstigen Augenbrauen, mit dem Gottesdienst. Während er sprach, ließ ich den Blick über die Trauergäste schweifen. Einige betupften ihre Augen mit Taschentüchern und wischten sich die Tränen weg. Manche, wie Clothilde und Jane, weinten offen und unterdrückten laute Schluchzer. Ich liebte meine Großmutter und fand es schön zu sehen, wie sehr sie auch von anderen geliebt wurde.

Hinter der Kapelle lag eine Wiese, die vor *coquelicots,* wildem Klatschmohn, leuchtete. Die Blumen wehten in der Brise, und über dem Meer aus Rot stiegen Schmetterlinge auf. Ich spürte die Anwesenheit meiner Großmutter, die mir sagte, dass ich nicht traurig sein, sondern mich auf das Schöne konzentrieren sollte.

Als Pater Toussaint mit seiner Predigt fertig war, traten Rémi und ich an Grand-mères Sarg aus poliertem Holz mit vergoldeten Blumenschnitzereien und Scharnieren, um uns endgültig zu verabschieden. Sie sah ruhig und friedlich aus, wunderschön trotz der tiefen Spuren, die die Zeit in ihrem Gesicht hinterlassen hatte.

»Ich werde dich schrecklich vermissen«, sagte ich leise und streichelte ihre Hand. »Ich wünschte, wir hätten mehr Zeit miteinander verbracht, aber ich bin dankbar für die Zeit, die wir hatten.«

Rémi legte den Arm um mich. »Keine Sorge, Grand-mère Odette, ich werde auf Sophie aufpassen und für den Rest meines Lebens für sie sorgen.«

Ich stupste ihn sachte an und flüsterte: »Wer sagt, dass ich versorgt werden muss?«

»Du bist eindeutig die *petite-fille* deiner Grand-mère«, gab er zurück. »Ich musste es ihr versprechen.«

Wir nahmen uns jeder eine einzelne rote Rose aus einem

Korb und legten sie in den Sarg. Dabei dachte ich an die Lektionen, die Grand-mère mir erteilt hatte und mir weiterhin erteilen würde. Als ich die Augen öffnete, erregte ein blauer Blitz meine Aufmerksamkeit: Eine Libelle, so groß wie meine Handfläche, flatterte knapp über dem Sarg mit den Flügeln. Sie landete auf meinem Arm, flog jedoch so schnell wieder weg, dass ich schon glaubte, sie mir eingebildet zu haben. Rémi hakte sich bei mir unter, und wir schritten über das Gelände zum Château.

»Hast du das eben gesehen?«, fragte ich Rémi. »Die Libelle?«

»Ja«, bestätigte er. »Ich hab irgendwo gelesen, wenn eine Libelle auf dir landet, verändert sich etwas zum Guten.«

»Das würde ich nur allzu gern glauben«, sagte ich.

Er stieß die Luft zwischen seinen Lippen aus und zwinkerte mir zu. »Dann glaub es einfach.«

In Frankreich, und es ist egal, ob es zehn Gäste oder zweihundert sind, wartet man aus Höflichkeit so lange mit dem Essen, bis alle eintrudeln. Man läuft derweil herum und schielt heißhungrig nach Speisen und Getränken. Ich nickte den Kellnern zu, die Tabletts mit Champagnergläsern trugen, die mit dem Schaumwein des Châteaus gefüllt waren, worauf sie mit dem Austeilen begannen. Ich klopfte mit einem Löffel an mein Glas.

Als ich die Aufmerksamkeit aller hatte, begann ich mit meiner kleinen Ansprache. »Ich danke Ihnen sehr, dass Sie sich uns an einem eigentlich so traurigen Tag anschließen. Aber wenn Sie Grand-mère Odette kannten, werden Sie mir sicher beipflichten, dass sie sich grün und blau ärgern würde, wenn wir mit Jammermiene herumliefen und weinten. Meine Großmutter, meine leidenschaftliche und starke Großmutter, würde sich wünschen, dass wir ihr Leben feiern.«

»Bravo! Genau!«

»Grand-mère bewirtete wahnsinnig gern Gäste und drückte ihre Liebe mithilfe von Essen aus. Von frühester Kindheit an hat sie mir diese Liebe zum Kochen anerzogen, und ich werde ihr für ihre Lektionen ewig dankbar sein. Sie war ein Grand Chef, die Grande Dame dieses Châteaus und eine noch bessere Großmutter. Sie ließ sich, was ihre Freundschaften betraf, nicht durch Titel oder Geld beeinflussen. Sie öffnete die Türen dieses Châteaus für alle. Deshalb möchte ich die Tradition zu Ehren meiner Großmutter fortsetzen. Wir haben viele der Gerichte, die sie uns in all den Jahren serviert hat, neu kreiert. Das Buffet ist eröffnet. Bitte feiern Sie das Leben meiner Großmutter mit mir.« Ich hob mein Glas. »Auf Grand-mère Odette, möge sie sich inmitten der Wildschmetterlinge und der Libellen in die Höhe schwingen.«

Ein paar Gäste brachen in Tränen aus, ich hingegen blieb standhaft und spürte, wie die Stärke meiner Großmutter mich erfüllte. Ich fing die Blicke meiner Familienmitglieder auf, sah von Clothilde und Bernard über Gustave und der Grand-maman-Brigade zu Laetitia und Lola und schließlich zu Jane und Phillipa. In jedem Winkel des Saales vibrierte und pulsierte Liebe. Ich tastete nach der Halskette, die Rémi mir zum Geburtstag geschenkt hatte, und dankte jedem einzelnen meiner Glückssterne.

Als der Applaus abgeebbt war, atmete ich tief durch.

Rémi nahm mich beiseite und zog mich von den anderen weg. »Ich dachte, wir sollten den heutigen Tag mit etwas Besonderem abschließen. Kommst du mit mir?«

Ich nickte und fragte mich, was er vorhatte. Er führte mich zur Eingangstür hinaus und blieb mit gesenktem Kopf stehen. Dann zog er den Verlobungsring meiner Großmutter aus seiner Tasche, er funkelte wie ein Leuchtfeuer im Sonnenlicht. »*Du* hattest den Ring? Ich hab ihn überall gesucht.«

»Grand-mère Odette wollte, dass ich ihn dir gebe«, erklärte er. »Aber unter einer Bedingung.«

»Bedingung?«

Er kniete nieder und lächelte sein fantastisches Grübchenlächeln, das meine Knie butterweich werden ließ. »Ich weiß, wir haben uns mit Lichtgeschwindigkeit vorwärtsbewegt, dabei wolltest du es langsam angehen, aber wenn man weiß, dass man verliebt ist, weiß man es eben. Ich habe dich geliebt, seit ich dich mit neun Jahren zum ersten Mal gesehen habe. Und ich habe nie aufgehört, dich zu lieben. Sophie Valroux de la Tour de Champvert, willst du mich heiraten?«

Grand-mère Odette hatte bis zu ihrem letzten Atemzug Ränke geschmiedet, manipuliert und sich gegen mich verschworen. Sie hatte den Ring nicht noch einmal in der Hand halten, sondern ihn Rémi geben wollen, damit er ihn mir schenken konnte. Und wenn das ihre Liebe zu mir nicht bewies, dann weiß ich nicht, was sonst. Ich war bereit für eine Veränderung, bereit, auf den Flügeln von Libellen und Schmetterlingen zu reiten. Ich war bereit, mein neues Leben zu beginnen. Kein Blick zurück, nur nach vorn, aber ein wenig langsamer – ein Atemzug nach dem anderen. Deshalb sagte ich nichts und sah betreten auf meine Füße.

Rémi stand wieder auf und hob mein Kinn an. »Was ist? Ging dir das zu schnell?«

Ich sah ihm in die Augen und erwiderte: »Können wir uns nicht einfach geloben, uns zu verloben?«

»*J'ai mal compris*«, sagte er. Ich verstehe nicht.

»Ja, ich will deine Verlobte sein, Rémi«, erklärte ich und zog die Schultern hoch. »Aber wir müssen uns wirklich erst besser kennenlernen. Die Ehe ist eine gewaltige, ewige Verpflichtung. Ich will mit dir zusammen sein und wünsche mir das auch irgendwann in unserer Zukunft, aber wir sollten uns Zeit lassen, nicht? Vielleicht können wir erst mal zusammen Urlaub machen. Ich habe irgendwo gelesen, dass man sich am besten kennenlernt, wenn man zu zweit in einem Zimmer festsitzt.«

»Wir fahren morgen los«, sagte er entschlossen.

»Ich kann nicht. Das Château ist ausgebucht, und bis nach Weihnachten gibt es keine Lücken«, widersprach ich.

»Du sprichst jetzt über Terminpläne? *Bon Dieu,* du bist wirklich Grand-mères *petite-fille.*«

Ich richtete mich voller Stolz auf. »Das bin ich.«

Nachdem er kapitulierend die Hände gehoben hatte, zog mich Rémi einen leidenschaftlichen, kitschigen Kuss lang an sich. »Übrigens, deine Großmutter wollte auch, dass ich dir sage, dass man Ringe am Finger trägt. Wenn du also so weit bist, sag mir Bescheid, denn er kommt an deine linke Hand. Bis dahin trag ihn an deiner komischen Kette, damit ich weiß, dass ich noch im Rennen bin«, flüsterte er, als er sich zurückzog.

»*Merci,* Rémi«, sagte ich, während Tränen des Glücks in meinen Augen glänzten. »Danke für dein Verständnis.«

»Was gibt's da zu verstehen? Manche Menschen brauchen eben mehr Zeit als andere. Das habe ich verstanden, Sophie, aber du wirst nachgeben. Liebe gewinnt letztlich immer«, erwiderte er zuversichtlich. Er schlang den Arm um mich und zeigte mit dem anderen auf den Obstgarten, auf die blühenden Bäume, die vor im Wind tanzenden weißen Blüten explodierten. »Die Kirschen sind bald reif. Weißt du, was das bedeutet?«

»Allerdings«, sagte ich. »Wir können Grand-mères Clafoutis machen.«

In dem Moment wurde mir einmal mehr klar, dass Grand-mère in mir weiterleben würde, durch ihre Rezepte, durch alles, was sie im Château geschaffen hatte. Sie würde immer hier bei mir sein, sie war nicht richtig fort. In meinem Herzen würde sie weiterleben – in dem, was ich dank ihr auch außerhalb der Küche entdeckt hatte. Doch Grand-mère hatte ihre Träume an mich weitergegeben, und ich wusste nicht so recht, wie ich das fand, weil ich immer meine eigenen Träume gehabt hatte.

Rémi nahm meine Hand fest in seine. »Bereit?«

»Wofür?«, fragte ich.

»Wieder reinzugehen«, sagte er.

Rémi küsste mich und zog mich fest an sich, sein Atem ein Hauch an meinem Hals, bevor er die Tür öffnete. Meine Gedanken schmolzen wie Butter in einer heißen Pfanne. Hatte ich bis auf Grand-mère nicht alles, was man sich wünschen konnte? Ich war eine Frau. Ich war Meisterköchin. Und ich konnte sowohl Liebe als auch Erfolg haben. Zu meinen Bedingungen.

»Bereit wie nur was«, sagte ich.

Le Dessert

Mein gleichbleibender Rat an alle lautet: Lernen Sie Kochen – probieren Sie neue Rezepte aus, lernen Sie aus Ihren Fehlern, seien Sie furchtlos, und vor allem, haben Sie Spaß dabei.

JULIA CHILD

Sophies Rezepte

Liebe*r Leser*in,
Grand-mère Odette hat mir beigebracht, dass Rezepte nur Leitlinien sind. Im Verlauf der Jahre habe ich gelernt, nach Geschmack zu würzen und beim Kochen immer wieder zu probieren, um niemals zu überwürzen, je nach Vorliebe Zutaten hinzuzufügen oder wegzulassen und in der Küche kreativ zu sein. Bitte denken Sie daran, dass jede Küche anders ist. Der eine Ofen wird heißer als ein anderer. Töpfe und Pfannen erhitzen sich bei derselben Einstellung unterschiedlich. Wie Jacques Pépin einmal sagte: »*Kochen ist die Kunst des Anpassens.*«

Wenn die Franzosen Gäste haben, befolgen sie bei einem förmlichen Abendessen bestimmte Regeln: Statt eines *amuse-bouche* servieren die meisten Franzosen einen *apéro* – Cocktails oder Champagner nebst kleinen Appetithäppchen wie Kanapees, Oliven, Kirschtomaten oder Kartoffelchips und ein oder zwei Kostproben eines herausragenden Gerichts. Nach dem *apéro* ruft die Gastgeberin die Gäste zu Tisch. Das Abendessen beginnt mit dem *entrée*, der Vorspeise, gefolgt von der *plat principal*, dem Hauptgang, dann dem Käse – ich schlage Roquefort, Cantal, Ziegenkäse, Brie oder Tomme vor – und schließt mit dem Dessert. Welchen Wein Sie zum Essen servieren, bleibt Ihnen überlassen. Ich hoffe, dass Ihnen die Gerichte munden, die ich für Sie ausgewählt habe.

Bon appétit und viele *bisous*
Chefköchin Sophie

In der Pfanne gebratene Jakobsmuscheln im Schinkenmantel mit Backpflaumen in einer Balsamico-Glace

Für 8 Personen

Vorbereitungszeit: 20 Minuten

Kochzeit: 10 Minuten

ZUTATEN

16 Jakobsmuscheln mit ca. 2,5 Zentimeter Umfang, mit oder ohne den Corail
Saft einer Zitrone
frisch gemahlener Pfeffer
4 Scheiben luftgetrockneter Schinken
8 kleine Zweige frischer Rosmarin
8 Backpflaumen *oder* frische Feigen
2 Tassen Balsamico
natives Olivenöl extra
1 Esslöffel Butter
16 frische Salbeiblätter

ZUBEREITUNG

Wenn Sie die Jakobsmuscheln mit dem Corail zubereiten wollen, diesen bitte entfernen und beiseitelegen. Die Jakobsmuscheln mit dem Zitronensaft beträufeln. Mit frisch gemahlenem Pfeffer nach Geschmack würzen. Leicht schwenken und beiseitestellen.

Den Rohschinken der Länge nach durchschneiden.

Nehmen Sie einen Rosmarinzweig und spießen Sie eine Jakobsmuschel darauf auf, gefolgt von einer Backpflaume und dann wieder einer Jakobsmuschel. Umwickeln Sie den Zweig mit einer halben Scheibe Rohschinken.

Gießen Sie den Essig in einen kleinen Topf und kochen Sie ihn bei starker Hitze etwa 5 bis 7 Minuten, bis er zu einer sirupartigen Konsistenz reduziert ist. Warm halten.

Bei mittlerer Temperatur einen Schuss Olivenöl und die Butter in einer großen Pfanne erhitzen, den Salbei und die Spieße mitsamt dem Corail, wenn gewünscht, hineingeben und etwa 2 bis 3 Minuten pro Seite braten, bis der Rohschinken und der Salbei angebräunt sind – dann müssten auch die Jakobsmuscheln gar sein.

Den Salbei auf einen kleinen Teller geben und die Spießchen darauflegen. Mit der Balsamico-Glace beträufeln, wenn gewünscht mit dem Corail und mit frisch gemahlenem Pfeffer dekorieren. Heiß servieren.

Velouté de Potimarron mit flambierten Langustenschwänzen und Parmesanchips

Für 8 bis 10 Personen als Entrée
oder für 4 bis 6 Personen als Hauptgericht
Vorbereitungszeit: 30 bis 45 Minuten
Kochzeit: 1,5 Stunden

ZUTATEN FÜR DIE VELOUTÉ

2 mittelgroße Hokkaido- *oder* Butternusskürbisse
natives Olivenöl extra
Salz (*fleur de sel,* Meersalz)
frisch gemahlener Pfeffer
4 Teelöffel Zimt
1 mittelgroße Lauchstange
1 Zwiebel, geschält und gewürfelt
2 Selleriestangen, gewürfelt
2 Karotten, geschält und gewürfelt
2 Knoblauchzehen, geschält, entkeimt und fein gehackt
6 bis 7 Tassen Hühner- oder Gemüsebrühe
1 bis 2 Teelöffel gemahlener Kreuzkümmel
1 Esslöffel Paprika
1 Esslöffel gemahlener Kurkuma
3 großzügige Prisen Herbes de Provence
Saft einer Zitrone
kleine Lavendel- *oder* Rosmarinzweige zum Garnieren
Crème fraîche (nach Belieben)
gehackter Schnittlauch (nach Belieben)

ZUTATEN FÜR DIE PARMESANCHIPS

200 Gramm Parmesankäse

ZUTATEN FÜR DIE LANGUSTEN

4 aufgetaute Langustenschwänze –
je etwa 100 Gramm
Saft von 1 bis 2 frisch gepressten Orangen
2 bis 3 Esslöffel fein gehackter Ingwer
frisch gemahlener Pfeffer
natives Olivenöl extra
1 bis 2 Esslöffel Butter
¼ Tasse Armagnac oder Cognac

ZUBEREITUNG

Ofen auf 200° Celsius vorheizen.

Den Kürbis mit einem scharfen Messer halbieren, entkernen und in große Stücke schneiden. Mit der Schalenseite nach unten auf ein mit Backpapier ausgelegtes Ofenblech legen. Mit Olivenöl beträufeln. Leicht pfeffern und salzen. Mit Zimt bestreuen. 25 Minuten backen.

Während der Kürbis gart, vom Lauch das dunkelgrüne Ende und die Wurzel abschneiden. Die Stange einmal längs einschneiden. Mit kaltem Wasser abbrausen und in feine Ringe schneiden. 2 Esslöffel Olivenöl in einem großen Topf bei mittlerer Temperatur erhitzen. Lauch, Zwiebeln, Sellerie, Karotten und Knoblauch hinzufügen, etwa 10 Minuten dünsten, bis das Gemüse weich ist. Die Brühe, Kreuzkümmel, Paprika, Kurkuma und Herbes de Provence hinzufügen. Aufkochen lassen, abdecken, Hitze reduzieren und köcheln lassen.

Kürbis aus dem Ofen nehmen, beiseitestellen und abkühlen lassen, Ofen nicht ausstellen.

Den Parmesan per Hand reiben. Häufchen auf ein zweites, mit Backpapier ausgelegtes Ofenblech setzen. Pro Chip braucht man 1 ½ bis 2 Esslöffel Käse. Etwa 7 Minuten backen, bis der Käse goldbraun ist. Herausnehmen und abkühlen lassen.

Mit der Küchenschere die Schalen der Langustenschwänze aufbrechen oder -schneiden. Das Fleisch vorsichtig aus den Schalen lösen, in mundgerechte Stücke schneiden, in eine Schüssel legen und den Orangensaft und den Ingwer hinzufügen. Gut vermengen und mit Frischhaltefolie abdecken. Die Schüssel bis zum Weiterverarbeiten in den Kühlschrank stellen.

Wenn der Kürbis abgekühlt ist, die Schale abziehen und das Fruchtfleisch in max. 5 Zentimeter große Würfel schneiden. Den Kürbis zu dem Gemüse geben. Weitere 15 bis 20 Minuten köcheln lassen. Pürieren und mit dem Zitronensaft, Salz und Pfeffer abschmecken. Warm halten.

Einen Schuss Olivenöl mit der Butter in eine große Pfanne geben. Den Herd auf mittlere Hitze stellen. Die Langustenschwänze in die Pfanne geben und braten, bis das Fleisch weiß ist, immer wieder wenden. Dann den Herd und, sehr wichtig, den Dunstabzug ausschalten. Den Armagnac (oder Cognac) über die Schwänze gießen, rasch ein langes Streichholz anzünden und an den Alkohol halten. Wenn die Flammen zu hoch schlagen, mit einem Topfdeckel löschen. Flambieren auf eigene Gefahr!

Die Langustenschwänze auf Suppenschüsselchen verteilen, mit der Suppe auffüllen. Mit je einem Parmesanchip und frischen Kräutern wie Lavendel oder Rosmarin (nach Belieben mit einem Klecks Crème fraîche und Schnittlauch) garnieren. Heiß servieren.

Doradenfilet serviert auf einem Süßkartoffelpüree mit geschmortem Kohl

Für 8 Personen
Vorbereitungszeit: 25 Minuten
Kochzeit: 30 bis 40 Minuten

ZUTATEN

6 bis 8 mittelgroße Süßkartoffeln, geschält und in grobe Stücke geschnitten
½ bis 1 Tasse Crème fraîche *oder* saure Sahne
Saft von 1 bis 2 frisch gepressten Orangen
gemahlener Muskat
3 bis 4 Esslöffel Butter
natives Olivenöl extra
3 bis 4 Esslöffel fein gehackter Knoblauch
1 Kopf Rotkohl, in feine Streifen geschnitten
Saft von 3 bis 4 frisch gepressten Zitronen
Balsamico-Essig
8 Doradenfilets
½ bis 1 Tasse fein gehackte glatte Petersilie
2 bis 3 Prisen Safran
frisch gemahlener Pfeffer
Salz
frische Kräuter wie Lavendel und Rosmarin
essbare Blumen zum Garnieren

ZUBEREITUNG

Die Süßkartoffeln 18 bis 20 Minuten in Salzwasser weich kochen, abgießen und zurück in den Topf geben. ½ Tasse Crème fraîche oder saure Sahne, den Saft einer Orange und 1 bis 2 Prisen Muskat dazugeben. Mit einem Pürierstab pürieren. Die Süßkartoffeln sollten eine breiige Konsistenz haben, evtl. etwas mehr Orangensaft oder Crème fraîche hinzufügen und erneut pürieren. Probieren und nach Belieben mit Salz, Pfeffer, Butter und Muskat nachwürzen. Warm halten.

In einer großen Pfanne bei mittlerer Hitze den Knoblauch in etwas Olivenöl und einem Stückchen Butter andünsten. Den Kohl hinzufügen und rühren, bis er zusammenfällt. 2 Esslöffel Zitronensaft und einen Schuss Balsamico-Essig hinzugeben und nach Belieben mit gemahlenem Muskat bestreuen. Warm halten.

In einer zweiten großen Pfanne Olivenöl mit einem Stich Butter bei mittlerer Temperatur erhitzen. Beide Seiten der Doradenfilets nach Belieben mit einem Esslöffel Zitronensaft, fein gehackter Petersilie und mit frisch gemahlenem Pfeffer würzen. Mit Safran bestreuen. Wenn das Öl heiß ist, vier Fischfilets hineinlegen und etwa 2 bis 3 Minuten auf jeder Seite anbraten, bis der Fisch nicht mehr glasig ist. Herausnehmen und warm halten. Danach mit den restlichen vier Filets ebenso verfahren.

Auf vorgewärmten Tellern anrichten. Sie können den Kohl auch in Servierringe füllen und andrücken, gefolgt von dem Süßkartoffelpüree. Die Doraden auf das Süßkartoffelpüree betten und mit frischen Kräutern und essbaren Blumen garnieren. Heiß servieren.

Rucola- und Endiviensalat mit rosmarinüberkrusteten Ziegenkäsetoasts, garniert mit Granatapfelkernen und Clementinenstückchen mit einem Zitrusdressing

Für 8 Personen
Vorbereitungszeit: 15 bis 20 Minuten
Kochzeit: 15 Minuten

ZUTATEN

2 Esslöffel Dijon-Senf
Saft einer frisch gepressten Orange
2 Esslöffel Balsamico-Essig
natives Olivenöl extra
Salz, frisch gemahlener Pfeffer
1 bis 2 französische Baguettes
Butter
frischer Rosmarin *oder* Herbes de Provence
1½ Tassen Speckwürfel
1½ Tassen Lauch, in Scheiben geschnitten
2 Rollen Ziegenkäse, in 16 Scheiben geschnitten
1½ Tassen Paniermehl
8 Portionen Rucola
etwas Endiviensalat
1 entkernter Granatapfel
4 Clementinen *oder* Mandarinen, geschält, zerteilt und entkernt
frischer Estragon, grob gehackt

ZUBEREITUNG

Für das Dressing 2 Esslöffel Dijon-Senf in einer kleinen Schüssel mit dem Saft einer Orange und dem Balsamico-Essig vermengen. Olivenöl hinzufügen und verquirlen, bis das Dressing eine cremige, aber nicht zu zähflüssige Konsistenz hat. Nach Belieben salzen und pfeffern. Kalt stellen.

Baguette in 16 gut einen Zentimeter dicke Scheiben schneiden. Eine Pfanne mit 2 bis 3 Esslöffeln Olivenöl und einem Stückchen Butter bei mittlerer Temperatur erhitzen. 1 Esslöffel Nadeln von frischem Rosmarin oder Herbes de Provence hineingeben. Die Brotscheiben nach und nach in der Pfanne von beiden Seiten goldbraun rösten. Herausnehmen.

Einen Schuss Öl, die Speckwürfel und den Lauch in die Pfanne geben, leicht karamellisieren. Herausnehmen, beiseitestellen und warm halten.

Die Ziegenkäsescheiben vorsichtig von beiden Seiten panieren. Pro Seite etwa 2 Minuten in der erneut mit etwas Olivenöl eingefetteten Pfanne braten. Den Ziegenkäse auf die gerösteten Baguettescheiben geben.

Auf jedem Teller etwas Rucola und Endiviensalat anrichten. Die Speck-Lauch-Mischung darauf verteilen. Je zwei Ziegenkäsetoasts dazulegen. Die Granatapfelkerne und Clementinen- oder Mandarinenstückchen darauf verteilen. Mit dem Dressing beträufeln, mit frischem Estragon garnieren und servieren.

Crème brûlée mit zwei saisonalen Topping-Optionen

Für 8 Personen
Vorbereitungszeit: 20 Minuten
Kochzeit: 45 bis 55 Minuten
Ruhezeit: 4 Stunden

ZUTATEN

2 Tassen Milch
3 Tassen Crème double *oder* flüssige Crème fraîche
8 Eidotter
½ Tasse weißer Zucker
1 Teelöffel Vanilleextrakt *oder* das Mark einer Vanilleschote
½ bis 1 Tasse brauner Zucker
Früchte und Kräuter der Saison

ZUBEREITUNG

Den Ofen auf 100 °C vorheizen.

In einem Stieltopf die Milch mit der Sahne vermengen und zum Kochen bringen. Hitze reduzieren und warm halten.

In einer Rührschüssel die Eidotter, den weißen Zucker und die Vanille vermengen. Mit Schneebesen oder Handrührgerät glatt verschlagen. Schonend erwärmen und nach und nach einige Esslöffel der warmen Milch hineingeben, diese Masse dann langsam zur restlichen Milch-Sahne-Mischung hinzufügen und gut verrühren.

Auflaufförmchen auf ein tiefes Kuchenblech stellen. Nun so viel Wasser hineingießen, dass die Förmchen fast zur Hälfte im Wasser stehen. Mithilfe einer Schöpfkelle die Milch-Sahne-Eier-Mischung hineinfüllen. Das Kuchenblech vorsichtig in den Ofen stellen, dabei darauf achten, dass das Wasser nicht in die Förmchen schwappt. 55 Minuten stocken lassen. Das Blech aus dem Ofen holen, die Förmchen ca. vier Stunden auskühlen lassen.

Vor dem Servieren jedes Förmchen mit braunem Zucker bestreuen. Die Zuckerschicht mit einem Flambierbrenner karamellisieren.

TOPPINGS

Im Frühling oder Sommer können Sie die Crème brûlée mit in Scheiben geschnittenen und in Cognac eingelegten frischen Erdbeeren servieren. Mit einem kleinen Rosmarin- oder Basilikumzweig garnieren.

Im Herbst oder Winter richten Sie die Crème brûlée mit in rotem Gewürzwein pochierten Birnenscheiben an, garnieren Sie sie mit einem Sternanis.

Danksagung

Manchmal braucht man eine ganze Brigade, um ein Buch zu schreiben. Ich bin allen so dankbar, die an Sophies Geschichte geglaubt haben und sich vorstellen konnten, dass daraus etwas würde. Fangen wir einfach mal an, ja?

Merci an die sagenhafte Eloisa James. Danke für deine Freundschaft und dass du für mich den Kontakt zu meinen Traumagentinnen hergestellt hast. Ich werde dir für deine freundliche Empfehlung ewig dankbar sein.

Danke an meine Traumagentinnen (jap, ich hab zwei zum Preis von einer) Kimberly Witherspoon und Jessica Mileo bei InkWell Management. Ohne eure Hilfe und Unterstützung würde dieses Buch nicht in den Regalen stehen. Wir haben uns richtig in diese Geschichte eingegraben, um sie zu einem guten Ende zu bringen. Danke, dass ihr an mich und Sophie geglaubt habt.

Danke an meine Traumlektorin Cindy Hwang. Fun Fact: Als meine Agentinnen dieses Buch bei Verlagen anboten, googelte ich alle interessierten Lektorinnen und fand ein Video mit Cindy. Ich habe mich in sie schockverliebt. Mitsamt einer Pinguinzeichnung schrieb ich sofort Folgendes an meine Küchentafel: *Berkley. Penguin. Positiv bleiben.* Während ich das hier verfasse, sind die Zeichnung und die Worte immer noch in all ihrer Pracht auf der Tafel zu sehen.

Danke an das gesamte Team bei Berkley Books, besonders an Cindys unglaubliche Assistentin Angela Kim, Christine Masters, Korrektorin der Extraklasse, und an das Publicity- und das Marketing-Team. Ich bin überglücklich, dass ihr mich mit offenen Armen in der Berkley-Familie willkommen geheißen habt.

Apropos Familie, meine Mutter hat mir beigebracht, meine Träume niederzuschreiben, und dass sie, wenn man hart genug für sie arbeitet, vielleicht in Erfüllung gehen. Danke, Mom, so war es! Danke an meinen Vater Tony, der mir dringend benötigten schriftstellerischen Rat gegeben hat. Danke an meine Schwester Jessica, die meine größte Buch-Cheerleaderin ist. Und danke an meine Großmutter, der ich dieses Buch gewidmet habe. Ich vermisse sie wahnsinnig, aber sie lebt in meinem Herzen und in den Rezepten weiter, die sie mir vermacht hat.

Ein riesengroßes *merci* geht an meine Armee aus Souschefs, an meine Betaleser*innen, insbesondere an Karen Burns, die das Buch nicht nur einmal, sondern zweimal gelesen hat. Danke an Lizzie Harwood, Leslie Ficcaglia, Jo Maeder, Diane Stevenson und Cassandra Firemark. *Merci* fürs Lesen und für das Feedback. Danke an meine Spitzenköche und -köchinnen: Mary O'Leary, Mardi Michels, Randall Price und Didier Quémener, der mich durch die Welt des Kochens gelotst hat. Danke an meine Paris Author's Group (PAG), vor allem an Lisa Anselmo, dass ihr alle meine Fragen beantwortet, und ein Dankeschön an meine Freundinnen: Oksana Richie, Alicia Mattes Rourke und Kate Elizabeth Redfern. *Merci mille fois!*

Danke an alle Spitzenköche, die ihre Geschichten mit anderen geteilt haben, entweder schriftlich oder in der Doku-Serie *Chef's Table*. Ihr habt mich zu dieser Geschichte inspiriert, vor allem Anthony Bourdain, Éric Ripert, Gabrielle Hamilton, Dominique Crenn und Barbara Lynch. Übrigens einen Riesenglückwunsch an Chefköchin Dominique Crenn, der ersten Frau in den Vereinigten Staaten, die drei Michelin-Sterne erhalten hat. Ich applaudiere Ihnen. Und zwar im Stehen.

Ich möchte nicht versäumen, meine größte Inspiration zu erwähnen, meinen französischen Ehemann Jean-Luc und meine Stiefkinder Max und Elvire. Danke, dass ihr mein Französisch korrigiert. Danke, dass ihr mir neuen Lebensmut gegeben habt. Danke, dass ihr mit all meinen Verrücktheiten umgehen könnt. Danke für eure Unterstützung und dafür, dass ihr mir beigebracht habt, wie man französisch kocht. *Je vous aime. Beaucoup! Beaucoup! Beaucoup!*

Und zum Schluss möchte ich Ihnen danken, liebe Leser*innen, dass Sie sich zum Lesen dieses Buches entschlossen haben. *Merci! Merci beaucoup! Merci mille fois!*

Samantha (Sam) Vérant ist reisesüchtig, eine selbst ernannte Weinkennerin und eine wild entschlossene, wenn auch unkonventionelle französische Hobbyköchin. Im Laufe der Jahre hat sie etliche Länder besucht, an vielen verschiedenen Orten gewohnt und vielerlei Jobs gehabt – stets auf der Suche nach etwas, das sie wirklich reizte. Dann, eines Tages, fand sie alles, wonach sie gesucht hatte: eine Leidenschaft für das geschriebene Wort und die wahre Liebe. Das Schreiben ermöglichte es ihr nicht nur, ihr Herz zu öffnen, sondern führte sie auch nach Südwestfrankreich, wo sie nun mit einem attraktiven französischen Raketentechniker verheiratet ist, den sie schon mit neunzehn Jahren in Paris kennengelernt, aber zwanzig Jahre lang ignoriert hatte, dabei wurde sie Stiefmutter zweier unglaublicher Kinder, Max und Elvire, sowie Adoptivmutter einer lächerlich fetten französischen Kartäuserkatze namens Juju. Wenn sie nicht von der Provence bis in die Pyrenäen trekkt, aus überdimensionalen Gläsern Wein probiert oder ihre innere Julia Child annimmt, während sie darüber nachsinnt, was das perfekte Bœuf bourguignon ausmacht, gibt sich Sam allergrößte Mühe, die gefürchteten französischen Konjugationen zu lernen.